冥核

Acheron

葉淳之——著

「一會兒，待我們駐足，在慘惻的冥河邊稍停，
事情的真相你就會一清二楚。」

——但丁《神曲‧地獄篇》

【推薦序一】

核是死亡觸媒

作家 劉黎兒

「我們活著時／無法使之恢復／嚴重至此的事／是同時代的人所為／自己不就是共犯嗎」

——大江健三郎《晚年樣式集》

正如書名《冥核》所寫的，核是跟死息息相關的，不管是核種、核輻射外洩、核武、核電、核廢料等，甚至只是圍繞在核周邊的人，都會跟死亡發生關係，難以倖免。核是死亡觸媒，因為人類打開了不該打開的潘朵拉的盒子，而且關不回去了，不僅核武試爆等留下的苦難至今還有無數人承擔，核電更是一代人用電，一萬代人付出代價，就像現在即使廢核，也已經留下了百萬年才會無毒化的核廢料給後代了。核是玩不得的，原以為聰明的人、有餘裕的人類不會玩核的，但現實卻非如此，《冥核》更是從個人清楚刻畫出這樣的荒謬與不條理。

日本因為二次大戰曾經遭遇過人類史上空前的原子彈爆炸，一九五四年曾有遠洋捕鮪船第五福龍丸因美國氫彈試爆而吃了大量死灰（輻射塵），導致船員死亡，讓日本人對核彈大有警覺；其後一九七五年三浬島核災、一九八六年車諾比核災、一九九九年東海村JCO臨界事故等，也都引發日本對核的警惕，在福島核災前就有許多跟核相關的小說，災後至今更是相繼出版。

日本跟核相關的小說等文學作品和《冥核》是很不同的，大抵是對於原子彈爆炸（即所謂「原爆」）罹難患病、核災的描寫，或是環繞核彈、核電相關國際陰謀或交易、軍事政治鬥爭、恐怖活動，抑或核電的貪汙、反抗以及核電回饋造成地方分裂、選舉醜聞等，或是描寫城鄉差距、貧困而造成地方無法抵抗核電等。也有小說是描述核電廠的建設、運轉引發的白色恐怖、謀殺乃至自殺；也有小說是以掩飾核電廠弊端為題材的，如工程缺陷、輻射外洩，或核電工、核電吉普賽被曝的不安，或因此得白血病而喪失生命與希望等。

《冥核》是無法分類在任何一類，因為作者有更大企圖心，想把每一類都放進去。

日本最早先出現的是有關長崎、廣島的作品，如井伏鱒二的小說、今村昌平改拍為電影的名作《黑雨》，就是描繪一瞬的閃光燒毀了街頭，人們在輻射雨中徘徊，無辜的市民面臨人類空前慘事，淋到黑雨的人會遭原爆病折磨，日常本身就是忍受痛苦與不安。將悲劇的真相當作人性問題來描述，因此《黑雨》也寫到原爆造成的歧視，面臨婚期的女主角未直接遭原子彈轟炸，拚命用日記等來證明自己的健康，但其實她在尋找親人時被含強烈輻射能的黑雨淋到，結果發病，婚約也成破局。類似的悲劇當時非常多，歷史在福島災後重演，因此《黑雨》不斷被重讀，這是將日本遭原爆的世紀體驗用日常生活文學表現，算是原爆紀念碑。現在也有作家從文學角度把井伏的《黑雨》跟卡繆的《黑死病》、卡夫卡的《城堡》等並列，斷言核電是屬於國家的犯罪。

《冥核》原點是日本原爆的黑雨，但結構、時空範圍遠比《黑雨》寬廣多了。

日本有「核電銀座」之稱的福井縣若狹灣，共有十四個原子爐，在當地長大的女孩，也有不少遭退婚，常被男方問及「妳會不會生畸形兒？」或「妳生的小孩會不會有白血病？」等，跟《黑雨》女主角一樣遭到歧視，就算沒核災，核電排放輻射物質，這種歧視很難豁免。核電不僅有害健康，也會撕裂愛情、人心，因此出身於若狹的日本著名作家水上勉，非常心疼自己人口稀疏化的美麗家鄉因貧困而成了核電基地，為文感嘆；水上勉也曾以越前（福井縣）和紙之鄉為舞台寫了小說《彌陀之舞》，描繪了漉紙女的故事，讓我讀《冥核》時也湧出不少若狹聯想。

許多與核相關的小說充滿預言性，像井上光晴一九八六年出版的《西海原子力發電所》，是等於預見了車諾比核災、福島核災的衝擊性作品，提到核電可能發生爐心熔毀時緊急冷卻裝置未必能及時發生作用等，地方居民把核電安全跟核災後果放在天平上來衡量，而有爭論、鬥爭，小說從一件可疑的火災開始將他們的愛恨捲入核電的漩渦裡，書的題名就用「原子力發電所（核電廠）」來直球勝負，讓人無法遁逃。

《冥核》大膽直接用「冥」用「核」的作法也不遜色，原本我認為有「冥」有「核」會是非常沉重的，但作者卻細膩精巧地用懸疑推理小說手法，快刀亂麻地讓沉重的主題也都跟著純熟文字跳躍起來，輕快地隨故事情節不斷地衝刺下去，儘管經歷過許多恐怖的殺人場景，卻能一股勁地直衝到最後，無法釋手不讀。

福島核災後，日本的作家也都為了如何來寫此次的體驗而焦心苦思，除了諾貝爾文學獎得主大江健三郎寫了一本《晚年樣式集》的自傳式小說，述及三一一之後，尤其是福島核災發生後自己創作上的困難心境；更為轟動的是現役官僚若杉冽（筆名）所寫的《核電 Whiteout（雪盲）》，揭發日本核電幫現正搞陰謀想要重啟核電。這本書上市兩個多月，便銷售超過十五萬本；作者是東京大學法學部畢業的現役中央官僚，擔心受限於公務員相關法律，因此用小說形式來告發，但內容非小說體，影射的人物都呼之欲出，而且把政官學勾結的鐵三角拚命想掩飾的核電致命缺陷一一指出。若杉認為日本核電安全性水準根本不是全球最高，至今都還搞不清楚福島核災發生原因，沒能力徹底檢證核電安全性，卻想重啟，預言核災會再發生；他寫小說是一種內部告發，今後打算還要推出第二炮、第三炮來繼續告發這個電力怪獸體系。

兩本書外，還有勝谷誠彥寫的《民族離散（Diaspora）》則是描述日本發生核災，日本列島因此無法居住，日本人流離失所，離散在全球各地，生活在難民營裡。書中描述主角以聯合國職員身分到西藏的日本難民營裡，那裡的難民每天只有三美元的糧食費，資訊遭到隔絕，因為返鄉絕望而死亡的女人，便以西藏鳥葬習俗來處理等。現實上日本政府承認福島汙染嚴重地區居民回不去了，而疏散圈的雙葉町前町長井戶川克隆表示：「我不知道何時能返鄉？但有位瑞典科學家告訴我說是五百年以後！」其他還有許多作家現在也還在奮鬥中。

《冥核》作者曾為報導文學得主、記者、製作人和紀錄片導演，或許是天生的報導魂，讓她面對福島核災後所理解的核電、核災真相，無法壓抑自己，無法不用文字來抒發，認真地辭掉工作來寫《冥核》，讓我自嘆不如；原本擔心她使命感過強，加上核電、核武的原罪式的邪惡會讓人無法心平氣和地寫，許多這類啟發警世性小說常因此陷入教條式說法，但打開書稿，就發現我的憂慮是多餘的。

作者雖然是首次寫的長篇小說，卻沒有處女作的羞澀，堂堂將提到核電、核爆、核彈、核種、反核等所有層面的沉重主體，寫成兼顧娛樂性、可讀性的連續殺人事件，而且相對於劇毒的核種、核彈、核電，用了文哲藝術等人類文明結晶的「地獄圖」來串場連結，俐落明晰，讓讀者能快活閱讀，而且跟著享受登場的藝品、美食、花草樹木、乃至相差二十歲的愛情等。這也是作者非常認真思考核問題，選擇用推理、冒險小說來表現，也讓此可能性發揮到極致。

類此手法，除了《西海原子力發電所》外，日本東野圭吾的《天空之蜂》、高村薰的《神之火》、長井彬的《原子爐之蟹》等也都是用推理、懸疑小說體來寫的。像《原子爐之蟹》還獲得江戶川亂步獎，在一九八一年是當年最佳小說第一名，描繪反應爐裡謎樣的屍體導致承包工程社長死亡，背後有看不見的龐大的勢力，還將死亡偽裝成自殺。

與核電、核彈甚至核災等相關的死亡，經常都是如此的，暗殺或短時間遭大量曝射會死亡外，核所特有的輻射，再低的劑量也會導致傷害，長期會罹癌死亡等。因為因果關係證明不容易，搞核電、核爆的人常常不認帳；加上輻射是看不見的，即使存在，也還常被賴皮，說劑量沒那麼高。像福島災後至今還有數十萬人在躲輻射，許多災民都為了自己跟看不見的輻射在戰鬥而感到疲累不堪，不斷說：「輻射要是能有顏色就好了！」

現實上，跟核相關的命案不少，像清華大學從首任校長梅貽琦身故之謎，半世紀多以來，校園內輻射問題重重，造成有屆畢業生輻射疾病死亡比率特高等；而台灣或中國都有優秀的核工學者死亡，都被認定為跳樓自殺等，其中或許也有許多不為人知的偽裝的意外死亡存在著。

《冥核》裡面跟核相關的人，或對核執著的人，都會死亡或變殘虐走樣，也是事實的映照，核＝金錢＝權力＝加害＝受害＝疾病＝死亡的構圖是沒錯的。《冥核》中主角最後也遭追殺，讓人心生戰慄，而且其中的死亡基本上還沒涉及核電或核彈的龐大勢力與資源，現實上的問題是更恐怖的。像我自己過去三年來遭到核電幫不少的陰濕的迫害，甚至都是花用稅金的作為，也讓我產生人身安危的恐懼，因此返台時都讓家人陪伴，家人自嘲是「史上最弱的保鏢」，也因此閱讀《冥核》讓我直冒冷汗。

《冥核》出場人名、地名、機關單位名、乃至事件等有真有假，這也是許多核電、核爆小說常用的，讓人很容易跟現實生活結合。像《西海原子力發電所》舞台是九州西北部小鄉鎮，波戶町是架空的，附近有西海原子力發電所，而西海原子力發電是以實存的玄海核電廠為底版描寫的；其他許多地名則有用實名，如唐津、伊萬里、武雄等，地理上接近遭原爆的長崎，也對物語內容有很大影響。

《冥核》比日本這些核電推理更為錯綜複雜，時間是從二十八年前的車諾比核災前一年開始，也證明了作者強烈的歷史感。表面看來是受委託尋找核種、失蹤者以及追查車禍肇事者的兩條主線牽扯出的連續謀殺，而且是陰濕暗色的劇場型犯罪，埋線很多。日本許多作家如井上廈等常會因為埋下許多伏線，好像打翻了玩具箱，常常最後自己卻無法收拾，宣告放棄；但《冥核》作者卻不如此，埋線雖多，靠著地獄嚴密的體系來幫忙整理，不會紊亂，讀者也不會心慌。

當代是核汙染、化學汙染、濫砍濫採等壞材料很多的時代，不變的天空也變色了，原本是地球淨水槽的海洋也髒了，人類的課題很多，尤其跟核相關，不僅是原爆、核災、核電廠員工等直接受害者，周邊也有無數物理、心理上在汙染區域的人，就像車諾比、福島核災的輻射物質擴散到世界中，每個人都自然成為被害者。但若不去阻止，則本身也會成為加害者，是共犯關係，甚至因此淪為直接受害者。《冥核》的有些犧牲也是如此造成的，只有去面對，尋找出犯罪源頭與原因，才能免於受害或犧牲的擴大；人活著，不能過度置身事外，不能把「受害者」「加害者」或把「相關人士」「不相干人士」分得太清楚，即使並非《冥核》中聰慧的美少女，或把自然環境毛孔摸得一清二楚的酷漢，也需要有點基本正義感，人生才會舒暢爽快，也才不會真的淪為直接受害者。作者從人性、感情及社會現象、歷史淵源的推理，寫出核的多種面相，是不甘於成為共犯的最高表現。

（本文作者為旅居日本的知名作家、文化觀察家與資深媒體人）

【推薦序二】

挖陷坑的，自己必陷在其中

作家 黃國華

在二〇一四年學運浪潮與反核怒吼的春天，當我收到了葉淳之的書稿，原本只是基於鼓勵創作界後進的心情答應替她推薦，但當我細細閱讀之後，只能用驚為天人來形容本書，這本《冥核》絕對稱得上近年來台灣文壇上最亮眼的一部作品。作者葉淳之拋棄了人人稱羨公務生涯的舒適圈，選擇投入創作替社會發聲，她自稱獨自閉關創作，從事「一個人的社會運動」，但對照二〇一四年台灣風起雲湧的反核浪潮，她絕對不是一個人。

冥核兩字分開解讀的意義，「冥」指的是冥王星 Pluto，Pluto 是 Plutonium（鈽）的簡稱，鈽是製作核子彈的重要原料，二次世界大戰在長崎扔下的原子彈其實是顆鈽彈。「核」自然意指核能，冥核另外一個比喻是古希臘神話中的地名冥河，是傳說中通向地獄的入口。鈽的半衰期為二萬四千年，一旦步入這個代表地獄之門的冥河，一切的一切都再也無法挽回。作者的創作企圖相當明顯，藉由地獄來暗喻核能，二萬四千年的半衰期遠遠超過人類歷史，於是作者說道：「地獄是無盡頭的，但盡頭卻是永恆。」

如果只是一本提醒核安的作品，當然稱不上文學價值，本書絕非硬梆梆舉起鮮明反核旗幟的教條，而是融入了會讓人廢寢忘食的曲折故事，葉淳之運用東方的元素融合西方的密碼解碼創作方法，以一幅失蹤的唐代「百代畫聖」吳道子的「地獄變相圖」來開展整個故事，具有丹・布朗的藝術解謎味道，加上我們所熟悉的台灣現實社會背景，讀起來格外帶勁有親切感。此外，並藉由一名研究生的失蹤當成故事主軸，男女主角受託尋找失蹤的人與畫作，意外地捲入一場精心策畫多年的連續謀殺案，頗有推理女王克莉絲蒂風格的抽絲剝繭式的懸疑氛圍；不論主配角都有其適當的故事配置，每個人物代表每種人性，掠奪、恐懼、貪婪、背負祕密、復仇心切……的糾雜。

大家對於核能的危險性應該早已了然於胸，但作者卻藉由虛虛實實的故事切入幾個我們所忽略的角度：官商勾結與黨國體系在過去幾十年的核能發展中，到底有什麼見不得人的祕密？到底這過程中有多少讓人怵目驚心的角力？書中的一切痛苦、死亡、不明真相、失蹤、謀殺、意外……雖然都是虛構，但卻又是如此栩栩如生，他們爭奪的不是逃生門，而是命，核能所釋放的巨大能量，除了讓人害怕，卻也令人迷失當中，對於核能，人們真正懂得多少呢？知道如何駕馭嗎？核能與火不一樣，火的使用造就人類文明的進步，然而前提是人們懂得滅火，在尚未懂得消滅核能之前，核能絕非文明進化的強大力量，而只是種愚昧的自我毀滅能量罷了。

台灣的官員說沒有核安就沒有核四，然而核能安全與否卻任由官方或台電相關的專家學者來認定，這些人不是完全迷信於核能巨大能量的意識形態，不然就是優遊於龐大核電預算的利益蛛網中，地獄的判官如何審判受難者呢？利益共生者如何斬斷自己的貪婪期待呢？一如作者所引《聖經・箴言》：「挖陷坑的，自己必陷在其中，滾石頭的，石頭必反滾在他身上。」

殘害蒼生的到底是核能？還是躲在核能背後的閻王？我們要努力的還有很多很多！

（本文作者為數千萬人次瀏覽之「黃國華耕讀筆記」部落格主）

「那是瀝青鈾礦啊！她的瀝青鈾礦！她充滿好奇心和焦灼，渴望打開這些袋子，迫不及待看看她的寶藏。她切開繩索，掀去粗劣的麻袋口，雙手插進暗褐色的礦石中，裡頭還參雜著波希米亞松針的味道呢！」

「在那昏暗沒有食櫥的木棚中，珍貴的一點點鐳被裝在玻璃小容器中。它發出像燐火般藍白色的影子，懸在夜空中。『看！……看！』這年輕的女人低聲囁嚅。

……他們的臉朝向那淺白的光，那放射的神祕來源，朝著鐳——他們的鐳。

……伴侶的手輕輕地碰觸她的頭髮。她日後永遠記得這個魔幻發著螢光的夜晚。」

——伊芙・居禮《居禮夫人傳》

序曲：在原子天空下

遠藤孝夫

一九四五年八月九日，日本・長崎

在末日來臨之前，他早就看過地獄了。

孝夫躲在池塘的柳蔭邊，看著蜻蜓停滯空中，薄薄翅膀高速拍打，快得彷彿靜止不動，邪惡複眼緊盯住嬉戲的小蝴蝶，嘴角仍殘留上一頓佳餚的肉渣。

他不想抓蜻蜓，但牠如果逮住蝴蝶，他就要掐死牠。因為他的力量比蜻蜓更強大。

早上他從家裡跑出去，媽媽追著叮嚀：「孝夫！不要離池塘太近呀！」

他知道，總是很小心的、離水池一段距離，況且天氣很熱，陰影下比較舒服，可以專心守候。他年紀小，但是身體底子好、骨骼健壯，雖然因為戰爭，糧食告荒，許多小孩面黃肌瘦，但是他看起來還比實際年齡大兩、三歲。小孩子正在長，怎麼都吃不飽，媽媽寧可不吃，也要把食物給他。他很有耐性，看到喜歡的事物，耗上大半天也沒關係，對蜻蜓尤其著迷。這種輕盈如風的昆蟲，有著柔弱的網紋翅膀、細瘦如竹竿的身體，而且性情非常凶殘。如果見過蜻蜓捕捉、吞噬蒼蠅的狠勁，絕對不會懷疑牠的肉獵本性。蜻蜓還沒來時，他總是低下頭找石頭，不是為了收集，而是可以當武器。

好熱，汗水沿著脊椎龍骨，流下頭頸、流過背部，毛孔沁出酸味的水珠。空襲警報剛響，他躲進山邊小防空洞，警報解除之後，空氣清爽多了，背部也乾爽得多，放眼望去，萬里無雲，太陽拿著小刀，一一劃入肌膚，他躲在樹下按兵不動。

蜻蜓出擊了，眼前彷彿有根直尺，遵循著向前平飛，牠快速躍起，翻個筋斗然後垂直下降，機器人一般精確轉彎，欺向渾然不覺、花叢嬉戲的紫蝴蝶。後者無厘頭的亂飛一氣，像操作拙劣的懸絲戲偶，脆弱的氣息即將斷線。昆蟲界的戰鬥飛行員張開狼牙棒前肢，撕碎蝶翅、扭斷頸項，掠食的獠牙咬住豐美肢體，閃爍幽豔的鱗粉瞬間飛落。這種遊戲他看多了，巨無霸的獵食，無風險的牙祭。蝴蝶沒有螳螂的鐮刀、蚱蜢的健腿、或是甲蟲的盔甲，只能束手就擒、垂頭等死，但是今天牠有救星——重量比蜻蜓多一萬倍、力量比蜻蜓大十萬倍的孝夫，可以拯救蝴蝶。

昨晚飯後，男人又回來了。他跛了腳，所以提前從「戰場」回來。那好像是個恐怖的地方，男人能幸運逃離，為何還要咆哮辱罵？昨天，他什麼都看到了，男人不只把媽媽打得瘀青血腫，還不斷刺進她身體。男人的手捂住媽媽嘴巴，完全不顧她無法喘氣，孝夫趴在眼洞窺視，又跑到門前大力拍打，但男人根本不理他，只是大罵：「巴該野鹿！」他急得哭了出來，又奔回去蹲著看，只見男人刺了很多下後，反而大叫一聲，渾身無力的癱軟下來，鬆開箍住媽媽身軀的鐵手。媽媽呢？她哭了！她無力的哭了出來，媽媽怎麼了呀？她好像很傷心、很痛苦的樣子，外公外婆如果知道，可能會從地下爬起來吧？男人把媽媽踢出來，轉身拴上房門，很快就睡著了。媽媽擦著嘴角，她彎著腰、低著頭、摀住肚臍下方，歪歪倒倒的爬了起來，好像很不舒服。他走上前去，緊握住她的手，凝望那深坑如黑洞的眼睛。她的唇邊流血、眼睛腫脹，卻轉過頭不讓他碰觸。

他牽著媽媽的手睡著了。男人的鼾聲轟雷隆隆，整間屋子跟著搖晃。搖籃裡睡著一個小嬰兒，媽媽唱著歌兒搖竹籃，肚子上有個大洞、正在流血啊！但是他爬不起來、只會咿咿呀呀，困難的呻吟了許久，他猛然長大，站了起來，媽媽不見了。他環顧房間，突然一陣劇痛，他無法支撐、撲倒地上，背部的血浸溼了衣服。有人殺了他，是誰？他飄到半空中，地上有一具屍體，是那個男人！但是他在痛、他好痛，到底死的是誰？他好害怕，趕快去找媽媽吧？突然砰的一聲，門關了起來，是大風吹的？或是有人關的？他像離洞的地鼠，身上的毛被拔光了，暴露在危機的地上，旁邊只有屍體和黝暗。好暗、好暗啊，沒有光，撫摸自己的手，什麼都沒有，沒有黏黏的血、沒有銳利的刀，為什麼會被殺？為什麼男人會倒下？是他殺的嗎？

蜻蜓出手了。只要把紫蝴蝶趕走，狩獵就破功了，蜻蜓會恨恨盤旋幾下，碩大的複眼瞪著他，要把無數孝夫刻進眼底，然後就怏怏離去，只差不能咒罵幾句。這種遊戲他玩過很多次了，看到那張猙獰的小臉顯露怒意、磨牙霍霍，他總是會感到無比的快感。誰說昆蟲沒有情緒？牠們也有表情，也有喜怒哀樂。

藍色的晴空中，傳來陣陣悶雷，他嚇了一跳，難道要下雨了？或是敵機來襲？側耳傾聽，不是雷聲，是人的吼聲，難道是那個男人？但是他一大早就去「廣島」了啊，母子倆還高興了一會兒呢。怒吼越來越近，夾雜著叫嚷聲，他決定躲到樹後，萬一男人欺負她，可以伺機支應。看得見奔跑的人了，果然是他們兩個！但他大吃一驚的，是跑在前面的——是男人！或許因為腿傷，跌跌撞撞跑不快，而追在後方的是媽媽，她滿臉通紅、披頭散髮、高舉鐮刀，像個恐怖的女鬼。上次有人來徵收鐵器，她把鐮刀藏在土壁後，如今卻拿在手上。男人整張臉都扭曲了，就像打人的時候，但當時狠毒，現在卻是恐懼。他冷不防跌跤了，殺啊！殺啊！媽媽砍了下去，刀劈到肩膀上了，男人大叫求饒，聲音極度孬種，他扭滾到地上去了，但是刀斬沒有停——不要停，不要停啊！孝夫幾乎叫了出來！男人反擊了，他掃了媽媽一腿，她的步伐踉蹌，他又追加一拳，更多困獸的撲打，她被打了好幾巴掌，撞上了灌木叢。媽媽手上有刀，氣勢卻弱了，孝夫忍不住探出頭，她瞪大眼看著他，停止了手上的動作，大聲呼叫：「走、走！阿孝走啊！」

情勢因為孝夫的出現逆轉，男人撲向前抓他，他反應不及，被撈到懷中，媽媽撲向前來，拿著刀子亂砍，男人左閃右躲，孝夫頭昏腦脹，臉上又溼又黏，一摸發現是血，是男人的血，孝夫看著手掌，尖聲狂叫起來。

男人瞄了他一眼，那是怪物、是魔鬼的臉，他和媽媽會被殺、會死在這裡！

不，死也要大家一起死啊！

孝夫大力一掙，拚脫了男人的手，拉著媽媽衝向防空洞，兩人手扯著手、通了電似的奔跑進去，千鈞一髮的關上門，男人慢了幾拍，卻虎住了門板，雙方拉鋸著，他們爭奪的不是門，而是命！

但是女人小孩的力氣，比不過成年男子蠻力，門一寸寸被拉開，他們完了！都要喪命在黑洞裡了！刀子！拿出刀子啊！孝夫想撿刀子，門卻擋不住，他們退進深處，小兔子簌簌發抖。男人是不能反抗的，他是鬼、是惡魔，反抗的下場就是死，捻死他們就像揉碎螞蟻、扭斷鳥脖子一樣容易。男人打了他一巴掌，又連踢他的肚子，內臟都快踹出來了，這個洞會垮吧？媽媽也瘋了，大家都瘋了，她擋在前面大叫，拳頭如石崩落下，男人不是受傷了？為什麼力量還這麼大？憤怒如火撲向四方。刀子呢？刀子在哪裡？男人撿起刀子，孝夫趁他轉身，拚了最後力氣、猛跳起來，公牛撞樹、全身使力，風暴般的把男人掀出去。兩人都撞倒了，男人摔進山溝，痛得站不起來，哭爹叫娘的呻吟。他運氣比較好，沒跟著掉下去，強烈自救的意志，讓他雙手撐地、竄起火苗站了起來，衝回洞穴再關上門。

然後，「世界末日」降臨了。

數十年後，孝夫回到這個城市。一五九七年，距離原子彈投下前三百四十八年，二十六位日本天主教徒被押到長崎，釘上十字架處死，他們被追封為殉教聖人，然而並無助解救後世的羔羊。數百年後，長崎又被獻上祭壇，作為這個國家發動戰爭、終結戰事的犧牲品。

這麼做的是人類，上帝與這一切無關。

天主堂的聖母像低垂面容，戰鬥機如海鳥掠過大洋，丟下了仿冒的太陽。

天降大火，焚燒人世，豔紅的火球裂開，雷雨墜入地面，毀滅萬物的強烈閃光，千針萬眼的照耀世間，那是天地誕生之後，最閃亮的光。

很久很久以前，世界上只有三顆原子彈。

強光的機關槍，掃射孝夫的眼球，他睜著眼卻什麼都看不到，焚燒的高熱燙炙了肌膚，日後他努力回想：在闇暗的洞穴深處、在幽黑的心象之中，男人佝僂的彎起身體，他的手伸向天空，身體被酒紅、寶藍、豔金、白冰的射線穿透，漆黑的骷髏骨骼，映照在光明之中。

男人果然沒有心。

暴烈的電光石火消失後，男人頭頂冒出黑煙，一束束飄入虛空，雲上天狗揮舞雷電之槌，轟隆隆巨大聲響，毀滅了人類聽覺。所有聲音都消失了，宇宙如死般寂靜，強大的衝擊波轟入洞穴，惡魔甩了一個巴掌，他們腹背受敵、拋上洞壁，昏了過去。不知道暈了多久，孝夫在媽媽的搖晃下醒來，兩人歪歪斜斜、渾身顫抖，靠著對方走向洞外。地表的建築物奔騰燃燒、四散成片，在浮動大氣中無秩序攪拌，所有能拋飄的無一倖存，那是《聖經》上的烈燄地獄。太陽成了一團怪異火球，黑色雲朵攪拌成塊，大氣頓失溫度，盛夏成了寒極，死神在天空揮舞鐮刀，觸目所及都是洶湧火焰、鬼氣亂流，萬物生靈噤聲不動。

他們對這巨大力量震懾不已，顫抖著尋找男人身體，他成了一根焦炭，好像連燒了三天三夜，全身包覆作嘔的黑壽衣。男人完了、徹底完了，再也不能傷害他們了。

他和媽媽檢查傷勢，竟然都只有輕傷，如果靠近外面一公尺，下場可能和男人一樣，咫尺之差，分隔了陰陽兩界、人鬼殊途。媽媽一次次撫摸他，好像想確定他還活著，他們又慶幸又恐懼、又震驚又訝異，幾乎想手舞足蹈，釋放這癲狂的壓力，但是腿酸麻軟、滿臉淚痕，無法挪出更多力氣。

原來，原子彈讓廣島成了鬼魅之城，所以男人才會折返，趕上末日降臨長崎。

闇空傳來尖銳的警報，瑟縮在墨色洞穴裡，男人屍體就在洞口，黑魆魆的骸骨，散發陣陣惡臭，彷彿在責備他們——如果沒被推出去，他應該活著，該死的是他們！

他們一直躲到不再發抖，臨走之前，媽媽說：「今天的事不要說出去，如果有人問，就說你爸爸沒回來。」

「為什麼他要打我們？」

「他以前不是這樣的……從戰場回來，就變了。」

遠遠地，他看見原爆點附近的「浦上天主堂」，只剩下斷垣殘壁，紅色的磚牆燻黑了，聖像熔了一半，天使的臉如同醜怪，鱷魚在路上爬動呻吟，走近才發現那是人，人鱷的皮膚滿布黑色鱗片，活不過幾個小時。那天晚上，夜空出現無法計數的流星，倖存者說那是死人的靈魂。到處都是屍體和骨骸，長崎的火葬持續了一個月，骨灰堆上浮著藍光螢火蟲，天空降下黑色雨水，灑向淒惶哭訴的鬼民，路邊傷患噴著鮮血、從嘴裡吐出自己的肉，在哀號中痛苦死去。他們的家倒了一半，母子在磚塊下找到米缸，煮成水一般稀的粥，勉強吃了活了下去，媽媽說要帶他回去，回到台灣投奔親戚。

他們向天主祈禱，媽媽翻閱爆炸之後殘留下來的《啟示錄》：

「那時候，大地劇烈震動；
太陽變黑，好像一塊大黑布，月亮整個變為紅色，像血一般；
星星從天空墜落在地上，像未成熟的無花果從樹上吹落；
天空像書被捲起來，不見了，山嶺和海島從原地被移開。」

這是他看見的地獄，地獄降臨了。

他鮮紅的嘴角向耳際拉起，撕開一條長長裂縫，丹田深處迴盪笑聲。
神最愛他、特別愛他，他是備受寵愛的子民。

要服從啟示，凡不服的，都得死。
上天派他主宰罪人的生死。

一、盧建群

十月二十五日（五），台灣・台北。

國立北和大學的校長盧建群，站在信義計畫區的家中，看著窗外的「台北一〇一」摩天大樓，鋒銳寶劍從盆地指向天空。這棟二十一世紀建成的建築，六度蟬聯世界第一高樓，高聳如同八節勁竹，代表節節高昇、生生不息。數萬年前，台北原是環繞著大屯火山、觀音山、林口台地、四獸山的大湖泊，經歷水積成泥、滄海桑田，逐漸形成一個生物共居的大盆地，人類從原住民凱達格蘭族、漢人、西班牙人、荷蘭人、日本人遞嬗興築、陸續往臨。

曾經，這裡青山蔥蘢、水際濛湄、河川縱橫、陂塘密布。二次大戰後，日治政府投降，國民政府遷到台灣，盧建群所凝望的這片風景，成為軍隊的兵工廠，之後又拆掉，蓋起市政府和世貿中心，被稱為「台北曼哈頓」。市府與總統府沿著仁愛路，一東一西、遙遙相對，區內散布著國際會議中心、金融銀行、企業總部、百貨公司、國際飯店、影城華宅……一棟棟比拼的鋼筋積木建築，彷彿資本巨人的玩具沙地、商業主義的朝聖教堂，水色山光，掩藏湮沒，唯存記憶，像一尾巨鯨擱淺在水湄，沉著來不及醒轉的夢。

每年的跨年煙火慶典，人群螻蟻四面八方湧來，環繞火焰仙女棒的台北一〇一，千萬個陌生人貼緊體溫，如此靠近卻又疏離，如此緊密卻又孤寂，在倒數時分仰望黑夜的花火，在漫燒的光亮硝煙消失後，迎接下一個新年。

墾拓灌溉的畝畝良田、無所依恃的摩天大樓，在他的視網膜疊合，台北一〇一的「HOPE」閃爍明滅，紅男綠女，漂浮煙塵。而他掌心端著的一杯紅酒，波紋卻連動都不動。不動，是因為本來就不愛喝，也是心情太壞了。

今天下午的校務會議完全失控，更糟的是，研究生會長還失蹤了。

他治校多年，對校園政治、人事傾軋，早就習以為常，可嘆的是年年變本加厲，今天的會議上，同仁不但辱罵、潑水，還鬧出了全武行，完全複製了台灣的國會殿堂。場面雖然控制住了，但同事冷言冷語，讓他心灰意冷，回家後無心吃飯，重重關上房門。雖然居住高級地段、擔任高等學府校長，但此刻他嚮往的，卻是帶月荷鋤、歸隱田園，經歷春耕夏耘、秋收冬藏。

近來，有個想法常常浮現，如果當初繼承父祖，當個農夫，會不會比較單純？會這麼想，是因為老家那片農地，之前被劃為開發預定地，價格飆漲數十百倍；而他為了讀書，早早就放棄繼承權，漲價都是兄姐獲利，自己沾不上邊，或許這就叫公平。

算了，往事不可追、人生不可回。總是說做一行、怨一行，所有的「如果」都是假設，所有的「假設」都沒發生，能掌握的只有當下這一刻。如果真的待在農村，他可能會怨恨農事勞苦、地域狹隘和人情沉重？或許這世上沒有完美人生，或許選擇哪一條路，最後都是殊途同歸？

二次大戰前，盧建群出生在桃園鄉下，三代務農、食指浩繁，十多口人看天吃飯，守著貧瘠耕地。他的家有牆壁，但卻是泥巴地，點著油菜燈，讀書是種奢望，卻是翻身唯一寄望。兄姐念完公學校，就認命自動放棄，大哥還到南洋當軍伕，至於他這個最小的尾生仔，沒人管、更沒人盯，卻每次都考第一名，有全校「小秀才」的美名。

若不是導師王以德到家裡來下跪，永遠輪不到他這個窮孩子。那個年代的鄉下人，看老師就像土地公，從來只有學生鞠躬、沒有老師跪下的道理。但是天降紅雨，還降在他家，否則畢業後，他應該拿起鋤頭、牽起耕牛，天天送著夕陽下山吧。

大家目珠都凸出來了，阿爸扶起老師，滴得滿頭大汗，阿母叫他也跪，他不知要跪老師、還是跪阿爸？一屋子叩頭的叩頭、懇求的懇求，滿場圍觀的人苦口婆心的勸，只見一片黑壓壓的頭。後來老師走了，阿爸抽了一夜水煙，終於答應讓他升學。

他考上第一志願，沒辜負師長期望，抬頭挺胸的上學去。那年代大家都窮，他的家境更差，但是常上台領獎——每學期都是全勤、蟬聯全校第一名，是不敗的校園傳奇。等到兄姐出外打工、家計負擔稍減，阿爸皺紋才鬆了些，他也不用懸著心了。他相信努力就有回饋，讀書是他的本分，他是鄉裡第一位哈佛大學碩士、第一位麻省理工博士，畢業後留在美國教書。當時美金和新台幣一比四十，一年就可以在台灣買一棟房子。壯年時期，他響應了「歸國學人」計畫，回到故鄉任教，先到北和大學，又被網羅到中央研究院、台灣大學，再回到北和大，擔任工學院院長。本想淡出行政職務，卻又老驥伏櫪，當選校長，雖然不像經商的同學賺大錢，但也算是光耀門楣了。

阿爸過世前，是怎麼說的？

「那個王老師，真正感心；如果沒有他，你還不知怎樣呢。」

而王老師呢？畢業之後，杳無音信。到了美國之後，他才輾轉得知，左傾的老師轉道香港，偷渡到紅色中國去；老師的兄長都被懷疑，牽連坐了數年牢，金條賄賂才沒槍斃，已經謝天謝地了。現在兩岸開放，卻沒人知道老師下落，他問過許多人，但是眾說紛紜，有人說跳海了、有人說被關了、甚至有人說上吊了，就是沒人說好結局。那個有理想的英挺青年，到底怎麼樣了？至今沒有確定的解答。時代，時代弄人，但總會過去，可憐當學生的，連表個心意、上個墓，都不知在哪裡。

他嘆了一口氣，前塵往事，多少年囉！其實上任前就很清楚，自從台灣解除戒嚴、推動校園民主之後，現在擔任「校長」，能主導的根本有限，主要就是虛名而已。雖然「助理教授—副教授—教授—系主任—院長—校長」，是外界認定的校園「陞官圖」，但他擔任行政職務，始終都是義務而非興趣。尤其現在大學校長要遴選、還要經過教育部核定，可說是對學術人格的凌遲。但是同仁三顧茅廬，說他輩份高、關係好，有國科會和教育部人脈，對申請計畫、爭取預算是大加分。他不能否認，現在檯面上的人，不是老友就是舊識，二、三十年交情，這點老臉還賣得出去。雖然他「參選而不拉票」，但競選過程十分激烈，對手互相攻擊，抖出論文抄襲、請客賄賂等問題，過程烏煙瘴氣，許多人乾脆投給他。鷸蚌相爭、漁翁得利，這不是精心策劃的結果，反而是無為而治的獲利。

這類貴人相助的機運，在他的人生經常出現。這棟豪宅也是相同道理，他對住家要求不高，只希望環境安靜、離學校近就好，岳父有塊祖傳農地，建設公司來談合建，約定保留數戶，一戶給自己的妻子，算是岳父分給女兒的財產。當時在預售中心旁，還有農家在地上賣菜，第一間百貨仍在打地基，白鷺鷥在水田自在飛翔，趨前看竟一點都不怕人。他和妻子來參觀，張手擴胸深呼吸，這裡風景悠遠、人煙罕至，是可以靜心的地方。開車到北和大十分鐘、距離台大十五分，便決定依她意思，在這裡定居。

雖然友人提醒：附近曾是亂葬崗，應該小心一點，但是他們都不在意。如果真的有鬼，他還想促膝長談：死了是什麼感覺？

可惜，這份好奇沒有實現。

房子蓋好之後，他仍有點心虛收到岳父大禮；沒想到當時嫌貴的金額，如今已翻漲幾倍，一戶將破上億。岳父惋惜換掉太多戶，根本追不回來；他則無功不受祿，說什麼都慚愧。雖然，這裡在連開十間百貨公司之後，距他想像的田野鷺飛已經很遠。每天都在過購物節，街道櫥窗燦亮輝煌，展示金錢、品味和階級，富二代和小模挑逗玩弄，慾望城國，交換人體遊戲。幾次他早起晨跑，那些「時尚男女」就醉倒人行道，新聞評論那是「撿屍」，他不禁覺得，這些孩子——不管念不念書，怎麼會這樣子呢？青春肉體如此虛幻——一場朝生暮死的蜻蛉之夢啊！

台北房價瘋狂飆漲，受薪階級的薪水卻沒漲，年輕人淪為都市貧民，住在這裡儼然成了「不正義」、享盡好處的特權階級。其實，若不是「因妻而富」，他工作了一輩子，也只買得起郊區住宅。不管如何，自己在學校的時間太長，陪妻子的空閒卻太少了。只要她開心，那就夠了。

窗外暮色已濃，夕陽沉沒，盞盞華燈，星野閃亮，他仍在想校務會議。今天討論的議題有一長串，從新建大樓選址、環校道路路燈、餐廳重新招標、助理費用增刪、到百貨的優惠合作……與會氣氛劍拔弩張，他的背也冒著冷汗，衝突發生在第六個提案「研究生獎助金」，也就是打工費的問題。這一學期，北和大放寬了獎助金申請資格，學生領取金額大幅縮水，激起了校內的對立和辯論，眼見提案時間將近，許多人集結在外，拿著「教授蓄奴」、「血汗學校」的抗議牌，場內情緒明顯浮躁，還有人穿梭內外，出去和學生討論。代表研究生發言的，是學會的會長白人傑，未料他沒通知便缺席，讓全部人都傻眼。

之前他們就發現，人傑不在學校、手機也沒開機。大家以為他只是晚一點，沒有非常在意，後來比對助教說詞，才知道他母親曾來電，說兒子昨天沒回家，副會長只好臨時抱佛腳，被批得體無完膚。人傑的指導教授王喚新，看到學生成為眾矢之的，趕緊出面熄火，講話卻衝了些，觸動了某些人神經，從校方和學生的對峙，演變成教授互相指責，會場一片嗡嗡之聲，青面獠牙一觸即發。

王喚新拍桌揮手、修羅怒目，「你媽的！敢講就站出來！」

另一位教授，田百樹也開罵，「什麼人養什麼鳥！烏龜也要照鏡子！」

盧建群想，都是為人師表，何必指桑罵槐？是不是太常上節目，把學校當成電視攝影棚？「教授上通告」不是三、五年的事了，之前他覺得「此風不可長」，沒想到野火燎原、無力阻止。這幾年，同仁的感情越發壞了。他心中雪亮：今天的爭吵，除了研究費，主要還是政治立場、論文升等、甚至研究室分配……過去累積的宿怨，借題發揮罷了。唉！校園圈子這麼小，許多教授終生不換校，相處時間比家人還長，積年累月的芝麻綠豆，也會看成運動場那麼大。

王喚新潑了一杯冷水，滿臉通紅，活像開戰的火雞；田百樹不甘示弱，賞了一個巴掌。混亂中，有人挨了黑眼圈、有人被麥克風打頭，有人趁亂幹了幾拳，盧建群上前勸架，所有人都氣沖斗牛，會議草草結束，尚未討論的提案，只好改天再談。他剛宣布散會，竟然聽到，「怎麼辦？還沒討論百貨週年慶，優惠要開始，來不及搶了！」

他費了好大勁兒，才阻止自己山洪噴發。這是什麼時候？爭執打鬥上了新聞，今年的國科會提案和教育部評鑑就甭談了！經費沒有著落、獎助學金沒解決、同仁斯文掃地，還有人關心 Shopping？

他再嘗了一口葡萄紅，看著外商銀行的牆上，變換彩色霓虹光束——粉紅、紅、藍、紫、黃、綠、靛藍，七色燈管每五秒轉一次，閃爍十秒再輪順序，三百一十五秒後同樣色彩出現，再過兩千兩百零五秒，則是淺藍、粉紫、淡黃、深綠、珠白、磚紅和黯紫……多少次了，他默數斑斕蛇光的舞動，撫平焦慮的功效，竟比腹式呼吸法還好。

這種酒——自從台灣流行用紅酒和乳酪檢驗品味之後，他仍分不清「跳樓大拍賣」和「頂級酒莊」的區別；更別談各年份的味蕾差異，那比化學元素還沒邏輯。他不滿，葡萄酒的美味，不能用定量的陽光、空氣、水計算出來。自己經常收到餽贈的紅酒、洋酒，既然家人不感興趣，也只有下了這不識貨的腸胃了。

他放下空酒杯，點亮高腳檯燈，坐進陪伴多年的閱讀沙發，這是妻子買給他的。今年父親節，兒女本來說要分期付款，買張人體工學按摩椅給他，號稱十八段選擇、遠紅外線癒療，保證通體舒爽。至於他的回應，則是客氣的把他們請出書房，請女兒挑了一間家常餐廳。父親節的主角是他，這點堅持是要的，不管是椅子或吃飯，他要的不就這麼簡單嗎？

看看茶几的書刊，這一期的《Science》還沒讀，最近有同仁登上這本期刊，真是可喜可賀。他不敢說自己是個完人，但是個勤奮的人；不敢說是個好人，但是個善良的人。因為是好好先生，他們才肆無忌憚嗎？他壓抑著，不去拿「頂尖大學」的最新排名，決定把校務關在腦中，想點其他的事吧。

看著沙發扶手的墨綠絨布，他認真思索：白人傑到底怎麼了？

人傑是老友的侄子，考上這間學校，第一時間就來拜訪。相識數年，他對人傑印象一直很好，這孩子認真負責、慎思明辨、努力上進，這麼重要的場合竟然不到，還放大家鴿子，實在不像他啊。

記得有次，他經過行政大樓走廊，聽見工讀生議論紛紛，原來是在談人傑。那些年輕女生又開心、又臉紅，笑兮兮互推對方，說人傑又高又帥、家世又好，簡直是偶像劇「交響情人夢」裡的「千秋王子」。

「什麼王子噢？這裡又不是國外。」他苦笑。

「校長，那只是比喻啦！」

「王子就要配公主，這裡哪有公主啊？」

「有啊，我們就是公主啊～」

「想太多了吧。」他潑冷水。

「哎呀，只是幻想一下，有什麼關係嘛！」女孩們異口同聲。

他苦笑，人傑很帥嗎？他覺得太嫩了，要像高倉健、克林伊斯威特才是帥。自己讀書的年代，根本沒餘裕想這些，要讀就要拿獎學金，獎學金都是苦拚來的；那些家境優渥的同學，跟他處在不同雲層，自己唯一勝過的，就是學術成就了吧。一直到四十五歲，才不偷偷比較論文篇數、期刊等級和國際研討會——他渴望的是當選中研院院士；但隨著行政、顧問職務纏身，目前仍未當選，以後還有機會嗎？

上次見到人傑，是什麼時候？不就是昨天嗎？

他和「那個女孩」江若芙，走在樟樹大道上，三人擦肩而過、打了招呼。自己身高只有中等，而人傑高了他半個頭，那孩子看起來很好……健健康康、沒有生病的樣子。他不知道什麼「千秋王子」，不過人傑有點像明星，那個王什麼宏？

他倆走在一起，真是對閃閃生輝的璧人。

盧建群認識江若芙，是這一年六月。這幾年沒有開課，兒女研究所都畢業了，沒什麼機會認識新生。那天走過圖書館，爭執聲大了點，他才會停下腳步。

「怎麼了？發生什麼事嗎？」他皺著眉。

「校長好！校長怎麼來啦？沒什麼，只是她不符規定。」館員笑得不自然。

「我符合規定啊。」女孩很堅持，她背對著，看不見臉。

「什麼規定？」他踏前一步。

「這是小事，不好意思勞煩您……。」館員口吻更急了。

他和女孩並肩，相距一步，同時轉頭望對方，他暗吃一驚，怔得兩人都看著他，他馬上別過臉去，掩飾自己的失態。

這女孩好美，美得連周遭空氣都變了樣，微風顫動，他的嗅覺敏銳起來，想起自己西裝不整、眼鏡略歪、頭髮恐怕翹起來了。

不，或許不是她太美，而是他看過的美女太少了。

女孩面無表情，似乎見怪不怪。他一陣羞赧，縮起腳趾，啞聲問：「到底是什麼？」

「本週起，閱覽室上午只開放教職員，但是她一定要進去。」館員似笑非笑。

「我是員工啊。」女孩回應。

「不是這樣，妳這個不算。」

他覺得奇怪，她很年輕，怎麼可能是員工？

「你不能因為我是掃地的，就不讓我進去。」

掃地的？他看看女孩，為什麼不讀書，在掃地？

她拿回證件，遞給他：「您是校長吧？難道掃地的技工，就不是職員？」

他低頭看證件：「北和大學／技工／江若芙」。

和自己的顏色不同，不過看這格式，無庸置疑。

「你讓她進去，不要分教師或工友吧。」

「教授是要進去做研究的，連學生都不夠用，工友總是要犧牲啊！何況她是包商雇用，又不是學校聘的。」

「職員使用還分自聘和外聘嗎？」

「對啊！一直都是！」

「那以後不要分了，取消這條規定。」

「什麼……！可是有公告啊！」館員指著玻璃板下的黃色說明。

「你告訴館長，這條規定從此取消；如果她有問題，打給我的祕書。」

館員連眨眼睛，不再回嘴。

「妳可以進去了。」他平靜的對女孩說。

現在他大方的端詳她，這是社會給予身居高位的男子特權。

她的身材穠纖合度，容貌非常細緻，膚色如同絲綢，在陽光下瑩瑩發亮。鼻頭微微尖翹，櫻唇自然溼潤，眸子像去年春天回望枝頭的飛燕。深色的長髮垂至身後，像絲線美妙的下墜，隨著微風輕輕揚起。她的輪廓像東方人，卻雜揉不同種族氣質，濃糖蜂蜜的眼眸，定睛是紫羅蘭色，長長的睫毛一眨，又換了一種光澤，如同低垂的紫藤，或是河畔的鳶尾。和一般漂亮女孩不同的，是她的眼神堅定清明，有種不合年齡的深思熟慮，若用莎士比亞形容，好比奧菲莉亞的憂傷、考蒂莉亞的絕望、以及鮑西婭的聰慧。

很奇怪的，覺得她似曾相識。

自己發顛了？在做什麼黃粱夢？然而正眼端詳，確實非常熟悉，越看越像某個人，但是……像誰呢？電視、電影、廣告看過？或許吧，他對明星不熟，搜索枯腸也想不起，更不好意思問：我們是不是見過？這種三流的搭訕手法，未免太可笑了。

他請她進去，她只是道謝，卻說今天不了。

「為什麼？」他喊著她的背影。

她沒有回答，下了樓梯，他覺得有點悵然。

下午進辦公室，他一邊批公文，一邊撥主祕王翠華的分機。翠華來時，公文正好批完，他直接了當的問：「我們有沒有聘僱未成年員工？」

她喉嚨吞了顆棗子，半天，吞吞吐吐的說，「有，只有一位，是見習生。」

「一位？是不是姓江？」

主祕的背脊緊了緊，「您是說『江若芙』？」

他銳利的看著翠華，認識超過十年了，她為人親切、做事幹練，是個難得的行政人員，不因長期接觸公務，而變得呆板官僚。總是身著質感良好的套裝，搭配不同別針胸巾，年輕時是清秀佳人，現在豐滿了一些，更添成熟風韻。三年前，他拔擢她擔任主祕，她也沒讓他失望，解決許多煩雜問題，但今天說不定要打折扣了。

「坐下來吧！共事這麼久，妳知道我很重視年輕人的學習機會。不能讓包商聘僱未成年員工，如果家境有困難，也要儘量協助，台灣是個學歷社會，重視外表而不是實力、學歷而不是能力。如果放棄學歷，很容易輸在起跑點……所以，這是怎麼回事？」看到翠華的古怪表情，他暫時忍住，停下長篇大論。

她的聲音帶點金屬撕裂聲，「抱歉，沒向您報告，江若芙這個月就滿十八歲，是成年人了，她的情況很特別，才破例讓她工作。」

「她是妳介紹的？」他的眉頭皺得更緊。

「不，我只是告訴她徵人的訊息。」

「妳沒幫忙說情？」

「沒有。」她猶豫了一下，「我想過，還沒打去，她就應徵上了。」

或許吧，那麼漂亮的女孩，對方也會網開一面吧。

「所以，她是夜校生嗎？」自從台灣的大學錄取率超過百分之九十，他也不清楚現在夜校有幾間？聽說主要是護理學校。

「不，她沒上學。」

「為什麼？家境有困難嗎？」

她看著地面，好像打翻牛奶的小孩，沉吟了一會，才抬起頭來。

他有點訝異那不是懺悔。

「再次抱歉，您遲早會知道、也應該知道的。那女孩，是羅黎莎的女兒。」

「羅黎莎？」他一定是聽錯了，不會是——那個羅黎莎吧？

「妳是說，鋼琴家羅黎莎？她女兒在我們學校，當……技工?!」

她沒說話，但臉色回答了。

「怎麼可能！」他跌向靠背，瞪著翠華，她的法令紋往下耷拉，像吞了滿嘴苦藥。難怪！似曾相識！的確看過啊，怎麼沒想起來呢？話說回來，媒體不知道她在這裡，這不是太瘋狂了？但她以前都戴口罩，又是未成年人，也沒刊過照片……

潮浪一波波淹沒，他勉強開口，舌頭黏得發不出聲。

「妳騙我，妳從來沒說認識羅黎莎！」

她面露慚色，嘴唇刷白，「我說不出口。」

「唉！那件事太遺憾了！」他來回踱步，緊絞著手。

「他們都是好人，真的很沒天理。」

他按捺大吼大叫的衝動，「她女兒不是叫 Elena？伊蓮娜？中文名字是……江若芙？她姓江？」

「黎莎的丈夫中俄混血，他母親是中國人，姓江，女兒也沿用這姓氏。」

「Elena 不是出國了嗎？」

「她幾個月前回台灣了。」

「為什麼到北和大？」他臉色一變，「不會是……？」

翠華臉色凝重，點點頭。

他再也憋不住，大大嘆了一口氣，仍無法抒盡胸中的煩悶和憂鬱。

說起 Lisa Luo，羅黎莎，她是古典樂迷的鋼琴女神、音樂界的超級巨星、西方樂界的東方繆斯，也是少數躍上國際舞臺的台灣藝術家。黎莎出生在古都台南，父親是台灣人、母親是台日混血兒，有四分之一日本血統，從小便嶄露音樂天份，被視為神童刻意栽培。在尚未開放海外觀光的年代，她便遠渡重洋，踏上歐洲陸地，在藝術之都維也納拜師學藝，陸續獲得柴可夫斯基音樂大賽、伊莉莎白女王鋼琴大賽、以及蕭邦國際鋼琴大賽等大獎，振奮了台灣人的自信心，也讓國際注意到這顆冉冉上升的明日之星。

想要站穩國際舞臺，並非只靠大獎，就能一帆風順，古典樂界的競爭激烈，除了天份，還需要機運或其他優勢，才可能站上世界之巔。而黎莎就是這樣的幸運兒，她擁有凡人難以企及、上天雕就的美麗容貌，令人屏息的窈窕身段，輕鬆揮灑的舞臺魅力，舉手投足萬種風情，像朵灼灼發光的薔薇。她初次舉辦售票音樂會，盧建群正好出差紐約，在行人匆匆的繁華街頭，一眼就能望見贊助看板，在星空為底的巨幅廣告上，黑髮黑眸的絕世佳人，深邃的凝視直入眼底，一顧傾人、再顧傾城。那真是震動心魂，僅憑這樣的照片，他就知道會成功。說得誇張一點，如果柳下惠是活人，或許都會飛奔來聽，可知對大眾的吸引力。那一夜，他徹底折服她的表現，來回鍵盤躍舞的琴鳥，威尼斯也為之死去。演奏會大獲好評，他翻閱報紙評論，一面倒的稱讚她的詮釋——細膩、華麗、深情，平凡如他，還與有榮焉，窮開心了一陣子。其實他們的共通點，也只有台灣出身而已。

台灣對藝術家的肯定，往往要從國外紅回來，黎莎也不例外。榮膺首獎的消息，早令媒體瘋狂；國際樂評的肯定，更讓父老榮耀；登上《時代雜誌》封面的那天，不但是各大媒體頭條，連總統都拿出來誇耀。然後她一步步站穩地位，空中飛人巡迴世界各地，舉辦獨奏會、和知名樂團合作，偶爾回台，參與公益活動和新秀培育。她和金融家結婚、生下兩個女兒、獲頒文化勳章、演奏連場告捷……

人生像搭上順風車，才華、名聲、財富隨之而來，市井小民望塵莫及。

然而如意風光的際遇，竟免不了紅顏的嘆息，彷彿老天爺也愛看戲，芭蕾女伶砰然摔落，上天猛然惡意，令人措手不及。去年十一月，她回台擔任音樂大賽主席，離開前，發生了死亡車禍。黎莎、丈夫和司機，送醫前已無生命跡象；小女兒 Michelle 入院後回天乏術；全家唯一生還的，只剩下留在飯店的大女兒 Elena。

更令人氣憤的是，肇事者逃逸無蹤，現場也沒有目擊者。

而這場車禍，就發生在北和大學，正門前的馬路上。

天才的隕落，轟動了海內外，媒體連續報導多日，民眾氣憤填膺，激起了廣大同情。但是當週天氣惡劣，受到南下鋒面影響，中南部豪雨成災，台北市在八小時內降下了兩百公釐雨量，市長坐鎮指揮中心，警消疲於奔命，由於雨勢實在太大，肇事痕跡也被洗刷殆盡。警方調閱大量畫面，因為大雨斷電等影響，許多監視器故障。當局比對可疑車輛、分析數千車牌、懸賞目擊者、調查修車廠，經過十天、半月、三月……案情持續膠著，禍首仍然逍遙法外。生離死別的霹靂，讓家屬十分低調，黎莎身後留下女兒 Elena，每次出現在螢幕前，總是戴著墨鏡，膚色蒼白、嘴角緊抿。媒體訪問黎莎白髮蒼蒼的母親、經商的弟弟，他們一致表示：希望警方積極辦案，以慰死者在天之靈。

羅黎莎的死，凸顯了大眾對完美的豔羨、妒嫉與恐懼。許多人平常欣羨她的才貌，如今卻慶幸自己的平凡，得以避免無常的大禍。她是瞬息之美的隱喻，短暫繽紛，飛成緋紅落櫻，註定在凡人祭壇獻祭，在傳頌中化為傳奇。

回想起紐約一瞥，盧建群感傷佳人早殤；更戰戰兢兢的是，警方高度懷疑校內人士涉案。

當天是週末假日，到校者本來不多，警衛也去巡視淤積，門口沒人站崗。警方沒找到嫌犯，也無法鎖定目標。如果犯人是員工或學生，不但校方蒙羞，作為大家長的他，也無法對社會交代。喪禮當天，他和妻子前往致意，只見Elena披麻戴孝、哀淒佇立。他捻香肅立，不忍細看，垂淚低頭的單薄身影，就是對她的最後記憶。經歷數月半載，追查仍無斬獲，新聞熱度逐漸消退，即使樂迷哀嘆切齒、演奏CD持續長銷，逝者卻再也回不來了。若不是翠華提起，他連做夢都不會聯想到這件事。莫非……莫非是為了緝凶，Elena才到北和大來嗎？

——不，一定是這樣吧。

「Elena的外婆和舅舅呢？住台北嗎？」

「他們都住台南。老人家傷心過度，常常臥在床上，由家人照顧。」

「所以她單獨在台北？」

「她本來就很獨立，出了這種事，也只能堅強，不然怎麼辦呢？」

「她以前在美國念書？」

「她……求學過程比較特殊，這孩子資賦優異，天資超群，小時候住在台南的外婆家，上過台灣的幼稚園，搬回美國之後，因為身體比較差，長期在家自學，常常來回台灣和美國。黎莎夫婦鼓勵閱讀，聽說她不到十歲，就讀了數千本書，廣及各個領域，後來數量更驚人；到了十多歲，他們擔心她不適應人際，才安排去上高中，但是她很有主見、很抗拒。」

「就算是天才，也免不了人生打擊。」盧建群有些感嘆。又問：「她在台灣應該能以同等學力入學？」
「或許吧。但她不願意。外婆和舅舅都勸了，也不聽啊。」
「她在這裡……是不是想追查線索？」他總算說了出來。
「我不知道。您別生氣，我代替她求您。」翠華明顯驚慌失措。
「不！怎麼會呢……。」
他也很想抓到兇手啊！更擔心犯人在學校，果真如此，長夜又難眠了。
「她查出了什麼嗎？」
「好像沒有。」
「這件事有誰知道？」
「除了我和她，就是清潔公司的董事長。」
她再次鞠躬，「校長，我真是不得已，再次向您道歉。」
她的頭低至了腰下。
他嘆口氣，來回踱步，思考較為合宜的回答。
「好吧！就隨她去吧！真能破案，也了了一樁心事，警察不會常來學校。」
他兜著兜著，繞了好幾圈子，又轉回來，「她不一定要當技工啊？學校還有其他工作，總機、行政或助理……為什麼要做這種辛苦又……的工作呢？」
「骯髒」這個詞到了舌頭，又硬著吞下去。
翠華也知道他會問。「黎莎從小離鄉背井，連一句外文都不會，就當起了小留學生；她丈夫更特別，從蘇聯跳船離開，大風大浪，什麼苦都吃過。他們的想法，是教導小孩吃苦耐勞、堅強獨立，所以若芙和妹妹從小就做家事、到附近打工，不是嬌生慣養的千金小姐。至於為什麼當技工？她不肯說。我猜，她是想四處走動，其他工作都是靜態的。」

「這種教育方針……也不錯啦！孔子說：吾少也賤，故多能鄙事。但她真能查出什麼嗎？」

「我也不知道，不過她非常堅持。所以我當成心理治療，至少她覺得有出力，總比看醫生來得好。這孩子樣樣都好，就是脾氣倔了些，日常生活有點迷糊。」

盧建群眼如瞳鈴，「妳說的也有道理，不管有沒有用，總有心理效益。現在的孩子很有想法、很難勉強，如果真有天份，也不一定要上學，但要發掘性向、掌握方向，不要耽誤了人生的黃金期。」

他停頓半晌，才說：「我也來看看，能不能幫忙。」

翠華聽了，微微露出白齒，雙眼發亮。

他矜持的點點頭，這件事說難不難，只是必須安排。

「但是要小心，別讓身分曝光，尤其不能讓記者知道。」

「我知道，如果大眾發現，她也待不下去了。」

盧建群拉動檯燈開關，暈黃的燈光滅了，只剩下窗外霓虹，映照他挺直的脊樑。他沒有馬上起身，反而不自覺搖搖頭，想甩掉暗藏的憂慮。

——難道，人傑知道她的身分？

不可能。她不會說吧？

他無法確定，只是祈禱——千萬不要啊。

二、江若芙

十月三十日（三），台灣．台北。

今日，若芙一如往常，到學校工作、巡視路巷、圖書館自修，直到天際漸黑，才走回隱密巷居。她日日繞行，唯順序稍有差異，像雀鷹滑翔狩獵領域。

推開藍綠色木門，走進一人高的石砌圍牆，濃綠樹蔭、草木順長的院子，西斜夕陽投下長影，回巢鳥兒啁啾互喚，但她低頭默走，無心佇留。這是棟黑瓦白牆的日式老屋，屬於久居台南的外婆，是向國有財產局買回的故居。外婆身體不好，無力修繕，老屋不敵歲月摧殘，日漸荒蕪，近年舅舅才請人整修，建築師保留了古色黑瓦，透明玻璃窗朝向庭院，簷廊、踏石、小徑、樹叢幽蔽，投下各色陰影，讓房屋多了表情。屋內二十多坪、二房二廳，在寸土寸金的台北市，獨棟住宅十分奢侈，她暫時借住，後來才知道，這裡的一坪土地，就能在南部買一棟透天厝，但她只是簡單打理，雜草也數週未修了。

她拔出綠色橡膠鞋，放下遮臉的採茶帽，口罩扔進垃圾桶，脫掉制服罩衫和防水褲，若是有人在旁觀看，必定無比訝異，歐巴桑竟然變成荳蔻少女。她走進浴室、沖掉汗水、擦乾身體、裹上單衣，倚進了客廳沙發，在黑暗中，任憑暮色默默吞沒。正是如花年紀，日間勞動不算什麼，稍作休息便夠恢復，但是她不想動、幾乎站不起來。戶外路燈自動亮了，她還在等，等著有人喊吃飯了。

她一動不動，就像是寐著了。

若芙全家，原本有爸爸、媽媽、她和妹妹四個人。

她是長女，妹妹若蓉，姊妹連起來是「芙蓉」，是媽媽特別喜愛的一種花。現在她記得的，都是些斷影殘像，拼拼湊湊，構不成形。有些事不願去想，有些事想不起來，以前不注意何時回家，現在只記得何時到家。無論如何努力，在關上燈、閉上眼，黑暗中的那一刻，想忘的、不想忘的，全都會湧過來。

蟲聲唧唧，她在空穹房中站起，差五分晚上八點。

翻攪冰箱，找到雞蛋、火腿和白飯，切了乾蔥，炒了一盤蛋炒飯，沒有煮湯，倒了杯溫開水權充下嚥。過去和家人共享品嚐，現在都是簡單菜餚，只有白色冰箱分食。不知道是不是記憶會上色，她彷彿能看見：餐室的大片觀景窗、原木家具和地板，在晴朗的日子裡，從陽台外望出去，前方綠得耀眼的樹叢，讓人一早神清氣爽、眼神發亮。

爸爸會變著法兒更換菜色，但餐桌上一定有蛋、橄欖油、海鹽和番茄，心情更好的時候，甚至會擀麵皮自製披薩。桌上少不了咖啡，牛奶和果汁也很常見。她和妹妹都愛吃蛋——炒蛋、烘蛋、煎蛋、太陽蛋、班尼迪克蛋、水煮蛋和焗烤蛋，天天變魔術一樣。其中她最愛法國吐司，蛋汁都藏身在麵包裡，最好吃的作法，前一天就要打好蛋液、加入煉乳和奶油，放在冰箱裡浸一晚，第二天清早再煎。媽媽愛吃水果，總是想念台灣的水果汁多又甜，尤其蓮霧、芭樂、荔枝和土芒果，在美國都很少見，她每次回台都趁機享用，旅館堆了許多，吃不完只好送人。

爸爸通常擔任主廚、她是助手，解凍香腸培根、洗蔬菜水果、磨咖啡、溫牛奶；妹妹則是鋪餐具桌巾，剪枝整理花瓶，布置更秀色可餐。媽媽的思鄉情懷發作時，家裡也會煮些台式清粥小菜；或者到進口超市買味噌、海帶芽和鮭魚，用日本進口白米煮飯，嘗一下東方口味。妹妹的口味像媽媽，吃得也很清淡，就像營養不良的小貓，撿回家也花不了多少錢。聽到她批評，妹妹大眼睛眨呀眨，更像林中精靈，天然翹的嘴唇往上捲彎，長睫毛根根分明，才十二歲就是俏生生的小魔女。

面對滿桌豐盛的主食、水果、沙拉和飲料（假日還有飯後甜點），媽媽喜歡播放音樂，爸爸和妹妹專心用餐，她則是邊吃邊看書，他們從來不阻止，因為對話她都聽得見，絲毫不覺一心二用。

上天恩賜的時光。

人在至福時都沒發覺。

洗淨餐具晾乾，回到單人小臥室，米色牆壁缺乏表情，沒有一般女孩的繪畫、偶像海報、Kitty 娃娃，或是流行皮件。鞋櫃沒有高跟鞋，抽屜沒有睫毛膏，只有功能性的家具，最貴的是桌上的 MacBook air，如果床邊再放本《聖經》，就像清教徒的修院生活。

這是現在的居住形式，什麼都沒有，所以就沒有負擔；什麼都沒有，所以就不怕失去。

今年一月，她從美國回到台灣，刪掉通訊錄、臉書和通訊APP，遠離學校、社區、社團和朋友。不接室內電話，只保留網路；配了手機，但經常關機；出沒校園，不過不交朋友。除了最低限度的人際聯絡，她將過去一筆勾銷，像重灌後的電腦硬碟，不能 re-format 的歡樂時光。她是個犯人，只是不住監獄，刑期由她自訂，由死刑改為無期徒刑。

以前生活就像堅韌的磐石，無法想像沒有音樂、沒有畫作、沒有照片、沒有禮物、沒有笑聲、沒有祝福、沒有陪伴的日子。現在卻是在巴掌大的石頭上，踮著腳尖，底下每天都在崩塌粉碎，往下看就是萬丈深淵。

無常帶走了所有未來。人生是無常，無常來得比明天更快。

最近調查滯塞不前，明顯進入了撞牆期，她的心眼變得狹窄，小事被無限放大，只剩下眼前一平方公尺。有時一位同事的白眼、一句主管的責備、一片亂丟的垃圾，都能牽動心緒低落，睡前迴響耳際，這不是她回台灣的目的。偏頭痛又發作了，思緒盤了又盤，繞成糾纏難解的痲球。

瑪麗安・摩爾（Marianne Moore）說：「這個世界就是孤兒的家。」

狗屁，這個世界只有自己是孤兒。

可以逃避自己，卻無法逃避日復一日的失望與失落。未來何去何從？如何繼續下去？在這個尷尬身分上，她既不是真正在生活，更無法進入生活，一切事物都缺少決定因素，無法滿足更強烈的呼盼，苦問多日，她知道少了什麼——她想要進展、她想要快速，不能原地踏步。但是沉溺自憐，沒有智慧跳出，真是個失敗之人。

如果有朋友分擔，會不會好一點？

她不認為。

無論過了多久，事件在她心中，就像昨天一樣。

她反覆思量，決定回到最近的地方，只能逼視，不可偽飾、不能閃躲。

媒體瘋狂追逐被約談的人，事後都證明嫌疑不足，最後只剩下一張照片，是在距離肇事地點二十公尺、馬路旁的監視器拍下的。天色昏暗，大雨密如出巢黃蜂，抹煞了天地原色。鏡頭下，有輛轎車的五分之四車身，只拍到一半引擎蓋，看不到前方的車牌。從形狀比對，有點像福斯 Volkswagen Jetta，無法百分之百確認。後來警方撿拾現場遺落的十多片玻璃，請各大車廠技師協助辨認車燈廠牌，確認是這個車款，那是一九九八年上市的第四代 Jetta 專用車燈，當時進口到台灣的數量約一千三百部。

但關於車子的線索到此為止。

天色太暗，看不出汽車色彩，只能確定是深色或灰色系。車中坐著兩個模糊鬼影，駕駛座一位、副駕駛座一位。無法確認性別、胖瘦和臉龐，只能猜副駕駛座可能是女人，她側著臉，一邊黑髮垂落下來。車速很快，可能超過一百公里。

誰會在大雷雨天的市區路上，開一百公里的快車？

除了想去死、或撞死人的人？

北和大學前僅有一條直路，下一支監視器，沒再拍到這輛車；上一支監視器，也沒捉到蹤跡。車子是從哪來的？天上掉下？地上浮出？魔法變的？或是外星人放的？它像雨海航行的幽靈船，在都會街道漂浮無蹤。

警方考慮公布照片，但是影像太過模糊，看不出車輛有撞擊，只能說駕駛可能經過、或目擊現場，不能確定涉案，除非直接檢查車身。公布不確定影像，能夠讓網友肉搜，但也可能打草驚蛇，讓兇手更快滅證。之前的約談，已經造成名嘴謾罵、未審先判，差點打國家賠償官司，所以警方謹慎許多。她對公不公布沒意見，台北不是百慕達三角洲，車輛不會憑空消失，她認為之所以沒拍到，是因為車子就在附近。

北和大學周遭，密布縱橫交錯的巷道，蜿蜒、自由、混亂，就像這個城市的市民性格。許多監視器聊備一格，但並非全然損壞、無法運作。她推測，之所以沒有照片，是因為車子開進了某棟大樓或住宅。

這一帶不是商圈，假日人煙稀少，會在傾盆大雨經過，必定和這裡的某種人、事、物，有時空牽連或地緣關係。她相信，真相就在這裡。

肇事者不是北和大的教師職員，就是鄰近的住戶、親友或顧客。

為了成為「監視者」，這一年，她請翠華阿姨介紹，進入「潔寶服務股份有限公司」。這間公司頗具規模，客戶遍及全台，包含政府機關、大專院校和民間公司，員工約有數百人。她的年齡輕、資歷淺，只是打工性質的見習生，薪資也比正職員工低。面談的時候，人事主管講好：每天工作四小時，月薪約新台幣一萬兩千元，折合美金約時薪五塊。這樣的薪水在美國很低，但在台灣的計時酬勞還算不錯，畢竟清潔工是重勞動。

某次她看到媒體報導，超級馬拉松選手陳彥博為了籌措比賽費用，曾半夜到清潔公司打零工，時薪只比她多兩塊美金；他說「因為手碰過髒，更知道如何把腰彎低。」

但她無法想像，以台北的生活水平，即使正職員工，要怎麼養活一家人？

雖然習慣家務，但正式工作不是辦家家酒，半年以來，她掃過運動場、道路、大樓和教室，春天的木棉飄絮詩意、紫色的花樹繽紛美麗、菩提的綠葉肅然悟道，但是到了手上的掃帚，每天搏鬥卻是真要命。

況且台灣常常下雨，浸溼後變重的落葉、黏稠遍地的落花，或是校園施工的灰塵和泥沙，都讓人欲哭無淚。掃一小片地，起碼花十五分鐘，想打理得乾淨整潔，真耗費體力心力。

這些還在其次，她最不習慣的，是路人的目光。雖然他們不認識她，自己也戴著口罩，沒必要多做聯想，以為別人都在窺視。但她還是有點心虛，好像混入舞臺的演員，被發現唱的不是這齣戲。

因為搬運落葉、泥土和垃圾，常常滿身大汗、渾身髒汙，必須換了衣服才進圖書館，否則鄰座往往走避。工作一段時間，她發現，在孤單、寂寞、混亂、絕望的日子裡，固定、規律的勞動，反而最能讓心靈放空。或許這是一把鑰匙？接近治療之門的途徑？

況且，這份工作也有不少好處。時間不長、責任制度、重視效率，只要注重品質、通過督導，時間到了就可以馬上離開。但是對她來說，最重要的，還是這個地點。

若不是北和大學，就沒有意義了。

這一年，她時而走路、時而騎車，每天在附近巡繞。北和大鄰近信義計畫區、靠近里山邊緣，山邊有幾條登山步道，觸目所及的街景，都是公寓、電梯大樓、菜市場、社區商店和中型超市，屋齡超過十年，少有新推建案。行人不是年輕學生，就是穿著休閒服的居民，或是外傭推著輪椅上的老人，沒有六線道馬路、櫛比鱗次的商圈，都是小巷、雙線道或是四線道。

牆上有一張用谷歌地圖拼成的彩色街道圖，她用各色彩色和螢光筆，標示小字說明和記號，粉紅螢光是電梯大樓、打叉是有管理員的停車場、雙重圈圈是禁止進入的房舍、問號是一直關閉的建築……。她用苦行僧的決心、地毯式的搜查，建立了方圓一公里內，出入的車輛顏色、型號、牌照等資料。一般公寓沒有停車場，車主都停在路邊；但是電梯大樓有地下室，有些還有警衛，比較不容易記錄，設法克服困難（多半是偷偷潛入），拍照存檔、觀察標註、查看是否有修補痕跡；若是真有可疑，就交給警方追查。這樣努力，最後只剩百分之五的車子無法確定。

千方百計賴在這裡，就是要打聽目擊者、窺看道路、查訪車牌、發掘蛛絲馬跡。只要更多耐心、守在虎穴出口，說不定哪天老虎就會出現。

就像尤・奈斯博（Jo Nesbo）筆下的哈利警探，為了揪出殺害好友的兇手，瘋狗似的緊咬追查守候，結果丟了工作，最愛的人也離他而去。若芙覺得，那不是小說的虛構、不是編造的人物，而是真實爆發的憤怒與渴切——

就是不能不查下去。

這個世界必須有正義。

只要鍥而不捨，必定有伸張公理的一天。

四個月前，校長找翠華阿姨和她到校長室。

王翠華是媽媽的老鄰居、好朋友，從紮雙辮的小女孩、步出校園的新鮮人、到結婚生子的熟女，從生離，到死別，一晃三十多年。媽媽過世後，翠華前來弔唁，她滿臉是淚，告訴外婆：出事當天，她在學校加班，媽媽說即將出國，要來北和大探望她，但是一直沒來。她在網路上看到即時新聞，馬上衝到醫院，卻是天人永隔。

外婆只是流淚，人都死了，能說什麼？

若芙的怨氣沒有出口，乾脆出在翠華身上，所有鞠躬都沒回禮，說話也絕不回應。之後回到美國，仔細研究地圖，發現家人返回飯店，無論經過哪條路，都會通過致命路口，和探望翠華沒有關係。命運如此，能說什麼？

回台北後，翠華幫了許多忙，外婆和舅舅也比較放心。

如今對她是感激的。

那天校長找她們，本來擔心自己被fire，不過翠華說他不是那種人。

另一方面，她對校長印象不壞，那次在圖書館相遇，沒想到老人會出直拳。

兩人戰戰兢兢到了校長室，眼前的茶還沒喝完，就聽得下巴掉下來。她們都沒猜對，他談的是「萬里齋」——一間籠罩神祕面紗、藏品直追台北和北京故宮，被譽為「民間故宮」的私人博物館。

校長說得十分起勁，寬寬的面頰微微抖動，細細唾沫輕噴在茶几上，下彎的眼角，因為笑容而更彎了。「萬里齋是萬濤集團設立的，集團總裁萬喜良是我大學學弟，認識超過四十年，當時學生少、感情好，我們住上下鋪，吃穿讀書都在一起。後來我鑽研學術，他經營事業，就像結拜兄弟。」

他的語氣充滿感情和回憶，「這兩年大家都忙，好不容易見面敘舊，他提起萬里齋的總管孫老，年紀大了，想找個關門弟子，請我幫忙留意。」他清清喉嚨，正視若芙，「雖然我們只見過一次，但我覺得妳很有潛力。孫老是故宮的老人、文物界第一把交椅，妳的父母如果健在，也會希望妳多學習。」他的黑框眼鏡歪了些，卻沒留意，「我打聽過了，公司說妳認真、負責又仔細，妳有藝術背景，孫老也希望有好徒弟，在那裡能接觸一流文物，是非常難得的機會。」

若芙的眉毛挑了起來，呈一個小三角形。

他的聲調緩了緩，「我知道，妳是想找兇手，但這樣真的好嗎?妳爸媽如果還在，會贊成嗎？」

她的表情瞬間硬起來，像一面鋼鑄的盾牌，瞳孔燃起青色火焰，山林野火的瞪著他，渾身散發一種殺氣。他心裡湧上一股寒意，沒想到她反彈這麼大，雖然完全沒有反駁，但是明眼人都看得出來，防禦抗拒多麼徹底。翠華也被震懾住了，嘴裡囁嚅幾句，三人都不再作聲。過了半晌，盧建群解釋：

「妳誤會了，我不是要趕妳，只是希望妳知道在做什麼。我當然希望破案，而且……不瞞妳說，多年前我在紐約，聽過妳母親第一場演奏會。」

他看著虛空，似乎在追憶消失的音符。

「她真是天才。失去她，是全人類的損失。」

空間非常安靜，颯颯蕭風吹得樹枝簌簌搖動，夏天鮮亮的綠意，不知何時僅剩下黯淡枯枝，光線透過樹葉隙縫，照亮樹皮的藍色斑紋。

淺灰天空稀遠高薄，讓人不禁疑惑，雲後究竟有著什麼？

彩色蝴蝶不再飛舞，吱喳麻雀在枝頭無力跳動，原來鳥兒的巢，竟摔下樹去了。

若芙猛然回神，輕輕點了點頭。翠華不斷鞠躬，校長揮手謙辭。

「但是萬總裁沒見過她，這樣沒問題嗎？」翠華問。

「這件事是孫老決定。他說這個工作，最重要的不是學歷，而是熱情和天份，當初他也從工友做起，都靠發問和自修。他說起初每週只去一天，以後視狀況再加，他們也會付薪。如果妳願意，孫老想先見面，我會請祕書約時間，到時候過去就可以了。」

走出校長室，陽光非常耀眼，若芙摸摸面頰，發現剛剛溼過了。

現在躺在床上，面對灰色的天花板，她不想起身、卻也睡不著覺。

有哪根筋不對勁。

這種預感不常出現，一旦出現必定應驗，她的觸角敏銳伸出，卻顫抖地觸不到東西，就像毛蟲蠕爬、鼠輩搔癢，撓得翻過來、煎過去。她壓住擂鼓般的太陽穴，摸到桌邊遙控器，隨便轉到新聞——這一台、那一台、男主播、女主播，嘴唇一開一闔，像是池中的鯉魚。以前看到自家事件的追蹤報導，主播的憐憫踩住她的心臟，爬起來乾嘔了幾口。後來都很小心，不想聽到不負責任的評論，說什麼都是多餘，都是二度傷害，都是廉價的同情。

她閉著眼睛，頭腦暈脹、昏昏沉沉，過去總覺得，叮咚的鋼琴、嘰喳的說話很吵，現在卻覺得有人的噪音真好。新聞還在叨叨述說，以前不習慣台灣頻道，轉來轉去，總是那一套——雞毛蒜皮、芝麻小事、報紙抄襲和冷飯冷炒，這裡不關心世界，最關心自己的肚臍，但是久了之後，發現汪洋中的浮萍不必緊抓陸地，只要輕鬆的放開自己，就能自動跟隨風向，在浪裡浮沉飄蕩，這樣也好，反正隨即又會被吹散、再次漂浮……。

她伸手拿起床邊的一包堅果，使力扯開封口，今天吃的是榛子腰果，這一年來，她逐漸養成這個習慣，每天都要吃掉一些。她一顆顆拿起脆脆的果仁，無意識的卡滋咬著，突然聽見主播說了「北和大學」，這熟悉的四個字，讓她耳膜一緊，半支起身拿起枕頭托在背後，斜著眼看螢幕，只見主播面前大大打著：「**研究生失蹤　家屬急尋**」——北和大學的博士生白人傑，從十月二十四日就沒回家，家屬透過警方表示，希望民眾幫忙注意，電話是02-XXXX……。

她完全楞住了，以為自己聽錯，但是主播念的，真的是「白人傑」。王喚新教授在受訪，旁邊有位戴口罩的婦人，輪廓細緻、身形憔悴，鏡頭切換到警方，又切回失蹤者照片——濃眉、大眼、高鼻樑、均衡的五官、冷靜的目光、好脾氣的微笑，真的是白人傑！

有人，而且是認識的人，在地球上行方不明，她不禁皺起眉頭。

閉上眼睛就能浮現，圖書館的日光燈下，人傑端整的臉頰弧度，金絲眼鏡框著冷靜，微帶嘲諷的薄唇，自信而謹慎的舉止，翻閱書籍、凝視螢幕、行走時的側臉，偶爾伸手摸摸下巴，好像那裡有鬍子似的……

還有，還有他專心凝視自己的眼神。

兩人在圖書館認識，都喜歡五樓邊角、窗外鄰著楓香的那張桌子。五樓沒有電梯，會爬上來的人不多，人傑常佔據兩個位置，桌面攤開書籍電腦，論文草稿放在一旁，不經意空著的椅子，若有似無等著若芙。

她一向目不斜視，但是次數多了，也注意到這個男生。起初對他沒有好感，總覺得俊男美女，個性多少有點扭曲。他們生長在眾人目光下，背負更為沉重的壓力；每次一進新團體，馬上就引起注目——若是表現平平，別人就等著看笑話；若是資賦優異，也被視為理所當然。她總覺得他們自命不凡、自我意識很強、認為別人都該重視自己；要不然就削足適履，刻意討好別人、迎著話題隨波逐流。無論是哪一種，對小孩都不是好事，她從小就受夠了，所以看到人傑，心裡就響起警鐘。偶爾他和若芙攀談，她都愛理不理。她最恨的就是搭訕，他們總是那些老套——美眉，妳幾年級啊？讀哪個系？週六有沒有空？不然週日呢？這本書妳要不要看？這個禮物送給妳，笑一個嘛？不要那麼冷漠。妳搞什麼？不要就不要、不去就不去，跩什麼跩啊?!……

她一概冷然以對。

那天，有個死皮賴臉的男子跟著她，她直往前走，頭也不回；無賴不死心，居然冒出一句：「天氣這麼熱，妳真是冰肌玉骨、自清涼無汗啊～～」

她怒目而視，嗆了一句：「對！因為我體溫失調啊！」

有個路人笑出聲來，男子楞在那裡，說不出話。

那個路人，就是人傑。

那時她發現，他的笑容很率真。

她覺得很糗，後來遇到，就沒那麼不假辭色了。某天，她在生命科學院打掃，人傑迎面而來，若芙故意摘下口罩，這招對追求者總是有效，他們幾乎都尷尬快閃，更誇張的後退三步，活像見了鬼似的。這次如法炮製，看他還敢不敢？

白人傑認出她是歐巴桑，確實呆了一下，還點了點頭。

她以為這樣就沒事了。

沒想到，後來圖書館相遇，他的態度竟如往常，並且更客氣了。她不禁對他刮目相看，兩人開始會散散步、喝杯飲料。他很少談家裡，她更是絕口不提私事，兩人抽空聊聊，她打聽學校的事，倒也相處甚宜。還沒過慣這裡的日子以前，她不打算說實話。天知道那還要多久，但是現在不行、當下不行，她還沒準備好面對同情，還無法辨認別人是憐惜、或是真的想交自己這個朋友。在她看來，他們只要知道，都是一樣的表情——驚駭、壓抑，然後迅速換上哀傷憐惜。

以前的同學朋友都很關心，她就是受不了好心。

她只想關上房門，站在門口監視自己。

換句話說，就是她還無法面對，還在畏懼環境，還不能流利、至少自然的述說心情。她必須能夠結構一套說詞，讓自己不要一碰就癱，她不是那麼柔弱的人，從以前、到現在、到未來。只要她能做到，就能真實面對別人，恢復該有的日子——失去家人以後，能過的日子。

若芙刨出記憶，最後遇見人傑，大約是一週之前。

難道之後，他就不見了嗎？

那天天氣非常好，即將告別秋天似的好，之後氣溫陡降，還連下了幾天雨。

對，那天是週四，她去了萬里齋，看到清宮金珀紅寶朝珠，一百零八顆透淨金珀串起，間隔翠玉小佛像，中央兩顆美麗的紅寶。這條王妃的朝珠真美，瀲灩火焰般的閃豔。

孫老說，紅寶沒用鐳射處理過，這麼多年了，仍是紅豔可愛，石榴子似的。

人傑有什麼異樣嗎？兩人談了什麼？記不太起來了。應該沒什麼特別吧。過去他常勸她上學，這種「萬般讀書高」的觀念，她很不以為然，只是懶得囉嗦。

軟棉的白雲飄遠了，天空特別高闊，喬木篩下遍地綠影，秋風吹紅他們的臉，校樹摟護著建築。陽光十分明朗，卻一點都不熱，沒想到接連是溼冷的壞天氣。

對……她想起來了，當天人傑非常沉默。他喜歡植物，經過花木扶疏的校園，總是一一細數——麵包樹、雀榕、樟樹、白千層、茄冬樹、鳳凰木、蒲葵、香蕉、美人蕉，還有大王椰子，比較季節差異。這次一路走過，他卻像個啞子，反而是她在開題，抱怨台灣四季不分明，校園的楓樹、槭樹綠得很瞎，不像國外火楓秋紅。

他不知有沒有聽進去，只是神情恍惚、若有所思，還文不對題的說：「別這麼說，其實植物很可憐，比起動物能自由移動，植物生了根，就難以動彈。它們非常纖細，也有隱形語言，可以看到、聽見、能聞、會嗅、甚至有觸覺，它們能記住妳，但是無法表達。」

他低了聲音，「或說，一般人往往視而不見、聽而不聞。」

她感受著風，隨口回答：「有這麼複雜嗎？」

他搖搖頭，「等我有空，再告訴妳。」

他的微笑裹著一層憂鬱，好像久遠前的照片，昏昏煌煌，凝結在空氣之中。若芙眨了眨眼，懷疑自己看錯了，蝴蝶在眼前揮動翅膀，遠方旋起一股氣流，升向不知名的天際……。

她瞇縫著眼，再度望向前方——仍然是和平的校園，有聲、有色、有風、有影，是自己一時恍惚了。便也回以微笑。

他們一直走到榕樹道和蓮池道口，才揮手道別。

那是最後一面。

然後他到哪裡去了？

她曲起身體，環抱雙膝，骨髓裡突發惡寒，好像有人在耳邊吹風……。

她很不舒服、非常不愉快——他怎麼了？到哪裡去了？要問其他研究生？或是到系辦公室確認？或是……剛剛螢幕上的女人？

她全身蜷縮，關掉聲光，蒙進被窩，像深深躲進樹洞的鳥兒。

三、張美琴

十月三十日（三），台灣・台北。

第七之夜，張美琴預感，又是一個難眠的夜晚。

該上床了，應該卸妝、洗臉、洗澡、睡覺，但她只是直直看住月曆，這是兒子失蹤之後，特地拿來掛上的，這個房間，已經成為她最常來、又最怕來的地方了。她打扮整齊，好像隨時準備出門，卻躺在兒子床上，哪裡也不想去、哪裡也去不了。美琴以前是個美人胚子，雖然年已五十三，天生麗質加上保養得宜，是個時下的「美魔女」。妝容華服，彷彿能帶給她勇氣，如果卸下脫掉，就像搶了盾牌、拆了武裝，無法掩飾心境、追回年華。

兒子門上的月曆，是去年冬天母子赴日，在京都的文具老鋪買的。淡彩渲染的花草，一旬、十天一張和紙，古都優雅風情，歲時祭儀流年。她撿選著各色月曆，人傑說：「還是這個好看，就買這個吧！」便拿去付帳，說是新年禮物，她也由孩子寵著自己。

柔美的月曆上，畫了七個鮮明的叉，怎麼看怎麼扎眼。人傑知道她的依賴，出外一定會說明，至少會放張紙條、錄個留言。除了出國留學、以及前陣子去大陸，他幾乎從不外宿，就連畢旅或社團，也是當天來回，如果真的沒辦法，就乾脆推辭不去。因為婚姻狀況特殊（她苦笑，這不算婚姻吧），和人來往總有顧忌，她幾乎沒有親密朋友，姊妹感情特別深厚。兩個姊姊的丈夫都忙，三個家庭經常聯絡，也常一起出國。血緣的溫熱情誼，像冰浪的保護圈，協助鞏固這個男主人缺席的家庭。

那一天，她又犯了胃痛宿疾，早早就去睡了，半夜醒來上廁所，順便探探房間，發現兒子不在家。查過手機和電話，都沒有未接來電，當場把她嚇傻了。下半夜，她完全無法闔眼，手機轉入語音信箱，難道是直接關機了？但是為什麼呢？他下午就出去了，屋子裡沒有蹤跡，衣櫃的衣物沒少，行李箱、旅行袋也在，管理員沒看到人或車子。

人傑去年和女友分手，目前沒有戀人；清晨八點，美琴打給兒子的老友，他們在混濁昏沉中被吵醒，大概無暇多想，還奇怪她的慌張吧。

她努力回憶他最近的生活：一樣跑實驗室、圖書館、寫論文、忙社團啊？只是有點心不在焉，沉默的時間多了、發呆的次數增加了，感覺人在旁邊，心不知飛哪裡去了，還以為他在煩論文呢。後來看到報導，研究生準備抗議，她知道兒子是會長，也要參與連署請願，還認為是這些事呢。

十月二十五日，系辦公室說，人傑不在實驗大樓，車子在停車場，可是裡頭沒人。她和姊姊商量，決定中午報警。不過大姊提到，兒子向大姊夫借了幅畫，那是稀世之作，價格超過上億。這真是晴天霹靂，她不懂學理工的兒子，幹嘛去借藝術品？而且完全沒對她說。兩個姊姊勸她，人傑是個大人，出去散心也是有的，可能之後就報平安了。但她仍舊心神不寧，車子還在學校，盥洗衣物也沒帶，不像是臨時起意。若是被綁架了，也沒接到勒贖電話；如果被車撞了，也沒車禍報案；若是想自殺，亦看不出動機；出國要有護照，可是都在櫃子裡呀？他既沒債務、沒仇人，論文寫作也順利，究竟到哪裡去了？兒子成熟懂事，從不讓人擔心，是發生意外？刻意隱藏？離家出走？被人擄走？遭到殺害？甚至是自殺了？

當天下午，學校又打來，師長同學急著找他，她只好拜託大家，一有消息就通知，就這麼掛斷電話。她不敢說，失蹤的還有一幅畫。

當天，她就告訴孩子的爸了。他們不是夫妻，所以不叫他「老公」，這可能是她古板的堅持吧。懷孕時，都叫他「あなた」；兒子出生後，跟著一同叫「爸爸」。這是最適合的稱呼，提醒雙方在一起的理由。世英正在美國參展，一時回不來，近年他事業越趨忙碌，難道又有了「小四」？

爸媽過世後，還好有姊姊相伴，不然會被疑心病和想像力逼瘋。她很生氣，兒子不見了，他卻拿不出辦法來，只叫她別想太多，先問問周圍的人。還說孩子長大了，做媽的還是要放手，這是什麼跟什麼啊！

美琴出生在高雄，畢業於老一輩所謂的「新娘學校」家政專科，在那個保守都市、老派年代，父母對女兒的期望，不外乎嫁個門當戶對、力爭上游的夫婿，過著一雙兩好的日子，生幾個聰明的胖囝仔。

張家在高雄有幾塊地，雖然只有三個女兒，但都是張愛玲筆下的「琉璃瓦」——女兒是賠錢貨，但美麗的女兒不在此限。人見人誇的大女兒美霞，與萬濤集團總裁締結鴛盟，給足了張家面子，燕雀飛上枝頭、雞犬跟著噴天，還上了報紙、收了棟花園洋房，是親友羨慕的焦點。二女兒美雪也不錯，夫婿顏伯年有數間建築事務所和營造公司，房地產爆發時獲利驚人，更讓人嫉妒加三級。所以父母對最小、最美麗的美琴寄望甚高，希望她嫁得出類拔萃、前途光明的好夫婿。

不料美琴文靜羞澀，對婚事卻很有看法，拒絕了一些世家才俊，有些相親對象郎有情，無奈妹無意，只好回絕。幾年下來，兩老有點急了，老么畢業後沒去工作，生活範圍狹小、認識的人也有限，如果一直「閨秀實習」，結果變成了老小姐，該怎麼辦？有人就說：「不然就讓她工作兩年，自己看對眼也說不定。」——後來兩老常互相指責，是誰想了這個餿主意？

結果一語成讖，不建議還好，可毀了女兒一生啦！

美霞介紹美琴到新竹科學園區，擔任某公司董事長祕書，這是她第一份工作、第一次離家，暫住在姊姊家，好有個照應。新竹科學園區位在新竹縣、市之交，鄰近清華大學、交通大學、工業技術研究院等機構，以半導體、電腦、通訊、光電、精密機械產業為主，是台灣的科技重鎮，有「台灣矽谷」之稱。

當時正是經濟起飛的年代，園區是黃金夢想國，兩老希望她認識青年企業家，沒想到事與願違，在一個聚會認識了白世英——台灣半導體大廠、宏昇集團的總裁，開啟了世人口中的孽緣。兩人無視相差十多歲、男方已有家室的問題，迅雷墜入戀河，更糟的是，還來不及阻止這段畸戀，美琴就暗結珠胎。家族的譴責排山倒海，白家針對美琴，張家針對世英，也讓夾縫的美霞尷尬不已。眾人說好說歹、苦勸分析、發狠怒罵，都動搖不了美琴的心意——她不願意墮胎，這是她的拗脾氣。

張太太犯了高血壓，好幾天起不來；張先生關起大門，踱來踱去，喃喃念叨「家門不幸」、「人言可畏」云云，他們叫美琴辭去工作，至於待在新竹、或是接回高雄，則拿不定主意——肚子很快就藏不住了！總不能五花大綁到醫院去啊。

就在焦頭爛額的時候，男主角現身了。兩老認定閨女被拐，又氣又恨，本來堅持「不接觸、不談判、不見面」的三不政策，但女兒肚子越來越大，也只好軟化了。

若不是使君有婦，以白世英的財富地位，亦是不可多得的乘龍快婿。無奈天不從人願，何況是小小的攀龍心願。白世英說，岳家曾支助創業，現在也是公司大股東，所以無法離婚，如果美琴不計名份，願意負擔她和孩子的人生。

兩老雙唇顫抖、不發一語；美琴則斷然回房，不肯出門一步。

這時美霞開口了。

她私下探詢過小妹意願：無論是否結婚，都要生下小孩，單親撫養也好、獨立謀生也好、親族接濟也好，總之要保住孩子。

美霞沙盤推演、權衡利害，既然妹妹勸不聽、胎兒也打不掉了，與其變成孤苦無依的單親媽媽，不如爭取長期飯票，而且不能是鐵票、銀票，必須是黃金、甚至鑽石門票。

她對世英哀嘆家族的處境、美琴的人生，句句淒涼，刺人而不見血，讓世英甚是難堪，但他膝下無男，聽說美琴懷的是男胎，更是極力爭取。

兩老對女兒雖有非分之想，但既然女兒理虧，便沒再多言，這可不是什麼光耀門楣的事啊！

世英怎麼安撫妻子，旁人並不知情，只知道美琴不哭不鬧，悄無聲息生下孩子，對比後來時代轉變，「小三」嗆聲的理直氣壯，可算是一種美德了。世英專心經營事業，給了兩個家庭優渥的物質生活。正妻古璧春抗議無效，只能挖起壕溝和護城河，掌管經濟大權。他怕妻子吵鬧，大家各退一步，也不興風作浪，日子就這麼過下來了。人傑出生之後，世英喜獲麟兒，連哄帶騙加強迫，讓妻子同意入籍，避免變成「父不詳」；所以人傑戶籍上的母親不是美琴，而是不願看到他的女人。美琴年少的痴心，付出慘痛的代價，沒名沒份彷如隱形人，數年之後，兩老才肯對外提起這個么女。

可是美琴也真能忍，從來沒埋怨什麼，至少沒有表達出來。她本來就是築巢的個性，自從有子萬事足、又對感情失望，更以孩子為重。在母愛的細心照拂下，人傑經歷低調的兒童期，他不是「媽寶」，反而是「寶媽」，在壓抑的成長環境下，培養了察言觀色的本領，師長都誇讚他體貼細心。他當然是豪門貴公子，只不過不是真金、而是鍍金的那種；同學都知道他是富二代，但不會看到他身分證上的「母親」；在他溫文的外表下，有一顆關閉的心，大家都和他很熟，卻都只有三分熟。他很少提到父親，雖然念理工組，卻故意選生物科技，排除接班的可能。

人傑一直沒回來、也沒半通電話，絕對不是神經過敏，兒子真的是不見了。她咬牙忍到第三天，才梳洗打扮、穿戴正式到警局報案。警察聽說一個大男人鬧失蹤，顯然不想理她；雖然極力解釋，仍只是隨便登記，就叫她回家等消息。

「我們看多了，或許他手機沒電、或是訊號不通，很快就回來了！」聽到這種話，她的腦壓都升高了，狼狽的走出警局，這是趟無謂又失敗的交涉。尤其令她不舒服的，是她說兒子失蹤，他們查了電腦，卻說他的媽媽不是她。

不是她。

她才想起，這件事在戶籍上，仍是最早的原點。

她忍住逃開的衝動，即使避重就輕，但警方銳利的眼光，根本洞悉了尷尬——這個報案的女人，並不是兒子的母親。就算懷胎十月、撫養親生兒子二十多年，但在官方文件上，完全不是那一回事。

他們仍是沒有關係的兩個人。

這麼多年了，仍像臉上刺青，好像走到哪裡，都有人指指點點。她以為忘了，其實並沒有。

雙重打擊。這麼多年，她都決定不哭的。

今天是第七天，忍著滿心的不願意，她又到了警局。這次王喚新教授代表學校陪同，他說人傑課業沒問題，也疑惑學生的失蹤，只是勸她身子要緊。兒子的老友陳振祥——少數能出入家中、愛吃她手工菜的人，也向公司請假過來。兒子如果平安，一定要好好謝謝他們。

警方聽說人傑沒仇家、不吸毒、不賭博、也沒勒贖電話，一副束手無策的樣子。據說台灣每年有三萬五千人失蹤，也就是每千人大約一點五人；有些一失蹤就是一、二十年，他們的親人怎麼過啊?!就算無法一一追查，也該調閱監視器啊？難道出了人命，才想亡羊補牢嗎？

那時沒有羊了啊。

還好王教授爭取，還要了報案三聯單，她這才想起，之前根本沒給過。

三人才剛邁出警局，居然跳出幾位記者，麥克風直堵到鼻頭，美琴慌了手腳，由王喚新代表發言。陳振祥後來說，門口的警察看了，趕快衝回去報告長官。世英的祕書打來，說是總裁吩咐的，過去刊播廣告，培養了交情；講白一點，那些新聞就是買的，希望大眾幫忙協尋。當然，父子關係絕不會曝光，這點特別花了功夫。因此她的氣多少消了些，他仍然是關心她、在意兒子的；畢竟人傑從不讓他丟臉，不像古璧春那兩個女兒。

如果兒子一去不返，他還是會照顧她吧？看在多年情份，他承諾過啊。

如果他有了新歡，現在爭寵也爭不贏了。

她可不想叫古璧春看笑話，這些年，也就剩這一點骨氣了。

美琴重重嘆了口氣——究竟是怎麼一回事？人傑帶著畫，到哪裡去了？

四、江若芙

十月三十一日（四），台灣・台北。

門鈴響起時，若芙正要去新竹，從台北出發，大約兩個小時，孫老不喜歡弟子遲到。她走到樹蔭下，踮腳探頭，牆外有兩個警察，拘謹的點點頭。

「江若芙小姐嗎？我們是大安分局，方便開個門嗎？」

警察來了，是什麼事呢？之前都是電話，現在上門來了，難道有好消息嗎？她的心臟砰砰跳著，兩人掏出證件，她雙目睜睜地瞪著，警察很年輕，大她七、八歲，如果不是穿著制服，就像客氣的推銷員。

「妳在北和大學工作？」膚色黑一點、身量高些、姓陳的警員問。

「是的。」她很快回答。

「認識白人傑嗎？」

不是家裡的事啊？高漲的氣球刺破了，瞬間興起憂慮。

連她這不相干的人都來找，好像有點嚴重。

「妳知道他失蹤嗎？」

「看過電視報導。」

「知道他去哪裡嗎？」

「不知道呢，沒聽他說過。」

「十月二十四日、下午兩點多，妳有沒有遇到他？」

「二十四日……？那天是星期幾？」

「禮拜四。」他們迅速接上。

「上星期四？……應該有。」

「可以進去談嗎？」另一位姓林的警員問，她才發現，路人正往這邊望呢。

「不好意思，我有點事，再不出發就來不及了。」

「幾點回來呢？」

「大概晚上七點多吧。」

「那麼妳回來後，可以到分局嗎？我們要做個筆錄。」

「做筆錄？為什麼？」人傑朋友這麼多，怎麼算也輪不到她啊？尤其她對警局敬而遠之。

兩位警察遲疑互看，像伸長了脖子的鵝僵著。

有什麼不方便說嗎？

他們使了眼色，林姓員警不太情願，「因為妳很可能是他失蹤前，最後說話的人。」

怎麼會？若芙啞然。

警員走後，她趕忙搭車到新竹，精神有點恍惚，還走錯了月台，站了十分鐘才發現，這下子時間遲更多。她四處尋找停在車站附近的腳踏車，還好這次沒被偷，已經丟了兩輛了；飛快踩踏過科學園區大門，抵達萬濤集團台灣總部，警衛揮手讓她過去，穿越大片保養良好的綠色草皮，鋼鐵做成的藝術雕塑，看似隨意散放，實則精心丈量。她把車子停到停車場的員工區，刷了門禁，走過一眼看不到盡頭、簡約低調的清水模牆，進入帶著濃厚人文氣息的大樓，穿過黑白色調為主的中庭、清水流魚和翠綠修竹，直直走向孫老等候的收藏室，這裡正是名聞中外的「萬里齋」。

感謝校長的好意，她已習慣每週一天、往返新竹—台北的生活。孫老目前有五個弟子，除了萬里齋的工作人員、其他美術館的現職人員、還有一位藝術研究所的研究生，她的年紀最小。從週一到週五，每位弟子陪侍一天，每人的時間都錯開，所以她很少遇見師兄、師姊。孫老待人處世非常嚴謹，對她充滿耐心善意，她的工作內容，就是陪他取出文物，整理、檢驗、賞析，他很少特別講解，都從實作中學習。孫老會開很多書單，每週抽問研讀進度，她本來只懂台灣的繁體字，這半年來，讀了不少大陸書籍，簡體功力也進步不少，加上她外文本來就好，還能交錯參照外國文獻，頗受孫老的讚賞。

萬里齋的設備齊全，除了展覽室，還有倉庫、收藏室、修復室、實驗室，還有各項精密設備，例如電解、真空乾燥、石膏翻模、紅外線、年代測定、X光機、恆溫恆溼儀、光譜分析儀、金相顯微鏡等等。每次在收藏室碰觸古物，它們就像不說話的友人，歷經千朝百代、顛簸路途和千錘百鍊，停駐在寶物櫃中。古物當真有靈，傳達脈脈之語，每次收取、撫觸、包裝、端詳、研究，讓她心緒更加安定，無法言傳、不必說明。她本來話就不多，那之後更少了。

回到台北，在斑馬線前停下來，後方叭個不停，才回神往前行。

警局總是讓她想起壞消息。沒有窗戶的小房間裡，堆滿灰色電腦、黑色螢幕、大型主機、按鍵鍵盤、堅硬把手和彎來扭去的盤帶。嗡嗡的電腦低頻聲音，極度敏銳才能察覺，整屋子冰冷的空調氣味，是種沒有出口的異味，將人沾染得滿身都是。大家一起瞪視螢幕，監視器的、電腦的、電視的，剪輯的、格放的、粒狀的、方塊的，倒帶、迴轉、重播、又再轉……地獄一樣，不斷重複。每次導入畫面，那一瞬的黑暗，總讓人燃起期望；看完小山般的影片，卻想去廁所吐一場，把失望都嘔出來。

螢幕下著滂沱大雨，觸目皆是一片灰。黑灰、深灰、藍灰、灰灰、白灰……冷冷溼溼，漫上她的身體、綿延到螢幕外。從不知道灰有這麼多層次，不知道雨水會將顏色、線條、跡象、證據，洗刷得乾乾淨淨、混淆得一無是非。螢幕那麼模糊，意外卻那麼確鑿。她沒看到灰飛湮滅的瞬間——被撞碎、被撕裂、被抹滅的。不，她不能肯定，那不是他們，她無法相信。如果真的是，被撞碎的不是家人，而是她的軀體與骨骼；受傷的不是親人，而是她的理智和心靈。最後的一擊，是那個壯碩的警官，滿臉歉意的低下身來，「江小姐，不好意思，妳不要看了，還是去休息吧。」

地點換成小會議室，夜晚的市政大樓，多數人都已下班，雙十字的巍峨建築，只剩少許窗戶放著光，像等待放學的罰站兒童。過去總是不耐煩記名字，這次她記得了，林尚智和陳有義。警員見她進來同時頷首，三人坐成「L」字形，他們先問基本資料：父母、姓名、年齡、就學狀況……，林尚智錄音、陳有義筆記，講述到一半，林尚智冷不防說：「我聽過妳媽媽羅黎莎的演奏會。」

那三個字，發音特別重。

她沒有回應。

關於見到人傑最後一面，他們問得十分詳細，她說了記得的，對方不置一詞。

「他有心事嗎？」

「我覺得他有點心不在焉。」

「為什麼？」

「不知道呢，他很少說私人的事。」

「我們調了通聯紀錄。發現他近三個月，除了老友和親戚，最常打的就是妳，而且每週固定。」

「不會吧？我很少跟他講電話。」

「是的，妳好像都不接，通話秒數幾乎是零。」

「我常關機，誰來電也不知道。我的手機不會保留紀錄。」

「等一下，」林尚智突然低下頭，翻出十多頁淺藍紙張，若芙看了一眼，認出那是電信單據，他揚了揚，遞過來，「這是個人資料，妳看看就好。綠色螢光筆劃的，都是妳的電話號碼。」

若芙看到四、五張條列的通話明細，間隔用螢光筆劃起，確實是她的手機，沒想到他這麼常打來。既然沒通上話，見面他為何不說？假裝若無其事？

更重要的是，他想說什麼呢？

他對她這麼傾心嗎？但是她總覺得，他不是愛慕追求，而是關心照顧，像對妹妹一樣。還是她有意無意，視而不見他的暗示？

她錯過了什麼？為何打這麼多次？和失蹤有關嗎？

沒接上線的對話、隱晦不現的思緒，暫時都沒解答了。

她坦白的說：「我也不知道為什麼。」

兩人楞楞地望著她，好像看傻了什麼。她偏了偏頭，拿過那疊紙張，循著日期翻到最後一頁，「你們查過他最後的通聯紀錄？」

沒有聲音。她奇怪的看著他們，陳有義才醒了過來。「有。他失蹤那天，十月二十四日，有三通電話。一通是中午左右，他打給指導教授，說報告想晚一點交，教授也答應了。兩通是下午和傍晚，都是學會的幹部打來，確認二十五日校務會議的發言。」

「就是獎助金那件事？」若芙聽說過。

「對。還有，他有沒有提過什麼畫？」林尚智問。

「什麼話？」

「書畫的畫。」

「喔，沒有，為什麼這麼問？」

兩人沒有回答，半晌之後，又說：「他追求過妳嗎？」

「沒有。」

兩人似信似不信，看樣子不信，她一陣厭倦，反問：「你們對他的失蹤有什麼看法？」

北海道的氣溫，突然降臨在小會議室，他們看看對方，都不講話。

又來了，這兩人真有默契。

陳有義放下筆，手指交叉，雙手合攏，「我們查過，白人傑十月二十四日下午和妳碰面後，就到實驗室去了。助教是最後看見他的人，只見到進電梯的背影，之後沒人再看到他。我們調閱電梯監視器，看見他在八樓出了電梯，轉向實驗室方向，那就是最後的影像。那棟大樓只有大門和電梯設監視器，走廊沒有，若是走樓梯、地下室或側邊車庫離開，就拍不到了。他的車子停在地下室、實驗室沒人、手機和筆電都不見了；手機的最後訊號在北和大，然後大概關機了；清查過出入口監視器，沒有發現可疑人士或車輛。」

林尚智說：「台灣每天有數十件失蹤案，基本上都是夫妻吵架、親子齟齬、兄弟不合、事業挫折、金錢糾紛……。多數人會平安回家，也有些躲債跑路、刻意躲藏，更有些一去不回，往往數個月、甚至多年後，才知道他們真正的下落。失聯時間越久，越難出現好消息，最後往往悲劇收場，成為親友終身的陰影。」陳有義拍拍同事肩膀，表示認同。

「我們警力有限，面對竊盜、爭吵、甚至詐騙案件，都不見得能全力偵辦，遑論失蹤案。我們當然希望他趕快回家，回到平常的生活軌道上，因為『平安』就是福氣。」

若芙完全理解。一旦生活出現裂痕，才知道可貴在哪裡。

那時最希望的，莫過於平安了。

「本來以為他很快就回來了，多數人在三天內回家。他既非失智老人、也不是三歲孩童，沒有精神病史、沒有婆媳問題、不需照顧嗷嗷待哺的嬰兒。我們清查過資料庫，沒有可疑的、自殺或他殺的無名屍。沒有車禍報案，或遺忘名字的傷者，沒有綁架勒贖、威脅恐嚇或無聲電話，沒有出境紀錄，沒有『小三通』偷渡。他的手機關機了，搜尋不到位置，沒有新的通話紀錄。銀行帳戶沒有動用，之前也沒有大額提款。如果刻意隱藏，身上的錢夠生活嗎？難道有人接濟？如果以前就藏了錢，日積月累，恐怕不易追查。

他的消失程度如此徹底，所以我們判斷，很可能是離家出走。或許家中有些衝突矛盾，是他母親不願坦白、或沒察覺的。親情的糾葛難題，是很常見的失蹤原因，甚至是現代社會的典型。都市的人際關係，不像農村，到其他地方換個身分、另起爐灶就好了，這也是尋人最大盲點，畢竟他成年了，具有完整的人身自由。但是他不接電話也就算了，手機也沒有撥出紀錄，這就很奇怪了。當然，他可以再申請其他手機，或是利用預付卡、甚至他人的手機，不過現在購買預付卡，需要出示雙證件，但他名下沒有這種紀錄。還有可能，就是他出了意外，可能是死了、自殺、甚至謀殺。所以警方才發布協尋。當然，我們還會持續尋找。」

他們刻意不提，若不是人傑的家世背景，這個案子大概早就在檔案櫃，喔不，是內政部警政署的失蹤人口網路系統裡，等待下一次被追問。

若芙誰都不看，半晌才抬起頭，「你們聽過『神隱』嗎？」

「神隱？」

「不是宮崎駿的電影……就是日本傳說，被神明或妖怪隱藏的人。」

「就好像台語的『魔神仔』？山林荒野的精怪誘拐、隱藏老人或小孩？」

「對。其實『神隱』或『魔神仔』，都可能是精神醫學的『解離性漫遊』，一旦遭逢巨大的社會壓力或心理創傷，就可能忘記身分經歷，暫時失憶或離家出走。」

「精神科我不懂，總之就是遺忘或逃避吧？無法承受的時候，乾脆通通丟下、封閉，有助於自我保護吧。」陳有義亮著眼。

「等到能面對的時候再面對。」林尚智接話。

「可以這麼說啦。」若芙說。

「妳認為，他也是這樣？」

「不……只是提出一種可能。」

「那也要他遇上大麻煩吧！」

「大家都說沒有啊～。」沒有結論，又停滯了。她望向壁鐘，他們都注意到了，互相使個眼色，林尚智放下筆，黝黑臉頰微微泛紅。「謝謝妳的配合，白太太很擔心，幾乎都睡不好，如果有什麼線索，麻煩告訴我們。」

接著他吞吞吐吐，好像要說又說不出口，被陳有義推了一把，耳根耳尖都紅了。

「……還有，我們都希望肇事者趕快落網。承辦同仁沒有放棄，還在努力。」

兩人同時點頭，面上充滿誠懇。

若芙楞了楞，卻笑不出來，低頭在筆錄簽了名。他們要送她回去，她拒絕了。迎著料峭夜風，一踩一踩腳踏車，壓得車鏈發出嘰喀聲，一輛輛汽車、摩托車擦身而過，唯有她慢上加慢，灰影隨著街燈搖晃，彷彿拉長了的思索，在身後緊緊相隨，在道上躑躅徘徊。她拐進住家巷口，小七便利商店的招牌，暗夜中更加刺眼，平日生活，她只認識店員，不交朋友；只買商品，絕不談心，這是獨活都市的人際關係，因為這樣就活得下去。今天店員又向她道別。她回應了，對方嚇得看著她。

誰知道呢？或許有了變化，並不分析。

北和大學是間綜合性大學，共有六個學院。校區大略呈橢圓形，若以時鐘比擬，中央是行政大樓、圖書館和學生活動中心，行政大樓前方有條樟樹大道，是通往正門的主要幹道，正門口在三點鐘位置。從樟樹大道的順時針方向，依序分別是理學院在四點鐘、工學院在六點鐘、生命科學院和二號側門在八點鐘、社會科學院在十點鐘、文學院和一號側門在十二點鐘、法商學院在兩點鐘方向。生命科學院的大樓，位在蓮池道上，第一和第二棟有行政樓層、教授研究室和教室，第三棟大樓則是院圖書室、會議廳和實驗室，人傑的實驗室也在這棟。這幾個月，她負責打掃這棟八層大樓，他的實驗室就在頂樓，升上博士班四年級，可以獨自使用一間；這是系上的傳統，博四以上研究生的特權。

若芙平時上班，總是一絲不苟，包得像顆月桃粽，凜然絕塵，就像趴在樹幹上的枯葉蝶，用保護色專心工作。和警方談話後第二天，她同樣從高樓層打掃，卻刻意跳過八樓這間。

她的工作區域，是一、七、八樓和地下兩樓；負責二至六樓的，是比她資深、同公司的林美滿。美滿年近五十、身材微胖、皮膚黝黑，若芙都叫她「林阿姨」。之前負責二到六樓的同事叫吳錦芳，比若芙大十歲，卻像大二十歲，在潔寶工作八年。第一次見面時，她從頭到腳盯了若芙一遍，好比在菜市場挑精撿瘦。然後打鼻孔哼了一聲，「既然來了就快動手，杵在那裡做什麼?!」

錦芳蠻橫的表情、寬廣的腰圍，讓她感覺有些熟悉，後來缺德的想起，就像動物園的河馬，還搭配尖細的嗓音。台灣人說話多半客氣，很少見人頤指氣使，她起初很不舒服，想起打工的真正目的，也就忍了下來，以前從不以貌取人，當下卻覺得「相由心生」。兩人每天照面十分鐘，確認各項事宜，但錦芳就有本事，在那短短時間讓人芒刺在背。有幾次若芙忘了掃某個角落、漏帶某種清潔劑或器具，就被譏誚得一無是處；對方不屑的眼神，有時讓她很想撞壁。不知道這種惡意是什麼？一切全是無來由的。雖然不想討好每個人，還是心懷黯淡，除了家人的煩惱，還要多上這一件，工作再髒、再累、再臭，都沒有人際關係困難。如果可以選擇，寧可選擇工作難度，也不想應付人的問題。

其實她在訝異什麼呢？在學校的時候，不就知道了嗎？

所以錦芳調走後，她真是鬆了一口氣，美滿表面嚴肅，但對若芙十分照顧，三不五時會說一些心得，包含哪種清潔劑最好用、督察的突擊檢查班表、哪個地方菸蒂最多、哪個垃圾桶最髒、兼差賺外快的管道……。另外也會講些八卦，例如某個已婚教授和助理牽手、校長太太跑來查勤、主祕的史奴比大娃娃不見了、警衛正在追求總務組的同事……不管重不重要，她都會豎起耳朵，關於學校的一分一毫，都可能是線索。就像寒冬過渡到春日，錦芳是莫名的惡意，美滿是無由的好意，人際關係的三溫暖，讓她懂得人與人之間，沒法要個硬道理。

平常她上午七點半到校、中午前完成工作，然後到圖書館。公司規定，會議廳和教室用過就要掃，除非特別叮嚀，研究室不需每日灑掃，因為清潔劑也要花錢。公用區域的垃圾桶，每天都要檢查，以免垃圾發臭。如果打掃戶外，她都會加快動作，因為越晚太陽越熱，工作越吃力。實驗室兩三天就要檢查一次，如果上了鎖，她會敲門，但儘量不打擾師生。

這棟大樓是迴廊型格局，人傑的實驗室在盡頭，離電梯最遠、樓梯最近，同一層樓有些閒置房間。實驗室有時天天燈火通明，有時學生又做鳥獸散，也不知去哪兒了，反正她日出而作，比他們有規律多了。

冬天的暖陽，斜斜射在走廊上，鋪了一地熨貼棉金，簷下籠罩灰影，一扇扇門的油漆褪了色，走廊上一片沉寂，微風吹得掛在鐵釘上的抹布輕扣牆壁，像塊乾乾的燒烤魷魚片，乏人問津的晾在那裡。平常人傑希望打掃，會在門把上掛個牌子，並且在裡面陪她，不像其他人去透透氣，紓解一下壓力。

全部的備用鑰匙，都鎖在工具室櫥櫃，由她和美滿保管。她問過美滿：人傑失蹤後，有沒有人進實驗室？美滿說，上週大家急著找他，她和助教開門探頭，看到沒人就直接離開了。後來警方調閱大樓的監視器，但沒去實驗室。若芙走到門前，戴上薄手套，握住喇叭鎖，轉不動，果然鎖住了。她朝四周看看，沒人，便戴上浴帽、套上鞋套，避免微物汙染，掏出鑰匙開門。一陣微風穿過走廊，搔過耳際，像是悄悄低語……低語什麼呢……？

門咿呀一聲，向前滑去，她翻開布袋，拿出德國萊卡的微單眼相機。

若芙和爸爸、妹妹都是美國影集「CSI: Crime Scene Investigation」（犯罪現場調查）的忠實觀眾，三人定時收看，還會分析討論。爸爸是推理小說迷，常常邊看邊開玩笑：古典的推理神探輕鬆多了，只要坐在安樂椅上、甚至遠在千里外，就能憑著邏輯推演，給讀者一個交代；根本不需要挖屍體、摸骨頭、驗血液，弄得渾身髒兮兮，現在蒐證科學發達，簡直折騰人啊。不過在古典、本格推理之外，有更多選擇，也是讀者的福音，還推薦書給她們看。那些沙發上的快樂時光，是除了媽媽的音樂，三人的共同嗜好。媽媽如果沒練琴，會在餐桌讀書，遠遠望著他們，就是不願意來擠，她說文字比較有想像空間，才不想看電視呢。大家連聲附和，忙著同意——都知道她膽小，不敢看斷手、斷腳、人頭和死屍，但其實那只是道具呀。

現在若轉到CSI，她反而二話不說關機。

這是間六、七坪大的房間，中央是銀色的鋼質實驗桌，牆壁白如雪壁，依序擺著不鏽鋼櫃子、長桌、電腦桌和電腦椅。窗外透進亮燦光影，調和了日光燈的青白，窗邊小盆栽是學妹送的，多日沒人澆水，葉片無精打采，尖端枯黃焦黑。桌上的書籍、筆記、桌燈、瓶罐、藥劑、器材等，擺放得十分整齊，就像平常一樣井然有序，沒有棄置、打鬥的混亂痕跡。她舉起相機，拍攝走廊、行走路徑、實驗室和相對位置，像隻躡手躡腳的貓，注視獵物，轉動鏡頭，小心翼翼用廣角錄下大範圍的全景、牆壁、地板、家具，再拍各項細部，包含標籤、角度和位置，尤其留意腳印、灰塵或汙漬，寧可錯殺，不可放過。

然後用手指觸控螢幕，對準櫃內的書籍和論文，上面的積灰分布非常平均，似乎沒移動過。書目包含分子細胞生物學、結構生物學、功能性基因體學、蛋白質分子結構、毒物蛋白、輻射化學生物學、生物晶片技術、分子毒物學、高等分子生物學、高等生物化學、高等細胞生物學等外文書和學術論文。各類書籍依照尺寸、高度、性質和出版社，分門別類、顏色相近的放在一起，看得出主人重視細節和秩序。電腦桌上有電腦、附抽屜式同色鍵盤，是實驗室的標準配備。滑鼠是人傑自掏腰包買的，他說這點錢省不得；平常他的筆記型電腦都放在桌機旁邊，現在卻沒蹤影，或許隨身帶著、或放在家裡吧？電腦旁的筆筒，有簽字筆、原子筆、鉛筆、剪刀、小刀、膠水和尺等；實驗桌上的小鐵架子、各式大小燒杯、酒精燈端正肅立。

她猶豫了一下，翻了翻筆記，都是些實驗數據、公式、表格等等，文字很少，亦無個人心情或事件紀錄；她出去看看走廊，隨手鎖上房門，便打開桌上電腦，瀏覽檔案和資料夾，多半是研究資料，但沒有論文本文，日期也不是很新，看來比較重要的資料，都在他的私人電腦裡。也難怪，別人如果有急用，還是會來借電腦（幾乎都是上網），連開機密碼都沒設，會存隱私才有鬼。

她關上電腦、繞過桌子，走向角落的金屬水槽，某些不尋常，吸引了她的目光，水槽深約八十公分，難怪剛在門口沒看到。

兩罐可可色的胖大玻璃瓶，瓶身呈九十度角，傾倒在水槽底部，像是兩個被偷襲的人；瓶蓋被打開，棄置在旁，液體早已流光，沾染了淡黃痕跡。她貼近看白色標籤，字體有中文和英文，她的鼻腔微微觸動，似乎是刺激性藥水？其中一瓶殘留少量液體，小心轉動，上面貼著「硝酸」；另一瓶則是全空，標籤寫著「鹽酸」。

她的身軀緩緩挺直，拿相機的右手自然下垂，左手環抱右手肘，這是實驗室常見的化學藥劑，雖然不是劇毒，仍具強烈腐蝕性，為何沒有蓋上？而是隨便打開、放在這裡？她再看了看，硝酸濃度是百分之九十八，鹽酸濃度是百分之三十八。

人傑不會亂放藥劑，這不是他的作風，是另有其人、或是別有用意？如果是平常，不用等她收拾，他早就處理了，因為他有潔癖。比起其他實驗室，這裡的清潔很輕鬆，有時她甚至懷疑，他只是為了見她，才會放上打掃的牌子。

她是不是太過敏了？

走到擺放藥劑的櫃子，架上密密麻麻，高低、圓胖、寬窄不一的瓶罐，站衛兵似的各依其序，第二層有兩個空格，正好能放兩瓶藥劑。她再觀察一下，水槽瓶子雖然傾倒，但沒碰撞痕跡，像是仔細放好、不是亂丟進去的。這種巧克力色玻璃瓶本來就厚，就算碰到也不易破損，除非直接摔到地上。若芙望著閃青光的槽底，覺得心口發緊、很難呼吸，才發現窗戶沒開。室內空氣密閉，難怪胸膛抑鬱，正打算開窗，突然爆發「滴鈴鈴……」的聲音，她本來就有點心虛，像被抓到的現行犯，差點奪門而出，回神一看，才發現是電話在響。

這時候是誰打來？大家都知道人傑不在啊。她猶豫該不該接，還沒結論，鈴聲便嘎然而止。她有點慶幸、也很疑惑，仍未猜到來電者，電話竟又響了，她深吸口氣，盤算說詞，鈴聲仍然固執喊叫，她的手微觸電話，大白鼠在手心跳動，不敢相信竟接了起來──是個婦人的聲音，沙啞粗礪，像用淚水沖過喉嚨。

「喂？……人傑？是你嗎？是你嗎？……啊，太好了、原來你在這裡……。」

若芙腦袋一片空白，本來想好的說詞，全忘到九霄雲外。

「太好了，我好擔心、好害怕……。」

「不、不是的，我只是經過，接起來而已。」

「啊？……啊，對不起、真對不起……。」

對方掛斷了。若芙拿著聽筒，呆呆楞在那裡。

人傑的家離學校不遠，騎腳踏車，十五分鐘就到了。過了國父紀念館，從林蔭大道轉進，車流光奔的馬路旁，距離二十公尺，便換了一副行色，大廈位在仁愛路第一排巷子，據說他家就在頂樓。她停下腳步，抬起頭，濃密樹蔭隔絕了噪音，幽靜的住宅巍巍，建築風格稍顯陳舊，但立面頗為氣派，花園也看得出維護用心，自有一種朱門堂皇、舊時王謝的氣氛。

她按了門鈴，搭電梯上去。

中午過後，她胡謅了個理由，向系上問了他家電話。如果接的人不對，她就掛掉。

「喂？……」這個聲音，同時包含了希望與絕望。

沒錯，一如所料。

「您是白人傑的媽媽嗎？抱歉，我姓江，叫江若芙，剛剛……在他的實驗室打掃，不小心接了電話。」

「喔……」非常猶豫、即將融化的語調，「妳怎麼知道是我？」

「我在電視上看過您，會這麼擔心的，自然是媽媽了。」

沒有回答。

為了避免尷尬，她輕描淡寫，「您今天有空嗎？我想和您談談，跟人傑有關的事。」

「妳知道他在哪裡？」墜崖者極力攀住細索。

「不，不知道。不過，或許對找人有幫助，也說不定。」

「真的嗎？是什麼？能直接說嗎？」

她猶豫了一下，「當面說比較好。」

「好啊，妳趕快來，我都在家，沒問題。」

電梯門開了，一位瘦削婦人站在門前，臉上滿是殷殷神情。若芙一眼認出，她就是螢幕上那個美婦人，只是氣色凋萎，有如失水的玫瑰。她有一雙溫柔的眼睛，沉靜得如同英格蘭草皮，和兒子十分神似，母子倆嘴唇都有點薄，好像隨時會被打歪。

大理石玄關的鞋子很少，若芙應女主人之請，換上白色長毛拖鞋。只見客廳的天花板上，懸吊著低低的水晶燈，牆邊擺著鴕鳥皮沙發、玻璃櫃放滿洋酒瓶，落地大窗垂著絲絨窗簾；整間客廳大約二十多坪，但是簾布厚重，遮蔽光線，四周都是反射的玻璃，婦人像一尾寂寞的熱帶魚，嘴唇發紫、雙眼發青，在封閉的魚缸裡喘息。

「我是人傑的媽媽，叫張美琴，妳叫我白媽媽就好。」

「人傑有消息嗎？」

婦人低下目光，搖搖頭。若芙簡單自我介紹，美琴請她坐到沙發，自己也靠到旁邊，她的臉上又多了細紋，那是擠出來的苦澀的笑。若芙舔舔被風冷乾的唇，一時不知如何開口。美琴親切的請她喝茶，桌上成套的緯緻活鏤金描花壺具，茶壺、茶杯、茶盤，糖罐、奶罐、銀匙、濾茶器一應俱全。金色把手的三層磁盤，擺著蛋糕、餅乾、巧克力、馬卡龍，各色鹹甜點心，待客相當用心。若芙嘗了紅茶，水溫稍微冷了，想必剛才就泡好，盼著她趕快到。她遊目四顧，美琴跟著她的視線，一邊解釋：

「我們家的酒很多，不過我和人傑不喝，都是他爸爸放的。」

若芙輕觸沙發上的刺繡，滿是精緻的花卉蔓藤，忍不住稱讚，「這些是國外買的？繡得真漂亮。」

「謝謝，我在家閒來無事，自己繡的。」

若芙有點訝異，還想再提，美琴迅速打斷，「妳剛剛說，要談人傑的事？」

「對。」

「妳在北和大學打工？」

「是，工作包括打掃人傑的實驗室。」

「那到底是什麼事？」美琴鼻頭滲著汗。

「我要談的，是那間實驗室，聽說他失蹤，我特地去了一趟。」若芙琢磨言詞，儘量放慢語調，「用說的不清楚，我拍了影片。」她拿出萊卡相機，按下開關，螢幕朝向美琴方向；女主人前傾身子，頸項瑩亮的黑珍珠墜鍊，滑下帕什米納薄毛衣，在胸前弧度停了下來，仍是初秋天氣，她卻有些畏寒。

「他失蹤後，您沒去過吧？」

「對，我從來沒去過。」

她按下播放鍵，整段錄影大約十分鐘。美琴瞇縫眼凝視，看完像個徬徨的孩子，囁嚅的說：「所以？……有什麼問題？」

「您看到了？有兩瓶化學藥劑，隨便放在水槽裡。」

「我看到了。他一向會收好，是別人放的嗎？」

「不，這是他個人的實驗室。」

「那有點怪，他習慣物歸原位。」

「房間的鑰匙除了人傑，只有我和另一位同事保管。我問過了，她沒拿給任何人；人傑失蹤後，也沒人進去過。藥劑或許是小事，但我上網查了一下，發現如果用繁體中文，同時搜尋『硝酸』和

『鹽酸』，在台灣的網頁，會出現一個特別詞彙。」

「什麼？」

「王水。」

「王水？」美琴震動了一下。

「是的，這是一種超級強酸。但如果用英文搜尋，頁首卻不會出現 “Agua Regia”，王水的英文。我查過了，『王水』在台灣，曾經發生重大案件。」

「是的，當年鬧得很大，是清華大學吧。」

「對，媒體稱為『王水殺人事件』。一九九八年，清大輻射生物所的研究生因為感情糾紛，發生殺人案件，兇手在實驗室用硝酸和鹽酸，混合成『王水』，企圖毀屍滅跡。」

「對，這件事震驚當時台灣社會，但和我兒子的失蹤有關嗎？」

看見她明白的恐慌，若芙急忙安撫：「我不確定，或許有、或許沒有。本來想通知警方，但兩瓶藥水，好像不能說明什麼，或許是我多心了，只是想問：人傑失蹤前後，和平常有什麼不同？……很瑣碎也沒關係。」

「妳這麼說，我一下子也……。」

「慢慢想沒關係，小事情也可以。」

「難道……王水和人傑有關？有人用王水害他嗎？不可能的，那裡沒有痕跡吧？妳在地上看到什麼嗎？」她楞呆半晌，突然喊叫起來。

「沒有！沒有！您別想太多了！」若芙把美琴按回沙發，急得手心都流汗了。

「可是，王水又是怎麼回事？」美琴的頭髮垂落，手背暴露青筋，一條條悲傷的青蛇。

「我想，這兩瓶藥劑，是他自己放的。」若芙倒轉畫面，急急的說：「我查過實驗室櫃子，這兩瓶本來在裡面，不是外面帶進來的。而且，您仔細看，瓶子是平穩放下，不是亂扔進去的。」

美琴的眼睛瞪得比埃及壁畫的古人還大，秀麗的眉毛緊蹙，如同掙扎的蠶寶寶。

「鹽酸瓶底沒有液體，硝酸瓶還有一些，因為鹽酸揮發得比較快。而且，如果有人倒提瓶身、倒光液體，水漬不是這種痕跡。注意到了嗎？窗戶是關上的。人傑離開都會關窗。有一次，其他實驗室的研究生忘了，突然下了雷陣雨，淋得儀器當機，實驗只好重做，差點趕不上口試時間，大家都記取這個教訓。而且對面大樓在施工，積灰特別嚴重，更不可能忘記。」

「說不定是別人關的？」

「不，房裡沒有打鬥痕跡，頂樓也不用擔心窺視，誰會這麼小心，還幫忙關窗？如果去驗指紋，我想八九不離十，就是他自己關的。如果他被強行帶走，嫌犯哪管得了這麼多？我想他是自己離開的，還故意放倒鹽酸和硝酸瓶，應該有什麼用意？」

美琴的瞳孔漆黑，如深不見底的海草糾纏。「人傑……從小就不讓人擔心，是個讓人驕傲的好孩子，我兩個姊姊都說：生了他很有福氣。他從小就體貼、懂事又乖巧，功課名列前茅、擅長體育、又有大將之風，經常擔任班長。他的生活一直算順利，唯一的挫折，大概是大學考得不如預期，還好他外文很強，碩士申請到美國史丹佛大學。教授叫他留在美國攻讀博士，但他決定回台灣，因為知道不在國內，我睡不好，畢竟我們就母子兩個。」

「他爸爸呢？」

美琴避開她的目光，「唉，他都在國外，很少在家裡。雖然我是做媽的，但這幾年，都是人傑在關照我。只是他越大越沉默，很少談什麼心事，大概男孩子都是這樣吧？不過他女人緣很好，現在是不是都喜歡『酷』？他倒是滿酷的。……恕我問一句：你們在交往嗎？」

若芙大力搖頭，「不，只是常在圖書館遇到。我打掃實驗室，他會找我聊聊，都是一般話題。」

美琴嘆一口氣，不知放心還是惋惜。「其實我有去廟裡抽籤，抽到『中吉』，解籤的說他人還在，不要擔心。我又去求菩薩、點光明燈，還去算命，他們說他福蔭深厚，叫我不要放棄。我怎麼可能放棄？只要他平安回來，就算我折壽都沒關係……。」她渾然不覺的滔滔說著，彷彿這番願望非常自然，若芙心口一縮，牆上的咕咕鐘打破了沉默間隙，布穀鳥跳出木門，拚了命啼叫著，王子和公主繽紛起舞，松鼠、小鳥和兔子旋轉繞圈，一番熱鬧的童話景象。

美琴倚向若芙，「如果他是自己離開，就沒有危險吧？」

「應該是吧。所以，問題來了，他為什麼這麼做？有沒有什麼線索？」她把相機擱到腿上，認真看著對方。

「妳這麼說……我一時也想不起。比較特別的，是他一個月前去了趟敦煌，他很少單獨出國。」

「我知道，但沒多問細節，他當時怎麼說？」

「他說想看壁畫和佛像。」

若芙皺眉，「除了這個，還有其他嗎？」她感覺有點渴，端起茶杯喝茶，冷了仍餘韻盈喉。

美琴攤開雙手，「或者……妳陪我到他房裡看看？」若芙沒料到會如此，既然這樣，也沒什麼不可。兩人穿過長廊，拐了兩個彎，到了人傑臥室。這棟屋子將近百坪，卻似乎沒幾個人，美琴小心翼翼轉動門把，就像他仍在房內。外面明明是南國，這裡讓人想起北歐，觸目皆是一片清冽的黑、灰、白，客廳若是金色葡萄酒莊，這裡就是北方的挪威森林。

室內佔地頗大、纖塵不沾，寂靜空曠的地板上，放著 Eames 旋轉椅，高大的落地窗邊，則放了同牌花梨木休閒椅；淺灰褐色的牆面，襯托出家具的價格，像是黎明沙灘浮出的珍珠，嬌貴的閃耀金線；牆面一片空白，都是隱藏櫥櫃，少數幾件擺設，放得端端整整，乾淨得幾無人味。他的房間設計，與外面截然不同，顯然重新裝潢過，可見家人對他的重視。美琴依序打開櫥櫃，若芙時而踮腳、時而蹲身察看，兩人都沉默不語，好像在進行某種異教儀式——人傑如果在場，一定百般不願意，他是個徹底保護隱私的人。

雖然違背人傑意願，但也是為了他，這種弔詭讓兩人成為盟友，心照不宣窺看他的底細。

「最近有沒有東西增加或減少？擺設方式有改變嗎？」

美琴的眼神有點飄忽，若芙循著視線，望向書桌方向。

「他的手機和電腦不見了。另外，還少了一樣東西。」

「什麼東西？」

「他向親戚借的一幅古畫。」

「古畫？他對藝術有興趣？」若芙想起警員的話。

「是啊，我也嚇了一跳。」

若芙用眼神發問，鼓勵她說下去。

「他失蹤後，我才知道人傑向我大姊夫借了畫。姊夫是知名的收藏家，還有自己的收藏館。他失蹤以後，我到處找遍了，但是都沒找到。」

「是什麼畫？」

「據說是唐朝吳道子的作品，價值超過新台幣上億。現在人傑不在，沒人知道在哪裡，我拚命道歉，姊夫說等他回來再問就好，叫我別想太多。」美琴聲音瞬間拔高，「但是我怎能不介意！姊夫是怕我難過、不想多說而已。這麼貴重的東西，就算我們賠得起，畢竟是別人的啊。」

「吳道子的？哪一幅？」

「聽說叫什麼……地獄變相圖。」

若芙的手扶在椅子上，椅子差點歪倒，「真的嗎？不可能吧?!那是他的代表作呢！」

「妳竟然知道？我根本沒聽過。」

「我對藝術有興趣，讀過相關的書。」

吳道子被譽為中國的「畫聖」，如果能活到二十一世紀，該有一千兩百多歲了。他是盛唐人，或許劃時代的藝術天才，就該生於文明鼎盛的時代，才能彼此烘托、互相輝映，當時唐代的國都長安，是世上規模最大、最繁華的都市，也是日本京都的藍本。

吳道子出身孤苦，才華橫溢，曾受聘於帝王宮闈，也浪跡過海角天涯，一生創作數百幅壁畫、上百件卷軸作品。他的畫作飄逸靈動、飛揚豪放，有「吳帶當風」之稱，關於他的作品傳說很多，相傳他畫的馬會跳出壁畫、偷吃莊稼；星月能閃亮生輝、照亮陋室；神龍將鑽天遁地、飛舞生霧；就連天女和菩薩也會轉目視人、啟唇欲語。據說他不需構圖，就能在牆上一氣呵成；用一天的時間，就能完成別人描繪數月的山水；繪畫三百多堵牆壁，形貌人物全不重複。他擅長各種題材，人物、衣襟、花草、樓閣、山水、神佛、魔怪無一不精，而且產量龐大，有劃時代的地位。就連蘇軾也說：「詩至杜子美（杜甫），文至韓退之（韓愈），書至顏魯公（顏真卿），畫至吳道子，而古今之變，天下之事畢矣。」

——而古今之變，天下之事畢矣。

什麼樣的創作能量，才能榮膺這句讚賞？

不知若芙恍神，美琴仍在敘述：「我沒看過那幅畫。人傑的表哥萬敦仁說，畫得活靈活現，內容就是地獄和閻羅王；他們拿去鑑定，據說是吳道子的可能性很高。」

「萬敦仁……？」若芙摸摸耳朵。這個名字……好熟悉。

「但那是摹本，不是真跡呢。」美琴表情困惑的噘著嘴。

若芙主動解釋：「那是當然的。吳道子的作品真跡，因年代久遠，戰亂頻繁，無一倖存、全部佚失。況且『地獄變相圖』是壁畫，畫在長安景雲寺的牆上，景雲寺早已毀於戰火，所以一定是摹本。」

「我一直想問，但是不好意思，摹本……摹本不是贗品嗎？既然不是真跡，為什麼會有價值？」

「中國古畫保存不易，『臨摹』一直是中國繪畫傳統重要的技藝。『臨』講求神似，『摹』講求形似，畫家以臨摹琢磨技術、揣摩神思，優秀的摹本有重要的典藏、研究和藝術價值，甚至被稱為『下真跡一等』。現存許多國寶，例如東晉顧愷之的『洛神賦圖』、唐朝張萱的『虢國夫人遊春圖』、周昉的『簪花仕女圖』等等，其實都是摹本。吳道子的畫作，包含收藏在日本的『天王送子圖』、『釋迦圖』和『道子墨寶』也是摹本；其中『天王送子圖』還被譽為『天下名畫第一』，我看過畫冊，真是令人讚嘆。」

「喔，所以我們在故宮看到的古畫，很多都是摹本？」

「對，當然，優秀的摹本才有這樣的價值，拙劣的就不值一提了。張大千曾到敦煌臨摹畫作，磨練技藝，有時他仿一張，都可以畫十張自己的真跡了。」

美琴連連點頭。

「所以，媒體不知道這件事？」

「我不希望別人誤會……他拿走了畫。妳知道他不可能、不是的。」她急急辯護。

「會不會有人為了搶畫，擄走了他？」

「我也害怕，但是姊夫說，要借出時特別叮嚀：要借可以，但不能說出去。人傑一向很小心，不可能多嘴。警方查過通聯，沒有古董或美術商；他們還說如果要畫，直接偷就好了，何必擄人呢？多了個肉票，還更麻煩，我想也有道理。」

「不會是他缺錢，拿去變賣了吧？」

「問題是他不缺錢啊！他不吸毒、不賭博、沒有欠債，不做生意、也不養女人，要這麼多錢幹什麼？不是我誇口，如果他需要，我們家不要說幾千萬，幾億也拿得出來，何必捲畫潛逃？」

她的臉色又蒼白又嚴厲。

一抹靈光閃過若芙腦海，「等一下，您剛說萬敦仁？不會是萬濤集團的少東吧？」

「是啊，妳認識他？」她的眼睛像燭光，迎風晃火的照過來。

若芙猶豫了，有些難以啟齒——這真是巧合嗎？

「其實，我在萬濤打工，是『萬里齋』的見習生。」

「咦？不會吧！萬濤集團的總裁萬喜良，就是我大姊夫啊！」

兩人面面相覷，感覺某種微妙的聯繫，但關鍵的鑰匙，卻不在自己手裡。

好像是被設計了，但是被誰設計呢？

「妳不是在北和大嗎？」

「除了北和大，也在萬里齋見習，我是孫老的弟子。」

「啊……孫老，我聽過。人傑知道嗎？」

「我想想……對，他知道。但是他沒提過，萬總裁是他的……台灣怎麼說？他媽媽的大姊夫？」

「是他的大姨丈。他為什麼不提？這孩子真奇怪。」美琴不太高興，就像兒子虧欠了若芙。

若芙也想不透。「或許他覺得沒必要？」

其實，若芙也沒對他提自己的事。

這算友誼嗎？這是什麼人際關係啊？

雖然心存善意，卻沒放下隔閡和顧忌。

一堵人際高牆……

她有點寂寞，又沒立場責怪。但她在惆悵什麼呢？

美琴見她恍惚，也有點怯怯的；若芙定神下來。

「他的失蹤，會不會和敦煌有關？他在那裡遇到什麼嗎？」

「唉，我也不知道，當時他說要去，我問他會不會耽誤論文？他說不會，只去七天而已，我想紓解壓力也好。回來以後，他說敦煌很遠、舟車勞頓，雕塑、壁畫美極了，就是這樣而已。」

若芙沒有評論，慢慢繞著寢室，細看各項擺設，美琴看著她的背影吸氣。她走著走著，停在厚實的楠木書桌前，似乎想起什麼。……有點怪，有點不合邏輯……很想用大聲公，緊貼著小矮人的耳朵呼喊：「喂！是什麼呀？你倒說說看，是什麼呀！」

某個再差一點，指尖就能碰觸的地方……

「您剛說，他的手機、電腦都不見了？」

「對。」

「他平常很少用筆？」她拖長聲音，也不是很確定。

「對，他都打電腦，自從買了智慧手機，連 Palm 也不用了。」

若芙拿起桌上的萬寶龍鋼筆，湊近鼻前，嗅了嗅。拔出筆蓋、轉動筆身，摸摸筆溝的溢墨，「還有味道，他最近用過。」她指著桌子，「我剛看到，裡面有筆記？」

「我也找過書信、紙條，想看他有沒有留言，但是都沒有。」

若芙翻翻抽屜，拿起一本A4大小、褐色皮面筆記，潤澤油亮的牛皮，在燈下閃著幽光。

「這本我翻過，是空白的，沒有寫字。」美琴急說。

若芙舉高筆記，貼近自己，視線水平與紙同齊，就著燈光緩緩移動。「嗨！」她勝利的說：「有痕跡，家裡有軟鉛筆嗎？」

「哦?!」美琴一楞，「有的，我有畫畫用的6B鉛筆。」她走出去、很快回來，若芙坐在桌前，拉了兩張椅子，接過6B鉛筆，輕輕塗黑紙張。白紙在她手上，有如一隻活物，彷彿為鳥羽著色，懸隱字跡漸漸浮出，黑雪透出鴻爪，湖面現出漣漪，水波如此纖細，彷彿一碰就要碎滅了。

若芙咧著嘴，凝視紙頁，像原始人初次看見火焰。

這件事一點都不難，美琴大概很少看推理小說或偵探影集。淡薄壓紋不易看清，若芙另拿一張紙，把字句抄在新紙上，輕輕為字塊呵氣，彷彿上面存著魂魄，吹口氣便會醒轉。隨著字串浮現，美琴瞇縫著眼，瞳孔盡成灰翳。她的額頭現出紋路，黑洞般的嘴巴吐出幾句話，若芙沒聽懂，她又說了一遍，聲音有點像哭泣。

「……很像人傑的字。」

第一殿	秦広王	120817127903672
第二殿	初江王	040911175061214
第三殿	宋帝王	113032174629143
第四殿	伍官王	032622238914607
第五殿	閻魔王	
第六殿	变成王	100926184031250
第七殿	泰山王	082210173998211
第八殿	平等王	121515113289569
第九殿	都市王	
第十殿	五道転輪王	

空氣逐漸凝結，密度越緊越重，安慰是艱難的課題。在這敏感時刻，任何蛛絲馬跡，都往壞處延伸，在充滿瓦斯的房間，等待下一次爆發。美琴凹著嘴、哭喪臉，「……又是王水、又是閻王的，他究竟怎麼了？」

沒有解答，卻帶來更多疑惑，若芙傾身扶住她纖瘦的臂膀，她的淚水滲入臉上的皺紋，若芙深深感到她不年輕了，若非僅存些許自尊，或許會大吼大叫也說不定。

若芙不禁脫口而出：「您別擔心，他一定會回來的！」

「是嗎？」

「是啊，他一定……會平安的。」越說越小聲，反應了心虛。兩人緩步離開失蹤者的臥房，若芙又待了二十分鐘，陪美琴坐了會兒。最後還是得離去，美琴倚在門邊，若芙在電梯關上前，又瞥了她一眼。——來這一趟，真的對嗎？

欲言又止，連一句保重，都那麼多餘。

週六，若芙被鳥鳴吵醒，人傑失蹤十天了，好久。

她對著小院發了一會獃。秋露初霜、草木微枯，台灣的秋天和北方不同，只是濃綠刷上淺色，層層暈染漸淡，蕭索難免，卻不肅殺，更未見雪地銀白。這是南國的幸福吧，上天賜予的豐華寶島，僅是微寒，不致凍綏啊。

她研究了那張筆記，無甚發現，亦無好眠。她不懂，為何世上有這麼多災禍、意外和不幸？總有人在受苦哀泣？總會發生地震、颱風、海嘯、山崩、土石流、火山爆發、核災，以及數不清的人禍：謀殺、失蹤、暴力、砍傷、車禍、綁票、槍擊、戰爭……？——是因為天，或因為人？問題能解決嗎？怎樣才能解決？如果真的解決，會更幸福快樂嗎？解決了問題的地方就是伊甸園嗎？如果真是如此，為什麼亞當夏娃要逃離伊甸園？如果苦難災變是上天的考驗，上天的目的是什麼？世界上真的有神明嗎？神的旨意是什麼？遭逢大慟的人，真的是「天將降大任於斯人也」嗎？——但她只是個青少女，美琴則是個尋常母親呀。

她蠹魚般啃著指甲，齧到有些痛了，才起身去泡咖啡，負重的駱駝轉換心情。

紅色陶瓷小鍋燒滾熱水，在透明的厚咖啡杯內，倒了比平常略多的鷹牌煉乳。擺好越南咖啡的滴滴壺，放進研磨咖啡粉，旋轉加壓器壓平，再將滴滴壺放在咖啡杯上，用熱水浸溼、輕悶後，用畫圈方式緩緩倒入熱水，等咖啡滴漏。濃郁的褐木色咖啡，蜻蜓點水般的，一滴、一滴流入白樺色煉乳，形成優雅美麗的古銅蜜白紋路。深深聞入飄散的咖啡香，欣賞漩渦的融合，最後一擊是肉桂棒的攪拌，在深邃苦味和甜膩糖味中，加入一味激烈的強化。她拿起杯子，品嚐滋味，深、苦、甘、醇、厚，帶著點自虐的自覺。不喜歡喝冷咖啡，總是很快就喫完，再執起筆記本，在揣摩、想像和運算中，度過整個白天。

她認為這個筆記，不是數學習題，也不像編織謎題，像是寫給自己、或者他人看的。後者的可能性更高，因為他把紙頁撕下帶走，而不是丟在字紙簍裡。

若是純粹記錄，沒必要撕下來。他把紙帶走了，給誰呢？是和誰會面嗎？是失蹤當天，或者更早之前？為什麼要用寫的？為何不是鍵在電腦裡？或是電腦裡也有？這些數字是什麼意思？不是等差、不是等比、不是質數、也不像電話、日期或門牌號碼……她試著上下、左右、顛倒、來回看，甚至套用摩斯密碼。

這些數列有什麼邏輯？十殿閻王和阿拉伯數字，又有什麼關係？

一小時、一小時過去，她的太陽穴爆炸、脊背痠痛不已，像螺絲鎖壞、動彈不得的機器人。算了，她摔下筆，上網查詢「閻王」資料，還好網路沒有時間、空間限制，全年三百六十五天、二十四小時都可以用，這一來回又是五、六小時，待她抬起頭，早已過了午夜，逼近半夜兩點，這才關燈上床，根本沒吃晚飯。

她恍恍惚惚的作夢，在昏迷中，彷彿與龐大無告的人群聯繫了起來，他們都在哭著、喊著、嚎著、無眠奔走、無聲的流淚、大街小巷搜尋著……就像每個家庭，就像那首老歌唱的一樣——我的家庭真可愛，整潔美滿又安康，姊妹兄弟很和氣，父母都慈祥，往事難忘，往事難忘，你已歸來，我已不再悲傷，往事難忘不能忘，可愛的家庭唷，我不能離開你，你的恩惠比天長……夢裡除了聲音，最後顏色、數字、線條全都混雜一團、急速穿梭，像一幅胡亂的塗鴉、難解的抽象畫，她大喊一聲，連自己都嚇醒了，渾渾噩噩看了手機，快十點了，趕忙披衣起床。

平常，都是黎明就醒了。現在才覺得餓，乾脆早午餐一併解決。在義大利方型烤盤中，打了蛋、火腿、培根和吐司，加上剩餘的凱撒醬汁，變成一道獨門菜色，打發完腸胃，又回去鑽研，邊咬筆桿、邊飲薄荷，繼續奮戰下去。

下午四點多，手機突然震動，是萬濤集團總裁的特助李少華打來的，他說總裁想找她談話，如果方便，司機傍晚會來接她。她猜，這件事一定和人傑有關。

她當然見過萬總裁，他是海內外知名的企業大亨，孫老解說收藏品時，她會在旁邊擔任助手，總裁每次問起藏品細節，總是觀察入微、一語中的。名人、富人她見得多了，或許因為坐擁千億財富，他和別人比起來，氣勢更加不同——他有種天生的領袖氣質，像別著紫綬勳章，有大法官或院長的派頭，讓人聯想起戴皇冠的老鷹，高傲睥睨的盤踞峰頂。

他的身材高大，總是穿著剪裁良好的名牌西裝，顯得更加鶴立雞群；臉龐的顴骨高而寬，鼻子有點鷹勾，單眼皮眼睛大又有神，嘴角常帶微笑，高挺的鼻樑下方延伸法令紋。下巴剛毅如刀，談吐不疾不徐，眼神卻銳利深沉，不時射出世故的光芒，在敏銳中帶著溫煦、和氣中又藏著鋒芒，好像鑽石各個切面，在不同光線閃耀晶光。

總裁和她聊過幾句，態度還算親切，並不因為她是見習生而輕慢；更重要的是，他應當知道她家的事，卻沒問任何私人問題，讓人鬆了一口氣。

下了黑頭車，若芙謝過司機，來過萬里齋多次，但今日特別不同，走過挑高氣派的大廳，中庭的鎮館之寶，是一座十公尺長的乾隆和闐玉屏風，精雕細琢「康熙南巡圖」，巍峨㚖麗的山水、繁盛熱鬧的市街、前呼後擁的帝王陣仗，氣勢磅礡，直比「清明上河圖」。現在她不是員工，而是上賓，就像爸媽在世時一樣，接待者展露微笑，她們率皆樣貌端美，舉止有如宮女、進退合度有儀。

她行過光滑大理石地板，接待人員進了電梯、按下從未去過的頂樓。門外是條黑石長廊，地上放著火焰琉璃，中心擱著明滅燭光，如神祕綻放的朵朵紅蓮，微溫空氣散發細膩植物香，是蠟燭燃出的迷醉芬芳。以前全家造訪日本登別，黑魆魆的寒冷夜晚，走在地獄谷石階上，四周點燃鬼之燈火，她牽著妹妹的手，膽顫心驚走過黝暗崖際，看著寸草難生的硫磺谷底，陣陣白煙不斷冒出……。

帶路者掀起墨色竹簾，房內洋溢東方氣息，木頭紋路、暈染薄簾、古陶擺設、松樹盆景……均著意構思，清雅簡淡、充滿禪風。如同茶聖千利休生涯後期，茶室越蓋越小，追求枯寂之趣，但這裡不只幾片榻榻米。房間中央擺了四人茶席，鋪著綠竹茶簾，墊著京風染布。陶壺插著綠菊和黃楓，拔出數條黑色枝幹，猛看甚是猙獰，但配著淡綠菊瓣，又顯得清風隱逸。一位枯僧茶人正在沏茶，有位男客已經入坐，看背影就知道：不是萬總裁。

男人應知有人入門，卻未轉身。他穿著一件大地色外衣，背影高大，肩膀寬闊、筋肉堅實，像是體育選手。一頭濃密的黑髮，棉襯衫、牛仔褲、登山靴，外型樸素，質料紮實。若芙在他旁邊坐下，茶人徐徐傾倒鐵壺，澆灌紫砂壺中的茶葉，吸飽了水的綣葉如苞展放，先棄置第一泡，這才重倒、抹泡、入杯，但見碧水雙盅，端正送到前方。

茶人輕聲說明，「這是初冬的大禹嶺，請嘗。」

若芙細細一品，清香、甘醇，嫣然一笑，以靨表意。盈盈一握的杯底，浮出淡淡紅魚，杯身則是青色水草，兩相搭配，堪稱一絕。茶人輕輕撥弄火缽，那是上好的龍眼木炭，質輕純黑、少煙少燻，經他一觸動，精粹樹幹芬芳四溢，古樸茶香、花香、木香、薰香，讓人陶醉美學之意境，差點忘了所為何來。

男客並未正眼瞧她，只是盯著茶人手勢，全身散發抗拒意味，和她的等著接招不同。若芙直覺：他不喜歡這裡。他的不悅，明晃晃擺在臉上，但他們素昧平生，應當不是針對她。或許是感到她的注目，他看了她一眼，帶著非禮勿視之意，也不是好奇、也不是無禮，而是野獸狹路相逢，提醒對方識相遠離。他年約四十，眼神深沉，彷彿看透世事的蒼涼，卻又逼人的清澈。皮膚粗糙、面色風霜，像是出沒大漠的灰狼、躍動海浪的鯨魚，盤腿收手，縮在陸地上。

對看一會兒，男人稍微點了點頭，緊繃的氣息，略略放鬆了些。

突聽清鈴一響，只見茶人抬頭起身、垂手旁立，不是微風拂窗，應當是主人來了。若芙和男人同時抬頭，望向門口方向，她悄悄捏捏掌心，仍舊有點緊張。

五、萬喜良

十一月三日（日），台灣．新竹。

若芙盯著門口，只見一位穿著亞曼尼西裝的男人閃進門，看起來面色青筍、印堂發白、身軀半矮，步伐有點踉蹌。

她再看一眼，才發現那是萬總裁，不禁微張了嘴——從沒見他這麼失魂狼狽過。

萬濤集團是海內外知名的跨國企業，經營範圍包含製造業、金融業、房地產、基礎建設、商場百貨和電訊網路產業，家族信託持有十二間上市公司。根據《富比士》全球富豪排名，淨資產達八十億美元，排名台灣第二、世界前三百名，然而坊間推估遠不只此。

萬家是創業有成的華僑，清朝時期遠赴南洋，經營香料、木材、茶葉貿易，累積成為巨商富賈。家族人數眾多、開枝散葉，在上海、廣州、福建、廈門、台灣、馬來西亞、印尼、泰國都有宗親；其中一房更中了舉人、在南洋興建豪宅，在二十世紀末，被聯合國指定為「世界文化遺產」。

他這一房雖無功名科甲，但曾資助革命黨推翻滿清，對民國成立可記上一筆功勞。二次大戰期間，萬喜良的父親投資商船，不料遇上魚雷沉沒，戰事紛擾，屋漏偏逢連夜雨，開設的工廠發生火災、倉庫炸毀，家道因此中落。戰後，全家遷往台灣，企圖東山再起，但他的父親在建廠時，不慎感染風寒，轉成肺炎，從此變成了不歸人。一門老小陷入困境，還好宗親扶持甚厚，在有形和無形層面，都幫了許多忙。他自己也很爭氣，不單考上第一志願，畢業後和同學創業，掌握了經濟發展的浪頭。他是世家子弟，先人有功於國家，與官方溝通協調、爭取貸款，都獲得不少優勢和先機。

那是創業的黃金年代，他不到三十歲，已是青創楷模；四十歲，跟上東亞經濟起飛的趨勢，五爪金龍擴大事業版圖。雖然他精於商場斡旋，事業可說一帆風順，也曾中途跌跤，因為合夥股權之爭、銀行超貸風波，喪失部分權利，財富縮水達五分之三。但是後來他又重起爐灶，神奇的東山再起，重登《富比士》排行榜，是媒體最愛的不死鳥題材。近年，萬濤集團版圖擴張到五大洲，採多角化經營，產品曾在好萊塢電影登場，成為「Made in Taiwan」的代表。

只見萬喜良微微轉頭，遲鈍的揮了揮手，祕書縮肩退出。茶人待他走過，也幽魂般退出去，留下三人在場，還有一扇關起來的門。萬喜良的座位正對門口，他對兩人點點頭，便端起茶，品了幾口，彷彿很久沒喝水了，想澆灌身披的疲憊。

「這是大禹嶺吧？二位還喜歡嗎？」

若芙應了聲是，男人卻沒說話。

他的入座，彷如攪亂滿池秋水，已趨平穩的空氣，重又擾動起來。

萬家勢力雄厚、家學淵博，多位宗親雅好古董珍玩，雖然父親過世得早，但他多少耳濡目染，在事業穩定、財富無憂之後，展現對文物收藏的狂熱。他鍾愛寶石、玉器、象牙、珊瑚、陶瓷、青銅和漆器，喜愛固定、紮實、確切的感受，只在因緣巧合或價格相宜時，才出手購買其他品項。雖然曾冤枉付了學費，但因為天資聰穎、勤於學習，很快就脫離生手範疇，多年下來累積了數萬件文物。

和其他收藏家不同的是，萬家族親深厚，各有珍藏領域，他登高一呼，建議籌備基金會，希望有系統、組織、規模的保存，這便是「萬里齋」的由來。當時在泰國舉辦的宗親會議通過提案，共襄盛舉，匯集收藏，交由基金會統籌管理、保存、修復、研究，擴大了整體規模，也成為海內外族人聯絡感情、交換心得的場所。

短短十多年，「萬里齋」成為東亞最著名的私人博物館，萬喜良個人的珍藏約佔二分之一。私人博物館經營不易，但萬里齋的典藏規劃、執行品質卻備受肯定。一九九〇年代以後，中國大陸國力崛起，富豪大量蒐購古物，拍賣價格水漲船高，他偶請蘇富比或佳士得拍賣，價格屢創新高，其他收藏家無不羨慕他的獨到眼光。萬里齋不是公營博物館，只對少數貴賓開放，一般大眾無法進入，受邀參觀者均引以為傲。尤其台灣的政商高層、科技新貴，視此為「名流雅士」認證，對萬濤集團的政商人脈更為加分。

萬喜良年過六十之後，本來打算扶持兒子接班，逐漸淡出經營，歷經數次金融風暴，他改變心意，重掌企業，飛往世界各地巡視的時間，反而比過去還多，原訂的生涯規劃也跟著無限延期。

房內的三人組合頗為詭異，空氣一時凝滯，若芙仍不知另一人是誰。

萬喜良默默撫摸杯沿，像在盤算如何開口，半晌之後，他說：「幸會，我們過去都見過，今日時間急迫，感謝二位的蒞臨。」他的視線從男人移到若芙，又轉回男人身上。「沈先生，好久不見，上次喜安介紹，你的說明很精采。」

男人面無表情，只應了聲，若芙有點訝異。萬喜良不顯尷尬，又轉向她，「咳，先幫兩位介紹吧。這是沈海人先生，以前在國家地理雜誌工作，參與過許多議題調查和探險工作，攀登過世界各大高峰，也是台灣……呃，那個什麼？潛水的專家？」

沈海人不耐煩的說：「自由潛水。」

「是，自由潛水，那是極限運動，非常危險吧？不帶呼吸器？」

沒有回應。

萬喜良拿出手帕，擦了擦汗，「海人……可以叫你名字嗎？」

一片寂靜。

若芙臉都紅了，萬喜良竟不以為忤，清清喉嚨繼續說：「……他救過我妹妹喜安，當時她深陷叢林，非常驚險，多虧有他才脫險。他出入惡地環境，拍攝、撰寫各種專題，得過國際性大獎，也和探索等電視頻道合作。聽說你最近辭掉職務，專心推動環境工作？」

這次海人點了點頭，萬喜良乾笑兩聲，伸出手拍他，「令人欽佩，好好做吧！」

他說著指向若芙，「這是江若芙小姐，她年紀輕輕、不到二十歲，但是很勇敢。」

他放慢聲調，似乎在表達哀悼，「她本來住國外，家人出了意外，不幸在台灣過世了，她獨自在台北找尋兇手，真的……很不容易。現在在北和大學打工，也在萬里齋見習。」

若芙低了頭，從別人嘴裡聽到，感覺非常刺耳。又瞥見男人眼神軟了下來，心中更加煩悶。

萬喜良渾然不覺，他說完這些，稍稍挺起胸膛，氣色也好了些，「那麼我就直說吧，你們一定奇怪，大放假的，我們又不熟，為什麼這麼急？因為事關人命，沒辦法再拖，必須馬上商量。」

他平日總是有個總裁架子，這時放下身段，感覺十分詭異。「接下來我所說的涉及隱私，能不能先做個協定？除非經過同意，否則不能洩漏出去，以免殃及無辜、擴大事端。」

若芙有些猶豫，仍點了點頭。海人卻說：「抱歉，話先說在前頭，今天我本來不想來，是喜安打了電話，她幫了我許多忙，否則不會出現在這裡。如果你提的事情犯法、或有問題，我不是遮羞布，不能幫忙隱瞞，如果你不能接受，我可以馬上離開，請告訴江小姐吧，謝謝你的邀請。」

若芙從沒聽過有人這麼直，五官都不知該怎麼擺。應該更怒的萬喜良卻沉得住氣，迴避他灼灼的目光，凝視著杯盅茶壺。沉默了約莫五分鐘，才嘆了口氣，「好吧，不管如何，我會承擔後果。你聽了就知道，說了也沒什麼好處，我相信你的判斷，自己會斟酌，不會讓你為難。」

海人似乎有點意外，「好吧。你說說看。」

萬喜良握緊手指關節，神色蒙上暗暗的灰，一圈燈光打在他頭上，整個人籠罩在陰影裡。他的目光毫無生氣，好像一具空洞的兵馬俑，凝視陵寢的黑暗與空虛。

「這是很久、很久以前的事了，我從沒告訴過任何人……現在卻要對僅僅數面之緣的你們說明。或許你們聽了，會以為我在編故事，不過有許多人可以作我的佐證。這是命運作弄、或是咎由自取？我想應該是後者吧。其實我也不想如此，但是反覆思索，竟然沒有選擇，我知道不能再拖，卻無法下定決心，可嘆做過這麼多決策，竟然沒這麼難！昨晚入睡之前，我祈求神明指示一條道路，今早起床盥洗，不知怎的，卻在鏡子裡，不，其實是腦海中，浮現二位的容貌。或許是冥冥中指引，我越想越覺得可行，乾脆孤注一擲。」

以往中氣十足的聲音，現在像風中飄來，空空洞洞、蕭蕭地吹著。

「不知道你們是否信教？是否相信基督、聖母、阿拉、觀音、媽祖、玉皇大帝或釋迦牟尼？無論信或不信，我們都活在這個宇宙，我活了六十多歲，多次經歷事業危機和生死關頭，就像生鐵千錘百鍊，年紀越大，越感到天地之間，有著超乎人類、至高無上的主宰，不管你叫祂什麼名，總之這世界有神的存在、有宇宙大能的主宰。許多人生的機緣巧合，乍聽無法分析，說是機率也好、說是迷信也好，往往莫衷一是，沒有決定的答案，許多人嘗試解釋，由此催生了巫術、宗教、甚至科學，就連愛因斯坦，也不相信定律與秩序，他說：上帝不是用『丟骰子』來決定世界。

但是他的朋友、諾貝爾獎得主波恩（Max Born）卻反駁：上帝確實是用丟骰子來決定世界。

我贊同波恩的想法，因為『丟骰子』就是一種定律、一種秩序；上帝能丟骰子，因為祂是上帝！我們只是凡人。若以這個觀點，其實愛因斯坦也沒錯，只要他承認『無常』就是定律。」萬喜良的神色無比嚴肅、又無比惘然，好像神入的薩滿巫師。

若芙心中一動，想起每日自問的問題，她望向海人，想知道他的反應。只見他眼睛半睜半瞑，有如一尊青燈古佛，隔了半晌，發出木魚般平板的聲音：「究竟是什麼？你說吧，不用這麼刻意。」

百分之一秒，萬喜良眼中閃過一絲狡獪，像被逮到偷雞的黃鼠狼；卻又在千分之一秒，馬上恢復正常，回到手足無措的容顏。他長嘆一聲，拖長了無奈的下巴。「好吧，言歸正傳，我有個侄子，名叫白人傑，是我太太小妹的獨生子。」他拿出一張人傑照片，遞給兩人，海人看了看，沒說什麼。

他對若芙微笑，「妳認識他。」她點點頭。

「他在北和大學念博士班，表現一直很優秀，但是幾天前，」他的視線飄向腕上精緻的名錶，盤面上有日曆，「十月二十四日、也就是十一天前，卻無緣無故的失蹤了。他斷絕一切聯絡，警方介入調查，調閱通聯、錄影、帳戶，都找不到蹤跡。我們這些親戚都很憂心，透過政府高層、民意代表、甚至情治單位等管道找尋，但是都沒有消息。我本來不想多心，後來……卻聽說妳在實驗室，發現了奇怪的事情？」他搖搖頭，手指咚咚敲著桌子。

「妳發現硝酸和鹽酸？是吧？請說明一下？」

若芙挑重要的講了，海人專心聆聽；這時的他不再像睡獅，眼神醒轉如炬。

萬喜良憂鬱的嘆了口氣，「王水！我一聽就想起來了——人傑對我說過這件事。」

「人傑說過？他怎麼說？」她肩膀挺了起來。

總裁頭髮根根豎起，臉頰似乎漲大了，「一個多月前，人傑來找我，問我知不知道『王水事件』？我當然聽過，台灣誰不知道？他又說，知不知道那棟大樓——命案大樓，曾經有輻射汙染？」

「輻射汙染?!」若芙叫了出來。

「他怎麼知道？」海人衝口而出。

萬喜良望著他，表情有些欣慰，好像考官看著通過的考生。

若芙不懂，只是問：「怎麼回事？」

海人慢條斯理，轉身面對她說：「這件事要追溯到上個世紀、四十多年前，一九七〇年代，當時的台北縣、現在的新北市永和，有位醫生為了研究，私人收藏了放射性物質『鈷一三七』，但是那年颱風來襲，大水淹沒了醫生的家，鈷是可溶於水的，因此也被波及，連帶汙染了物品和建築。醫生向清大求援，校方通知官方的原子能委員會，專家學者開會決定，拆除這棟輻射建築，並將汙染廢材裝進三十多個汽油桶裡，放在校園的一條水泥乾溝、也有人說是地下室裡，就像是禁閉野獸，只不過是看不見的野獸。

當時是戒嚴時代，一切都封鎖消息，官方本來以為沒事了，但消除輻射沒這麼簡單容易。一九七八年，清大增建『輻射生物館』，因為儲存的地方沒有妥善封鎖、標示，不知情的工人不知道這裡充滿問題，在攪拌水泥時，把水灌到這裡、再抽出來拌，結果建築用的混凝土都汙染了，新落成的校舍，也成了一棟輻射建築。」

「唉呀！」若芙忍不住出聲，萬喜良卻沒表情。

「校方發現之後，只好拆掉館舍，汙染物也從三十多桶，暴增到一千多桶；為了永絕後患，必須連土壤一同剷除，結果變成兩千兩百桶，是原先的六十多倍，可見輻射汙染實在非常棘手。這些汽油桶無處可去，就放在校園空地，任憑風吹雨打、日晒雨淋，但是桶子會風化鏽蝕，露天腐蝕的速度更快，可能危害人們的健康。一九八五年，桶子又流浪到桃園龍潭，存放在原能會的核子科學所，直到現在。」

「這樣的汙染，什麼時候沒問題？」

「在妳有生之年都不可能，鈷一三七的半衰期是三十年；三百年後，輻射才會衰減到千分之一，想等汙染消失，就慢慢等吧！」

「所以人傑指的就是這個嗎？」

「應該就是剛說的『輻射生物館』，這棟館拆除後，清大在原地重建了『生物科技館』，照理說應該沒問題了，但這片土地彷彿受了詛咒，又發生轟動全台的『王水事件』，犯人就是在二樓合成『王水』，一樓則是犯案的第一現場。」

「我的天！」

「遺禍百年的放射物質，汙染了這片土地，所以還有前輩認為，『王水案』不全是兇手的錯，而是草率處理、遮掩真相的單位之過。近年，民間團體不斷在這裡驗出超標輻射值，但是校方否認，還拿出合格數據，目前疑雲仍未解除，整件事情仍是羅生門。」

「所以這棟大樓還在用？」

「王水事件後，關閉了一段時間，近年重新開放，據說會再改建。一般大眾知道這個案件，卻很少人知道輻射汙染的過去；知情者多半是清大、核能或環保界的人。」

「或許人傑認識清大的人？但這件事和他有什麼關係？」

兩人都看著萬喜良，他搗著頭，話聲遲疑，「我想，人傑是要提醒我『輻射汙染』的事。」

「提醒你做什麼？」

「……因為，我收藏過放射性物質。」總裁的聲音，頓時變得又薄又弱。

「你收藏『放射性物質』？」海人加重語氣，很不客氣。若芙睜大眼睛，沒見過萬里齋有這個啊？萬喜良躲過逼人的注視，看著手上的暗色紫砂壺，半晌才又出聲。「我認識……那個醫生。」

「哪個醫生？」若芙問。

「永和的醫生？」海人衝口而出，兩人互看一眼。

「是的，他說，只要小心，自己也能保管放射性物質。」

「只要小心？」海人帶著濃濃不屑。

「我一時好奇，便透過別人介紹的管道買了。」

「買了什麼？」

他看著兩人，下了決心。「鈾二三五……而且是武器級的，高濃縮鈾。」

海人倒抽一口冷氣，斥問把耳膜都震痛了——「武器級的?!瀝青鈾礦必須精鍊，才能轉化為高濃縮鈾，只有美、中、俄、德等少數國家能提煉，連核電廠都只用濃度百分之三的，你說——濃度超過百分之八十五的高濃縮鈾?!」

氣溫下降到冰點，他們在冰山拔刀對峙。

若芙目瞪口呆，這點常識她還有：他說的不是黃金、鑽石等貴金屬，而是令人聞之色變的鈾？而且是製造核彈的武器級？

「你乾脆說自己是〇〇七好了。」海人的聲音貫穿寒氣，「那是美蘇冷戰時期，不要說當時，就算現在也不可能。那不是古董、名畫、鑽石，是國際禁售、禁運的！當時台灣還在戒嚴，你不怕被捕、甚至判死刑嗎？」這番話很沒禮貌，但是合情合理，連她都想拍手叫好了。

萬喜良昂起頭，有種不顧一切的表情。他張開嘴，似乎想反駁，又抿住了，不以為然的擺擺手。

「別這麼說，別這麼說，小夥子！錢能辦到的事很多，比你想的容易，這世界沒什麼買不到的。」

「你瘋了！」海人的眼神如同野狼凌厲，全身繃了起來。

但是過一會兒，他又聳聳肩，輕描淡寫的說：「隨便你。」

「我是瘋了，我反省。可是你看，這件事有洩漏嗎？你聽說過嗎？我可是很小心的。」

「我明天就幫你上報。」

「你沒證據，別人不會相信。」

「你怎麼知道我沒錄音？」

「因為進門的時候，我們掃描過。」

「真會耍詭計。」

「這裡藏著許多珍寶，本來就要小心。」他看看若芙，「她也知道。」

若芙頷首。

「她是證人。」海人說。

「我就說你們串通，你拿我沒輒的。」

「鈾呢？在哪裡？」

「你這麼生氣，我怎能告訴你？你不說，我才能說。」

海人輕拍一下桌子，若芙有點擔心他翻桌。但他悶不作聲，沉吟了半盞茶。「好，你說吧。我不會說出去。男子漢說到做到。」

萬喜良小心翼翼盯著他，一會兒，嘴唇微微蠕動，看來達成共識了。

「那些鈾有多少？」海人追問。

「一公斤。鈾的密度很高，所以體積很小。」

「這麼多！你在說笑？在這裡？」

「不。」

「你轉賣了？」

「怎麼可能？賣到中國？還是伊朗、北韓？」

「不然在哪裡？」海人一再逼問。

「不見了。」他乾脆的說。

「不見了？」

「失蹤了。更簡單的說，是被偷了。」

「開玩笑！你說什麼？會出人命的！」海人疾顏厲色，她趕忙穩住桌子。

「我知道。難道我很開心嗎？」

「怎麼丟的？什麼時候丟的？」

「你想知道，就要幫我。」

海人喘了好大一口氣，面色不悅的瞪著他，若芙聽得見自己的心跳。萬喜良滿臉警覺，眼尾微微上吊，不是怕海人撲來，而是老虎面對亟欲想望的獵物，忍住了口水的表情。

海人碰的一聲，敲了桌子，連小茶杯都跳了起來。

「你少威脅我！」

萬喜良很冷靜，放緩了聲音，幾乎稱得上溫柔，這個世故的人，現在極力想和他們交心，或說假裝交心。若芙突然想走開，本能讓她覺得，「不聽」才能避免麻煩，而自己的麻煩已經夠多了。但是好奇壓過了理智，還在猶豫，耳朵便吸了過去，遂忘了嘴上的拒絕，或許海人也差不多。

「我是說真的，多年來，我隨時有心理準備，如果聽到鈾的消息，恐怕是禍、不是福，結果真正如此。」

「究竟何時丟的？」

「從一九八五年到現在，正確的說，是二十八年了。」

海人肩膀一軟，靠向椅背，「這麼久？你以為我是神父，要聽你的懺悔？」

「不，這麼多年，我也想忘掉。但是人傑不只提到王水，還問我：收藏的鈾是不是丟了？我一直沒對人說，連太太和喜安都不知道，他怎麼會知道呢？」

「你沒問？」

「我當然問了，而且是大聲逼問。但他不說，還反問我：知不知道是誰偷的？」

他眉毛揚了起來，又是無奈、又是無辜，「我怎麼知道？如果知道，早就把小偷抓去灌水泥了！你們知道當時我有多慘？金錢的損失不用說，心理壓力才更可怕。二次大戰，製作原子彈的『曼哈頓計畫』總共花了二十億美金、相當於現在二百五十億，而且是美金，美金！我的鈾也是天價，更何況金山、銀山也買不到啊。整整三天，我關在房裡誰都不見，拚命思索是誰偷的？為什麼？為了貪念？為了金錢？會不會有人密報？如果我被告發了，怎麼安置家庭？如何處理公司？怎麼安排資產？

因為這東西是非法的，絕對不能曝光，我遭受到鉅額損失，卻不能報警、無法抓賊，而且還不可抵稅，你們不能想像這打擊有多大！當時不流行『憂鬱症』、看心理醫師，但是憂鬱加上躁鬱，我足足吃了兩、三年安眠藥才好一點……我的頭髮就是那時白的，差不多白了半個頭吧。」

他不捨的摸摸鬢角，「過了好幾年，才慢慢長出黑的。」

海人不屑，「你這是咎由自取。」

「我知道，我不敢了，可是能怎麼辦？事情都發生了。」他的眉毛像旱地蚯蚓，猙獰的扭曲起來，黑色的眼圈更黯了，呲牙咧嘴，閃出憤恨的光芒。

若芙問：「所以你認為，人傑倒在實驗室的王水，是給你的訊息？」

「對！人傑知道我聽到『王水』，便會聯想到我們的對話，這件事遲早會傳到我這兒來。

那一天，他提起鈾的事；又問了『地獄變相圖』，說是我兒子敦仁告訴他的，他們聊聊也不稀奇，我拿出來讓他看，不知他看出了什麼？竟然要求借給他。人傑說，只要有這張圖，很快就能找到竊賊。我不知道圖和鈾有什麼關係？但他只是強調，可以解決這件事。

我的收藏很多，說實在不缺這個；但是當然不願出借，即使他是我侄子，還是讓人為難。我問他：照片不行嗎？照片就可以。或者給我一點時間，可以到海外訂製複製畫，能做到毫釐不差、一模一樣。但是他非常急，他說不能拖，拖了就沒把握了。不瞞你們說，雖然鈾丟了許多年，但我始終有個願望，就是把它找回來、重回我的收藏之列。」

「沒有私下請人追查？」

「我有想過，但如果風聲走漏，豈不是雪上加霜？何況找回來後呢？心裡也很猶豫。要找還是不要？或是乾脆放棄？想想又不甘心，就這麼一拖再拖……這種感覺，大概只有收藏『希望鑽石』的人才懂吧？」

若芙知道，「希望鑽石」（Hope Diamond），是一顆重達四十五克拉的藍色巨鑽，據說這顆鑽石受了詛咒，每每為擁有者帶來厄運，上了斷頭台的法王路易十六和皇后瑪麗安東尼、被處決的俄國王子、破產的銀行家、廢黜的土耳其王……都是它的犧牲者。不過，傳說就是傳說，穿鑿附會和無稽之談，可能更接近真實。但是不可諱言，纏繞寶物的謠言，確實會帶來心理影響，是好是壞就很難說。

萬喜良的話仍在繼續，「所以，人傑的話讓我很心動，這麼久以來，這是第一次出現機會，簡直無法拒絕。我問他怎麼找？要不要幫忙？他說自有辦法，而且不用太久，很快就會還我。我考慮半天，終於決定賭一把，叮嚀他若沒成功，兩個月內就要歸還，況且財不露白，千萬不要讓人看見。他保證不會外洩、不會讓古畫損傷，他本來就很小心，這點我倒不擔心；況且他家有錢，真有什麼毀損，白世英也賠得起。我們說好這是祕密，誰都別說出去——現在可好，不但畫不見了，他的人也消失了。難道鈾就這麼晦氣？怎麼樣都是損失？本來我不想多心，但是實驗室出現『王水』，那就是了，他暗暗通知我這件事，不出面也不行了。人傑究竟怎麼了？是自願或是被迫？如果出了意外，叫我怎麼交代？」

「他來找你，是多久以前？」若芙問。

「大約九月中下旬。」

「這麼說，是他去敦煌之前……。」若芙喃喃自語。

「敦煌和唐代繪畫很有關係，那裡將近有五百洞窟，唐代興鑿的比例就超過一半。」萬喜良說。

「那是什麼樣的畫？」

「那是吳道子的『地獄變相圖』，專家鑑定是五代時期的摹本，主題是地獄和十殿閻王，繪畫的時間超過千年，藝術價值很高，是非常珍貴的文物。還有，剛忘了提，許多敦煌的壁畫，都是仿效吳道子的風格。」

「這張圖有電腦檔案嗎？」

「有，之後讓你們看。」

「你還沒說，鈾為什麼失蹤？」海人鍥而不捨。

萬喜良撇過頭去避開兩人，十隻手指彎曲遒勁，如同鷹爪想抓桌子。「……二十八年了！就像是昨天一般。當時我邀了一群朋友，大家一起聚餐、觀看收藏。當天我心情很好，喝多了威士忌，一時沉不著氣，把鈾拿了出來。」他大手一揮，「根本是鬼迷心竅！唉，說這些做什麼呢？全都是藉口。『謙受益、滿招損』，我年少得志，自以為無所不能，後來樂極生悲，後悔也來不及了。」

他悲憤的瞪著兩人，「那是一間密室，怎麼有人敢偷呢？」

海人瞪了他一陣子，突然說：「你知道嗎？世界上，滑稽的事很多，比你想像的多十倍。例如二次大戰時，各國正打得如火如荼，英國首相邱吉爾卻說：他想要一隻鴨嘴獸。你們能想像嗎？他要的不是飛機、軍艦或原子彈，而是鴨嘴獸！這種活化石一般的野獸，奇妙、滑稽又可愛，就像唐老鴨的遠房親戚。他為什麼這麼說？是任性還是瘋狂？或者鴨嘴獸有什麼魔力，能讓盟軍、至少英國，贏得最後勝利？大家都不懂，但願意讓他夢想成真，所以澳洲總理派人捉了一隻公獸，經過半年訓練，肩負任命、飄洋過海，出發到英國去，準備達成統帥的命令。」

他停下來，閉上嘴巴。

若芙忍不住問：「然後呢？」

「然後？鴨嘴獸平安渡過了太平洋、穿越巴拿馬運河、衝破大西洋水幕，就在抵達英國港口前，就那麼一步之差，遇上了敵軍的潛水艇。」

「所以呢？被擊沉了？」

「沒有。船好好的。盟軍為了警告敵方，投下深水炸彈，鴨嘴獸就這麼死了……因為噪音。」

「噪音？」

「鴨嘴獸是非常敏感的動物，動不動就會絕食抗議。這隻同類的堂吉訶德，就這樣出師未捷身先死，在鴨嘴獸史上，寫下了可歌可泣的篇章。」

「聽你在說笑！」

「不，這是史實，千真萬確。世界上無奇不有，連邱吉爾這樣的人——他打贏了戰爭，都有意外之舉，天下沒什麼不可能。」

她啞然失笑，又無法反駁，兩件事反差很大，卻不無道理。

一直默默傾聽的萬喜良開口了，「或許……你說得沒錯，真是這樣子。那天本來沒事，結果發生地震、還停電了！事後回想，就是那段時間被偷的。」

他臉上皺紋全垂了下來，像隻衰老而疲倦的海獅。

海人直言，「台灣位在版塊邊緣，地震原本就很頻繁，所以才有這麼多高山啊。既然是密室，小偷就在裡面，當時為什麼沒抓到？」

「因為我不知道被偷了。」

「怎麼可能?!」

「為了防止輻射外洩，裝鈾的盒子有很多層，小偷只拿了裡層，外表看不出來，兩天以後，我才發現『狸貓換太子』，裡面被換成了鵝卵石。鈾的質量很高，體積小，但比石頭更重，小偷放了等重的石頭，況且鉛盒也重，是我疏忽了，沒有馬上察覺。」他冷笑著，移開視線、望向窗外，臉頰微微顫抖，仍然忿忿不平。

「唉！都講到這裡了，我就老實說吧。

那個停電，不是意外；地震是天災，但停電是有人故意的。

我當時的祕書是個吃裡扒外的王八蛋，她和水電工串通，在機房做手腳，想製造停電、趁亂掉包文物。沒想到地震打亂了計畫，她沒撿到便宜，反而給了小偷可趁之機。半年後，她挪用公款東窗事發，共犯才供出真相，他們馬上被開除，但我不能通報失竊，挪用公款的事，只好輕輕放過，你們看我衰不衰？屋漏偏逢連夜雨，當我逐漸從打擊恢復，一九八八年一月，隸屬軍方的中山科學院核子科學所的副所長張憲義叛逃到美國，原來他是美國ＣＩＡ中情局潛伏二十多年的間諜。台灣一直否認發展核武，民眾也毫不知情，但張憲義向美國揭發台灣正在研發、而且接近完成階段。他叛逃後數天，蔣經國總統猝逝，總統罹患糖尿病，當時已是風中殘燭，可能因此加重病情。從此在美方的壓力下，軍方被迫停止核武研究，並拆除全部設備。否則我們可能也像北韓、伊朗一樣，成為擁有核武的國家！」

他的拳頭不斷張開、握起，彷彿能紓解賁張的壓力。「我也曾懷疑鈾失蹤了，會不會和核武研發有關？畢竟小偷若不是收藏，也要有銷贓管道，難道鈾是賣給軍方？事情撲朔迷離，我走了趟地獄之旅，沒有經歷過的人，根本無法體會。」他的臉色泛青、微微哆嗦著。

「或許不是當天、是後來被偷的啊？」海人問。

「如果是公司內賊，早就下手了，不必等到那天，」他嘿嘿冷笑，「天時、地利、人和，這種機會哪裡找？小偷真是當機立斷！」

「除了鈾，還丟了什麼？」

「沒有，只有鈾不見了，所以我才疑惑。鈾雖難得，但不易買賣變現，更不適合賞玩，其他寶物好多了。」

「你就是這麼想，才敢拿出來吧？」

「或許吧。我太自信了。」

「當天還有誰？」兩人輪流提問。

「連我和喜安，總共十一個人，包含企業家、學者和官員等，多半是老友。」

「他們不知道鈾不見了？」

「我沒說。這種事，越少人知道越好。」

「有誰可疑？」

「除了喜安，每個人都可疑啊！」

三人都陷入棘手的沉思。

萬喜良為三人都斟了茶，正色問若芙：「人傑的媽媽說，他的筆記寫了十位閻王，妳的看法怎麼樣？」

「既然『地獄變相圖』也失蹤，兩件事應該有關，只要能解開這個謎，或許就能找到人傑了。」

萬喜良喝了口茶，「我也是這麼想。其實我找妳，就是希望妳幫忙。」
「為什麼是我？」
他乾脆的說：「因為我認識妳、妳認識人傑，而且妳還發現王水和筆記。」
「這些……不夠吧？我沒經驗，還要處理自己的事。」
「妳沒經驗，但有決心，否則何必追查妳家的案子？」
「那不代表我願意協助這件事。」
「他是妳的朋友，妳這麼忍心？」他瞇起眼睛，好像不敢置信。
若芙冷著臉，這不是開玩笑的。她曾動搖的心，又硬了起來。
「我找妳，還有個原因，妳一定猜不到。」
「什麼？」她挑起眉毛，確實無法想像。
「妳爺爺——以前做過核能研究，妳知道吧？」
「你怎麼知道?!」她忍不住大叫。
「有這種背景的人，少之又少。我是老一輩的人，相信緣份。這是妳的命運，妳是有緣的人。」
她被敲得眼冒金星，這招是殺手鐧，殺得她措手不及。
萬喜良正在得意，海人突然插嘴，鏗鏘有力的說：「你也要我查這件事？」
他沒有否認。
海人冷笑，「我拒絕！我沒興趣！這是你自作自受，他如果沒回來，你就一輩子受良心譴責吧。」
萬喜良眼角下彎，表情有點受傷。「事關別人的生死，你怎麼這樣說？你不是正義之士嗎？」
「那也要看是誰。」

「人傑是無辜的。他人很好，不信你問她。」

若芙承認。海人語氣放軟了些，「那麼，我就直說吧。我不喜歡你、不喜歡你們公司，你另請高明吧！何況，都過了二十八年，機會本來就很渺茫。」

「別這樣！我還沒說完呢。」

海人搖搖頭，站起身來。

「你聽聽看，沒有妨害的！」萬喜良想拉住他，但海人站得遠遠地。

「你放心，我出了門，就沒聽過這件事。」海人出言保證。

「不要先入為主，先聽聽看，只要五分鐘、再五分鐘就好。」他抓住海人，若芙還在發楞。

海人無奈，坐了下來。

「過去，這是我的私事；現在可能牽涉他人、甚至公共利益，我有某種預感，或許鈾在未知之處，已經惹出事端了。不知為何，我就是有這種感覺。亡羊補牢有點晚，但總比不補的好。我今年六十多歲了，頂多再活個四十年；過去，我想賺更多錢；現在卻想做更多好事。以前不曾考慮天堂、地獄、靈魂、死後問題，如今卻常湧上心頭。就算不上天堂，也不想下地獄；如果真有來世，也得多積陰德吧。我這個人講究公平，這次會找你們，正是因為你們能幫我、我也能幫你們。萬事萬物都是相輔相成，如果你們答應，絕對不會空手而回。」

海人愛理不理，似乎仍很堅決。

萬喜良嘆了口氣，更放緩聲音：「我知道，你不在乎錢。」

他又轉向若芙，「而妳不缺錢。」

他竟然笑了，「而我最多的，就是錢！但我不是沒有希望。」

他暫時停頓，好像在等候某種戲劇效果。

「如果你們答應，不只是幫我，也是幫了人傑和他家，但我知道這還不夠，不能構成答應的誘因。你們以為我要談錢，其實我的王牌不是錢，你們辦這件事沒有錢，這筆錢不是給你們的。」

他咧嘴笑了，是真正的開心，兩人則是面面相覷。他定定看著海人，「如果你願意，我會捐新台幣一千萬元，到你協助的環境基金會。你們做的事很有意義，我支持你做下去。」

海人瞪著萬喜良，好像他說的是全天下最荒謬的話。

他的眼神沒有避開，反而嚴肅的看著海人。

「所以，你的認同是有條件的？我不幫忙，你就不捐？」

「話不是這樣說，我還是支持，只是金額不同。」

他不待海人回絕，馬上對若芙說：「而妳，我有個方法，可以幫妳找到犯人。」

若芙全身都僵直了，好像通電了般。

「我聽孫老說，道路的監視器有拍到影像？只是很模糊？」

「對。」她迅速回答，「有一張照片很可疑，其他都排除了。我們把照片送到ＦＢＩ聯邦調查局，但是他們無能為力。」

「這就是了。或許會研發新技術，但不知要等幾年？反正妳無法掌握。」

「沒錯，」她揚起眉，「難道？……」

「妳知道嗎？萬濤集團的旗下，有間著名的保全系統公司，在數位攝影、監視辨識、遠端技術研發方面，領先全球、得獎無數，為許多國家、軍事單位開發特殊器材和技術。」

「所以？」

萬喜良狡猾的避開問題，「妳調過衛星照片嗎？」

「我拜託律師和美國太空總署聯絡過，而且價碼隨他們開。」

「結果呢？」

「他們說，沒有辦法，當時衛星沒經過台北上空。」

「呵呵！美國沒通過，不見得其他國家沒有。」

她拔高了聲音，「是嗎？你有辦法？」她的臉發燙，熱血汩汩流動，指尖都變紅了。

「我可以試試，我們和許多國家有合作關係；我會指示旗下公司，優先開發辨識技術。」

他耐人尋味的看著她，「所以，妳願意嗎？」

她深吸一口氣，幾乎不再思考，毅然決然伸出手，簡單說：「謝謝。」

「我也是一路靠人幫忙，才有今天的。」他篤定的說。

兩人重重握了手，老人手勁比想像更有力。若芙的手繞回頸後，解下項鍊上的小墜，拔開青鋼色的匕首，露出隱藏的隨身碟，「裡面有照片。」老人慎重的接過去，海人默默旁觀。

「你呢？你考慮如何？」萬喜良嘴唇下彎，凝神望著他，「雖然你們才剛認識，我希望你能幫她。如果鈾能找回來，對世人也有好處；所有後勤資源，包括雜支、車輛、器材……只要你們開口，我都會提供。」不愧是談判老手，知道滿足對方，自己才能獲益。

海人想了片刻，不慌不忙開口：「我必須承認，你承諾了一筆大錢。這對我們正要推動的工作，當然是很大的助益，必須募款一段時間、甚至不一定募得到。況且這筆錢，並非指定給我，萬一拒絕，未免顯得矯情，但是要我答應，卻又不太甘願，您果然名不虛傳、非常精明。」

若芙注意到，今天他首次用了「您」來稱呼萬喜良，顯然他也發現了。但是她猜錯了，海人用這個字，並不是諂媚、甚至不是恭維的意思。

「就因為我們做的，不是賺錢的生意，所以更重視理念契合，如果你的支持帶著交換，幫助也是有限。所謂『有錢好辦事』，但沒錢，不見得辦不了事。如果只考慮錢，直接去賺就好，何必做NGO組織？有錢當然比較輕鬆，但我的出發點，本來就不是輕鬆；如果只想輕鬆，什麼都不做最輕鬆。」

萬喜良發現算盤被打翻，有點大驚失色。

「所以？……」

「主要還是看這件事該不該做、要不要做？如果答案是肯定的，自然會勇往直前、義無反顧。」

萬喜良凝神傾聽，沒有反駁。

「要我加入，就不能當成投資交換。我可以幫忙，但不能承諾什麼。如果發現合作有問題，你打算拿錢要脅我，那就沒辦法了。」

萬喜良臉上燃起一絲希望。「你知道，這些事需要守密。如果你們不答應，我不可能到處問人，多一隻耳朵聽、就多了十張嘴說，我不能冒這種風險。」

「我同意。」

「聽來聽去，你似乎不喜歡我。我沒料到在你心中印象這麼差。如果是平時，不可能談到現在，但如今我們是共謀，都上了這條船了。我想，如果你拒絕這個提議，現在經濟狀況這麼差，確實很難募到這筆款項。更重要的是，你既然以大局為重，就不該因為個人喜惡，拒絕幫忙別人、阻止危害，那樣你會後悔的。」萬喜良出乎意外的誠懇，若芙覺得，這是他今天最具說服力的一刻。

海人仍舊迴避回答，他再問：「你真的不願報警？」

「我們不能等啊！萬一人傑沒命了，就算警方全力偵辦，也沒有用了。」

「但是你剛講的，可能是線索啊？你不告訴警方嗎？」

萬喜良一手覆上左胸，像是不得已的懺悔，「我承認，我也是人、也有私心。如果人傑失蹤，確實和我有關，親人的譴責將是我最大的懲罰，那是我們的一筆帳，我們會自行解決，外人無法置喙，我也不會逃避。但如果失蹤和我無關呢？豈不是自投羅網？先別談法律責任，也會重創我和集團，不但對尋人沒幫助，還把自己都賠進去了。更何況鈾被偷了，我才是受害者啊，承受的還不夠嗎？」

若芙插嘴，「那麼，你會告訴白媽媽嗎？」

「我只會告訴她：託你們找人傑和古畫，其他都不會提。這件事只有我們、喜安，頂多還有特助知道。萬一警方真的訊問，我也會配合，但不會主動提鈾。」

「為何你不找別人？例如私家偵探？」海人沉著聲。

「因為喜安很看重你，我相信她的眼光。」他轉向若芙，「而妳，雖然很年輕，但腦袋無關年紀。年紀大腦筋卻轉不過來的人我看多了，妳缺的只是經驗，而經驗需要磨練。而且妳認識人傑，也是妳的優勢。這件事需要保密，我相信妳會守密，因為妳也有祕密。」

若芙默默點頭。

「過去，我一直想逃避這件事，卻不知道為什麼，這幾天，我突然想通了。我們這一代在冷戰時期長大，都看過核爆影片、聽過輻射和白血病。核能對我們來說，象徵力量、威權和強勢，若是它沒有汙染、容易掌控，相信民眾爭相收藏的就是核種，而不是黃金了。以前我以為自己的成功，都是因為超人一等的才智、努力、魄力、人脈、還有運氣……，後來跌了一大跤，才知道不知天高地厚，只是個渺小之人。如果我能更早想通，或許不會摔得那麼重，人傑也不會失蹤吧？再怎麼說，那畢竟不是我該擁有的，因為我無法掌握。」他越說、頭越低，兩人也不作聲。

或許是吐露了情緒，讓人感到本能的口渴，萬喜良按了鈴，請人進來重泡。三人眼神互相梭巡，就是沒人打斷咕嘟的滾水、茶匙舀起茶葉和茶壺頂蓋的摩擦聲。茶人離開之後，萬喜良喝了新茶，又開口問：「所以，你有什麼建議？」

海人抹抹臉，好像剛從水底浮上海面，「如果我找回鈾，你打算怎麼處理？」

「我知道你會問。鈾不能銷毀，我想捐給國家或學術單位，但他們只能保存或研究，不能用來發電、更不能製作武器。若受贈單位不願意，我們就集思廣益，取得共識再處理。在這之前，我會好好保管，不會再弄丟了，這樣可以嗎？」

海人皺著眉頭，兩手關節折出聲，他看看若芙，她點點頭，他嘆了口氣，「可以，但我們必須簽約，確保剛才的承諾。如果你想捐款，我不會阻止、也不會干涉金額，這不是同意的關鍵，最主要是，這件事確實該做。」

「好！有志氣，我服了你！」

「事情都過了二十八年，想查明，除了努力、更要運氣。我不能保證水落石出，但答應了就會全力以赴，若是鎩羽而歸，請你別太失望。」

萬喜良肯定的點頭。海人笑了，今晚少見的笑容，「過去我都是追蹤動物，並非人類，不過萬變不離其宗，我想基本原則是一樣的。」

「我的特助李少華會擔任專屬窗口，請法務顧問擬合約，讓你們看過再簽名。基本酬勞是要的，先簽三個月吧，算是研究費好了，捐款另外再算。如果三個月內，你們就找到鈾和人傑……或是調查結束，這筆錢仍全數支付、不必打折退回。」

海人猶豫了一下，「好吧，合約就麻煩你了。我在基金會有支薪，酬勞直接給他們吧，我會告訴他們。」

「希望早點聽到好消息。」

「我了解。」海人伸出手來，「那麼，達成協議？」

「非常榮幸！」萬喜良的臉頓時雲開天青，他緊握住海人的手，好像那是神社的祈願繩。

「還有個問題。我們問到當年的賓客，勢必會提起鈾失竊了。」

「好吧，那也沒辦法。儘量不要提到人傑；真不得已，請儘量低調。」

兩人都同意了。萬喜良想了想，又繼續補充：「喜安明天會到，我請她專程回國。」

「為什麼？」海人問。

他輕輕笑笑，「因為我沒把握你會答應。」

「她知道多少？」

「都不知道。明天我會說。鈾的失蹤瞞了這麼久，她一定不高興，做兄長的也只好挨罵了。」

他看看手錶，猛然抬頭，「現在時間晚了，這裡有客房，別急著趕回去，就留下住一晚吧？明天你們和喜安談談，還可以看『地獄變相圖』。如果需要什麼，我請人馬上備齊。」

若芙有點猶豫，海人沒有意見，兩人都應允了。

「但是我要上班。」若芙說。

「必須請妳先請假了。我會請他們協調，讓妳留職停薪；貴公司的損失，我們負責吸收。至於以後做不做，就看妳的意思。」

「當然要做，我需要到北和大。」

「沒問題。那麼……有空去看看人傑的媽媽？她很喜歡妳。」

「好……我也是。」她很訝異，一週以前，自己還避著人，像孤單鳥兒枝頭凳立。現在竟真心真意、毫不猶豫。

進了整潔雅緻的客房，若芙打開櫥櫃，裡面的衣物足夠住上兩個禮拜，連尺寸都是正確的，可見萬喜良早吩咐了。她洗過澡，全身疲憊，精神卻很亢奮，還到各大網站惡補了鈾和鈽的知識。

鈾（Uranium，元素符號U）

一七八九年由德國化學家馬丁・克拉普羅特（Martin Heinrich Klaproth）發現。鈾的名稱源自天王星、希臘神話的烏拉諾斯（Uranus）。是放射性物質，會釋放無色、無味、無感的輻射，對所有生物造成嚴重危害。人體累積的輻射劑量，只要達到五十西弗，四十八小時以內就會死亡。自然界的鈾，主要包含三種同位素：鈾二三八（約百分之九十九）、鈾二三五（約百分之零點七）、鈾二三四（低於百分之零點零一）。鈾二三八的半衰期約為四十四億七千萬年，鈾二三五則為七億四百萬年。

其中，人類運用最廣的是鈾二三五。目前世上的核電廠和原子彈，主要都是以鈾二三五為燃料，利用它的「核分裂」反應。二次世界大戰，在廣島扔下的原子彈就是鈾彈。美軍膩稱它「Little Boy」，小男孩。

鈽（Plutonium，元素符號Pu）

一九四〇年被格倫・西奧多・西博格（Glenn Theodore Seaborg）和埃德溫・麥克米倫（Edwin Mattison McMillan）以氘撞擊鈾二三八合成。鈽的名稱來自冥王星、希臘神話的冥王普魯托（Pluto）。鈽是鈾的核轉化產物，是劇毒物質，有強烈放射性和化學毒性。

其中，鈽二三九的半衰期為二萬四千年。二次世界大戰，在長崎扔下的原子彈就是鈽彈。

美軍膩稱它「Fat Man」，胖子。

……小男孩和胖子。好幽默啊。

好像兩個好朋友，在同一個夏天，到鄰家花園散散步似的。

只是他們把全部的花瓣，一片都不留地捏碎了啊。

這不是她第一次躺在陌生床上，卻是最奇異的一次。夢貘吞吃了光怪陸離的詭異鬼魅，末尾的一抹光，卻給了一絲希望。她睜開眼睛起身梳洗，潑上臉頰的水如冰沁涼，鏡中的自己如清水芙蓉——不得不承認，這真是上天的厚愛。侍者領她到餐室，敞亮的木頭格窗，溫潤的細工木桌，窗外微風搖曳、鳥鳴啾啾，昨夜的凝重，早已消失在晨風裡。一分鐘後，海人也來了，他還是穿著昨天那件大地色外衣，兩人打過招呼，侍者前來點餐，各自選了喜愛的品項。

「喜安正和她哥談話，待會就能見面了，我想多了解白人傑，多說一點好嗎？」

她將自己知道的，儘量挑重點說了，海人偶爾發問，伸出右手，「他的筆記，妳有沒有帶在身上？」

「本來就要拿給你。喏！在這裡，用手機拍吧，只看一遍大概不夠。」

他拿出手機，漆黑雙眼閃著銀光，鼻頭下探，彷彿汲取氣味的獵豹。

「這些數字什麼意思？是暗號嗎？為何和閻王湊在一起？人傑是什麼時候寫的？為什麼要撕下來？是帶在身上，或準備拿給誰嗎？」她連珠炮說了一堆猜測。

「妳覺得他怎麼了？」

「除了鈾，不能排除地獄圖，或許他是懷璧其罪？」

「這些號碼，每串十五個……是身分證字號？信用卡？電話號碼？駕駛執照？物品尺寸？實驗數據？機器序碼？……這裡總共十列，其中三列沒數字，全部一百零五個數字，還有十個閻王。」

她搖搖頭，「都不像。」

「或是護照號碼？方程式？信箱密碼？……ISBN？手機序號？不，數目不同。」

「我套入算式，但什麼都沒算出來。」

「這不是摩斯密碼。」他的目光再次掃射。

「是啊。我也去翻了摩斯，但完全不同。」她苦笑。

「嘿！妳知道二次大戰時，德軍有一種用來加密、解密文件的"Enigma"——恩尼格瑪密碼機？」

「好像聽過，那是什麼樣子？」

「很像打字機，有很多鍵盤、齒輪、旋轉盤、承軸，盟軍破解了加密，讓歐戰提前兩年結束。」

「那真是大功一件！」

「是啊！不過，協助破解的電腦科學之父圖靈（Alan Turing），戰後卻因為同志身分被迫害，被法院判決注射雌激素，等於是化學閹割。最後他吃了含氰酸鉀的蘋果死亡，一般認為是自殺。」

若芙睫毛霎了霎，不敢置信的瞪著他。

「沒事，只是密碼背後總有許多故事，很多是悲慘的故事。我們先吃飯吧，待會才有腦力。」

侍者送上早餐，她的餐盤裡，有班尼迪克蛋、蔬菜鹹派、熱炒蘑菇番茄和干貝沙拉，鮮黃紅白、煞是好看。海人的早餐，則是豐盛的台式風味：地瓜蕃薯粥、乾煎虱目魚、梅汁豆腐乳、菜脯蛋、紅燒肉和炒龍鬚菜。他一筷筷吃得專心，盤底露出蝦蟹、蔬果圖案，是台灣的古民藝陶瓷。她直盯著，他注意到了，「想換中式，就問他們吧？」

若芙臉紅了，連忙揮手，「這種老餐盤我很喜歡，不好意思，不是要換早餐。」

「妳在這裡打工，沒看過嗎？」

「這裡藏品太多了，我只看過一小部分。」

「我是個粗人，對不能用的古董沒興趣。那是暴殄天物、所遇非人啊。」

她聽他比喻「所遇非人」，噗哧笑了，真是如此。——柳宗悅說的：器物，唯有透過使用才會產生美；工藝之美就是服務之美。

品嚐咖啡的空檔，海人要了白紙，依著手機的照片，又把字跡謄錄一遍。

他說，「寫過一遍，印象比較深刻。」

她靈機一動，難道，人傑也是如此？

六、萬喜安

十二月四日（一），台灣・新竹。

侍者前來通知：執行長已經在等候了。

「萬喜良呢？」海人問。

「總裁有事，剛剛離開了。」侍者帶他們搭電梯，到了其他樓層，這間房和昨日的茶室風格截然不同，房內擺放大量盆栽，包含許多開花植物，卻不是常見的時尚花藝，而是山中的野花野果，例如台灣澤蘭、台灣佛甲草、蛇莓、懸勾子等等，素樸天然、別緻雅逸。大片落地窗射進燦燦陽光，只見一位梅花鹿般的女子，坐在足可做成獨木舟的長木桌邊，身後一大叢高高的金露花，盛開的紫色花穗，彷彿新娘的蕾絲白紗，女子看到兩人進屋，客氣地站起身來。這就是萬喜安吧？

她年約三十多歲，身高不超過一百六十公分，小巧細緻、輪廓清晰，一頭貼腦的削薄短髮，看起來神采奕奕。長睫毛大眼睛，寬寬的雙眼皮，顧盼之間，眸光閃動，就像迪士尼的小鹿斑比，或是「羅馬假期」裡的奧黛麗赫本，嫵媚而俏麗。本來以為她和哥哥年紀相仿，但他約六十多歲，她卻頂多三十許。兄妹倆並不太像，哥哥氣派雍容、幹練精明，一派富商模樣；妹妹氣色明亮、容光煥發，十足友善慧黠。相同的是皮膚都有點黑，哥哥面皮粗糙多皺，妹妹則緊緻細膩，像在小島做過日光浴。

女人面色有點凝重，仍微笑打招呼，又說：「海人，好幾個月不見了，還好吧？」

「兩個半月吧。」

「嗯，昨天通了電話呀。」
「是啊，妳倒好！找我淌這趟渾水。」
「唉！別這樣說，放眼望去，只有你能勝任嘛。」
海人笑笑，直接了當的說：「妳哥拜託的事，並不好辦。」
她蹙眉嘟囔，「哎呀，我也很訝異呀。本來以為是什麼……看在可憐的侄子份上，幫幫他吧。」
「我最近手頭的案子不急，但有一堆前期研究要處理。」
「唉！你一直是大忙人……聽說你答應了？」她晃晃頭笑了。
「不是為白人傑，也為了鈾，放任不管，是很危險的。」
「你有罵他嗎？」
「沒有，」他考慮了一下，「算是沒有吧。」
那叫沒有嗎？若芙有點訝異，但沒吐槽。
「哈哈！但我罵了！」喜安咧著嘴。
「妳罵了？」
「我當然要罵啊，竟然連我也瞞，還二十多年！我答應算他好運，但不是為了他。」
「我們都一樣。」兩人你一言、我一語，極有默契，若芙插不進去，只好微笑旁聽。
「啊呀！我們只顧著說話，都冷落了小客人了！」喜安伸出手，握住若芙。
「妳叫……江若芙？剛剛就覺得好眼熟，有人說妳像『哈利波特』的女主角嗎？」
若芙搖搖頭，遲疑了一下，又想點頭。
她笑嘻嘻的執著手，「我是說那個英國女星……Emma Watson？嗯……還是不太一樣，她看起來比較……開心？我是萬喜安，就叫我喜安吧，可別加上『阿姨』喔！我會傷心的。」

對別人稱讚容貌，她早就感到麻木；但如果是美女，還是有點高興。

她的指掌為什麼有繭？不會是也做粗工吧？

「喜安……小姐。」

「唉！妳太客氣了！」她流目嬌嗔，卻沒再堅持。頓了一頓，又急促的說，「好吧！我們都聽到哥哥的話了，當務之急，就是找到人傑。我看著他長大，是個好孩子。哥哥叮嚀我，幫忙回憶聚會內容。他說我記性好，其實不是好，只是忘不了。小時候我看過兩遍〈長恨歌〉和〈琵琶行〉，就能倒背如流呢！現在還是差一點了～。」

她綻放笑容，旋又嘆息，「若他以前就說丟了，說不定找回來了，還不能確定一定和人傑有關。」

她遞給兩人紙筆和錄音筆，「從哪裡說起呢？竟然已經二十八年了，一寸光陰一寸金，寸金難買寸光陰，這沒辦法兜售啊……那是一九八五年八月，當時我才高一，啊！」

她害羞的笑了笑，「不小心透露年齡了。哥哥也正值壯年，還不到四十歲呢，但是事業很順遂，他一定會成功的，他就是這樣呢，光明前程寫在臉上。」

若芙心算一下，那末她四十多歲了！她覺得年過三十就是老人，但喜安卻不顯歲數。這麼說，海人幾歲呢？若芙偷瞄一眼，見他正按下錄音筆，目光灼灼盯著喜安，神色緊繃而專注。

「那天哥哥請客，本來預定的餐席是十位，後來又多三人，變成十三位。還好大嫂通常會請廚師備料，否則臨時加人，恐怕措手不及，這種狀況很常見。」她呢喃著，抬起頭來，「十三？這數字不太好，是不是？最後的晚餐？還好那天不是星期五，是星期二。」

若芙沒想到自己會插嘴。「不，歷史上『最後的晚餐』可能是星期二、不是星期五。根據福音書，耶穌在逾越節前，就知道自己快離世了。那年的逾越節是週四，所以『最後的晚餐』很可能是在週三前一天、也就是週二晚上。」

「是嗎？那麼也算巧合了，兆頭不好啊。」

「如果是星期二，所謂『十三號星期五』就是無稽之談，但是流傳千年，卻變成基督教世界的集體陰影。」

「人創造的，不過是自己的想像。」海人冒出一句。

喜安點點頭，「當時總部位在台北市的中山北路，一、二樓是外商銀行，三樓以上就是萬濤集團。二十多年前，中山北路還有許多公司總部，窗外是綠油油的林蔭大道，大樓警衛尤其森嚴，這是哥哥最重視的，當時萬里齋還沒成立，他的收藏規模不小，樓下是銅牆鐵壁的金庫，比較安心。

哥哥的交遊廣闊，當天賓客都是社會名流或專業人士；親戚則有大嫂、大嫂的二妹和我本人。我和嫂嫂一起布置會場，還請了御廚來烹飪，不過主要是她處理，我只是幫忙出主意。」

她低下頭，畫了長方格，填上姓名，字體飄逸而俊麗，是當天晚餐座位：

馬建玉	楊超群	張美霞	徐秋山	張美雪	史大衛	
朱是全	萬喜安	蕭富元	萬喜良	王淑女	哈雷	盧建群

「哥哥和嫂嫂是主人，在中間相對而坐。

我簡單解釋賓客『當時』的身分，從左上方、順時針方向開始：

馬建玉，是台灣大學歷史系教授，有名的藝術學者；

楊超群，是公營企業、台灣能源公司的副處長；張美霞是我大嫂、張美雪是她的二妹；

徐秋山，是『秋山軒』的主人，是知名的古董商、也是收藏家；史大衛，是逸仙科學院核子科學所的物理學家，逸仙院屬於軍方，所以他有軍官身分；

盧建群，是台灣大學電機工程系教授；哈雷，是鴻新集團的總裁，鴻新是國內的百大企業；

王淑女，是哈雷的夫人；蕭富元，是行政院文發會（現在的文發部）主任祕書；朱是全，是清華大學核工研究所教授。」

「有些我認識。這麼多年了，妳還記得這麼清楚？真的很可怕。」海人盯著她。

「呵，這沒什麼！我還記得每一道菜呢！」他們還來不及訝異，她便滔滔不絕敘述：「這頓晚餐，總共上了十二道菜，光是麵包就有十種，搭配七種果醬和三種奶油、五種乳酪、四種橄欖油，果汁有八種任選，每人面前有五個酒杯、搭配不同酒類，桌上布置天堂鳥花和綠色蕨類。我們享用了清蒸海龜湯、北海道哈密瓜佐伊比利生火腿、蔬菜鵝肝捲、布列塔尼貝隆生蠔、甜酒配侯克霍藍莓乳酪、紅酒悶煮腰子蔬菜、亞歷山大布列斯嫩雞、白松露神戶牛排、金箔奶泡綠橄欖、古里亞橄欖油燒炙小龍蝦、杏仁奶油千層酥皮配糖心蘋果，和巧克力杏桃橙皮蛋糕，食材精挑細選、廚師手藝一流。」

若芙吃驚得張大了嘴，「您太厲害了！我簡直五體投地。」

喜安搖搖頭，「不，這只是雕蟲小技。」

只有海人笑了出來，「妳真的記得？」

喜安轉了轉眼珠，對被道破，一點都不在意。「呵呵！還是被你料中了，不是一模一樣啦，都二十八年了，記憶力好也有個限度啊，不過差不多是這樣，都大同小異，就像喜宴不是拼盤、就是龍蝦鮑魚，吃都吃膩了。」三個人都笑了，若芙發現自己對喜安頗有好感，如同吉娣被安娜・卡列妮娜吸引一樣——喜安成熟美麗、閱歷豐富、優雅神祕，卻又本能的孩子氣。看得出她手腕圓熟、擅於調和氣氛，海人今天的表情不知比昨天柔和多少。最主要，她有種生氣勃勃的活力，那不是裝出來的撒嬌撒痴，正因自然，所以討人喜歡。

喜安說，「用餐的時候，每個人有點距離，頂多跟隔壁講話，但是這種場合，也不可能推心置腹，就是一些社交語言，最後重點都在吃上面，這部分倒是酒足飯飽、賓主盡歡。餐後有數種紅茶或咖啡，男士還可以抽雪茄，然後我們就移到收藏室去。大嫂和她妹妹有事先離開，我也想溜。賓客都大我許多，或許因為顧盼自豪，有些沾沾自喜，我寧願到冰宮溜冰刀，那裡溫度還比較熱，但哥哥叫我留下，只好繼續當陪客。現在想想，如果嫂嫂沒先走，或許鈾不會丟，她的個性非常精細，哥哥其實是個妻管嚴。」她又換了紙，書寫著：「一番謙讓之後，座位是這樣。」

馬建玉	史大衛	徐秋山	萬喜良	哈雷	王淑女
盧建群	朱是全	蕭富元	楊超群	萬喜安	

「然後呢？」

喜安單手支頤，斜斜依在桌邊，就像隻腹痛的貓兒，偎躺在金露花旁，圓形瞳孔閃出金光。

「後來……聚會的氣氛越來越怪。」

「怎麼說？」

「那簡直……就像一場降靈會。」

「降靈會？」

彷彿吐出的字，是難以反芻的方塊，她艱難的說，「我參加過許多聚會，沒有一次像那樣，以前沒有、以後也沒有。或許哥哥沒察覺，它就好像……一個召喚物靈的降靈會。尤其拿出鈾之後，一切都變了……大家變得興奮、驚愕、訝異、恐懼……彷彿末世宗教畫，引發了各種情緒。魔鬼的頭上總長著角，如果那盒子有臉，也是一張前所未見、醜惡的臉。我覺得很不舒服，本以為想太多了，沒想到最後真的出事……。」

「本來是十個人，後來的三人是誰？」

「盧建群臨時來訪，還帶了朱是全和楊超群，哥哥便留他們下來了。」

「盧建群，就是現在北和大學的校長？」若芙插話。

「對，他和哥哥認識很久，人非常好。」

「妳認識校長嗎？」海人轉向若芙。

「就是他介紹我到萬里齋的。」

「過了這麼多年，他們都還在？」海人突然問。

喜安皺眉，掐指細算：「他們當時是中年人，現在年紀大了。我想想……有七位活著：哈雷、朱是全、史大衛、楊超群，這四人過世了。」

「過世時年紀多大？」

「嗯，好像四、五十歲左右吧？」

「怎麼過世的？」

「我不清楚，大概是癌症、心臟病這一類吧？啊，史大衛是被殺的，還沒破案呢。」

「是嗎？妳參加過喪禮嗎？」

「沒有，他們是哥哥的朋友，我不熟。」

「那天你們看了什麼？」

「就是哥哥的收藏品，欣賞藝術是美好的體驗，但在收藏市場上，『價格』才是王道，背後多添幾個零，就有更多雙手捧著冉冉上升，這就是藝術的現實。他是個好哥哥，但是我們同父異母，想法畢竟不同……。」她臉色不太好看，海人沒接話，若芙假裝聽不懂。

「大家坐定之後，戴上手套，避免直接觸摸文物。哥哥的祕書吳彩屏，在旁邊幫忙拿取，所以沒有入座，也只有她沒座位。她大約二十八歲，擔任祕書四年，平常打扮很時髦，看起來像富家女，反而不像個祕書。我剛剛才知道，停電是她搞的鬼，沒想到心機這麼深。哥哥吃了啞巴虧，覺得是奇恥大辱吧。當天，哥哥首先拿出來的，是數十片河南安陽殷墟的『甲骨文』，有犀牛骨、也有龜殼。甲骨文不算稀有，但在中國文化史意義重大。上面刻著『卜辭』，我們都看不懂，只有馬建玉拿起一片犀骨，說他讀過劉鶚的《鐵雲藏龜》，還說上面刻的是：『有祟，來艱，來自下，避之宜。』」

「什麼意思？」

「就是巫覡告訴國王，地下有鬼神作祟，希望君王避開，以免發生災禍。」

「甲骨文不是很難認嗎？」

「對啊，再請他認下一片，他就告饒了，說不是他的範疇，大家驚訝他的坦率，都哈哈大笑。」

「然後呢？」

「第二件是『夔龍鳴鳳』玉珮，戰國時期的王侯陪葬品。通體瑩白、明潤生輝，雕刻許多立體鏤空龍鳳，再環環相串、組成大型的龍鳳，我們輕輕捧著，都是嘖嘖稱奇。然後是一套漢代古墓出土的歌俑舞俑，共有兩件，難得的是保存完整、絲毫無損。人俑面敷白粉、頭盤髮髻，峨眉修長、鼻樑高聳，姿勢有跪姿、有站立、有舞動、有揮袖，非常生動。其中一尊俑偶紅唇微張，似乎正在吟唱，長得有點像林青霞。大家都說，原來古今對美女的認定，竟沒什麼大改變。」她說到這裡，看看若芙，再次讚道：「妳也很漂亮。」

若芙面頰映上紅霞，承認不是、推辭也不是。

「下一件是……」喜安有些遲疑，「雖然我都記得，但你們要聽嗎？太多細節會不會混淆？」

「妳別擔心，記憶本來就會被潛意識篩選，以為全部記得，其實仍然有限。就像畫家描繪樹林，無論畫得多像，都不是真正的森林，回憶呈現的是心象，是妳的心之眼。既然要追蹤野獸，就不能只看腳印，必須觀察環境、獸徑、毛髮、糞便和洞穴……任何孑遺都是線索，希望儘量收集。」

「真是這樣？」

海人頷首。

「好吧，我儘量。接下來就是隨人傑一起消失的『地獄變相圖』了。」

「你們也看了這幅圖？」若芙驚呼。

「請務必說詳細點。」海人叮嚀。

喜安點點頭，眉間陰影更深了，她拿出一個厚紙袋，「這是哥哥給我的，是數位典藏照片。」

若芙知道，萬里齋每件收藏都會拍攝照片、進行數位典藏、甚至製作複製版本。台灣的複製畫技術還不完美，若想做到幾近擬真，必須請外國技師到台灣，或送到國外拍攝檔案、印刷製版。不過這裡很少這麼做，因為觀者只有少數人，不需這樣大費周章。

若芙問，「『地獄變相圖』有沒有做複製畫？」

喜安搖了搖頭，「哥哥說沒有呢。送到國外要等很久，他不喜歡藏品不在館裡。喏！這是數位檔案，他叫我給你們看。」三人都湊了過來，半懸在照片上方。照片共十二張，每張約三十乘四十五公分，原件是捲軸繪畫，依序貼在紙上。喜安徐徐展開長紙，古畫年深日久，早已黯淡變色，色調介於褐色至深褐之間，如同出土的千年墓碑。

這就是傳說，佚失了千百年的「地獄變相圖」嗎？

雖然讀過對這幅畫的描述，但若芙還是無法想像，自己會看見什麼？

——據說吳道子描繪的地獄，沒有刀山劍林、燒鼎沸水和牛頭鬼面，但是看過的人都毛骨悚然、腋下出汗，許多屠夫漁父甚至改行……這樣的描述汗牛充棟，充斥古籍。

若芙不懂，究竟是什麼地獄，能夠避開傳統的恐嚇，仍然達成震撼的效果？

她曾經想過，卻是匪夷所思、無法想像。

現在謎底就要揭曉了。

隨著喜安的手勢，三人半彎的身軀逐漸挺直，脖子呈直角往下低，若芙感覺一股強大力量襲捲而來，強勢風暴吹滅了呼吸。這是一幅驚人的畫，畫家踏過了遠古夢境，將人類集體的深處恐懼暴露出來，升成環繞的氤氳瓦斯和地獄之火，打開想像力的神殿大門。圖畫的著色很淡、幾近黑白，但是構圖飽滿、筆力遒勁、力透紙背，彷彿哀號的人就要爬出來。

隨著展開的長卷，依序是十個圍成一圈、鬚髯飄飛、威武嚴峻的閻王，差使高舉金牌、揮動白練，不分貧賤富貴的罪人，拜倒在十王之前，個個面色悽惻、懊悔莫及，活靈活現。畫家的氣勢雄渾，看似一揮而就，只見山的這一頭、那一頭，瘦弱老殘幽幽咽泣，各個幽靈腰纏鐵鍊、肢銬枷鐐、頭破血流，叫天不應、喚地不靈。

若芙默默細數，只覺得眼花撩亂，畫家描繪的各種形體，隨便算算就有數百之多，但是律動幻變、絕不重複，每張臉都是各色各樣，每個動作都分具特色，淡淡的色彩只是點綴，孤魂彷彿都跳了出來，在空中飄飄蕩蕩，溪流裡的澗水在眼前流動，河裡的頭顱在水中浮沉，奇異的線條奔放流淌，自由自在布滿圖面，掐住人的脖子、壓住人的呼吸、逼人一眼眼往下看。

雖然她覺得寒毛直豎，幾乎不敢再望，但是很奇怪的，仍然不禁定目凝視。她見到的彷彿不是哭而是笑、不是苦而是甜，罪人不是在抱怨，而是在共同感受、互通聲息，在受苦受難中，體驗生命的危不可逆。畫家有著豐沛的能量，但又能優遊駕馭這股神力，很難形容這種奇異的感受，不能不看，因為看的不是畫面、而是宇宙；不是驚懼、而是命運。它揭示了生命之謎，讓人在恐怖中感受偉大，蘊含魔魅與戲劇性，那正是每個人都想探究的。

圖畫是黑的，卻如同白晝般亮；地獄是無盡頭的，但盡頭卻是永恆。

過去她看過的地獄圖，都是強調勸惡向善、宗教教化，失之露骨，少了含蓄，反而減損了藝術效果，流於二、三流的作品。這幅畫氣氛強烈、奇形怪狀、揮灑流利，沒有恐怖的刑具、凶狠的鬼差，卻讓人四肢發顫，像海嘯一樣激盪心緒，就算要忘也忘不了。它閃耀著一股強烈激情、偉大的感染力，不是用色彩激動感官，而是奔馳流肆、奇思幻想，化成電擊雷鳴，撞擊觀者的靈魂。畫家描繪的不是形體，而是感受和情緒，是直接觸動心魂的闇黑神祕，在所有誕生的源頭，那只是一團無以名之的混沌，但是畫家卻能精準捕捉，化成線條形體，呈現在世人面前。

毫無疑問的，無論是誰所畫，這都是一幅上乘的藝術品。若芙不能想像吳道子這個人——他究竟看見了什麼？夢到了什麼？在什麼處境畫這張畫？這是他的想像嗎？或是他的夢境？他體驗、經歷過什麼？怎能如此深刻悽厲？他所畫都是所夢的嗎？他能畫出全部的想像嗎？或者只是部分而已？誰能做這種夢呢？——況且，他真的是人嗎？

「我的天！」說話的是海人，「這根本是黑魔法。」

曠古天才浩瀚的創造力，就像雄渾威武的大自然，讓人暫時停止呼吸，又讓人瞠目神奇，若芙說了什麼，自己也不知道在說什麼。喜安又說，「真是非常詭異、殘酷、而且神祕，全場都非常震撼。」

三個人都懂得，真的只能感受，沉默咀嚼體驗。

過了一會兒，她拿起鐵觀音，喝了一口。「那天，我們也是喝鐵觀音。嶢陽產的，我特地請他們泡相同的。我一向喜歡這橙紅茶湯，有股蘭花香，甘醇芬芳。

當時也是一陣子沒出聲，然後討論像爆炸一樣，一時聽不清在說什麼——徐秋山和馬建玉評論畫技，哈雷關心市場價格，蕭富元疑惑有沒有其他摹本，王淑女根本就不喜歡，幾位念理工的教授嘖嘖稱奇，我則是盡情看了個夠，時間一拖就二、三十分鐘，是當天的藏品展示最久的。

哥哥等大家平靜下來、又喝過一盅茶，才拿出宋朝的『哥窯鼎』，我很喜歡這個瓷器——寬寬的大肚子、兩個圓圓小耳朵、還有小怪獸般的三隻腳，遍體金絲鐵線紋，實在是件極品。哥哥的收藏裡，我最喜歡瓷器，尤其是宋瓷——定窯白、汝窯青、哥窯厚，都是文明的無上光輝。」

「你們看過後，文物放在哪裡？」海人想起來。

「哥哥的座位靠牆壁，後方有個檜木櫥櫃，祕書取出再放回去。平常收藏都鎖在庫房或保險箱，請客前才拿到這裡。」

若芙問：「這是按年代順序？接下來是明代嗎？」

「對，他本來想展示彩繪瓷瓶，因為太大了不方便，改成金玉珊瑚盆栽。」

「金子做的？」

「對，金銀枝幹、翡翠綠葉、白玉石鋪地，鮮紅欲滴的珊瑚果子，纖纖一株，極盡精巧。」

「聽起來很華麗。」

「黃金枝頭上，站著振翅欲飛的『點翠』鳥兒，做得栩栩如生。」

「『點翠』的寶藍、明綠、靛青實在漂亮，像藍玉石。」

「對啊，是種東方式的美。就是太殘忍了，要捕捉翠鳥剝皮製作。」

海人皺著鼻樑，「還好這項工藝失傳了，否則不知要犧牲多少鳥兒？」

「是啊，古代的『霓裳羽衣』、『集翠裘』、『百鳥裙』也是群鳥冤魂，何必呢？」

「看完金玉盆栽，我想勸哥哥見好就收。沒想到他又拿出慈禧太后的陪葬品，我便慢了說。」

「是什麼？」

「是朵翡翠荷葉，據說是太后入殮時，放在老佛爺頭上的。」

「真有這東西？」若芙驚呼。

「嗯，玉石碧翠，晶潤無瑕，難得的是葉脈凹凸伸展，渾然天成，栩栩如真。王淑女愛不釋手，說她恨不得帶回家去。哥哥說，這是廣東進貢的，當年便值八十五萬兩銀子。但我想起放在棺材裡，總覺得陰森森的。」

「真是賓主盡歡啊！」海人語調有點諷刺。

「唉！就是太得意忘形了，果然有人眼紅。」

「笑他玩物喪志？」

「才不是呢，那種話他聽多了，早就免疫了。有人開始起鬨，說他的珍藏一定不止，應該拿出更好的云云，還有人說不想再看陪葬品，有沒有其他的……這種話很不得體，連我聽了都不高興。」

「是誰講的？」

「除了我、盧建群和馬建玉，幾乎都有插上幾句，只是話多話少而已。我想他們是嫉妒罷了，根本不用理會，哥哥表面上笑呵呵，卻不時低頭看掌心，我看得出來，他其實有點不高興了。等那些人終於住口，他看看吳彩屏，請她到門外候著，然後滿臉神祕、帶著微笑，說他本來想展示印度大公的鑽石項鍊、或是尾形光琳的蒔繪螺鈿箱，但是有個東西，比這些更稀有、更珍貴，但我們要發誓不能洩漏出去。他很少用這麼強烈的語氣，大家都怔住了。」

「他喜歡叫人發誓，昨天也是。」海人不以為然。

「是嗎？你們起誓了嗎？」

「沒有。」他攤攤手。

「是嗎？我們都猜是什麼，但他不肯透露。史大衛最下流了，還問是不是春宮畫？真的是很沒品！最後我們都發了誓，貓就是因為好奇死的。」

海人的眼神很犀利。她停下話語，頓了頓，「現在你們都知道，那是什麼了。」

七、沈海人

十一月四日（一），台灣・新竹。

「下毒的首要成分是什麼？」
「毒藥？」
「耐心。」

——CSI：犯罪現場調查

海人這年三十八歲，出生在一個濱海漁村，其實他不像別人誤會的，那麼不在乎錢；相反地，他前半生一直為錢所苦，只差沒睡覺也咬著錢。他做過徹底被剝削的工作，接過極度危險、不要命的任務，全部都是為了錢，以為值得拿命來換，沒考慮到愛他的人。

他是家中的老三，上面有兩個哥哥，下面一個妹妹，他的家族世代捕魚，從小跟爸爸一起出海。對漁村孩子來說，游泳就像自然的呼息，他的體魄天生強壯，七歲以前沒看過病，暈船熬夜都沒問題，扛魚扛貨也比人強。偏遠的漁村沒有圖書館，但附近住了位退休校長，常常在陽光強的日子，出外在門前晒書，看到海人就主動借他；也是這個時候，他發現書裡有個不輸海洋、遼遠遙闊的世界。小時候他走路上學，國中時騎腳踏車，到了高中搭客運通學，路過的工業區新闢道路，豎起了成排高大煙囪，漁獲量年年減少，只是父親仍守著老船，真人版「老人與海」的實踐下去。

此時他待在山林的時間，已經遠遠超過在海上，他離開偏遠高中，考上了台北的大學，大一是登山社的地下社長，成日在山上而不是課堂點名，筆記不是教授的黑板，而是底片和散文，初次投稿便得了文學獎。大二下學期，他毅然決定休學當兵，卻不知面對的是迢迢長路。家裡的漁網日漸空荒，不想再拿媽媽的採蚵錢繳費；父母看看家中積蓄，竟也沒有勉強阻止，漁民看慣了海上風象，深懂天有不測風雲、人要順勢而為的道理。他隨即被徵召入伍，進了陸軍的兩棲偵察營，就是俗稱的海龍蛙兵，訓練陸地、水中和叢林的戰技，日子過得並不白費。但是軍中鍛鍊體能的信心，退伍之後就被徹底擊潰，休學的時候，他非常清楚要追求什麼，到了正式出社會，卻不知道如何辦到、怎麼走到目的地。他在迷途中摸索許久，別人的經驗都無法參考，因為同儕都和他不同，還好他維持著良善的心，沒有理會招手的黑道，對毒品藥物也沒興趣。

當時他住在新北市的偏遠窪地、一個分租的三坪小房間裡，每天上班騎摩托車，來回起碼兩個小時，冬天很冷、夏天很熱，除了更換的T恤牛仔褲，只有一件百衲夾克。那間雅房沒有窗，衣服要拿出去晾，至於溫暖的太陽、詩意的月光，跟他完全無緣，反正早出晚歸，根本看不到天光。唯一的休閒娛樂，就是聽英文電台，讓他維持一點讀書人自尊。在絕望沒有未來的日子裡，他想起無憂無慮的同學，從羨慕、嫉妒、憤世，到最後只是麻木，不知道選擇是否正確？只是確定，自己是同年齡最失敗的人。

他一年換了十多個頭家，都是最底層的勞力工作，但是再怎麼艱苦，也不肯低頭回去哭窮。他是逐薪水一族，哪裡錢多就去哪裡，在爆肝的苦勞日子裡，痛恨連一滴汗都不流，就能讓存款增加的人。這樣的日子過了兩年，某天在工地扛鋼筋、兼職送便當的時候，遇到昔日的登山社學長，介紹他到運動器材公司，負責跑店家推銷，並兼任高山嚮導，還好在台灣不愁沒有練習機會，因為這個小小島嶼，便有超過兩百六十座、海拔三千公尺以上的高山，其中三千九百五十二公尺的玉山，更是東亞第一高峰。

他正式考取了嚮導執照，因為以前賣命打工，少少的存了一筆錢；只是他沒想到，那甚至買不起一個貴婦皮包。儲金簿數字給了他安慰，開始減少兼差，撥出餘力自學；之前他的外文就不錯，而且很敢對話，還能接攬外國團隊。也因為擔任高山嚮導，他結識了許多專家媒體，他們的學識、腳步和經驗，激起了他的期待和嚮往，正式重拾筆和相機。某次日本團隊來台取材，攀登大壩尖山遇上山難，數人被落石砸成輕重傷，在等待援助的過程中，他一邊安撫眾人心情，一邊記錄緊急救援的驚心動魄，這一批拍攝的照片，交由美聯社發表，竟然大獲好評，還爆了冷門，榮獲普立茲突發新聞攝影獎，成為他人生的最大轉捩點。

知恩圖報的日本媒體，成為他和各國合作的觸媒，參與地理探險、議題發掘和研究調查，他走遍五湖四海、攀登各國高山，本來就會駕船，之後也重續海洋情緣，大家對他的誠懇、耐操，都有壓倒性的好評。他樹立了專業名聲，在海上追蹤魚類濫捕、深入雨林揭發砍伐、參與極地漏油研究……最重要的合作單位，是美國國家地理學會，以及相關的知識頻道。

在職涯轉換之初，他非常想賺錢，除了給老家一部分，就是購買優良器材。當時經濟一片榮景，各國的業主給付大方，他在羽翼漸豐之後，越來越敢開價，最誇張的例子，是接個案子就能活三年。當時他敢闖、敢衝，以為只要器材頂尖，就能迅速累積功力，瞬間邁入大師之林；後來碰了幾次釘子，才知道迷信硬體並不可行。某次他砸了大錢，成果卻慘不忍睹，不只被前輩罵了一頓，委託單位還拒絕付錢。或許是內在校準的本領，讓他察覺外在的閃耀，只不過是專業自殺而已，膨脹的驕傲自大，只幫忙收穫了歸零。

他痛定思痛、深刻反省，還好他是個漁村小孩，內在本質並沒有變。多次上山下海的艱困之旅，都幫助他證明信念——那就是人的基本需求，能夠降到很低很低，他不是沒有物欲，不過是習慣性能忍而已。「荒野」如此神祕，以「世界」之名誘惑著他，內在召喚他勇往前行，在艱困環境自證自明。文青不在咖啡館、就在去咖啡館的路上；但他不是在工作，就是在工作的路上。

在別人看來，他是成功的，但老天爺才知道他付出多少代價——女友一一離去、聚會經常缺席、很少有機會回家鄉、存款總是起起落落。因為徹底苦過，他的遠走並不浪漫，只是從小熱愛遠方而已。這些年，他的物欲越發低了，平常多多少少在「斷捨離」，但不是決裂式的，而是漸進式的。

當世上沒有到不了的地方，他開始保護能到的地方，就像許多熱愛大自然的前輩，越來越投入環境工作，出錢出力在所不惜，這似乎是這批人的殊途同歸。最近一役，是保護一片海岸溼地，阻止石化工廠開發，最後財團知難而退，在經常落寞的台灣環保界，算是難得振奮的案例。表面風光的職業生涯，伴隨變幻莫測的自然、窘困度小月的資金、複雜的業界生態、和失落的私人情誼，那是可歌可泣的回憶錄，卻是他不堪回首的荊棘。

唯有粗曠的自然，能收服他不羈的心靈，海洋獵人的血緣，促使他不斷追尋，總是不自覺追蹤難題，就像接下尋覓人傑和鈾的任務，一直在挑戰不可能，喉頭隱藏的衝動，才是背後更強的推力。如同漁夫傾聽飄渺的歌聲，寧可跳船入水，也要尋找虛幻的人魚，他就是那樣的漁人。從小看著黝黑的海面，他就知道：只要天天出海，收穫遲早會出現；若不是長久的自修與努力，即使遇上團隊遇難，也沒有出手的可能。那不是一分鐘、一小時，而是每天、每月、每年的練習。

他已經練了數十年。

雖然喜安講了許多，但他對記憶仍有疑慮。多數人的腦容量有其限度，怎麼能夠攔阻記憶、阻絕忘卻？怎麼確定是否選擇、篩除、添濃、加重了片段？以為的線索，可能只是假想；以為的真實，可能只是幻覺。紛亂雜緒的現代生活，處處都是抹除，處處都是死角，遺忘比記憶更有助於未來。除非……除非喜安就像罹患「超憶症」（hyperthymesia）的英國少年，生理結構不同於常人，擁有過度發達的腦前額葉和枕葉，才能鉅細靡遺的記住多年的每日三餐、衣著和事件。但他無法想像這種人生，那是詛咒不是祝福，如果這樣生活，寧可選擇失憶。

但越是迴避，就越是鬼影，緊緊黏在頭頂上方一吋。

他閃開短暫的恍神，繼續傾聽喜安說明：「哥哥離開，不一會兒又回來，手上拿了一個皮箱，臉上戴著口罩和平光眼鏡，他交給每人一套，請大家一一戴上；又從皮箱中取出一個黑黳黳、似乎很堅固的盒子，後來我才知道那是鉛合金製的。他請每個人發誓，無論看到什麼，都不能透露、彼此也不要談論，這番話更升高了懸疑氣氛。大家圍成密匝匝的一圈，氣溫陡地升高，只見他緩緩轉動盒子，讓大家都看見，然後小心翼翼、一層又一層掀開，他每拿出一個，我們以為這就是了，但還有下一個，更讓大家滿腹狐疑。

人人聚得更近了，我也擠了過去，拚命傾身向前，或許因為用力，哥哥的嘴角有點歪，頭髮也翹了起來，眼神閃閃發光，神態看起來很瘋狂，就像一條昂起頭顱的眼鏡蛇，吐出蛇信，炫耀好不容易拿到的龍宮寶盒。我環視四周的臉，都是眼珠暴出、鼻頭滲汗，因為恐懼而簌簌發抖——靈魂的知覺總是走在肉體之前，我只覺得擔憂勝過欣喜，卻擋不住狂湧的好奇。

哥哥開到最後一層，把手放上外殼，笑得賣弄而得意，再次提醒大家注意，並且掀開盒子——僅僅數秒、又迅速蓋上，彷彿裡面是毒蠍、鬼蛛或巨蚺，我的位置靠得很近，卻只看到最後的盒子裡、玻璃下方，一個不起眼的袖珍金屬，和剛才的藏品有天壤之別。我大失所望，他大張旗鼓，就為了讓我們看這個？如果疑惑可以發射，他已是隻插滿了箭的豬。但他似乎並不在意，對著我們擠眉聳肩，把解答的任務丟給我們。

有人發難了，我記得是哈雷。他直接問那是什麼？室內瀰漫疑惑的蒸汽，哥哥看了眾人一圈，在滾著泡沫的魔法鍋前，欣賞大家的懷疑和訝異。每人都噤聲不語，伸長脖子等待解釋，過了一會兒，他才聳聳肩膀、似笑非笑的說：『這是高濃縮的鈾二三五。』他的語調稀鬆平常，就像在介紹一道餐桌上的炒雞蛋，賓客起初沒有反應，但是漸漸地——就像看到鬼——不，就像潑了硫酸一樣。

一個尖得不像人的聲音大叫，『那不是核原料嗎?!』馬蜂窩炸開，我們熱油澆頭、大夢初醒——賞玩古董是現實，但是『賞玩鈾』卻是超現實啊！

我們身上的防護夠嗎？當下第一個念頭是狂奔出門。雖然都戴著口罩和手套，但能防輻射嗎？就算防毒面具也不行吧！但是要什麼樣的防護，我也不知道啊？反正大家馬上跳起來，好像屁股有火在燒，嗡嗡嚶嚶、狂騷不停。如今我閉上眼睛，還能見到那幅景象：哈雷坐在哥哥身邊，歪著頭、張開手；王淑女差不多哭了出來，一手護住胸口、一手掩住嘴巴；哥哥雙手撐在桌上，像一個大字，他的嘴角緊抿，又像惡戲的孩子，冷眼旁觀自己的壞主意。

反正鬼牌掀了，大家越不安，他越平靜，淡淡回答急躁的問題——這是濃度百分之八十六的武器級鈾；會收藏是因為稀少、有趣、好奇；不，購買金額無法透露。」

喜安咳了幾聲，「大家心情都很亂，失魂落魄的樣子，幾個人竊竊私語，史大衛比手畫腳、馬建玉仰天長嘆；朱是全環抱手臂，臉色臭得像綠巨人；徐秋山一直問哪裡買的？哈雷強調輻射很危險，應該馬上出去；蕭富元坐立難安，王淑女從另一邊走開，和蕭富元撞在一起，好像兩人才是夫妻，大難臨頭，要各自飛了。哥哥叫大家不要緊張，鈾的防護嚴密，只打開一下下而已……」

海人打斷她的話：「不是這樣！輻射暴露沒有安全可言，無論劑量多少，只要持續累積，就會威脅健康！」

喜安無奈的說，「對，現在有這種常識，可是二十多年前，還是懵懵懂懂啊，只知道不要靠近而已。我傻傻楞在那裡，印象最深的，是王淑女摀住耳朵、驚聲尖叫，火雞頭前後搖晃，寶石戒指閃閃爍爍，哈雷看到妻子醜態，更不高興，兩人吵了起來……我就不贅述了。

大家本來非常緊張，看到他們爭吵，反而漸漸冷靜，既然主人都不怕，自己也是有頭有臉的人，不用歇斯底里、出乖露醜。我的心情也很複雜，哥哥竟然連這個都有！——這樣夠了嗎？怎樣才夠？自從事業起飛之後，他的欲望好像沒有盡頭。他要的會不會太多了？今天是鈾，明天又是什麼？」

若芙忍不住發問：「我還是覺得不可思議！那真的是鈾嗎？不是有輻射性？台灣既然不產鈾，應該是從國外走私，攜帶這麼容易？」

喜安看看海人。後者不慌不忙的說：「妳說得沒錯。鈾礦的開採、運輸和保存有高度危險汙染性。加拿大的礦場，原住民出現畸嬰和死胎；東印度鈾礦附近，居民長了雞胸和多手指；坦尚尼亞的礦場，農民感染眼疾和膿瘍；中國農民土法提煉，汙染了土地水源……。因為這麼難處理，因此鈾礦是寡佔市場，少數公司的開採量，便佔全球的百分之八十。大家都以為，這樣高威脅性的東西，接觸者必定謹慎小心，但是並不見得，這就是人性的貪懶，所以才需要懲罰、制度和良心。

二次大戰期間，美國為提煉原子彈原料，購買了一千多噸鈾礦，起初放在紐約的破倉庫，並不是什麼固若金湯的堡壘。蘇聯解體後，國際至少有數百件核能走私案，遺失原料和未通報黑數的更多。涉及高濃縮鈾的案子，多半跟情報或犯罪活動有關，但過程往往極不安全、甚至草率隨便。例如二〇一〇年，在亞美尼亞破獲的走私案，核能販子就只用玻璃紙和鉛製茶葉罐，包裝濃度百分之八十九的武器級鈾；中國的黑市買賣，也只用小瓶子盛裝，這實在很難想像，但實際上就是發生了。所以，不要對輻射防護有太多幻想，那是想太多了。」

「所以他能取得高濃縮鈾，並不是不可能？」

「對，我想不是虛張聲勢。」

喜安為大家斟茶，聲音帶著憔悴。「哥哥知道大家心裡不是滋味，隨即散會也很奇怪，他想沖淡這種氣氛，說要拿出雍正皇帝朝冠，但是反應冷淡，沒人提得起勁。我當時還年輕，沒什麼敏感度，之後才發現，大家擔心的才不是他呢，這麼想的只有我而已，在那個政治戒嚴的白色恐怖年代，每個人害怕的是：一旦洩漏都脫不了關係，這種巨大的陰影和恐懼，才是沉默的主因吧。」

「後來呢？」

「後來？就發生地震了。哥哥取出朝冠、正要打開絲巾時，天花板便開始搖晃，起初是水平、後來上下晃動，大家拖出椅子、身體往後，免得燈掉下來砸到頭，每人臉上都很平靜，經歷剛剛的事，現在根本不算什麼。之前我在電視上看到花蓮地震，旅客紛紛從旅館跑出來，很訝異他們跑什麼呀？後來想想，那些是外國旅客吧？小時候我上課到一半，突然發生地震，全班頂多躲到桌下，很少有人跑出門，這麼尋常，跑出去是膽小鬼。

或許這就是生在台灣的宿命吧？對自然災害有種天生的諦觀，島上不是颱風、就是地震，不是水災、旱災，就是土石流，逼得很多人樂天知命，調整自己適應。我開始懂得害怕，應該是一九九九年的九二一大地震，那次兩千多人死亡、一萬多人受傷，在那之後，我才真正體會自然和人類的對比，那是我的自然觀的轉捩點。」

「九二一是台灣戰後最大的天災，改變了太多人的生命。」海人說。

那年若芙只有四歲，親戚均未受災，而她年紀太小，幾乎沒有印象。只記得每年九月，台灣都舉辦紀念會，母親也曾參加。

「哥哥搖鈴叫祕書，吩咐她找更多人來。但是她沒馬上覆命，反而說：今天是星期六，多數人都走了，她如果過去，這邊就沒人了。哥哥有點不高興，大叫『我叫妳去就去！』吳彩屏不敢違抗，便離開了。然後震度逐漸收斂，終於停了下來。又過四、五分鐘，燈光突然熄滅了，不是慢慢暗掉，是一下子全黑掉了！簡直比一千隻黑貓還黑。我聽到哥哥摸到牆邊按開關，卻是徒勞無功。收藏室沒有窗，無法借助月光或路燈照明，他又開門走到廊道，發現整層樓都停電了。不知道只有這一棟？或是附近都沒光線？他叫我招呼客人，自己摸黑找救兵，出去時還關了門，完全變成一間密室。」

「當時釉的盒子放在哪裡？」

「放在哥哥座位前的桌面上。朝冠和朝珠也放那邊，朝冠取出來了，朝珠還放在盒裡。」

「為什麼不帶在身邊？」

「大概一時慌張吧？他當天穿唐裝，身上沒有口袋。」

「桌子多大？」

「我想想……寬度大約一公尺半、長度四公尺。」

「所以每個人都搆得到釉的盒子。」海人簡單的說，又問：「當時有什麼異樣？」

「什麼異樣……」她一手抵著眉心，一手敲太陽穴，長長睫毛下垂，瀏海遮住了半個額頭。

「有嗎？……我不是貓，什麼都看不到，顯然我的記憶是視覺型呢。只記得停電停久了，大家逐漸憋不住，離座踱步、伸伸懶腰。這時要偷並不難，但動作必須靈活，否則一定會被發現。哥哥出去約十分鐘，電就來了，燈也亮了，他才進門。我記得很清楚，盒子好端端放在桌上，難怪哥哥沒有懷疑；在座都是一時碩彥，我也沒料到會有人偷啊。」

「記得大家的相對位置嗎？」

「我只能用聲音辨認，確定有人坐著、也有人離開座位，那是誰呢……？」她拍了一下膝蓋，「對！想起來了！蕭富元、徐秋山和馬建玉都站起來，跑到擺設架附近。哈雷夫婦你一言、我一語，鬥個不停，主要是太太在抱怨，哈雷一下子安撫、一下子反駁，應該沒空去偷吧？楊超群一直坐在我旁邊，雖然沒什麼講話，還是能聽到呼吸聲。史大衛和盧建群在聊天，他們的聲音來自桌邊，幾乎沒有移動。朱是全……我沒印象，無法確定。」

「妳覺得誰比較可疑？」

她偏著頭想了想，「或許是……徐秋山？」

「蕭富元、哈雷、楊超群和他，這四人最靠近妳哥。」

「對。徐秋山和哥哥的收藏規模，本來在伯仲之間，這次只能甘拜下風，因為誰會收藏釉啊？這是一種心理競賽，看到別人有寶物，自己也心癢難搔，等到冷靜下來，可能根本不喜歡，但是當下有種衝動，想要跟對方拚一拚。心態其實有點幼稚，就像小男孩比彈珠和飛鏢，沒什麼道理可言，但是卻很難避免。」

「就算有釉，也不能讓人知道啊？」

「自己知道啊。有些人講求精神勝利，覺得贏了，就是贏了。」

「他們又不是慣竊，技術應該不太好。」

「對，而且哥哥說：釉被換成了鵝卵石。也就是說，嫌犯必須拿石頭。」

「那是房中的石頭？房中哪裡有石頭？」

「他說那些石頭是盆栽裡的。盆栽……在盧建群左邊，我們這一側都拿得到，越靠近他越好拿；其實對面也可以，但在黑暗中行動，總是比較困難。印象中，楊超群沒有移動。」

「所以最可疑的，就是蕭富元和朱是全了？」他站了起來，來回推敲。

「我想動機最強的是徐秋山。但是比較容易的，則是朱是全和蕭富元吧。」

「拿這個做什麼呢？難道真的喜歡？」若芙開口。

「若是朱是全，他在學校也能接觸核種，何必要偷？」喜安疑惑。

「但學校不可能購買高濃縮鈾啊。」

「結論是：朱是全和徐秋山最可疑？」

「不，其他人也無法排除。即使對話，也不見得十分鐘都在聊。」

「你說得沒錯，偶爾會有停頓。」

「剛剛妳說，有幾位已經過世了？」

「哈雷、史大衛、楊超群和朱是全都過世了。」

「扣除你們兄妹，比率將近二分之一，也太高了吧？」海人皺眉。

喜安雙手一攤，「沒辦法，必須要解開這個謎，或者有助於找到人傑啊！」

「只好從活著的人問了。」

「你們需要什麼，少華會安排。」喜安停止話語，看看壺中已無茶水，按鈴通知更換。海人慢步踱到窗邊，太陽已升上高空，天幕像灑了金粉，光光燦燦、一片輝亮。若芙順著空氣的流動看過去，白雲聚來散去，漂浮如淡薄羽衣，樹頭的八哥嘈雜嬉鬧，渾不知剛才的嚴肅話題。

茶人退出之後，喜安微笑招呼，「來！喝茶、喝茶！我們這麼專心，都沒心情好好品嚐了，這可是我很喜歡的東方美人呢。就是因為小綠葉蟬咬了茶樹，這美麗的意外，才會讓茶葉『著涎』，帶了水果蜜香。」

「美麗的意外……？」若芙下意識的重複。

「對呀，」喜安又想起什麼，重又蹙眉，「要不是地震加上停電，鈾就不會丟了。就算其他文物被偷，也比不上這個嚴重，真是又衰、又倒楣。」

這話似乎刺痛了海人，他默默注視喜安，有些不以為然。

「妳說那是巧合？那不是巧合，而是莫非定律！該發生的就會發生，可能會出錯的，一定會出錯！那只是時間早晚的問題。幸或不幸，是人類的價值判斷，大自然無善無惡，就算人類想操縱，也不可能。妳哥以為能夠掌控，其實根本沒辦法。天災是無可奈何；而人禍，就是自尋死路了。」

喜安楞了半天，才綻放微笑，「好啦、好啦，是我失言。你說得對，連隕石都會砸傷人了，世上沒什麼不可能。就算機率很低，也不能掉以輕心。但是別嚇到小女生吧～。」

若芙急急搖手，「不、不，有位英國修士叫羅傑・培根，是現代科學思想的奠基者。他認為科學的祕密不能傳入所有人手中，否則有人會用來達到邪惡目的。這個人精通哲學和科學，教會認為他『標新立異』，將他軟禁多年，出獄後不久就死了。」

喜安大笑，轉向海人，「聽到沒有？愛唱反調，小心你的下場！」

「妳還說我？不知道誰是家族的黑羊？不在台灣享福，老是在海外奔走，才有毛病吧？」

三人都笑了，一股和睦氣氛，彷彿有個小太陽溫暖照著。

喜安表示明天又要出國，她之前是律師，後來不再執業，投入東南亞的貧童教育，最近的據點是泰國。當地人手不夠，這次只能回來兩天，邊境的訊號不穩定，不過她固定會去市集，到網咖收發電郵，有急事可以發簡訊。若真需要，可以再趕回來。

然後海人和若芙討論約訪順序，決定依照座位，先拜訪靠近萬喜良的人。

這樣一來，第一位就是蕭富元了，他坐主人的正對面。他們委託李少華聯絡，然後和喜安道別，各自回家處理事宜。少華聯絡過後，又配合各人時間調整，最後敲定的順序是：

週二，上午南下見蕭富元、傍晚回台北找盧建群。週三，上午在台北與王淑女、下午和馬建玉碰面，然後搭高鐵南下。週四，拜訪在屏東的徐秋山。本來想更早見他，但他有事，最快要週四。

這天晚上，李少華拿著合約來找若芙。他剛從海人那兒過來。說起「特別助理」這類職務，少華應該是不二人選。他年約四十，頭型有點尖，黑髮服貼在腦門上。眼神冷漠、不帶感情，語言簡潔，很少抑揚頓挫。穿著正式的西裝、襯衫，身材修長高眺，行動十分俐落，就像瘦削的日本武士，單挑過許多決鬥。

若芙看了合約，上面載明三方的權利義務，包括她最在意的技術研發事宜。萬喜良十分大方，三個月的調查費用，幾乎等於清潔公司經理的年薪。調查期限若滿，可以協議延長；若是萬濤集團主動中止合約，也不必退回費用。另外，也加上保密條款：必須經過三方同意，才能對外透露或公布委託事宜，否則要罰款高額費用。

她聳聳肩，才簽了名。少華又給她一疊賓客簡介，說是總裁交代的。他確認沒有其他需求，才有如北歐冬天一般，肅然無聲的退去。

八、蕭富元

十一月五日（二），台灣・南投。

清晨六點，若芙和海人約在北和大學的校門口，準備出發到台灣中部。蕭富元十年前退休、歸隱山間，過著鄉居生活。他家在南投，是台灣唯一不臨海的縣市，最知名的景點是日月潭。

從台北到南投約三個半小時，為了預留緩衝，一大早就出發。六點差五秒時，若芙看見一台休旅車從轉角拐過來，直覺那就是海人，看到他的外衣，更確定了。車子可能是二手的，不是二手也擦撞過，側邊掉了一塊漆，還凹了一角進去，不是車主沒錢修理，就是太忙或不在意。不熟的人特別拘泥時間，她也是躲在警衛室後面，五點五十九分才出現。

海人這天穿著大地色外套，他沒有下車，在駕駛座打個手勢，若芙走近車門，聽見車內的音樂，心裡一震，不覺停下腳步，還好不是熟悉的樂聲。

多久沒跟陌生人同車了？一年？兩年？家人過世後，她儘量少搭汽車，也不再開車了。注視著窗外後退的景色，路邊綠樹揮手說拜拜，清晨的風有點冷，但她還是任車窗開著。

上車之前擔著一顆心，怕海人多問私事，還好他非常沉默。車內播放著原住民歌手桑布伊吟唱的古調，低沉渾厚、悠遠遼闊，接近地殼的鼓動，老靈魂遊走時空。

她的忐忑一寸寸放了下來。

昨天晚上，若芙上網查了海人的資歷，發現他竟沒有推特、臉書或部落格，只有發表的文章和相關報導，媒體對他的評論堪稱正面，但共通點是很少有照片，他似乎不喜歡讓記者拍照，取而代之是他攝影的照片，大氣磅礴、蒼茫悠遠，確實比撲克臉的他討喜。

網路時代的誘惑與邪惡，就是人人都是「老大哥」，都在尚未見面之前，透過搜尋了解別人，都在心中先存基本的評論。現在兩人單獨面對，她有點心虛，彷彿對方是透明人，而自己遮遮掩掩、怕被發現。當然一切都是多慮，他絕對不會讀心術，更不知道若芙偷窺底細。

她看了海人的文章，感覺相當吸引人，不賣弄詞藻、又富含詩意，像是一把玻璃的火。他的文風清澈扼要、一針見血，然而又透著真誠，看得出他真心關注追蹤的議題，希望它們能夠改善，不管是少數民族、野生動物或自然環境。他的文章沒集結成書，但出版過一本大翅鯨攝影集，而且已經絕版。她很訝異他跑過那麼多地方、全心投入那麼多工作。他大她二十歲——或許這樣的年齡差距能夠說明？但她也沒把握，等到他這年紀，能夠到達比他更多、更高、更遠、更深的地方。

他對公益事務的參與和投入，讓她有些吃驚、也多了幾分敬意——在海上追蹤鯊魚屠殺和魚翅販賣、深入雨林揭發橡膠廠商的大面積砍伐、參與北極遠征調查油輪的漏油汙染、揭發水族館偷捉濫捕珊瑚礁魚類、推動長江水環境保護聯盟、發起「雲豹消失了」台灣山林監督等等……。

她也思考了喜安這個人，這個富家千金的人生為什麼轉彎？她設想自己四十多歲會在哪裡？身邊有什麼人？會有丈夫和兩個孩子？還是像現在單獨一個人？能不能做擅長、熱愛的工作？或是像爸媽希望的對社會有貢獻？會回到紐約？留在台灣？或是非洲的叢林裡？……

人生不是一種比較，可是大家通通都會比較，然後刪去不利的部分、留下有利的說詞，讓自我感覺良好，免除一個 loser 的失意。但若芙不到那地步，她還存在許多可能，眼前的道路無限延伸——也可能是平原、也可能是窄巷。

現在她了解，或說自覺了解萬總裁為何找海人。他是個優秀的獨立調查人才，但並非政治、金融、司法領域，和萬濤集團維持似近又遠、若即若離的距離。他會懂得萬喜良在做什麼，但又不是直接牽涉；不用太多說明，可是又能理解；加上喜安的推薦，所以才會雀屏中選。最後，她還留意到，報導沒提到海人的感情或家人，倒是含糊的提起，他發生過山難，而且幸運的死裡逃生——或許那是多年以前，從他臉上看不出陰影。

車子開到桃園，他主動提醒，待會有問題儘管發問，免得錯失時機，她也應了聲。車子從國道三號下竹山交流道，經過純樸山區小鎮，轉進延溪公路，沿途林木蓊鬱、觸目翠綠，許多言笑晏晏的民眾在林道上散步，看來甚是愜意，清涼的霧風吹進，讓沒睡好的她精神一振。海人看著衛星導航，駛進一條私人產業道路，可容兩輛車交錯通行，沿途遍植樹籬，打理得甚是整齊。林蔭深深，參天遠處出現了一棟佔地甚廣的莊園，周圍的樹籬越來越高，他們停下車、按了門鈴，院內狗兒狂吠，聽到開門的嘰喀聲，彷彿是很厚重的鐵門，蒼老的男聲叱喝著：「好了！來福、來旺！別吵了！」

海人盯著門、提著肩膀，預防狗的攻擊；若芙則閃身樹後，有時狗仗人勢，尤其在這種鄉下地方，狗兒習慣守護領域，還是必須小心。門開了，一位面膛黃黑的老頭子站得筆直，兩隻黑色的台灣土狗立在旁邊，呲牙咧嘴的往前衝，卻沒有真的撲過來。

三人打了招呼，自我介紹，老人的確是蕭富元。他的眉毛濃密，嘴唇呈一字線，穿著絨毛口袋背心、束口的運動褲，打扮居家，但是整齊。他有一雙小眼睛，不是深陷肉面的屠夫之眼，而是機關大掌櫃的精算之眼，老人的身量略顯矮小，頭頂只達若芙視線，如果和海人比較，就更矮個兒了。

或許她和海人不太搭調吧？他在進屋途中，不斷打量他們，眼光好像一把秤，但是海人一點都不在意，穩穩踏過草皮上的石板，老人帶領他們參觀了一下庭園，顯然是他的得意之作。這園子佔地廣闊，遍植高大的杉樹、松樹和楠木，散放木頭桌椅，方便休憩品茶；蕨草伴著簇簇灌木、矮竹和花叢，池塘中有許多七彩錦鯉，在水草間悠然游動，魚口張闔、觸鬚揮動，甚是滑稽可愛，池上開著粉色睡蓮，蜂蝶忙碌來往，一派熱鬧景象。

「這院子看起來很大呀！大約有多少坪？」海人邊走邊問。

他問對了話題，主人笑了。「啊，不大、不大，大約六千坪吧。」

「這麼大！都是自己照顧嗎？不怕麻煩呀！」

「是啊，就我和太太，兩個老伴澆澆水、種種草，其實也不難。後院還有雞啊、鴨呀，養肥了也不太吃。主要是退休了，總是要找點事做，要好好照顧身體啊。」

三人進了屋子，狗不能進屋，並沒有跟來，也讓若芙鬆了口氣。牠們雖沒撲咬，但沿途低吼，讓人感受不太友善，大概很少生人來吧。客廳中央放著樹幹剖面製成的桌子、相同材質木椅，一位六十多歲、相貌一般的婦人走出來，端著茶杯茶具，她對兩人點點頭，放下後便回廚房去了。蕭富元請他們坐下，用小瓦斯爐燒水，邊準備泡茶邊說：「你們遠道而來，辛苦了！清早就啟程了吧？都喝綠茶吧？」兩人一邊回答、一邊道謝，老人手上動作沒停，「李特助說了，你們想問二十八年前的事？」

「是的，您還記得嗎？」

「唉！我都退休十年囉！那是退休前多年的事，要不是李特助提醒，都快忘了，時間過得真快。」

「是啊，如果記得什麼，請多少告訴我們。」海人說，若芙也努力擺出笑容。

「那時我還是主任祕書，之後就升副主委了，去年行政院組織改造，文發會改組為文發部，我當過十多年副首長，在這個位置上是任期最長的囉。」他暗色的臉龐顯出光彩，「我是個工作狂，從工作想比較容易，二十八年前……那年我四十七歲，細節不太記得了，只是那天很特別，想忘也很難啊。不過，你們問這些做什麼？」

海人簡單說明萬喜良想找失物，主人的眉毛越挑越高，都快與額頭等齊了。

「這麼說來，鈾被偷了！難怪、難怪，之後兩三年他有點變，幾乎不出來交際，也很少邀客人了，原來是這樣啊。」他小小的眼睛閃著光。

若芙拿出座位圖，「這是萬喜安寫的，您看是不是這樣？」

他接過去，看了半晌，「沒錯、沒錯，這麼多年了，她記得這麼清楚，真是奇人啊，很聰明的女孩，後來還考上了律師嘛？」他摸摸鼻頭、又清清嗓子，「公務的事我很清楚，這些私人交誼嘛……就不值一提了。我平常是不跟業者往來的，因為萬濤集團沒有投資標案，比較沒關係，否則我瓜田李下啊，總要避避嫌疑。」

他乾笑了幾聲，拐彎抹角的從洞裡傳出來。

海人的神色很坦然，「我懂，都這麼多年了，萬喜良還是放不下，才決定試試。」

「是啊，我一向很幫忙的，這本來就應該的。」他呵呵笑著，長長的濃眉抖動著，好像一尊袖珍彌勒佛，只差沒數念珠挲肚皮。

「當天您為什麼出席？」

「我和總裁認識很久了，他的收藏很有名，有時市場會出現一些重要文物，政府礙於經費不足、程序也很麻煩，無法一一收購，就要借助民間的力量了，否則讓洋鬼子或日本人買走，我們的臉往哪裡擺啊？總裁財力驚人，多年前我們規劃成立藝術基金會，除了編列預算、也要向民間募款，必須和企業維持一定關係。我退休之後，還當過幾年萬里齋董事呢，只是舟車勞頓，之後就辭謝了。」

「這些賓客您都認識嗎？」

「都熟！大家過去都認識，只有楊超群和史大衛沒見過。我從教育部的小科員做起，在文發會草創期就調過來了，待過古蹟保存、視覺藝術、綜合規劃單位，現在轉成文發部，正式人員也從八十多位變成上千人，規模比以前大多了。」他講起得意之處，眉花眼笑，只是話題又岔開了。

「當時看到鈾，您感想如何？」

「咳！我也是見過世面的人啦，每年國慶大典都坐在貴賓席呢，憲兵踢正步可以敲到鼻子，天降神龍的傘兵差點掉頭頂，但是不瞞你說，這種危險的軍事物資，怎麼能收藏呢？膽大包天！」他的頰肉鬆動、唾液輕輕噴了出來，拳頭敲著桌子。

「如果想製造核武，他的量是不夠的，起碼要三公斤吧？」

「是這樣沒錯，但是那些鈾的濃度很高呢。不過那是他說的，我們才看了幾秒鐘，根本無法辨別，誰知道是不是吹牛啊？就算沒有濃縮技術，台灣也可以開發啊，軍方不是研發過嗎？只是被美方策反了。我生氣的是，他自己收藏也就算了，還拿出來給我們看！我的確是大開眼界啦，但如果被情治單位知道，豈不是落個『知情不報』的罪名？拿我的未來開玩笑！被撤職查辦還算輕呢，下半輩子都毀在他手裡啦，哪還有後來的升官啊？如果事先知道，我的身分不能惹事生非，當天絕不會出席，根本划不來啊！不瞞你說，還擔憂了一陣子呢，還好最後平安無事，你們年輕人不能體會，這是我一生的寄望啊。」

「我知道您的不滿，能回憶一下停電前後嗎？」

「唉！剛剛說過，我年紀大、記憶力不好，事情又這麼久了，就不要為難老人家吧。我只記得到過櫥櫃附近，那些擺設都是古文物，萬一有了什麼損傷，不只是萬家的損失，也是民族的傷害，維護文化是我的任務，我的責任感是很重的，只是一般人不知道而已。」

海人輕輕嘆氣，「您認為是誰偷了鈾？有誰比較可疑？」

「我？我怎麼知道？都是檯面上的人啊。何況偷了要做什麼？我絕對不要那東西，不會是他在自導自演吧？」

「若是他自導自演，就該讓你們知道丟了啊，否則這齣戲就不成立了。」

「你說的也對，這我就不懂了，都這麼久了，就讓這件事過去吧。當初我們就答應，出了那個房間，就忘掉當天的事啊。」

三人又沉默片刻，蕭富元喝了一口茶，似笑非笑、直接了當的說：「我很想幫你們，但是可能要另請高明了。」說完之後，背靠沙發、翹起二郎腿，兩眼放空，彷彿屋內只有他一個人。

若芙很少遇到有人這麼無禮，肝火不禁升起，他們又等了一會兒，無聲的鐵鎚越壓越重，海人似乎不想走，卻也沒多說，可能在等老人讓步。但是若芙覺得，蕭富元是第一個受訪者，如果後來發現疑點，改天再來也沒關係，她把意見簡短寫在紙上，趁著蕭富元沒望他們，輕拉海人袖口給他。海人瞄了一眼，有默契的點點頭，她反而有些意外，沒想到他這麼尊重自己，不禁眉開眼笑，理直氣壯回瞪主人一眼。

海人伸了伸腰，正要開口道別，若芙靈機一動，連忙拿出筆記遞給主人。

「您能看看這個嗎？會不會想起什麼？什麼都可以。」

他微笑著擎過紙張，似乎高興快打發他們了，端詳了一會兒，才說：「這是地獄的閻羅王吧？我想不起這有什麼……等等，這是日本的地獄吧？」

「日本的？」若芙重複一次，海人也靠過來。

「對呀，這不是繁體、也不是簡體字，是日本的漢字吧？」

若芙微張著嘴，趕快拿回來，差點撕到邊角。她從頭到尾再看一遍，海人也恍然頷首。

沒錯！怎麼沒發現呢？這是日本的漢字，不是中文！起初沒有多心，還以為是繁體混著簡體字，其實是日文！——但是為什麼呢？

兩人看看彼此，眼中都帶著問號，老人則好整以暇、毫不在意。茶杯的茶水見底了，老人卻沒再添，只是口口聲聲留客，他們心知肚明，告別走出的時候，她往後望了一眼，女主人佇立紗門後，暗色紋路罩在面上，好像一個戒備的哨兵。

回到台北要三個小時，海人提議隨便吃吃，進了郊區的小炒店，店面打掃得還算乾淨，透明玻璃門上「張記小吃」的紅字，是端正的顏真卿楷書。日正當中，只有他們這對客人，老闆急忙點亮日光燈、遞上紅色菜單，他們勾了炒飯、湯麵和炒青菜。海人自己開電扇，到玻璃櫃選滷菜，一邊閒聊：「剛剛不是有很多遊客？他們中午就離開了？不在這一帶吃？」

老闆手拿鍋鏟，撇撇嘴，「他們不是遊客啦！是那些領退休金的人，有退休金和『十八趴』，每天遊山玩水、鍛鍊身體，打算活到老、領到老啦。那些人自備茶水，逛完就回家了，哪會在這邊吃？」若芙聽不懂，海人「喔」了一聲。

老闆一邊下麵，又追加幾句：「你們相信嗎？他們很多比我還小，五十幾歲就退休了。不只他們有十八趴，公銀銀行員工也有『十三趴』，退什麼退？那都是我們的錢耶！搶錢，搶人民的錢！」雖然他口吻不善，海人似乎想安慰，又點了更多滷菜；老闆有點訝異，確認吃得完嗎？吃不完可以打包，他對自家滷味有信心。海人笑了，「你放心，我的胃口很大，以前住在山上，能吃就儘量吃。」

老闆切著豬腸和豬耳朵，他的刀法很快，透明的結締組織在刀下一翻一露，看得她膽戰心驚。

「你們從那條路過來？去找那個大官？」

「我受人之託。你認識他嗎？」海人說。

「是啊，這附近都知道，他太太以前是老師，退休快二十年囉，他們家是附近最豪華的，兩個人的月領加起來，超過二十萬呢！而且還有三節慰問金和年終獎金。我每天起早趕晚、一個月只休四天，賺不到五萬元，只能養家活口，你說這有天理嗎？」

若芙想起自己的薪水，不禁暗暗吃驚。海人拍拍老闆肩膀，拿了滷味回桌，飯麵菜餚味道不錯，沒受到掌廚的情緒影響。

回程顛簸上下，樹梢朦朦朧朧，沿路錯落新舊農舍。若芙打了呵欠，雖然拐彎不斷，但他的技術很好，方向盤掌得流利，車行也很平穩。離開了一段路，她不經意問：「什麼是『十八趴』？」

他訝異看她一眼，耐心解釋：「政府為了保障軍公教人員，從一九六〇年起，給予他們十八趴的高額優惠利息。一九九五年以前退休、或之前的年資都能領取，所以有些人領了月退俸、再加上利息，所得替代率就超過百分之一百多了。」

「那不就比工作時的薪水還高？」她念過經濟學，對這類概念並不陌生。

「對，有可能。」

「現在的銀行利息，不是只有百分之一或二嗎？你剛說是百分之十八？」

「所以不足部分，就由國庫補貼。」

「但國庫的錢，不就是納稅人的錢嗎？」

「對。」他沉吟了一下，「退休金的問題，不只是十八趴，也牽涉退休所得替代率偏高。這件事有盤根錯節的歷史因素，台灣過去一黨專政，對特定職業有選票考量，政府本身『球員兼裁判』，拚命把好處往自己攬，起初還算立意良善，後來食髓知味、暗渡陳倉，造成資源不公和職業對立，最嚴重是世代剝奪，後面的人不但領得少，還可能領不到，大眾過去懵懵懂懂，後來才知道事態嚴重。」

「這樣的制度不會垮嗎？」

「會啊，這就像老鼠會，如果後面老鼠比前面的少，就撐不下去了。本來大家都很樂觀，以為經濟和人口會持續成長，但是派對總有結束的時候，當國家拿不出錢，鐵了心不還，就不會還了。歷史上破產國家一大堆，也有國王還不出錢，乾脆把債主殺光呢。現在社會注意到這個問題，有些軍公教人員也支持改革，但是既得利益勢力龐大，改革速度非常緩慢，完全是以拖待變，可能要撐到破產再說，不但排擠新進人員和公共建設，而且天下沒有白吃的午餐，今日的國債，就是明日的稅金啊。」

若芙盯著前方道路，以前她不住台灣，後來又埋首哀傷，不曾想過社會的矛盾。過去台灣被譽為「亞洲四小龍」，近年成長趨緩、貧富差距拉大，但是多數老百姓，仍是孜孜矻矻，守著一份小確幸、安穩的過生活。或許百物齊漲、生活緊迫，許多人在掙扎之中，發出了不平之鳴，過去睜一眼、閉一眼的，也睜大了眼睛。

「所以改革才能 Peace 吧？」她比了個手勢。

「Peace。」他點點頭。

她越來越睏，上了高速公路，才猛然醒來，想起要說的事。

「昨天我打電話給白媽媽。」

「喔？為什麼？」他專心看著道路。

「上週我到她家，字紙簍是空的。後來我問白媽媽清理過嗎？有沒有清掉什麼？」

「或許能撈回漏網之魚。」

「她說人傑不會在臥房丟潮溼、會發臭的垃圾，她在回收紙張裡，發現了可疑的東西。」

「是什麼？」

「和筆記上很像的紙，但是又有點不一樣。」

「妳看過了嗎？」

「我們先去拿，再到北和大吧。」

車子轉進仁愛路巷子，找不到停車位，海人只好在車上等，由若芙獨自上樓。

張美琴已經聽萬總裁說了，見到她滿嘴感激，讓她有點不好意思。找到的東西整整齊齊，放在塑膠套裡，美琴說正本會交給警方，影印了副本，若芙快速瀏覽，便道了聲謝，急著下樓。

海人接過去，看了一眼，便說：「真的不一樣！」兩人都點頭。

第一殿	秦廣王	120817127903672
第二殿	楚江王	040911175061214
第三殿	宋帝王	113032174629143
第四殿	伍官王	032622238914607
第五殿	閻羅王	
第六殿	卞城王	100926184031250
第七殿	泰山王	082210173998211
第八殿	都市王	
第九殿	平等王	121515113289569
第十殿	轉輪王	

「這是繁體中文。」

「對。」

「白人傑會日文嗎？」

「聽說不會，白媽媽說，他去日本都說英文。上一個版本，是我用鉛筆拓印的，真正的筆記被撕下、帶走了。這次是直接寫在紙上，而且他沒有銷毀，還拿去廢紙回收。」

他看著手機螢幕比較，「兩個版本的語文不同，但是內容差不多。妳看，有些小差異：第一版日文的第八殿是『平等王』、第九殿是『都市王』，和第二版中文的正好相反；日文的第五殿是『閻魔王』、第十殿是『五道転輪王』。」

海人抿著嘴角，若芙環抱雙臂，兩人都發了一會兒獃，之後他望望手機，半轉身對她說：「快遲到了，先到北和大吧？剛才喜安發簡訊，她要登機了。今天談完，再細查一下十殿閻王，只看字面是不夠的。」

若芙點點頭，扣上安全帶，車子駛入北和大，已近傍晚五點，他們停在行政大樓地下室。盧建群見到兩人，拿起公文、指指沙發，走到外面遞給祕書，左右探看並關上門。

「校長好！」若芙打了招呼，海人跨出一步，和他握手。

「歡迎！歡迎！學弟說過了，正在等你們呢。你是沈海人吧？我看過你的作品，非常大氣。」

他又轉向若芙，「上次見面……快兩禮拜了吧？當時人傑也在。唉！他究竟哪裡去了？大家都很擔心啊。請坐、請坐。」他們順勢坐下，校長降低音量，「學弟今天說，他的鈾早就丟了？怎麼會這樣？他一直不說？」

他意味深長的看她一眼，「他有什麼難言之隱？好吧，你們要問就問吧。但是我的記憶很不可靠，要和他人比對，否則弄錯可就糟了。」他清清喉嚨，「你們和誰談過了？」

「萬喜安和蕭富元。喜安講了不少，蕭富元說他不記得了。」海人接話。

「喔，萬家有天才基因，看他們兄妹就知道了。問重點吧。」他一點不廢話，馬上切入正題。

「停電前後，是最可能失竊的時間，當時您在做什麼？」

他扶扶眼鏡，「你可把我問倒了。」他仰向高高的沙發靠背，手扶額頭，緩緩觸摸，陷入苦思。

兩人耐心等待，若芙簡述喜安的說法，希望喚起他的記憶。校長專心聆聽，下頷緩緩闔動，「對、那一天有地震，我沒離開座位，後來停電了，有人沉不住氣，站了起來……是誰呢？我好像坐在旁邊，其他人坐哪裡？」

若芙遞出座位圖，盧建群面色一亮，「啊！是這樣沒錯。喜安寫的？她真是太厲害了。」他舉起手，「想起來了……史大衛和我講話，所以我一直在座位上，他好像說大樓外表堅固，實際卻有問題。」

「他是指停電？」

「對啊，他一直在抱怨。」

「喜安說，您旁邊有個盆栽？」

「盆栽？……有嗎？這很重要嗎？」

「有人用石頭掉包了鈾。您坐在盆栽旁邊，最容易拿到。」

他大驚失色，「是嗎？他們不會懷疑我吧？大家都能拿啊，那就是普通的石頭。」

「誰比較可疑？」

「可疑？……黑暗中，不容易看清盆栽位置，對面和最右邊的人比較難。」

「您是說哈雷、王淑女和徐秋山？」

「是的，我們這側的人沿著桌邊走就行了。史大衛或馬建玉如果看準，應該也拿得到。我拿的話，大概是神不知鬼不覺，但是我沒有。」他的語氣有不容反駁的確切。

「我沒說是您。就算過世的人，也有嫌疑。」

「這麼說……有四位已經先走了。」

「聽說那天是您帶朱是全和楊超群去的？」

「嗯……他們來找我，當時學弟已經滿有名，他們問我能不能去？學弟一向好客，所以我帶過去，叨擾了他一頓。」

「他們為什麼找您？」

「嗯，讓我想想。」他又停了半天，不太肯定，「應該是為了機器設備吧？學弟問過這類問題，請我幫他介紹專業人士。那天之後，我在研討會遇過朱是全，他車禍過世了；楊超群發生工安意外；現在只剩我一個人了。」

「萬總裁又見過他們嗎？」

「不清楚，我自己是沒看過。」

「您對鈾的感想如何？」

「當然是非常、非常吃驚啊！我不是專攻核能，覺得他異想天開。大家發誓不會再提，若不是他打來，幾乎忘了這件事。學弟當時損失很大吧？能找回來嗎？很渺茫吧。」

「盡力而為。您覺得誰比較可疑？」

盧建群面有難色，帶斑點的手放在沙發扶手上，專注盯著座位表，神情有些動搖。他說：「冷靜想想，偷這個做什麼呢？誰會對這個感興趣？是研究核能的人？或是沒機會接觸的人？對誰的誘惑比較大，才會鋌而走險當小偷？如果是為了錢，要怎麼銷贓？不可能賣給電力公司，台灣能源是公營事業，不會買來路不明的東西，何況數量太少、濃度太高，發電太浪費了，根本是把鑽石當玻璃用啊。若是賣給研發單位，還有一點可能。站在研發立場，數量越多越好，不過這些還不夠。而且問題來了，研發單位敢買嗎？哪間大學敢用？如果買賣不成，事情反而曝光，豈非得不償失？既然銷贓困難、賣到國外也不容易，其實有能力和動機的人並不多。」

「『並不多』，而不是『沒有』。」

「我不能妄加揣測，何況有人不在世上，講這個不厚道。」

「這是從動機來推理。當時有什麼不對勁嗎？」

「完全沒有。停電之後，只希望趕快復電，哪知道有人作怪？史大衛不太可能，當時我們在聊天，他如果有多餘動作，我應該會察覺。除非一停電就下手？……這只有慣竊才做得到吧？」

海人不置可否，看著資料，又發問：「四個過世的人裡，第一個就是史大衛，他一九八七年被殺，這件案子沒有偵破，犯人至今未落網。朱是全一九八九年車禍過世。楊超群一九九八年發生意外。哈雷二〇〇〇年食道癌去世。那次聚會之後，你和他們聯絡過嗎？」

「只遇過朱是全，其他沒有。我參加了他的喪禮，人到了某個年紀，參加喪禮就像是上教堂，懺悔罪咎，哀悼死者，也預習自己的死亡。朱是全的死，我還有印象，他是很受期待的青壯學者，從台北開車到清華大學，失控撞上高速公路護欄，本來以為雨天視線不佳，後來發現是煞車失靈，他的遺孀還在靈堂昏過去，萬學弟、他太太美霞和他的連襟都到場致哀，我們四個坐在一起。」

又是車禍。這世界，怎麼這麼多？

「萬喜良的連襟？白人傑的父親？」海人問。

「不是白世英，是顏伯年建築師。白世英是萬夫人三妹的夫婿，顏伯年是二妹的夫婿，人傑是三妹的小孩。」

「白人傑是貴校的學生？」

「唉，是的。」盧建群不安的看看若芙。

「您認識他嗎？」

「他是學弟的侄子、研究生學會會長，我們談過幾次話、一起開過會。」

「都談什麼？」

「都是公事，和學會幹部一起，多半是他們爭取學生權益，談選課方式或新蓋宿舍等等。」

「最後一次見面是什麼時候？」

盧建群又覷若芙一眼，繼續答覆，「他失蹤的那天，我在路上遇到他和若芙。這次校務會議發言，聽說他本來婉拒，說最近很忙，大家仍拜託他，結果他沒出席。」

「他的失蹤和學校有關嗎？」海人若無其事的說。

「和學校？」他很訝異這個推論。「不會吧？不管論文或研究費，都沒人會對他不利。」

「不利？」海人直盯著他。

「唉，不是啦。」他更狼狽了，像被看穿心事，「擔心是一定的，他是個好學生，當然希望他快回來啊。」海人往前略移，更逼近一些，「還有什麼要補充的嗎？」

他面有難色，「……沒有。不能隨便揣測。」

海人頓了一頓，直接了當的說：「目前沒人能排除嫌疑。」

盧建群目光黯然。「我了解。雖然我念理工，但不支持核能。老實說，那次學弟展示鈾，幾乎毀了我們的友誼。數年之後，才恢復往來。他沒說吧？在那之後，我們幾乎無話可談，開口就想質問攻擊。」他離開沙發，走向辦公桌，拉開抽屜，拿出一個菸盒，點起菸抽了幾口，才悠悠的說：「那是好久之前了。我的青年時期，核能是所謂『夢幻能源』。你們知道原子小金剛吧？它就是手塚治蟲創造來推廣核電的，他晚年還很後悔呢。小金剛的妹妹叫烏拉（Uran），就是鈾、就是Uranium啊。原子彈結束了戰爭，民眾對核武又懼又怕，但是對核能卻很嚮往，世界各國都如此，台灣當然也不例外。一九五五年、我十多歲的時候，台灣和美國簽訂了原子能和平協定，那是當時的主流趨勢。為了推展核能，美國運用庚子賠款基金，在台灣推動清華大學復校，第一個創設的研究所。就是原子科學研究所；第一個科系就是核子工程系；清大的辦公大樓和校舍都沒蓋好，就開始興建原子爐。

那是核能的黃金時期，從官方到民間，都相信核能乾淨、安全、便宜！人人引頸期盼。第一間核電廠名列『十大建設』，核二、核三廠則是『十二大建設』，都是重大基礎工程，為了爭取核電廠，鄉鎮卯足全力，還差點翻臉。不只政府全力推展，連諾貝爾獎得主李遠哲，念碩士都選擇清大原子科學所，那是一流人才會考慮的路。站在科技進步的前端，實在是萬民之福啊，當時大家都這麼想，所以小小的台灣，就蓋了四座核電廠、六個機組，其中三座位在首都圈三十公里以內。」

兩人默默聆聽，惟恐打斷他的回憶。

「本來我也有志於此，但是了解越多，疑慮也越深。不敢說是什麼先見之明，就是理智和邏輯判斷而已。最大的困惑，就是到目前為止，人類都無法處理核廢料，只能靠時間衰變，但它卻是有劇毒的。一間核電廠壽命只有數十年，核廢料卻長達數萬年，如果在這數萬年間，遇上山崩地震、火山爆發或水源侵蝕，該怎麼辦？就算丟入深海，也會隨著食物鏈，再度回到身體裡面。到時候我們這些享受好處的人都不在了，後代和其他生物，卻要承擔無限大的風險。

不能解決這些問題，談什麼利用核能？談什麼經濟成長？怎麼能造福人群？我們的毛病，就是急功近利，只怕現在不贏、以後就不會贏。就算經濟發展、生活富裕，人人買城堡、開法拉利，但是人類基因突變、連喝水都要擔心，生物幾乎滅種，有錢有什麼用？」

他講到激動處，手也揮舞起來，彷彿在跟隱形敵人爭辯。「我是農家子弟，深深感到『人不能沒有土地』——人與土地的關係，是和一切生命的關係。上次在一個聚會，有個立委說核廢料是寶，大家都不知道它的好。我想既然這麼好，他乾脆帶回去當傳家寶。但是想歸想，畢竟沒說出口，到現在都覺得懦弱。這種說謊不打草稿、不負責任的人，或許才適合玩政治，其他人都閃一邊去。其他能源也有汙染、也會產生溫室效應，但是核能一旦出事，後果遠比其他嚴重。除非能消除輻射毒性，才有資格運用，否則就算有天大好處，我都沒辦法說服自己。……本來不打算談這些，必須讓你們了解，我真的不會拿。」講到後來，他的語氣鏗鏘有力，彷彿換了一個人，不是那個有點古板、穩重寡言的盧校長。他嘴上的菸熄滅了，順手捻熄香菸，焦黑菸灰掉了一地。

室內安靜了一會兒，校園鐘聲噹噹響起，海人慢慢的說：「您說得很對，我很贊成。地球不是我們創造的，人類沒資格毀滅它。」

若芙點頭，話都梗在喉頭。盧校長笑了，眼神又疲憊又哀傷。他緩緩搖頭，不知是遺憾，或是感激。三人又閒聊幾句，她拿出人傑筆記，校長沒有看法。兩人謝過，告別握手的勁道更強了。

離開北和大，若芙有點虛脫，聽到海人肚子叫，便提議去吃晚飯。挑了間北方小館，正是下班時候，館子生意很好，坐在角落的桌子，幸運享有一份小安寧。海人點了半筋半肉牛肉麵，分享一籠小籠包、涼拌豆芽和雪菜百頁；若芙不太有胃口，只點了木須蝦仁炒蛋。周遭多是上班族，還有攜兒帶女的家庭，父母忙著餵食稚兒嬌女，一片天倫樂景象。

若芙看了一眼，別過臉去，將衣服往胸前拉攏，整個人縮了起來。

她主動開口：「我發現，今天這兩場拜訪，有連帶關係。」

「怎麼說？」

「債。」

「債？」

「是啊，我們上午看到的，超額的社會福利、鋪張的公共支出，讓社會掉入國債陷阱。核能發電也是一樣，這一代享受果實，下一代承受惡果；核子武器更糟，直接摧毀建設和文明成果。人類向自然借了什麼？又將償還什麼？——這就是債——這不是相同的事嗎？」

海人嘆了口氣，放下伸向小菜的筷子，「妳說得對，天堂沒有債，地獄只有債。所以，怎麼辦呢？很多人的觀念，就是先花先贏啊！」

「這不公平！沒有世代正義！我比較小，可以抗議嗎？」

「可以啊，而且我接受。但是其他人呢？他們會在意嗎？」

「或許會的，如果我們把意見傳出去。」

「真的嗎？」他的眼神很銳利，好像巫師注視水晶球。

隔了半晌，他好整以暇夾了一筷雪菜，送進嘴裡老牛嚼著。

她不懂那笑容是什麼意思。

「但妳是外國人吧？這裡的國債或環境，都跟妳沒關係吧？」

「誰說的？我也是台灣人、有台灣身分證，而且我們都是地球人啊。」她鼓著腮幫子反駁。

「哈哈！」他一邊吃，一邊挪動碗盤，「那就好，歡迎妳加入，要努力的太多了。」

她笑了，開始拆竹筷。

「在此之前，還要去幾個地方。我充當維吉爾，帶妳去參觀一下。」

「帶但丁參觀地獄的維吉爾？」

「妳看過《神曲》？」海人問，若芙點點頭，開心的吃木耳。

他們先到市立圖書館，再到二十四小時的書店，搜尋「地獄」的關鍵字，多半都是漫畫或輕小說，可見這個詞彙在流行文化多氾濫。但他們想找的偏向宗教、藝術、文化，所以手上捧了：《地獄事典》、《地獄神祕思想》、《天堂與地獄》、《中國生死觀》、《宗教宇宙論》、《死後的世界》、《世界宗教觀》、《道教民間信仰》、《佛教的地獄》、《因果圖鑑》、《唐卡中的六道輪迴與地獄精神》、《地獄與極樂之書》、《地獄遊記》、《印度神話故事》、甚至《西遊記》等等……算算十多本，磚塊一疊。她特別留意，有沒有日文資料？並挑出沒看過的，其餘都給他。

「這些妳都看過？」

「嗯……對。」她不好意思說，自己探索過死亡議題。

「那，剛剛是我在胡說，妳才是維吉爾吧？」他有點楞住。他載她回家，約好明天捷運站碰面，

她走了幾步，突然被叫住：「嘿！既然妳許多都讀過，可不可以幫忙說明？讓我更快進入脈絡？」

她偏著頭想了想，指著巷口咖啡館，「好啊，我們到那間『香蕉樹』？」

台灣過去被譽為「香蕉王國」，黃澄澄的香蕉，是著名大宗出口物產，曾經風光的金色豐年，後來出口式微，產業逐漸沒落。這是間老屋改造的咖啡館，門口種了高高低低的蕉樹，寬闊的蕉葉，猶抱琵琶半遮面，擋住面街玻璃和木頭招牌，低調得讓人認不出來。推開門，卻是另一個天地，生意非常興隆，卻一點都不喧嘩。盞盞小月亮的燈光下，人們輕聲談笑，閱讀、打電腦。高高的木樑和四方的木架上，全是一落落書籍，和點綴的盆栽相映成趣，成為天然的吸音屏障。

這是台灣最親切的夜間風景，散落全島的小咖啡館，淡淡的烘焙香，象徵了每日的幸福時光，而她過去卻自虐的迴避。兩人坐在一盞低矮吊燈下，各自點了拿鐵和曼特寧，若芙看得出他喜歡這裡，她拿出筆記，翻翻手邊的書籍，整理一下思緒，然後看著海人。「我們從人傑筆記開始，談談『地獄』和『十殿閻王』吧。『陰間』或『地獄』幾乎是五大洲均有的觀念。各大洲的文化普遍認為：人死後存在另一個世界，對死後世界的描繪，往往帶著揚善罰惡、強化道德和社會秩序的效能。常出現『陰間之王』、『判官』或『惡魔』，主持死者的審判，決定死者的命運。古埃及神話的歐西里斯（Osiris）、古希臘羅馬神話的冥王普魯托（Pluto）、古印度神話的閻摩（Yama）等等，都扮演類似的功能。

所謂的『閻王』，起源於古印度神話的『閻摩』。在印度教經典《梨俱吠陀》中，閻摩和孿生妹妹『閻密』是最早的男人和女人，閻摩發現了『死者之路』，死後成為陰間之王，後來更轉化為『閻魔王』（Yamaraja）。祂掌管地獄眾生、用『生死簿』來決定死者將進入天堂或墮入地獄、以及未來的轉世狀況，基本觀念是奠基於因果循環、報應不爽。佛教在印度創立之後，沿用了古神話的概念，同樣有地獄主神『閻羅王』的思想。

中國本土的道教信仰，地獄的主神是『泰山府君』，又稱『東嶽大帝』，在地方則由『城隍』掌管審判。佛教傳入中國之後，受到漢化及道教的影響，『閻魔王』轉化成『十殿閻王』，地府判官變為十人，閻魔王的重要被削弱，變成只是十王之一、第五殿的主神而已。」

海人忙著記筆記，她低頭看膝上，又補充，「還有日本的傳統神道教，黃泉之神是掌管陰間的伊耶那美命（伊奘冉尊）。佛教從中國傳入日本後，日本也出現了『十殿閻王』的觀念。中國和日本描繪的閻王，都是穿著中式官服、坐鎮官府，像威嚴的法官一樣審判罪人，旁邊還有牛頭馬面、妖兵鬼卒等。」她用手機上網維基百科等，念出「十王」的名稱和職司：

第一殿：秦廣王，專司壽夭生死，統管吉凶。

第二殿：楚江王，專司「舌犁地獄」。

第三殿：宋帝王，專司「黑繩大地獄」。

第四殿：五官王，專司「血池地獄」。

第五殿：閻羅王，專司「叫喚大地獄」。

第六殿：卞城王，專司「大叫喚大地獄」和「枉死城」。

第七殿：泰山王，專司「熱鬧地獄」，即「肉醬地獄」。

第八殿：都市王，專司「大熱鬧大地獄」，即「悶鍋地獄」。

第九殿：平等王，專司「阿鼻地獄」。

第十殿：轉輪王，專司區別善惡、核定等級，發往轉世。

「藏傳佛教認為，亡者身故後十四天，會見到『忿怒尊』化身的大閻魔王，祂的『業之鏡』會映照生前行為，閻魔王將扯斷死者身體、舔食腦漿、懲罰罪人，若死者能頓悟一切為幻影，才能獲得解脫。」說完她拿起水杯，一口氣喝乾了。

海人聽得驚奇，「妳的說明很清楚啊！不必翻書，就記得這麼仔細。」

「長期記憶比不上喜安，短期記憶還可以，臨時抱佛腳都沒問題。」

不是還可以，其實同學都很氣，說她明明沒念，為什麼考那麼好？不管她怎麼解釋，他們都不信，讓她說謊也不是、不說謊也不是。她的咖啡冷了，他叫人來續杯，又說：「我去過世界文化遺產，四川的『大足石刻』有個『六道輪迴圖』，中央雕著轉輪法王，張開血盆大口，雙臂抱著法輪。法輪的內圈中央刻著菩薩，散發六道光芒，每道光都有五至八尊月輪佛。第二圈刻著『六道』，就是天道、人道、餓鬼道、地獄道、畜生道和阿修羅道。第三圈刻劃現世生活，第四圈描繪未來輪迴。

那裡也有『地獄變相圖』，不過和吳道子的不同；畫裡是菩薩、十位閻王、業報鏡、審判秤、鬼怪、地獄刑罰等等。古代的律法並不完備、吏治也不清明、更沒有科學調查，才會用閻王來約束罪惡之行。現代民智已開、科學昌明，許多人認為地獄是愚蠢的迷信、教士的危言聳聽，但是人類罪行並未減少，反而因為技術進步，毀滅的效率還更快了。」

若芙沒有回答，只是啜飲著咖啡，她也不相信地獄，卻希望有這機制，可以懲罰逍遙法外的惡人。人間的標準時時在變，過去十惡不赦的，現在可能稀鬆平常；過去抄家滅族的，現在可能易科罰金，但是陰間呢？陰間只能有一套標準吧？

地獄的判官或閻王，真的能用生死簿、照業鏡，判定黑白、對錯、是非和善惡嗎？如何裁判不同地區？根據什麼規定？對沒有信仰的人呢？既然他們不是教徒，拿什麼法則服人？……她的思緒天馬行空，海人沒有打岔，等了一會兒，才輕輕的說：「妳累了？明天再說吧。」

他們付了帳，走出店門，才跨出幾公尺，侍者急急忙忙衝出來，「小姐，小姐！這是妳的吧？我在座位上看到的。」她回頭一看，發現是自己的手機套，尷尬收下，海人沒說什麼，送她到家門口，才開車離去。

九、王淑女

十一月六日（三），台灣・台北。

在這令人筋骨鬆軟的房間，王淑女總是全身放空，今天卻一反往常、心神不寧。她閉著眼睛、趴在厚軟浴巾上，感覺按摩師一一揉過腰大肌、腰小肌、腹外斜肌和腹內斜肌，因為長期久坐和缺乏運動，多年痠痛不適，自從加入SPA中心「月光院」的經營，才面對自己身體，治療困擾半生的問題。上了年紀了，三十歲之後，每每擔心年華老去，這樣憂慮了三十年，真的老了，不用再煩了，卻也不能再年輕了。

淑女翻過身，讓按摩師轉換手勢，在腹直肌上停留，更深的壓入腹橫肌，過去不懂得肌群的名稱，只知道搓搓揉揉、舒服痠麻就好了，自己有心，和別人逼著，真的不一樣。孩子大了，不在身邊，有時寂寞無味，需要一點撫觸，但不是男女性愛，那些狗皮倒灶她看多了，她需要的不是性，而是純然的、身體的放鬆。她的體內乾枯，像一朵滲不出汁液的玫瑰，但仍喜歡別人稱讚年輕、美麗。至於智慧？這名詞就留給年輕女孩吧，那是她們最缺乏的；對她卻是雞肋，食之無味、棄之可惜。

她想起今天來訪的女孩，江若芙。多麼有彈性、細緻的柔嫩肌膚！不必上妝也透出自然光澤，年輕真好，嬰兒最好，但是時間很公平，賦予一些、取走一些，加加減減，人生的清算，多出來的，就是自己的努力。

她又翻過身，讓按摩師觸碰背部，背闊肌、大菱形肌、小菱形肌和斜方肌，師傅按壓她的上背部，剝開沾粘的肌纖維，輕輕責備她常聳肩，上背部韌帶長期拉傷鈣化，許多人的五十肩就是這樣來的，現在三十歲都可能患上呢，自己則是四十就成了病患了。

這麼多年了，這種一緊張就提高肩頸的毛病始終沒改，今天上午尤其嚴重，若不好好放鬆，過兩天就要頭痛了。哈雷生前老喜歡虧她：窮緊張！還在公開場合發過幾次脾氣，讓她非常難堪。有這種老公，她能不緊張嗎？不，她是變本加厲，越相處越揪心啊。

好不容易事業擴大了，孩子也結婚了，他卻得了病，還是無法下嚥的食道癌。他的病可把她折騰死了，那麼愛美食的一個人，竟然落到什麼都不能吃、不愛吃，看著實在可憐。

接到萬總裁助理的電話，她非常訝異，哈雷過世後，就少聯絡囉。萬喜良不喜歡她，多年前結下的樑子。但是誰稀罕！她也討厭他啊，害她在眾人面前丟臉！要不是看在哈雷面上，本來不想見那兩個人。但是還好見了。

她住的是豪華雙拼大樓，月光院就在一、二樓，三人約在辦公室。他們問了二十八年前的舊事，誰記得啊？只留下厭惡的感覺、憤怒的情緒、主人的自私自利。誰知道東西丟了？誰偷了？

哈雷都走了十三年了。

她抬起眼皮，看著貴妃椅旁的大片落地窗，盡力放鬆心情。窗外是白石子鋪地的庭園造景，種著熱帶植物——美人蕉、龍舌蘭、矮棕櫚、梔子花和鳥巢蕨，還有一種細細長長、有點像埃及紙莎草（但她覺得更像瘋女十八年）的不知名品種。在台灣的SPA中心，南洋風情是必備要素——浴缸一定要灑花、空中一定要飄香氛、家具一定是藤或木製，最好還有佛頭、猴頭、象頭雕像或植物造景。經營者莫不努力複製這些「原汁原味」；而顧客付出的，便是在這裡SPA的價值，比原產國貴了三到十倍，複製越齊全，價格越昂貴——皆大歡喜、各取所需。

他們說的令人吃驚，夠消化好一陣子了。她看著水碗中漂浮的白蘭花，按摩師怕客人無聊，刻意在面前放了一碗花，這也是東南亞常有的花招，她得提醒他們不要讓花凋了，放在地上有時沒注意，管理就得抓這些枝微末節。這些年，大家都喜歡引用台灣首富郭台銘的話：「魔鬼藏在細節裡」，天知道這是不是他創的？反正搬出「首富」就夠大陣仗了，大家就吃這一套，即使今年不是首富了也沒關係。誰知道今年首富說了什麼？年年都會換的，重點是選到愛用的那一句。

而這一句，當老闆的最愛了。

就是要員工時時刻刻提高警覺、抖擻精神啊。哪個員工聽了這句，不繃一下神經，上一下發條呢？原來耍威風這麼好玩，在家伺候小祖宗、老祖宗怎麼能比？難怪以前哈雷不讓她玩。別的她不會、不懂、不知道，伺候人可清楚了，每個毫毛從哪根毛孔長的，都一清二楚。從這個意義看，家庭主婦最適合服務業。可不是！主婦不是服務業，不然是什麼？別說主婦什麼都不懂，創造的經濟產值，算出來多得嚇死人！

淑女的父親是大陸撤退來台的軍人，半生戎馬軍旅生涯，官階始終不上不下，倒養成了一身官兵脾氣，嗓門大、動作大、腦袋硬、加上東北人的直爽個性，全都承襲到她身上。她也弄不清：這是先天遺傳，還是後天養成？但是這些特質，讓她的媳婦生涯分外辛苦，像是大手大腳綁進了縮身鎖骨的裹腳帶裡。

她和哈雷是自由戀愛，婚前，他欣賞她的直來直往，婚後——她寧可相信丈夫受到婆婆影響，才會變得事事挑剔，否則承認「識人不清」，就是痛上加痛。她被逼著跟那些官太太、富太太一起穿旗袍、學花道、英文、高爾夫球……天知道誰有興趣！不只如此，還要比學藝進度、比珍稀花材、比昂貴盆器、比茶杯壺具、比老師的點名，更不要談本來就比的衣服、化妝、珠寶、兒女……！還好哈雷捨得花錢，但凡能比的事情，他無不興致勃勃，只是別的就算比贏了，就是太太比不贏——有什麼辦法？她盡力了，可以說鞠躬盡瘁，既然這麼嫌棄，當初又何必違逆婆婆，和她結婚呢？難道那是種恨母的姿態嗎？後來跟著婆婆批評自己，他就開心了？母子有了共同敵人，感情又變好了？

無論如何，她想說的是：如果還有下輩子，絕對不會再嫁他了。

——不，是不會再結婚了。

她本來以為來的會是徵信社員工：黑西裝、白襯衫、尖尖的鼻子、刻薄的眼神，沒料到是一男一女——男的像戶外運動家，女的是年輕混血兒，兩人一點都不搭嘎，不像同事、師生、兄妹，也不像經理和助理。這讓她原本的緊張洩了氣，但是對話之後，又漸漸繃了起來，重新鼓脹得肩都痠了。兩人的問話還有些意思。只是都那麼多年，二十八年了！她曾經那麼年輕！

沒什麼好提的，印象最深的，只有自己的失態。量他們也不知道。……除非別人說出去，那可丟死人了，但嘴長在別人臉上，塞得住嗎？現在還是懊惱不已、想起來就恨！恨那堆人，害她出乖露醜、拿她當笑話看。他們衣冠楚楚，其實是一幫耍猴戲的，把她當張衣結綵的傻猴子耍……不想了，徒增心煩。

那個女孩拿出筆記，問她有沒有想起什麼？

想起什麼……？那一刻，她真的想起了某件事，某件很詭異，但是無從詢問、訴說的事，就像她在沙漠埋了地洞，把奇妙的疑惑藏進去。她聽過一個故事「國王的驢耳朵」，理髮師看見了國王的驢耳朵，但是不能講出去，只好講給洞穴、樹葉、河流聽……結果這些生物幫了倒忙、廣為傳播，全天下都知道這個該死的祕密。

她也不是刻意隱瞞，就是被嘲笑的陰影太深，所以沒告訴別人。

但是她把證據留下來了，那張「初江王」的紙條。這樣別人看了，就不會說她妄想了。

本來她還在猶豫要不要講出來，不過下一秒就講了。大概是他們很有耐心、聽她述說哈雷的最後一程；之前月光院的員工——還是自己的員工呢，不過才開了頭，就左顧右盼、一副想溜的樣子，然後一個個不見了！這像話嗎？服務業連這點耐心都沒有，怎麼對付客人？她可是聽了婆婆九九八十一遍逃出大陸的經歷呢。

他們誤會了，她不是想講那些氣切、胃管、尿管、CPR、壞疽、瘡痂、痙攣……怎麼會呢？她甚至不是講自己的任勞任怨，而是想說——你們要珍惜身體啊！過頭了就不是自己的了。但是連合夥人也沒吭聲，她簡直失望透了。所以他們拉她入股，還是看在她的財力？這不是他們能左右的，要看自己情不情願啊。可惜了她的嘴笨，難怪家人老虧她的腦筋，如果真的那麼差，今天還會想起這件事嗎？哈雷地下有知，應該刮目相看吧！

那男人的眼神，讓她聯想起和哈雷初相識。雖然長得不像，只有那兩道濃眉有點意思。那時候，哈雷是那樣的誠懇。

總之，今天這兩人很投她的意。所以她還上樓翻箱倒櫃，把那張紙箋找出來，就是要你情我願啊。說到那張紙，她心裡早犯嘀咕，只是問誰都否認，如果捏在手裡不是那麼紮紮實實，連她都懷疑是妄念。

她從未見過這種紙。長約十二公分、寬八公分，是粗漿的手工紙，迎著光閃著彩虹光澤，不像金箔、也不像銀箔。上面印了「初江王」三個字，每個字大約兩公分見方。

沒人知道，為什麼它會夾進哈雷的喪禮簽名簿？殯葬告一段落，她獨自待在書房，核對帳冊——

多可怕！那是最後的總清算，連交情都可以用算盤計算！

她代他算完了，並不差，若是自己，可以接受了。

但她知道他一定不滿意——他總是不滿意。

她百感交集的站起，想把簿子放回櫥櫃，就是這時候，紙箋掉了出來。

「初江王」？這是什麼？

她問過親戚朋友、接待人員，也問了禮儀公司，但是沒人知道：是誰、何時、又是為什麼，把紙箋夾了進去？副總統、行政院長和經濟部長都到了，場面有些混亂，她又一直在祭壇前，還好婆婆早就過世，否則又要怪她笨手笨腳、不會招呼了。

看見他們的筆記，猛然想起，那是地獄的閻王啊。

男人迫切的望著她，那種神情，讓她想起哈雷猝不及防的那句，「嫁給我好嗎？」這次，從同樣誠懇的嘴裡，吐出的卻是：「我能看看他的死亡證明嗎？」

按摩師幫她熱敷，全身拍打，放鬆一遍，療程結束，然後退出門外。

她赤裸地起身，望著粧台的鏡子，避開下垂身軀，牢牢盯著——日日吹整的髮型，一臉濃妝、黑眼線、綠眼圈、大口紅。

丈夫和婆婆過世這麼多年了，還是改不掉啊。

十、馬建玉

十一月六日(三)，台灣・台北。

離開王淑女的辦公室，兩人去吃乾麵，坐下沒多久，就接到馬建玉的來電，他和海人本來就認識。海人聽了幾句，微笑著側過手機，問若芙：「馬教授說天氣很好，想去爬爬山，問我們願不願意？如果可以，就改約政治大學的正門。」她低頭看看，今天穿了球鞋，還有休閒服，便毫不猶豫點點頭。海人更不用說了，不用說穿著，車上裝備就算臨時野外露營，也是綽綽有餘。他掛斷電話，向她解釋：「他喜歡爬山，以前研究室門上掛著：『忙裡偷閒爬爬山，閒來無事爬爬山』。」

她注意到他心情變好了，偶爾還會神祕的微笑，不禁狐疑為什麼？

兩人從捷運淡水線改搭板南線、又轉到文湖線的動物園站，海人不時用手機上網，還常常拿筆記本出來畫數字，一副專心思考、不要打擾的樣子，若芙不想自討沒趣，看了看手上的資料，望著高架捷運的窗景發呆，這是她第一次搭這條線，車廂搖晃比地下線厲害，但是風景也分外開闊。抵達政大時，馬建玉已經站在臨時停車處等他們，三人打了招呼，馬教授說：「不好意思，我只是看今天沒太陽、又有微風，所以想出外走走。今天我太太上班，如果是假日，她也會來。」他打開車門，示意海人坐旁邊，又開了後座，「莎莉！讓一下位置，小姐要上車囉！」只見一隻嘴角上揚的大黃狗蹦了出來，應該是台灣土狗和拉不拉多混種，粗大的爪子搭在若芙肩上，溼潤的黑鼻頭貼近她的面頰，帶著濃重的喘氣聲和一絲友善的口水。

她先是嚇了一跳，接著就開心的笑了。馬建玉臉色稍沉，對海人說：「以前那隻黑妞過世了，這是新收養的莎莉，從動物保護所領來的，剛來的時候瘦得嚇人，現在康復了、很親近人，你們不介意吧？」他看了一眼，知道不用等答覆，若芙正捧著狗臉，切切私語著。

馬建玉身量中等，偏瘦的身材略微駝背，身上沒什麼肌肉，看起來不特別強健。他的膚色略帶黃白，臉皮和手臂晒得較黑，窄窄的眼睛是單眼皮，微笑時眼周有些皺紋，笑容沒什麼距離，讓人直覺他必是受歡迎的老師。或許是因為這種溫柔的和煦，讓他年過六十，看起來只有五十許。

他本是台大歷史系教授，家就住附近，今年剛退休。現在每週到外雙溪的東吳大學兼課，教中西藝術史，兩間學校一南一北、各據盆地一方，路程便有點奔波了。他說，今天要爬的猴山岳，海拔大約五百公尺，是每週爬慣了的。他看看若芙，「猴山岳有些急升的陡坡，要手腳並用攀爬上去，不過有繩索和樹根，可以借力使力。妳平常有運動習慣嗎？如果不行，儘管說沒關係，我們會慢一點等妳。不要客氣喔！上週還有學生邊爬邊吐，所以不要逞強。」若芙不想示弱，氣勢卻貶了一半，她強顏歡笑，不想變成第二個吐的人，這座山不到一千公尺啊，那樣台灣其他山都不用爬了。

他們開車前往，沿路涼風襲來、綠竹濃蔭，海人為了紓緩她的緊張，主動開口介紹：這一帶大多是副熱帶闊葉林，叫做「貓空」，未開發之前，多半是高大蓊鬱的樟樹和大葉楠；現在則多了竹林、果樹、相思樹、還有小茶園。大約十分鐘後，在猴山岳的登山口停下，不太起眼的灰白水泥階梯上方，就是一連串的陡坡。她拉拉褲管，跟在後面，走過一些黃褐泥土路，沒有太久，便來到樹根為階的急升坡道，許多路段角度甚至達七十度，必須抓住沿途的藤蔓、粗根、或山友善意布置的繩索，才能順利攀爬。

兩個男人一言不發，猿猴一般攀附向上，若芙自恃平日掃地搬垃圾，不至於是隻「肉腳」，但是要跟上他們，仍讓她汗流浹背、氣喘如牛，十分鐘就上氣接不著下氣，好像剛剛跑完六千公尺。

山中林蔭深深，雖是午後時分，幾乎不見陽光，只見綠光罩頂，到處都是樹木、藤蔓、蕨類和青苔，她認得青剛櫟、筆筒樹和構樹。不知名的鳥兒婉轉鳴叫，擬態的枯葉蝶悠閒飛過，石邊鳴蟲抬高大腿、吱吱地磨著翅膀，她靠在一截彎曲樹幹上，偷偷大口喘氣，希望把氧氣送進肺部，趕上他們的步伐。腳下要小心不穩的土壤，有幾次小石頭就這麼踏掉了，還好後面沒人，不用擔心砸到了誰。

他們在上方邊爬邊說笑，只聞拋來拋去的話聲，聽不見玩笑的內容。更令人敬佩的是狗兒莎莉，雖然有些過陡的土壁，需要主人從後方推一把，但敏捷一點都不輸人，而且全程開心吐著舌頭，時時用閃亮眼睛鼓勵若芙。他們仍會緩下來等她，但她反而不願意，一急就不顧一切，四肢並用的攀、攀、攀。

大約爬了三十多分，終於爬到路段尾聲，樹葉間隙出現陽光，視野越來越開闊，林木彷彿張開手臂，歡迎探訪的山友。她站到小塊山頂平台，遠眺山下日光靄靄、人煙喧囂的台北盆地，只見一片參差亂樓、淡墨水霧，好像籠罩在蒸汽裡。時序已過午後三點，這是她第一次到台北近郊爬山，其實並不難爬，只是被倔強催著趕，喘氣也裝成若無其事。但他們是真的不當一回事，兩人已經從閒談轉為嚴肅議題，卻不是在談萬喜良，而是在談國際勞工組織的串連問題。

根據手上的資料，馬建玉除了是大學教授，還是國際勞工和人權組織的觀察員，為勞權刊物義務譯文二十年，儼然是歷史學界的怪咖。只見他坐在樹蔭下的石凳上，打開肩上的大背包，拿出小型瓦斯爐、茶葉罐和水壺，又從泡棉中翻出茶壺和茶杯，嫻熟的煮水烹茶。

他說這是文山區的鐵觀音，在當地小山頭飲用，最是合適愜意。等到小火滾了水，茶葉沁香攝人心脾，每人人手一杯，話題才轉到正事。

馬建玉端詳座位圖，開口就說：「之前我說，你們恐怕要失望了。二十八年前，當年我才三十多歲，時光荏苒，還能記得什麼呀？」

海人也不囉嗦，「那麼我就直問吧，萬喜良的鈾被偷了，您認為誰最可疑？」並說明了受託的原因和過程，馬建玉有些錯愕，端茶杯的手也放下了。他背對他們、走向山崖邊緣，凝望層層巒抱的山峰，一座連著一座，依偎到海角天邊，呵護著懷中的無明都市。他抬頭在雲縫中搜尋太陽，舉起手以免刺痛眼睛，蕭颯山風吹起衣角，他懸了懸，才轉身回原來座位，莎莉一直蹲坐在石凳邊。

「自從接到李特助電話，我這兩天都在思索，比你們更好奇啊。」

海人聳聳肩，沒代為解釋。

「你一向使命必達，給你一個勸告：太過勉強的事情，不必逆勢而為。」

海人又喝一口茶，喉頭動了動，卻沒辯駁。

若芙在凳邊找了個平穩處，放下杯子，「我們也是不得已的，萬總裁的侄子失蹤了，他的失蹤和鈾可能有關，只好接下這個任務。」

馬建玉的臉色有些鬆動，但這個嘗試沒收到效果。他表示，時間太久，實在記不得了，兩人有些失望，卻沒表現在臉上，談話陷入僵滯，大家都默默喫茶，偶有登山客經過，但山頂已無座位，看看風景就下山了。海人趁教授不注意，一隻手指豎在唇前，示意若芙不要開口，她雖不解其意，也比個OK手勢，反正他跟教授比較熟，總會清楚怎麼引話頭。

海人確實料對了，許多老師都有職業病，只要交談陷入沉默，就會主動擔起發言，不管是不是在講堂。這點和主持人不同，許多主持人下了節目，經常是沉默一旁，就像披著人皮的木頭人。或許是因為，主持人必須插諢搞笑、取悅觀眾；而教師除非教補習班，否則都是學生巴結，哪有老師會刻意取悅學生？尤其馬建玉這一輩更是如此。所以教師要不是個起頭狂，要不是個接話狂，馬建玉也有這習性，只是自己不知，落入了海人陷阱。

「你們這樣問，老腦都可以榨出汁了，放了二十八年的果子，哪裡還擠得出來啊？若是十年以前，還有一點希望。真的很傷腦筋啊，不談這個，先跟你們分享一下這兩天的想法吧。」

看來就要長篇大論，海人唇角微微上揚，若芙像睡醒的貓頭鷹，兩眼都瞪大了。

「說也奇怪，自從聽說鈾不見了，我一直想的，卻不是當年情景。我就是這樣，對不夠重視的事，多半過眼就忘，要記的事很多啊，關注的才會放在心上。鈾雖然很稀有，萬總裁很得意，但我根本不在意，他大概很訝異吧，並不是每個人都羨慕那鬼東西。那麼我想的是什麼呢？你們一定猜不到——我想的是希臘神話。」他停了下來，看到兩人呆若木雞，大概非常滿意，下巴肯定的頓了頓，語氣鏗鏘的繼續。

「我的專長是中西文化史，從小就對神話很有興趣。神話之所以源遠流長，正是因為它觸及了人類的原形、生命的情境，讓我們辨認出當下的自己，和亙古是那麼接近，從而產生一種存續的感悟，以改進現世的處境。最讓我感興趣的不是神，而是祂們的愛、恨、情、仇，比人更誇張，比人更原慾，祂們的報復不是大卸八塊、就是變成星星或生物，非常的本能而滑稽。

舉個例子好了，你們讀過奧維德的《變形記》嗎？一般人認為，希臘神話的太陽神就是阿波羅（Apollo），其實還有另一位，叫做赫利歐思（Helios）。祂就像許多希臘神祇一樣，在凡間也有個兒子，叫費頓（Phaethon）。從現在來看，就是人類小三的孩子。費頓常向朋友炫耀爸爸是神，但是大家都不相信，讓他又挫折又傷心。某一天，赫利歐思下凡來看兒子，費頓為了證明所言不虛，請求父親讓他駕駛『日車』，好讓看輕他的人大吃一驚。

但駕駛日車是何等大事，不只是控制火焰車輛，還要駕馭桀驁烈馬，就像讓小孩開F1賽車，弄不好會死人的。但是費頓死求活求，赫利歐思拗不過他，最後勉強答應。費頓高興的升上天空，但是不一會兒，小手根本握不住韁繩，馬匹看穿他是個冒牌貨，開始慌亂馳騁，日車脫離軌道，處處化為火海，費頓自己也陷入昏迷，被宙斯用雷電擊斃，阻止了更大的危機，太陽神父子悔之莫及。」

這故事若芙依稀看過，但為什麼講？有什麼關係？她看看海人，他的表情有點狼狽，也是一頭霧水。馬建玉好整以暇看著兩人，臉上是漸增的愉快情緒。然後他開始點人問問題，而且馬上就點海人，果然老師當久了，處處都是課堂啊。

「你們不懂吧？不要急、不要急，做人要培養耐性，無時無刻不是修練，磨到最後就是贏家，因為其他人都放棄了。」馬建玉哈哈大笑，正經的瞪著他們，「你知道什麼是『核分裂』？什麼是『核融合』？」

海人皺了皺眉，有點不知所措，但並未質疑這位德高望重的教授。

「原子核在分裂時，會釋放出巨大的能量，若是由大而重的原子核，變化為輕而小的，就是『核分裂』；若是輕而小的，變化為大而重的原子核，就是『核融合』。

核分裂多用來發電或製造原子彈；核融合的能量非常巨大，超過前者十倍以上，太陽的光與熱，就是來自核融合；氫彈試爆也是核融合，等於是重現宇宙誕生的過程……。」

「不好意思，我不是在考你。」馬教授拍拍他肩膀。

若芙聽到這句話，差點笑了出來。

「就是這樣，因為鈾，我想到太陽，也想起了核分裂和核融合。希臘神話的核心，就是『人與宇宙的共存和諧』。如果人類驕縱自大、違背宇宙，就是犯了最嚴重的滔天大罪，就像剛才的費頓一樣。」他輪流看著他們，「你們去過希臘？去過米諾斯王迷宮遺跡？」

若芙舉起手，馬建玉拋來嘉許的眼神。「克里特島上的迷宮，傳說是米諾斯王委託戴特勒斯

（Daedalus）蓋的。國王害怕通道外洩，完工之後，將建築師囚禁在迷宮中。古埃及的金字塔、秦始皇的始皇陵都有類似傳說，這些王都差不多，都惟恐祕密外洩，可惜死了就顧不了那麼多，兩腿都伸直了，還擔心什麼？可見他們智慧不高，難怪王國早早覆亡。戴特勒斯不愧是天才工程師，他雖然被關了，仍然設法逃脫，用蠟和羽毛製作翅膀，打算帶著兒子伊卡洛斯（Icarus）從空中逃亡。他囑咐兒子，升空之後不能靠近太陽，否則蠟會融化、翅膀會掉落。但天下的兒子都是一樣的，他們都不聽老爸的話；不過故事都是老爸在講，所以兒子幾乎都會受到教訓，更嚴重還會送命。伊卡洛斯就是這樣，他得意忘形，越飛越高，企圖靠近太陽，結果悲慘的直墜入海，沒有命了。」

「這故事很警世。」若芙說。

「是啊。還有最有名的，就是普羅米修斯（Prometheus）。」馬建玉彈彈手指，眼神都發亮了，好像那是希臘神話裡的劉德華，或是布萊德彼特。

「普羅米修斯曾多次搬上戲劇……為什麼呢？因為祂彰顯了永恆的課題、永遠的困難。普羅米修斯創造了人，真心關懷人，在分祭品時偏袒人，還從天上偷火種、向雅典娜盜取藝術和技術，讓人類文明迅速發展。祂讓人相信，只要憑著智慧和創造力，終有一天，能和神平起平坐。

就我們看來，普羅米修斯對人類這麼好，簡直是萬中取一的大好神，但是萬神之王宙斯不這麼想，因為普羅米修斯觸犯了天條。宙斯創造出充滿謊言和誘惑的『潘朵拉』（Pandora），將她送給人類，引誘她開啟神祕盒，讓罪惡、瘟疫、痛苦……散布人間，人世從此有了悲傷苦難。為了懲罰普羅米修斯，宙斯又將祂捆綁在山上，命令巨鷹日日啄食，讓祂受盡折磨，多年後，才讓海克力斯解放祂。」若芙不知該說什麼，海人的表情在判讀。

「普羅米修斯為了人類，受了這麼多罪，有什麼好處？沒有！祂傳達的主要是對神祇的反抗，這種反抗是抗議，而不是推翻，只是在耍詭計。這裡面也有好意，但好意不一定帶來好結果。過度的恩惠，可能招來禍患，超越能力的自大，抵不過宇宙的秩序。」

「難道您認為，人類有了火不好嗎？」若芙奇道。

馬建玉笑了，眼神像岩壁一般冷。

「不是不好。如果人類只會用火、不會滅火呢？妳能想像那是什麼？」

他稍停下來，「抱歉，我講話常常離題，你們應該懂得我的意思吧？」

兩人都回望他，他彷彿很滿意，起身眺望夕陽，並說如果要趕高鐵，就該下山了。三人收拾背包，巡視過一回，確認沒遺留垃圾。睡飽的莎莉也伸伸懶腰，拉長爪子站起來，在主人腳邊跟前跟後。他說另有一條平緩山徑，但是路程多了一倍，還是原路回去。下山雖然也不容易，但是筋骨活絡了、又聊了一席，精神反而更好了。

開車經過幾間綠竹修舍，海人突然說：「聽說您在東吳兼課，不支領薪水？」

教授小晃了一下，失聲說：「怎麼會傳出去？」

海人避而不答，「是真的？為什麼？」

他嘆了一口氣。「坦白告訴你，就別再提了。這是折衷作法。我領了國家的退休俸、自己也有些積蓄，和老婆花費不多，下半輩子應該夠用了。自從高等教育開放，工作機會卻沒增加，年輕人失業率很高，這是大家都知道的了。這次他們邀請，我想分享知識，又不想排擠師資，所以就當成義工。我算是比較想得開，有個老友也退休了，仍和妻子四處兼職，他說和妻子各有房子，還要幫三個小孩買房子，貸款的壓力很重。

我則是對小孩說，爸爸沒辦法幫你們，要靠自己打拚，他們也都了解。孩子有自己的人生，父母不可能永遠保護，要懂得放下。」

「他們將來會感謝您。」

「那樣最好。重點是，讓孩子成為自己、而不是你想要的樣子。未來，他們對你索求也不會太多，因為你沒從他們身上奪去什麼。」

海人深深點頭。

若芙不禁想起，不知爸媽是怎麼想的？

但沒機會問了。

他們謝過馬建玉，各自回去拿行李，然後在台北車站集合，李特助訂了商務車廂，請人在驗票閘門拿給他們。她靠在高鐵的桃紅椅背上，半邊面頰側向窗戶，馬不停蹄，終於能靜一會兒。海人背對著她，大地色的外衣映在玻璃窗上，一會兒拿出手記，一會兒看看手機，一會兒又不知在寫什麼，臉上還微微笑，笑得賊賊的。她心裡有股氣：笑什麼啊？有誰發簡訊來嗎？

這才想起，連他是否結婚都不知道。——干我什麼事啊？

她靜默五分鐘，還是忍不住好奇。「這幾天住外面，你太太會不高興嗎？」

他撇頭看她，眼神有點古怪。

「我還沒結婚。」

「喔……那，女朋友呢？」她若無其事，停了一拍。要問，乾脆一次問清楚。

「我能保留嗎？」他窺視她的瞳孔深處，想知道是多管閒事？還是純粹好奇？她故作天真的回視。他輕描淡寫，「沒有。」

「喔。」她坐正身子。如果有，就可以往下問，現在反而不好意思。
「我才該問：妳住外地，只有我陪，沒關係嗎？」
「沒關係，我會照顧自己。」她瞟了他一眼，虛張聲勢的說。
「那就好。」
「你今天心情比較好？」
「每天都差不多。」
「你剛剛明明在偷笑。」
「有嗎？」他楞了一下，拍拍膝蓋，「或許吧。……妳還沒發現？」
「發現什麼？」
「本來想確認後再告訴妳。」
「告訴我什麼？」
「死亡證明。」
她瞪著他。
「哈雷的死亡證明。」他繼續說，有點訝異，「妳也拍了，看看妳的照片。」
啊啊，王淑女給的。剛看過，沒什麼啊？
她趕快打開手機。

＊姓名：哈雷　性別：男　身分證字號：B175061214
＊戶籍所在地：台北市中山北路二段四十八號九樓之三

＊出生年月日時分：一九三九年八月十二日
＊死亡年月日時分：二〇〇〇年四月九日二十一時五十二分
＊死亡地點及場所：台北市北投區石牌路二段二〇一號／台北榮民總醫院
＊死亡種類：病死
＊死亡原因：1. 直接引起死亡之疾病或傷害：食道癌惡性腫瘤
2. 先行原因：移植器官壞死併發心肺衰竭、膿胸
3. 其他對於死亡有影響之疾病或身體狀況：高血壓

以上事實確無訛特以證明

醫師姓名：王柏原
醫院名稱：台北榮民總醫院
二〇〇〇年四月十一日

「嗯，果然是食道癌呀。他平常抽菸或喝酒吧？」她低著頭，避開他的眼神。

「是的，遺傳也有關係，男性罹患率比女性高。」

「癌症末期，應該很痛苦吧？」

「生病沒有不痛苦的。」

「嗯，對呀。」她虛虛應著，努力尋找他偷笑的蛛絲馬跡。隔了幾分鐘，手臂旁邊完全沒聲音，她忍不住從他的膝蓋、慢慢移向臉龐，才發現他緊盯著她，但不是慾望，而是揶揄的目光。

「怎麼了？」她背上的刺微微豎起。「還沒看出來嗎？」他壞壞的笑著。

看出來什麼？她臉上一陣燥熱。莫名其妙，有話直說嘛。

「初江王啊。」

「初江王？」她翻出筆記，又看看他。

「看到了吧？那串數字。」

「數字？……」她狐疑的對照，很想一掌拍過去。

他指著筆記，「妳不是有台灣的身分證嗎？」

「有啊。『哇馬西呆灣狼捏！』」故意用台灣國語回他。

「那就是啦，看了死亡證明，就應該連起來啦。」他努力板起臉，看到一隻又羞又窘的紅面番鴨，突然又軟化了。「好了，不逗妳了，我剛也畫了半天。之前我就在想，這十殿閻王和數字，必須連起來看。每個閻王，可能都對應單獨的人，這些數字就是各自的號碼。」

「你認為，每一列就代表一個人？」

「是的。或許是身分證、護照、駕照、電話……不管是什麼，都是個人才能擁有、不會與他人混用的，所以我第一個考慮的，就是身分證號碼，我們既然認為，這群賓客和人傑的失蹤有關係，因此我想用他們重要的個人數字，例如出生年月日等等，來對照人傑的筆記，但是起初又對不起來，現在看了死亡證明，我就懂了。」

「懂了什麼？」

「台灣的身分證編碼，是一個英文字加上九個阿拉伯數字，總共十個符號。」

「對。」

「這是大膽的假設，主要是碰碰運氣，所以我特別問王淑女，想看她丈夫的死因，還好她沒拒絕。剛才拿到哈雷的死亡證明，我就比較過了，發現『初江王』後面那串數字：040911175061214，後九位和哈雷身分證後九碼一模一樣。而且初江王開頭的0409，也是哈雷的死亡日期——那麼中間的11就很好猜了，就是身分證的英文字母。」

「嗯哼。」若芙想驚呼，忍了下來。

他掏出手機，打開網頁，顯示身分證編碼原則：

英文字母	A	B	C	D	E	F	G	H	J	K	L	M	N
數字代號	10	11	12	13	14	15	16	17	18	19	20	21	22
英文字母	P	Q	R	S	T	U	V	X	Y	W	Z	I	O
數字代號	23	24	25	26	27	28	29	30	31	32	33	34	35

「平常語音交通訂位、或是各種電話客服，常會請人輸入身分證號碼，英文字須轉換成數字，打過的人幾乎都知道，久了一定記得自己的代碼，常用的對照表是這樣——」

英文字母	A	B	C	D	E	F	G	H	J	K	L	M	N
數字代號	01	02	03	04	05	06	07	08	10	11	12	13	14
英文字母	P	Q	R	S	T	U	V	X	Y	W	Z	I	O
數字代號	16	17	18	19	20	21	22	24	25	23	26	09	15

「兩張表不一樣？」

「對，第一張表用的是身分證正式編碼，英文代表當事人的『本籍地』、報戶口的戶政事務所，轉換成數字，可以檢查身分證真偽；第二張表則是平常客服、訂位慣用的模式。英文字轉換成地區，代表的縣市是這樣——」

A 台北市	B 台中市	C 基隆市	D 台南市	E 高雄市	F 台北縣
G 宜蘭縣	H 桃園縣	I 嘉義市	J 新竹縣	K 苗栗縣	L 台中縣
M 南投縣	N 彰化縣	O 新竹市	P 雲林縣	Q 嘉義縣	R 台南縣
S 高雄縣	T 屏東縣	U 花蓮縣	V 台東縣	W 金門縣	X 澎湖縣
Y 陽明山	Z 連江縣				

「所以哈雷身分證，中間那個『11』，就是英文代碼B，代表他在台中市出生。」

「嗯哼……難怪我剛開始沒看出來。」她遮不住懊惱，抬頭正視，「所以哈雷是……『初江王』？但為什麼是死亡日期？」

「初江王是閻王之一，閻王負責裁判死者……。」

「所以是死亡日期？」

「對。」

「那麼身分證號碼是……？」

「獨一無二的、這個人的代碼。」

「初江王的意義是？」

「妳看看，貼標籤那一頁。」

他遞給她一本日文的《地獄裁判》，她的手稍稍發抖，匆匆翻到標示處，悄聲口譯：「初江王，代表釋迦如來，在死者的二七日、也就是死後十四日裁判。主要審判『五戒』中的殺生、竊盜之罪。若發現死者犯了『五逆』、也就是殺害親人或聖人的重罪，則直接用火車（火焰之車）送入阿鼻地獄。」說明文字旁邊有圖畫：身著紅袍漆紋的判官初江王，瞬著暴眼、手持戒木、正在呼嚇跪在鬼卒前的戴枷罪人，兩位師爺在案前朗誦生死簿。前方有個豎直的木秤，鬼卒拿著銳利的叉戟，準備衡量死者的罪行，有些亡魂哭泣求饒，有些身上斑斑血痕，淒慘可怖。

他又把另一本書遞給她，是中文的《因果圖鑑地獄變相圖》，第二殿是「楚江王」，負責處罰玩弄法紀、巧取豪奪、謀人財產、兩舌兩面之徒。本殿有九個小地獄：戟腹拋接獄、劍葉地獄、舌犁地獄、鞭撻地獄、砧截地獄、寒冰地獄、餓鬼地獄、濃血地獄和糞尿地獄。

「你覺得，用『初江王』代表哈雷，是有人認為他犯了這些罪？或者他就是初江王，處罰了這種罪人？」

「我不確定，但妳看看他的死因。」

「食道癌？」

「對，這裡正好有『舌犁地獄』。」

她再次小聲的念：「善惡叢於心，是非出於口。兩舌人兩面，常食他背肉。口業禍害、壞人心思、造謠生事，死後必墮拔舌地獄，以鐵鉤拔舌，掛於犁器，深耕心地。」

「食道不是舌頭，但是位置相近。」

「人傑寫的『初江王』、『楚江王』，和哈雷的『初江王』……」

「應該有關。」

她啞口無言。如果沒有鬼，那才真有鬼。如果不是在高鐵上，她真想大喊出來！

她試著冷靜，又問：「為什麼有些閻王後面沒有數字？」

「誰知道？或許人傑也不知道？」

「那麼，其他數字呢？其他閻王是誰？但是賓客有十位、有數字的閻王卻只有七列？這又是為什麼？其他人的資料呢？」

「我已經打給李特助，請他去問了，明天應該有回音。」

「太好了。」

海人凝望前方，不同於若芙的喜形於色，他的法令紋更深了。

晚上九點，高鐵列車抵達南部的高雄。租車公司的黑色轎車已在等候，司機自我介紹姓黃，是位笑容可掬的中年人。他的臉像顆發腫的馬鈴薯，痘疤如同長芽的黑色芽點；粗壯的晒黑手臂上，有去除刺青的痕跡；若芙懷疑他的下巴曾經被圍毆、或是出過車禍，不過從他待客的熟稔度，就算猜測正確，也是多年前了吧？

司機載他們到指定的愛河畔五星級飯店。海人只有一個背包，司機幫若芙提小小的行李，約定第二天早上九點出發。他們住在隔壁房間，海人道過晚安，便提著背包進房去了。若芙隨父母旅遊各地，住遍各國旅館，這是間十多坪的房型，除了臥室還有小客廳，高腳盤擺著香蕉、芭樂、蘋果等，果然是盛產水果的南台灣。房間是淡雅的米色歐風裝潢，大片窗戶可觀賞愛河夜景，七彩燈光投射在水面上，波光瀲灩甚是美麗，雖然是十一月，氣溫仍有攝氏二十六、七度，有人沿著河岸散步、消散熱氣。

她簡單沖過澡，尚無睡意，便待在客廳。自從上次看過人傑新聞，就沒再看電視，這才想起，好像沒見過人傑的父親？白媽媽說丈夫經常出國，他不擔心兒子的下落嗎？

她轉了轉頻道，新聞台正播出「蘭嶼核廢料」的追蹤報導，近日接觸核能問題，她特地停下來看。原來去年十月，有位立委揭發電力公司在蘭嶼的核廢料貯存場檢整廢料，工人身上沒穿防護衣，還徒手處理鏽蝕鐵桶和輻射水泥。而且現場不是負壓環境，而是開放空間，海風吹過，汙染飄散。立委砲轟電力公司罔顧工安、草菅人命、主管單位原能會失職包庇，要求官員下台、嚴懲失職人員，並對居民展開健康檢查。

若芙盤起腿，想聽聽電力公司怎麼說？——他們提出的辯駁照片，環境看起來非常整潔，工人依規定穿著防護衣，核廢料桶也擺得整整齊齊。原能會解釋，立委拿出的是三年前的舊照片，讓若芙都迷糊了。報導一路下去，證明那是新事證。電力公司四年前犯錯、這次又犯，還意圖說謊掩飾，最後主管機關道歉，發布處分。另外，記者也拍攝了台北都會圈的核廢料處理，是在密閉空間使用機器、而非人工負責，小小的台灣，都會和離島竟有明顯差別。

看完專題追蹤，她才想起：如果哈雷是「初江王」，他死了，人傑還能平安嗎？

她楞忡許久，才熄燈返床。

十一、徐秋山

十一月七日（四），台灣・屏東。

一早在餐廳碰面，明知不可能，她還是衝口而出：「有消息嗎？」

「還沒。」

「唉。」睡了一夜，她仍愁眉不展。

「怎麼了？」

「沒什麼。」

他明瞭的看著她。「不要擔心。加緊腳步就好。」

「因為……他是我的朋友。」朋友？這句話，真的說出口了。

他遲疑了一秒，還是拍拍她肩膀，她也沒縮起身子。

司機幫他們開車門，主動告知如果不塞車，路程約一個小時，前晚若是沒睡飽，可以在途中小憩。或許海人真是如此，一上車便閉眼假寐；若芙想要一雪前恥，持續翻閱資料，希望能有其他靈感。車裡播著輕音樂，一上快速道路、廣告破口之後，便換成了古典樂，若芙彷彿被針戳了，馬上要求換電台。

「可是，這是高雄愛樂的耶……我以為你們喜歡。」司機分出手來按調頻，語氣有點委屈。

「不要這個，其他都好。」

「好，現在年輕美眉愛聽什麼？儘管說，我轉轉看。」司機有點嬉皮笑臉。若芙想擠出微笑，但看到後視鏡，一臉似哭非哭的表情；司機也嚇了一跳，說話不再輕佻。行車中，廣播頻率不夠穩定，刺耳的沙沙聲一直連續，司機每換一台就問意見，其實只要不是剛才的就好。好不容易轉到一個賣藥的鄉下電台，音質非常穩定，若芙趕忙說：「就是這一台。」司機下巴打開，瞪大的眼睛飄過來，她也顧不了那麼多了。這麼一折騰，本來打盹的海人醒了，深吸了一口氣，稍微挪動身體，半瞇著眼轉向她，「如果不想聽，關掉也可以，反正有點吵。」

「好啊。」若芙趴向前座吩咐，車中又恢復寂靜，只有冷氣的咻咻和輪胎的擦地聲。接下來半個多小時，沒有人再開口，打破封閉氣氛的，是海人褲袋的嗶嗶音，他拿起手機看看，另一手掏出資料；若芙焦急的望著他，她知道結果來了，分不清是期待、或是害怕？

他仰起頭，嘆了口氣，仍舊不語。若芙握著拳頭，又摸摸鼻頭，太陽晒得都冒汗了，平常很少流汗的。他轉頭看到，想要打圓場，嘴角卻拉成一直線，只說：「該來的總是要來的。」

她的掌心也出汗了，接過手機、瞪著上面的簡訊：

「沈先生：早安！您吩咐的事情，確認如下：

史大衛的身分證S184031250，死亡日期一九八七年十月九日。

朱是全的身分證H127903672，死亡日期一九八九年十二月八日。

楊超群的身分證W174629143，死亡日期一九九八年十一月三十日。

其他賓客及白人傑的身分證號碼，和您提供的數字都不符合。若有需要，請再告知，李少華。」

她喘了口大氣，還來不及開心，就聽到刻意壓低的聲音：「又找到三個閻王了：史大衛是变成王，1009是十月九日，26是身分證英文代碼S。

朱是全是秦広王，1208是十二月八日，17是英文代碼H。

楊超群是宋帝王，1130是十一月三十日，32是英文代碼W。」

她遞回手機，轉頭看窗外，心臟像鳥兒一蹦一蹦的跳。

「兩位好，再三分鐘就到囉。」前座的司機說。車輛駛入一條鄉間道路，將近十點，天候越發熱了，秋冬陽光照在樹上，仍舊光豔豔的，她想起日治時期的畫家石川欽一郎，最喜歡台灣的光線和色彩，他說比起日本風景的陰鬱、柔和和神祕，台灣則是明亮、雄壯和外向。這裡的光彩不同於北方，幻臆而絢爛，而且越近南方越明顯。今日所在的屏東，就是台灣的極南了呢。她瞇縫著眼，薰熱空氣中翠意舞動，如同熱情的雞尾酒，充滿南國的豐饒魅力。到了冬天，台北還時不時下雨呢。

司機端詳衛星導航，眼前的路更窄了，兩旁是大片的果園，間隔密密的竹林，他們直駛到一棟大宅第前，方圓三百公尺內沒有其他房舍，車子緩緩煞停，司機回頭示意。

這是棟氣勢宏偉的傳統夥房，屋邊有棵垂垂老矣的榕樹，可能超過百年，老樹頂著顆茂盛的花椰菜頭，強壯的枝枒飄蕩無數氣根，淘氣的隨風擺動，好像小精靈在盪鞦韆。宅第鋪著磚紅色屋瓦、洗石子牆面，結構樸實大方，處處彩繪木雕，礦物顏料經年不褪，低調中掩藏華麗，觸目所及一片潔淨，也可見維護的用心。聚落的第一堂門楣上，懸著「廣風堂」三個大字，簷廊下，有隻黑臉白貓悠閒坐地，帶著貴妃的神氣，尊貴的看著他們。

海人望著貓兒，邊走邊喊：「有人在嗎？」隔了一分鐘，一位身材高大、年約六十的男子從門後轉出來，他的膚色略帶青白，輪廓英挺，身材維護得宜，過去應是讓女人心碎的俊男，現在也是個帥哥歐吉桑。貓兒咻的站了起來，對他愛嬌的喵了喵，男人說：「櫻兒，乖，自己去玩吧！」櫻兒也聽得懂，戀戀看了他兩眼，就轉身走開了。男子走向兩人，若芙注意到，他的襯衫、長褲都有筆直熨線，穿著打扮一絲不茍，在這樣偏遠的鄉下，倒是讓人意外。

「沈先生和江小姐？歡迎光臨，我是徐秋山，請進吧。」兩人隨著他走進寬闊堂屋，涼爽的風從穿堂吹過，挑高空間毫不偪促，若芙的肌膚一顫，內外溫度相差甚大，也可見這屋子的方位、設計得宜。他將兩人帶進側屋，下車之後，沒再看見第二個人。

若芙想起藝術雜誌刊載的專訪——徐秋山畢業自師範大學美術系，這是台灣歷史悠久的藝術科系，出了許多畫家和藝術學者。徐家祖先是明末清初、隨鄭成功軍隊來台的客家人，到屏東墾拓成為富農地主，家族在日本接收台灣時浴血抗日，但是落敗，因此式微，後來轉投資糖廠，才重振家聲。台灣傳統對兒孫的期待是當醫生、律師、學者或承續家業。想當藝術家？簡直是異想天開。但那是一般家庭。若是積累數代的富豪之家，家業多由長子繼承，後面的兒子、尤其是老么，比較不受限制。徐秋山生在富家，又是最小的孩子，因此多了許多自由。家族富裕到一個程度，若是出了個藝術家，反而是風雅之事。

不過他受訪時表示，雖然考上藝術科系，但是系上人才濟濟，相較之下，自覺不算突出，然而從小欣賞藝術品，對鑑賞很有興趣，因此轉攻收藏鑑定。畢業後在父親支持下，開了「秋山軒」，主要交易東方文物，經常造訪各國博物館、美術館和畫廊，藝廊在台北、台中、廣州和上海都有據點。

這間屋子擺滿了明式黃花梨家具，這種木材質感豐潤，有如上等蜜糖，紋理細緻、弧度優美，雖然是古代工藝，線條卻歷久彌新，不像紫檀家具那樣嚴肅。徐秋山和海人落坐在中央的太師椅，若芙坐海人旁邊，桌几上擺了茶盅，青花杯蓋沁出水珠，淡黃的蜂蜜花香，是祛熱的冰鎮菊花茶。

才剛坐下，徐秋山便說：「昨天是家族一年兩次的祭祖日，另一次是清明節前，數百位鄉親都會回來，所以這幾天分不開身。明天我會在台中，本來可以約那裡，你們不必跑這麼遠，但是李特助說你們很急，我後天又在上海，就勞煩你們過來了。」他的態度溫文有禮，若芙馬上有了好感。

海人說明來意，他不動聲色的聆聽，看不出心情波動，直到聽說鈾失蹤了，才揚了揚眉毛，激動的說：「果然……！」然後便環抱手臂、閉上嘴巴，好像一塊沉入沼澤的石頭。

海人等了一會，才問：「您覺得有誰可疑？」

他摸摸下巴，凝望兩人，「看在我和總裁多年交情……所以，他完全授權給你們了？」

「如果您不放心，可以再問一次。」

他想了想，直截了當站起來，「得罪了，請稍候一下。」只見他單手插進褲袋，瘦長的背影步出去。若芙走到窗邊欣賞窗花，那不是忠孝節義，而是四季風雅圖案，刻工細膩，描繪著飲茶、下棋、賞花、遊園景象，伸手觸摸，溫潤微涼。

約莫半柱香時分，徐秋山走進了門，連聲致歉，「都這麼多年，總裁早說就沒事了。」

「您別客氣，任何回憶都有幫助。」

若芙把座位圖遞過去，他楞了楞，仍說：「這種事不能亂講。」

「沒錯，但隱瞞沒好處，也沒必要。」

他沒有反駁，來回撫摸眼皮，好半晌沒說話。她注意到他寬闊的翡翠戒指，沁綠如湖水一般。

「聽說，當時您對鈾也有興趣？」

「是誰說的？」

「我不能說。不瞞您說，有人覺得您可疑。」

「這是胡說！」

「不能否認，您的機會很多，畢竟盒子就在面前。」

「懷疑我的……是萬總裁嗎？」

海人沒有承認，也沒有否認。徐秋山和他對視數十秒，眼睛不眨一眨，若芙跟著默然無聲。結果徐秋山先認輸，他看看天花板，認命的說：「我承認，確實多問了幾句，但不是對它有興趣，而是……想知道多一點。我是文物商，知道更多門路有好處。有時客人提出的要求，都是想不到的，這就是服務業。」

「收藏家不是永遠少一件？就像女人跟衣櫥一樣？」海人嘗試逼他。

「你……年輕人，算了，我知道你是替人辦事。」他往後仰、靠著椅背，又坐直身軀，聲音也變大了，「或許對過世的人不太尊重。但是再瞞也沒幾年了，真相只有一個，苦主有知的權利。」

「您是說……？」

他猛然抬起頭來，眼神如同鱷魚般銳利，閃爍著黃色的黯淡光芒。

「對。我想我知道是誰偷的。」

若芙掐掐耳垂，寒毛都豎起來了，真的這麼容易嗎？得來全不費功夫？

海人沉住氣，直直盯著他：「所以，能告訴我們嗎？」

他的眼神有些空洞，好像在考慮什麼，露出的牙齒反射著唾液的微光，然後才下定決心，「總裁認為，最可能的犯案時刻，就是停電那段時間？」

「沒錯。」

「我的座位在他旁邊，如果記憶是正確的，他大概出去十來分鐘。看這張圖，離鈾最近的是我、哈雷和蕭富元。」

「對。」

「我當然沒拿。我們三個都沒拿。而且我懷疑的人，已經死了。」

若芙一時停止呼吸。

「死了？」海人的眼神像子彈，而且打出去了。

「我猜，是史大衛。」徐秋山的語氣很不甘願。

「為什麼？」

「事隔多年，我的印象卻很深刻，他的舉動很不尋常。當時停電，我很不高興，我痛恨四周全黑，就算到了深夜，也會留一盞燈，不過是一個小地震，竟然會弄到大樓停電？總之，當時我靠在桌子上，心中期望燈趕快亮，等到變亮了才鬆一口氣，反射性低頭看了看鞋子。」

「看鞋子？」海人奇道。

他抿抿嘴唇，「哼，不怕你們笑，這是我的家教。我家是個大家族，妯娌常互相比較，我媽很要面子，連小孩也要幫忙掙臉，她很在意我們是否乾淨整齊，直到過世都是這樣，天天關心我的穿著。那天聚會之前，我才剛從佛羅倫斯回來，買了手工訂作的義大利鞋子，品質一向都很好，偏偏那雙有問題，鞋帶掉了幾次，所以燈一亮，我就下意識低頭，不希望鞋帶鬆了，待會起身絆倒。」

若芙看看他的鞋子，是英國經典紳士款，黑色皮革擦得晶亮。

「我一彎身，視線正好平視史大衛大腿。他的手本來在腿上，發現我的動作，就像閃電一樣，迅速縮回去，伸進旁邊皮箱裡。說實在，要不是他手勢那麼快，我本來沒有注意，我看他大腿幹嘛？對男人又沒興趣。」說到這裡，他譏誚的笑了起來，「我倒是怕有人在桌下勾引萬喜安、或是王淑女和誰打情罵俏。哈雷太太那天那麼瘋狂，他在家一定很困擾吧？提醒你們，聚會中突然彎腰，可能看到什麼醜劇。那天雖然沒有，後來也見識到了，我沒那麼雞婆，從來沒對誰提，只是主角知道我發現，自己心虛得不得了，還拚命假裝沒事。話說回來，雖然只有短短幾秒，但是史大衛的拳頭半合，好像握著什麼東西？我直起腰，又見他對人使眼色。」

「誰？」

這一次他沒猶豫了。「朱是全。他們好像很訝異，一個聲音突然放大、一個撇過頭避開。我的頭轉向另一邊，後腦杓卻有種冰涼的感覺，有人在背後盯著我。我覺得他們有問題，但不知是什麼？誰叫萬總裁都不說。這麼多年來，那幕情景就像個小魚刺，長在我的記憶裡，時不時的刺一下。聽了你們解釋，原來如此啊，他拿的就是裝鈾的盒子吧？雖然人過世了，好像不該說這個，這不算毀謗吧？都過那麼久了，現在也傷不了人，如果真是他拿的，賣掉應該是天價啊。」

「賣得出去嗎？」若芙問。

徐秋山冷笑一聲，「沒什麼賣不出去的。世上一旦出現一個東西，就會有人要那東西，這是顛撲不變的真理。只是如何找到對的人。所有事情都是這樣，就連感情也是一樣，如果你想推銷，絕對要相信這件事。」她不太確定這個保證，只覺得他會棄藝從商，確實是有原因的。

徐秋山自顧自說下去，語氣中帶點嫉恨，「如果真是他們，未免太大膽了吧！反正這件事死無對證，詆毀他們對我沒好處、鈾和我更沒關係，你們不信也無所謂。」

「你的說法很勁爆，到目前為止，這是最明確的指證。」

「其實沒差，我想是找不回來了，他們都死了，東西會在哪裡？如果是他們的家人拿走了，誰會承認？追查只是白忙一場……。一開始，就是邪魔歪道！」

「萬總裁也這麼說。」

「他的收藏那麼多，知道珍惜滿足，就功德無量了。」

「但盧建群校長說停電時，他和史大衛在講話，對方應該不可能抽空。」

「是嗎？我也不清楚，只是把看到的說出來。或許是朱是全偷的，然後傳給史大衛。你們剛不是說盒子裡是鵝卵石嗎？朱是全想拿比史大衛還容易。」

「但是他們坐對面，又不能商量，怎麼這麼有默契？」

「或許他們很熟？」

「您去過他們的喪禮嗎？」

「我？沒有，我常出國，沒收到訃聞。」

海人好像問完了，向若芙使使眼色，她拿出人傑筆記和「初江王」紙箋，徐秋山不再多說，還追問要做什麼？她只是笑笑，兩人表達謝意，徐秋山送客，三人沿途閒聊，海人問：「您看過萬總裁的『地獄變相圖』吧？」

他停下腳步，瞬時專注，「吳道子那幅？看過啊。」

「您認為真實性有多少？」

「那幅畫很驚人，藝術性很高。如果是我自己收藏，是不是畫聖的摹本，並不是第一考慮，個人喜好和評價最重要；但是如果要賣，就不能這麼輕鬆了，畢竟許多人不是為了欣賞，而是為了增值炒作啊。」車子等在古宅門口，他又叮嚀：「或許我有點自私，剛才說的，除了萬總裁，別說是我透露的，不想惹上官司。」兩人都應允了。

他頓了頓，嘴上又送了一顆糖：「總裁真會看人。若不是你們，我可能不會說。」

三人握手道別，車子開出十公尺外，若芙才見他轉身，櫻兒也緩步跟在一旁。

上車沒多久，她迫不及待的問：「你認為他說的是真的嗎？」

「不排除任何可能。胡適說的，要大膽假設、小心求證。」

「胡適是誰啊？」

他有點失笑，指著ipad，「妳不知道？隨便查都有。」

「開玩笑的啦。」

「我請李特助約那三位賓客的親屬吧？」

「贊成！」

他馬上撥了電話，並且特地叮嚀少華：如果約得順利，就先訪問；如果不順，想和總裁談談。

車子行駛在屏東，炙烈陽光晒得大地澹白、樹木無精打采，海人看著路邊休耕稻田，一邊說，「我們直接去搭高鐵，在車站買東西吃吧？」

「好啊。」她注意到他吃飯並不挑剔，這幾天都是光顧小吃、小館，而且會吃完所有食物，和爸爸一樣，全家只有他不挑食。他摸摸下巴鬍渣，「不過，剛才他說的一件事，我不同意。」

「什麼？」

「他說：詆毀他們對我沒好處。當然有！這樣他的嫌疑就排除了。」

兩人沒再說話，各自思量。高鐵十五分鐘後便有車，排隊買了摩斯漢堡，提著紙袋上了月台。這次搭的是一般車廂，這個時段還有不少空位，兩人座位並排，若芙坐在窗邊吃午餐，向服務員買了咖啡。她怕燙了口，正在開杯蓋，海人突然問：「萬喜良說，妳爺爺研究核能？怎麼回事？」她差點掀翻，趕忙穩住。

「如果不方便，就不用說。」他小心翼翼。

她故作鎮靜，喝了一口，又險些嗆到，轉頭望著青色田園。

怎麼起頭？如果說了，豈不曝光了？

「那是個很長的故事，需要一點時間，現在……恐怕不太適合。」

「好吧。如果願意說，我洗耳恭聽。」他沒再囉嗦，閉上眼，靠著後背休息。她卻了無睡意，是因為咖啡吧。她的手肘支著窗邊，望著飛逝風景，一幕幕如雨如霧、如光如電、如煙靄如風塵……

上次讀《大亨小傳》，是什麼時候？

——於是我們繼續往前掙扎，像逆流中的扁舟，被浪頭不斷地向後推入過去。

出了台北車站，海人精神奕奕，若芙心事重重，她走著走著，背後突然被拉住，原來是他提醒她走錯方向。她轉了轉眼珠，台北車站的路標像迷魂陣，本來就是台灣最大的迷宮，不過她的方向也錯得太離譜了，根本是轉了一圈，往回走去，難怪他要暗笑。

兩人決定先等一小時，如果沒有回電，就各自解散，在車站二樓找了間店，他拿起飲料，語氣堅定，「其他閻王，也必須趕快確認身分。」

「怎麼找？」

「既然有身分證號碼，問戶政事務所。」

台北市各區都有事務所，他熟練的打了電話，講了七、八分鐘，然後轉述：「戶政事務所的人說，台灣的身分證號碼，都是一輩子跟著一個人。除非有特殊狀況，例如不小心重複編碼，否則從出生到死亡，號碼都不會變，即使死了也一樣。」

「死了也一樣？」

「對，死亡之後，身分證便會注銷，但是號碼不收回，也不開放給別人，這是獨一無二的、每人自己的記號。如果有身分證，卻不知姓名，只要用戶政系統就查得到。」

若芙皺著眉頭，「一輩子跟著一個人……想到我就毛骨悚然。」

「怎麼會？」

「不知道……大概因為，號碼沒有生命吧？」

「有生命不是更恐怖？」他笑笑。她沒反駁，「戶政事務所能幫我們查嗎？」

「公務單位當然不會同意，台灣有『個人資料保護法』，不能透露隱私，即使過世也一樣。」

「我了解，這很合理，但是我們怎麼辦？」

「如果是平常，我會報案請警方查詢，但現在事態不明，他們不會理。我將透過媒體，提出採訪需求，請他們幫忙查身分。」

「這樣查得到嗎？」

「這是正式的管道。」

「他們為什麼要幫你？」

「我有一些老友，有長久的合作關係。」

「這樣就夠了嗎？」

「如果不夠，我會談條件，如果真是重大新聞，就優先給他們獨家。」

「如果媒體也查不到呢？」

他笑了，有點詭異，有點得意。「如果這樣也行不通，我還認識一個人，他已經金盆洗手了，但是洗手之前，他有全國的身分證資料，我想他沒銷毀，應該還留著。」

「他是誰？」

「他以前是個駭客（Cracker）；現在是個黑客（Hacker）。」

若芙眉毛挑高，長吁了一口氣。

「那是迫不得已。從現在起，我們必須更加注意，哈雷生病過世，但史大衛是被殺，另外兩人雖說是意外，但誰知道是不是？我們是獵人，但獵物和獵人只有一線之隔，隨時可能逆轉。」

「我知道……還好，裡面沒有人傑的號碼。」

「他可能活著。至少，抄這些號碼的時候。」

若芙閉上眼睛，又迅速睜開，避免想像任何畫面。她用吸管攪動殘存冰塊，彷彿能撥開什麼，但撥來撥去仍是飲料，不是別的。

「老實說，人傑留下的記號，並不難解，」他說到一半，若芙卻臉紅了，想起花了一段時間，拼湊各種可能，不過他一點都沒察覺。「我想這不是故弄玄虛，而是他自己想記錄，但又不想讓人看出來，才用了這些數字。」

「嗯。這是他自己的記錄？還是抄別人的？」

這不是逗號或句號，而是接不下去的刪節號。台北車站很吵，他們卻回歸安靜的茫然。

手機聲打破寂靜，他接起電話，神情一振，「晚上七點半，福華飯店一樓？她的電話號碼？傳簡訊給我？……謝謝，我們會準時到。」

他掛斷電話，語氣帶著雀躍，「史大衛的妻子答應了。」然後又看看手機，「距離七點半還有三個多小時，直接在福華飯店見吧？」

兩人下了樓，各自離開台北車站。

十二、邱碧珠

十一月七日（四），台灣・台北。

福華飯店鄰近台北市捷運大安站，史大衛的遺孀邱碧珠，在附近的高工擔任會計。她今年五十多歲、有些發福，同事打趣她像超市廣告上精打細算、專心持家的婆婆媽媽，碧珠一向好脾氣，也不否認這個評語。

她很少加班，會約晚上，是因為先帶女兒去看牙醫，附近有間有名的診所，雖然沒有健保給付，預約仍大排長龍，幾乎都要等上兩個月。醫師技術好、滿意度高，她只好忍痛買單，誰叫女兒遺傳了她爸的爛牙齒。治療結束，她叫女兒先回家，然後自己走到福華飯店。接到萬濤集團的電話，本來還以為是詐騙，對方解釋了一陣子，她才相信真的是總裁特助，回答了大衛的身分證和過世日期。但是對方第二次打來，表示有人想知道多年前的細節。

她以為世界上已經沒人關心了，何況不相干的人。她斷然回絕，連法律都沒輒了，繼續追究也沒有用。但是掛斷之後，她竟然心神不寧，連一向井然有序的傳票，歸檔都反了順序。

她想起祈禱應許的經文，考慮了三十分鐘，就回撥電話答應。經歷了長年煎熬，她學會不多困擾，能解決的當場解決，不能解決丟到一邊，絕不放到第二天，不讓煩惱晒到明天陽光，她就是這樣活下去，而且活得越來越好，辦公室都叫她「阿殺力姐」，簡稱「力姐」，他們萬萬想不到，她曾經非常小鳥依人。

若真像李特助說的，有人發現新事證、需要她補充說明，當然求之不得，就算無法懲罰兇手，但是真相有用，真相永遠有用，尤其是對活人。

她帶兩人到附近咖啡店，這間店緊鄰商業區，除了咖啡還賣簡餐，主要顧客是上班族，碧珠也來過多次。白天有些嘈雜，晚上反而清幽，她走進店內，熟稔的走向最裡面，三人點了咖啡，她端詳兩位年輕人，看起來很誠懇，她覺得四十歲以下都算年輕人。一個是女孩子，素素的、沒什麼打扮，連最夯的睫毛膏都沒塗，但是美得驚人，她發現視線很難從女孩身上移開。現在自己不年輕了，可以坦然看美人，過去總會自嘆不如，不敢注目。

另一個是男人，眼神犀利深沉，彷彿歷盡風霜，看不出什麼身分，應該是獨立工作者吧？他有那種氣氛。

好吧，應該不是壞人。

確認對方來意，她直截了當的說：「我知道你們想問先夫的事。那是一九八七年，十月九日發生的，但是很遺憾，已經過了殺人罪的追訴期。之前因為死刑犯江國慶的冤案，立委說要提案取消追訴期，法務部也說要配合。但是時間過去了，根本沒有下文，未來就算抓到殺死我先生的兇手，也無法判刑、安慰在天之靈，身為受害者家屬，真的非常無奈無力。」

她雙手交握，擱在腹部上，「李特助說，你們關心這件事？可能有新證據？」

海人點頭，「不敢說一定，但有些可疑。我先確認：史先生的身分證是S184031250？死亡日期是您剛說的，一九八七年十月九日？」

她肯定的頷首，不抱期望看著他們。他拿出一本筆記，熟稔的翻開，「最近有個年輕人失蹤，他的筆記本上寫著十個閻王，後面有幾串數字。其中一串，就是您先生的身分證號碼和死亡日期。」

「怎麼會?!」她瞇起眼，從皮包中翻出老花眼鏡，「為什麼？……那個年輕人是誰？他和我先生有關係嗎？」海人又拿出一個透明夾鏈袋，裡面有張略微陳舊的紙箋，不是名片、也不是賀卡，上面印著三個字「初江王」，正楷字體晾在紙箋中央，顯得孤孤單單。就連碧珠也知道，那是上等紙，閃著奇異的光。

「您在哪裡看過這種紙、或這三個字嗎？」他的食指指在「初江王」上。

「咦？」等等、等等……

「請盡力想想看。」

店主送上曼特寧和拿鐵，打過招呼又回吧台，卻沒人動杯子。

「有、有的！」她差點不顧禮貌，喊了出來。若芙雙手緊握，海人身體前傾，都聚精會神的看著她。她對警察提過，可是他們不當回事；她也不知所以，就擱下了。

「我看過的，印著『变成王』；字體很像、紙張也很類似。」

「一模一樣嗎？」

碧珠拿起夾鏈袋，隔著塑膠努力端詳，幾乎喘不過氣，「幾乎相同，只是紙的光澤不太一樣。」

「是在哪裡發現的？難道是喪禮？」

「喪禮？不，不是……在他的公事包裡。」

「公事包裡？」兩人驚呼一聲，大眼瞪小眼。

「對，我先生被發現時，公事包放在旁邊。警方把現場物品都帶走了，後來才還給我們，裡面有書、筆、論文、小型實驗器材等等。這張紙我以前沒看過，沒有特別印象。警方也拿去檢驗過了，上面沒有指紋，連他的都沒有。本來我不知道這三個字什麼意思，後來才查到是閻王。警方說，這可能是他拿來當書籤的。現在我收在家裡。」

「能借我們嗎？我們會好好保管、會還給您。」海人懇求。
「好，再拿給你。」她想了一會才答應，又看看筆記，「這是什麼？是其他人嗎？」
「有些是他的朋友，他們也過世了。」
「哪些人？」
「他們名叫哈雷、楊超群和朱是全。您認識嗎？」他又指給她看。
她的額頭出現橫紋，「有一兩位好像聽過，但沒見過。其他的呢？」
「還沒查出身分。」
「這三位也被謀殺了嗎？」
「不，有人是因病過世、有人意外身亡。」
「喔。那，你剛說的年輕人呢？他是誰？」
「是萬總裁的侄子。」
「為什麼失蹤？」
「我們正在查，才會查到史先生這裡。」
「萬總裁的侄子？大衛都過世二十六年了……他為何知道大衛的號碼和死亡日期？這些閻王是什麼意思？」
沒人回答。碧珠只是在喃喃自語。
「現階段不排除任何可能。」海人說：「這幾個人的死，很可能和史先生的命案有關。」
「有關？……你是說……和兇手有關？」她瞪大眼睛，語氣有點高亢。
海人點點頭。她東張西望，彷彿兇手就在附近，但是咖啡館一如往常。

「你們還知道什麼？能告訴我嗎？」

「請見諒，我們簽過保密協定。如果查清楚，一定告訴您。」海人微微低頭，若芙也是。

碧珠沉默了一下，嘆了一口氣，「好吧。拜託了。李特助說你們想問大衛的事，希望越詳細越好，我就儘量吧。」她喝了一口水，海人拿起筆來，若芙按下手機錄音。

「大衛是一九四五年出生，是遺腹子。可憐啊，父子連一面都沒見過。我公公是空軍，外省人、湖南人，對日抗戰時墜機死了。他的名字是公公過世前取的，據說是感念一位教課的美國軍官。我婆婆跟著軍隊遷到台灣，大衛是在眷村長大的。說起來，國防部對我們兩代都很照顧。我本來是家庭主婦，他過世後，軍方把我安插到退輔會，但是約聘僱的福利和正式公務員不能比啊，尤其是退休之後的權益。我專科念的是會計，後來拚命考上普考，換了幾次單位，才到現在這間學校，總算是穩定了。那個年代的眷村小孩，許多都是當兵、老師或公務員，甚至有些混黑道幫派。大衛也不例外，但是他沒接棒當空軍，或許是我婆婆對摔飛機的陰影太深了，他念台北陸軍理工學院，就是現在的中正理工學院，有段時間在清華大學受訓。畢業之後，在國防部的逸仙科學院核子科學所工作，之後到美國留學，在威斯康辛大學拿到博士。

現在中科院和逸仙院的核科所都消失了，張憲義跑到美國之後就被關閉，被歸建到行政院原能會的核子科學所了。」

她抬起頭來，語氣加重了，「那是他死後一年的事。我和他差十三歲，聽起來好像很多，其實當年結婚得早，我二十二歲就結婚了，不像現在到了三十還不嫁不娶，也無所謂，高興就好。

他過世時我們結婚七年，夫妻緣份還是太短了。我們是他同袍介紹的，我本來不想嫁給軍人，而且他當時三十五歲了，可是見面之後印象很好，他很聰明、講話很好笑，又是研究人員，不必流汗操練。他們眷村長大的，常被批評愛耍嘴皮子，我生長在本省家庭，從小到大爸爸都很嚴肅、不苟言笑；和他相處，總是笑聲不斷，重要的是他心地好。交往一年後開始談婚事，起初爸爸反對，他覺得外省人不妥當……但不是大衛的問題，是命運對他們太狠了，他和公公都壯年早逝，對我婆婆是很大打擊。大衛走了之後，她非常悲傷，總說史家不旺男人，看到我女兒反而安慰，說她們是女孩，比較不擔心失去她們……我不信這一套，但老人家心安最重要，幸虧有我婆婆，我才能出外工作，那時孩子還小，一個兩歲、一個四歲……。」

她低下頭，蒙住臉頰，深吸了好幾口氣。

「抱歉……我知道，你們不想聽這些。二十年不提了，前幾年我女兒問，都不想說。我打給當時的刑警……他退休了，我說是不是沒人管這案子了？大衛的老長官和同事更早就退了，核子科學所歸建後，想留下的人去原能會，不想留的，因為是軍人，比公務員更早退休，早就去尋生涯第二春了，只有大衛永遠沒機會。

我不願再想，但是不能不想，越靠近最後期限我越緊張，懷著希望又不敢寄望。畢竟二十多年了……兩種心情交織來去，那就是　神說的『死蔭的幽谷』吧？過了追訴期，就算抓到也沒有用了。兇手希望逃過一劫，而我期望趕快破案，我們天天都數著日子……。但是兇手贏了，或說他運氣好。到了這個地步，我也只能服從　神的旨意了。但是我還是不明白，　神為何如此？我天天祈禱，希望得到更明確的指示，結果翻到了這一段。」她打開邊緣磨損的皮包，從皮夾深處翻出一張薄紙，兩人都湊過去，只見上面娟秀的字跡：

挖陷坑的，自己必陷在其中。滾石頭的，石頭必反滾在他身上。虛謊的舌，恨他所壓傷的人。諂媚的口，敗壞人的事。

——箴言第二十六章

今晚以來，她的眼睛第一次閃亮發光。「這是指兇手必有伏法、正義必有伸張的一天吧？今天有你們關心，是多年來第一次。」碧珠珍重的折平紙張收起，好像對待一個脆弱的嬰兒，然後挪挪身子，沒看他們，而是望著某個虛無的點，彷彿那裡有著無盡困惑的解答。

「我記得很清楚，那一年十月七日是中秋節，沒想到是最後的團圓。大衛一向直來直往，同仁說他能力很強，甚至有點太過強勢。但是對我來說，他是溫柔的丈夫，對我和女兒都很好，總是能調和我和婆婆的微妙矛盾。……你們看過他嗎？」

兩人都搖搖頭。碧珠的笑容帶著感傷，她打開皮夾內層，透明的塑膠膜下，是一家五口的照片，大家都笑咪咪的，女人們眾星拱月，圍著她們深愛的男人。中間的男子年約四十，梳著西裝頭，雙眼皮、長方嘴型，臉上帶著驕傲的神情，洋溢著一家之主的承諾。

若芙知道的，這樣凝固了美滿的照片，自己身上也藏著一張。

「中秋節第二天，他就回單位去了。十月八日下午，核科所打電話來，說他沒有去上班，問我知不知道他到哪去了？我當然很訝異，早上是我送出門的，他還揮手說再見呢。我們沒住宿舍，住現在文山區的家，當時還叫木柵區，那是婚後買的，也三十多年了，我總算把房子保住了，一直沒搬家。

我和婆婆都很著急，他的去處多半是家裡和所裡，偶爾會和朋友見面，但幾乎都是工作上的事，孩子小，所以我很少跟去。當時沒有行動電話，核科所的同事急壞了，甚至有點不客氣，後來我才發現，他們是怕他帶著機密潛逃。不可能的，我們都在這裡呢，他不會丟下我們的。十月九日早上，他們在核科所附近的山區，發現了他的……遺體。

接到電話，我還抱著一絲期望，希望是認錯人了。但警方先通知核科所，不是我們。他們已經去認了，所以沒有錯，真的是他。婆婆也想去，我怕她太受刺激，堅持她留在家裡。我哄她，兩個小的還要照顧呢，還好她答應了，那種場面是受不了的，我差點昏過去，他都不像個人了。他死得很慘，頭差點砍斷了，是什麼深仇大恨，需要這樣對他？還好身體是完整的。我最慶幸的，是後來她們見到時，化妝師已經縫好了，真的很痛苦，到現在都無法忘記。」

到現在都無法忘記。

若芙不想聽了，但是必須留在這裡。

「他顯然是被載到山區，否則獨自走去很遠，身上有不少凌虐、綑綁痕跡，應該吃了不少苦。法醫解剖，認為是十月九日斷氣的，也就是說，不到一天就發現了，那個地方血跡不多，警方說是第二現場。」

「是誰發現的？」

「是一個當地的農夫，他要去照顧果園，在一條雜木林岔路上，如果不是尿急，可能會更慢找到，或許要等到發出味道、或是被野狗叨食了……真是老天爺可憐。」

「您剛剛說，他的遺體？」

「對，他的頭……差不多只連著一層皮。」這麼多年了，碧珠的臉還是扭曲。

「他是開車上班的嗎？」

「不。我們沒車，他一直是搭火車、然後轉客運過去。平常住宿舍，每週放假才回台北，本來以為週六就會回來，卻永遠等不到了。」

「現場有什麼異狀嗎？有沒有犯人的腳印、或是其他痕跡或物品？」

「那時採證沒這麼發達，警方沒採到腳印，歹徒也沒留下什麼，公事包就在旁邊，皮夾、錢和身分證也在，顯然不打算隱瞞大衛的身分。核科所的同事說，好像有文件不見了，但不是機密資料；因為不知他放了什麼，所以無法確定。」

「這個案子，當年很轟動吧？」

她搖頭，「那時你們都很小、或者還沒出生吧？那是戒嚴時期，他又是國防部的軍人、敏感的核能單位，軍方把新聞壓下來，報上雖然刊載了，但是篇幅很小，刻意淡化處理。」

「您有懷疑的人嗎？」

「沒有，我沒有頭緒。他平日的重心就是研究，交往也很單純，或許偶爾和同事有齟齬，但我不相信有人會恨他、恨到要砍頭。他的死，對我們打擊很大，雖然國防部從優撫卹，但我們不能坐吃山空，我辦完喪事就開始上班，每天像陀螺一樣轉，還好是這樣，否則垮下去，還能靠誰呢？」

「您真的很堅強。」

她愀然望著他們，經過多年沉澱，回憶竟越發清晰，痛楚雖然凝固，但傷痕一直都在——證據就是，往事歷歷如目，獨獨缺了最後結局。

「聽起來，警方偵辦並不積極。」

「剛開始還可以，但也沒鎖定嫌犯。據說，丈夫被殺，妻子第一個被懷疑，但是我們感情很好，沒有相處問題；他的同事都是研究員，平日也很正常；如果說遇上搶匪，身上的錢都在；情殺、仇殺、財殺都不像，若是精神病患或『不特定殺人』，前後也沒有類似案例。案子膠著幾個月，一九八八年一月，中科院核科所副所長張憲義叛逃到美國。他向美國作證，台灣正在研發核武，美方強力譴責，三天後會同國際原子能總署突擊檢查，核科所被迫拆除所有設備，包括重水反應爐。我聽說後大吃一驚，但是，這裡有點蹊蹺……。」

她突然停止話語，不安的環顧四周，像一隻慼慼惶惶的老鼠。然後壓低身子、靠近兩人，縮小聲音，「這件事，我沒告訴別人，連警察都沒說，怕影響他們對大衛的印象，以為他是賊……這麼多年，或許能說了，你們靠近一點好嗎？」兩人儘量偎近碧珠，若芙交握手指，海人專注凝視。

「其實，大衛死前一年，偷偷告訴我，所裡正在研發核武。他說是奉長官之命，沒說是哪個長官，但我想就是總統吧！他說這是最高機密，不能透露出去，所以我誰都不敢說，說了是要出事的。我很訝異，政府不是一向信誓旦旦，核能只做和平用途嗎？從蔣公到蔣經國總統都這樣宣示，但他們想反攻大陸，又怕對岸打過來，所以可想而知吧。

——但是大衛說，那是個『計中計』。核科所向上級通報研發快成功了，還私下展示研發成果，讓一堆人升官、晉級、加薪。但研發成果是假的，台灣的技術還有瓶頸，距離成功還有距離，卻有人迫不及待誇大成績，藉此獲取利益。」

「他有說是誰嗎？」

「不，他沒有，他只說到這裡。聽說張憲義潛逃，我大吃一驚——大衛不是說研發還不成熟嗎？怎麼張憲義說成功了呢？難道短期內技術就突飛猛進了嗎？」

「說不定……真的掌握了什麼關鍵？」海人曖昧的說。

「我不知道，只是很納悶。本來懷疑，會不會是他想揭發事實，所以被滅口了？但研發如果是成功的，就說不通了啊？既然成功，上司就不會太追究了，怎麼會遭到毒手呢？

本來猶豫要不要說，後來就不敢講了，怕他被當成叛徒，軍方會認為，他死了活該。」

「所以當時核武技術，究竟有沒有成功？」

「誰知道？」

「說不通啊。」

「自從張憲義逃亡，辦案就變消極了。我甚至聽過揣測：他的死，像是專業殺手的手法，會不會是中情局下的手？當年這種事非常敏感，或許他們怕扯出更多問題，就石沉大海了。」

「您不氣憤嗎？」

「當然氣！我氣死了！這樣大衛怎麼瞑目？他死得好慘啊！何況什麼中情局的，都是他們亂猜，美國既然叫張憲義逃跑，何必在台灣殺人呢？我懷疑是軍方內鬥，但不知道誰是兇手，也不能隨便冤枉人。雖然很不甘心，但我不想得罪國防部，我們需要撫卹、也要穩定工作，每天早上一睜開眼，現實就苦苦相逼——女兒還小、婆婆情緒不穩定，所有辛酸都往肚裡吞……等到安定下來，已經過了好幾年。但是我沒有放棄！我一直在等，相信有雲開見日的一天。我婆婆也是，到死她都還在念叨。我安慰她：兇手不會逍遙法外，我們一定會等到的；就算我沒等到，女兒也會繼續等下去；我們都不會放棄，要等到破案的那一天……聽見我這麼說，她才安心瞑目。」

她頓了數十秒，手掌拭過淚，已經全溼了。「她不知道有追訴期。這樣也好。」

喝了半壺熱水果茶之後，碧珠漸漸控制淚水。

「您在他的遺物中，有沒有見過一個鉛盒子？」

「鉛盒子？」

「對，裡面裝了某種金屬。」
「大約多大？」
「應該不是很大。」
她略歪著頭，囁嚅的說：「我想沒有。」
「沒有？連辦公室都沒有？」
「他在辦公室的私人物品，同事打包送回來了，我保留了有紀念意義的，其他都捐出去或送人了，沒有你說的這個。」
「有位清大教授，叫朱是仝，您聽丈夫提起嗎？」
「朱是仝？」
「對。」
「不，他的朋友我都不熟，當年我連生兩胎，一個剛會走路，另一個要教說話寫字，還要侍奉婆婆、包辦家事，每天忙得暈頭轉向，大衛體諒我很累，都是在外面見朋友，免得我還要分身招待……他這個人一向體貼……。」她一面說，臉上又淚漣漣了。兩人惟恐一直觸動她，看看時間已差不多，便請她務必找到紙箋，會再過去拿，然後海人到櫃檯付帳。
他們在巷口道別，目送碧珠走向捷運站，海人才轉向若芙。
「妳今晚……話好像很少？」
「嗯。」
「不要想太多了。」

她避開他關懷的眼神，低頭凝視腳尖，踢了踢行道樹畔的小草。

好半晌，才扭過身子，嘆了口氣，「欸，陪我走一走吧？」

「走？想走到哪裡？」

「不知道。」

「好吧。」

兩人開始走著，時而並肩、時而前後，腳步趑趄躑躅，但前面的總是若芙，海人在後一步之遙，盞盞街燈彷彿人造小行星，發出模糊黯淡的亮光，懸浮在行人上空，天幕群星眾皆失色，隱沒了宇宙的閃爍。大王椰子投下森森巨掌，像魔鬼張牙舞爪，撲住拉長的背影，又如同胡桃鉗的衛兵，忠心為芭蕾舞孃站崗。兩人順著敦南圓環走了一圈，然後鑽進蜿蜒的巷弄，一迴一迴地繞著逛，存心要把棋盤格子踏成馬雅文字迷宮。海人沒出聲阻止，耐心地隨著後方，等她放下心靈的行囊。

他們走得不遠，始終未超出圓環五百公尺。

她想撿拾什麼？又能拾回什麼？或許她只想撿回自己。

繁華的東區如同謎般的女演員，白天、夜晚和深夜，面貌截然相左，在全景幻燈中變換著迷濛景片。巷弄四散著餐廳、酒吧等小店，招牌閃耀各色霓虹，刺眼的藍、螢光的綠、血唇的紅和華貴的紫。當然，也有些老牌咖啡店，就像他們之前去過的「香蕉樹」，但更多的是流離豔色、觥籌交錯、酒意正酣、喧騰歡笑的男男女女。店外的綠樹圍籬上，點綴著一閃一閃小燈泡，海人抬頭看看天空，知道離耶穌誕生日尚久，亦非流星墜落，在台北的夜色裡，這只是偽裝的光芒。

他仍舊沒叫住她，總是有停留的時候。

走了兩個小時，時序已近午夜，兩人並肩而行，數不清第幾次路過這條巷子，終於，若芙在「瑪德蓮拱廊街」的銅鑄招牌下止步，這是普魯斯特加上華特・班雅明？頓時，陳述過往、回憶所愛的渴望；讓人傾聽、企求了解的渴望；遠離寂寞、躲避孤獨的渴望……如崩潰的暴雪，排山倒海；如棉花掩住口鼻，讓人窒息。

她嘆了口氣，回頭望望海人。

他的心口一縮，許久不見這麼心碎的表情了。上次是在西藏高原，陋屋中一位母親，懷抱著已逝嬌兒，他的胸膛如風洞，無奈自己看得見。

只是個孩子啊。

「這間店開到清晨六點。」若芙自言自語。海人低頭看她，帶著一點父兄的憐惜，走了這麼久，她的臉仍雪無血色。他推開玻璃門，悠揚的爵士樂跨上巷道，桌邊男女輕語談笑，像是正派經營的店家，沒有黑社會的惡濁，膩人的酒色財氣，總是要好好讓她回家。

她舉頭看看，半聲不語，逕自閃進店裡。

十三、伊格爾．庫雪托夫

十一月七日（四），台灣．台北。

這間店名為「拱廊街」，不同於巴黎的實體景色，沒有弧形透光的玻璃屋頂、延長伸展的時光廊道、或是展示夢想的繁華櫥窗；但店主運用玻璃、鏡子和鑄鋼，在暈黃圓球燈的點綴下，將整體氣氛打造得高雅古典。作為視覺中心、令人矚目的主吧台背牆，輝煌地擺放著各式酒瓶，閃亮地映襯著前方白襯衫、黑背心的調酒師。沿著街邊的玻璃窗，擺設著數組沙發，深色鴕鳥皮紋路和黑檀木桌面，線條優雅、品味十足。夜色晏晏，店內仍有三、四成客人，帶著穩重的成人氣氛，而非浪情男女的縱情歡笑，令海人聯想銀座的酒吧，雖然他從沒去過。

很少相約這些地方，事實上這個時間，他通常都在伏案工作。就算假裝熟門熟路，沒多久就會穿幫，所以他並不傷腦筋，就點了單純的威士忌。若芙連酒單都沒看，直接說馬丁尼，還要了一盤堅果。他本來不想說話，但見若芙無精打采，想轉移她的注意力。他會的方法——也就是談正事了。

「軍方的研究單位——中科院和逸仙院，這兩個單位的核科所經常互通有無，研究人員在研發時遇到瓶頸，但是萬喜良的鈾失竊後，便神奇的度過了難關。」

「對。」

「這一切符合邏輯。或許史大衛拿了原料——當然一公斤不夠，或許逸仙院本來就有，加上這些就補齊了。後來張憲義向美國告密，阻止了台灣的核武研發。」

「對。」

「對台灣的武力防衛是壞消息，對防止核武擴散卻是好消息，反正歷史已經凝固，時光不能倒流，任何假設都只剩娛樂價值。現在的問題是：誰殺了史大衛？這不是歷史，是還沒解決的現實。」

「對。」

「如果他真的是十大閻王中的『変成王』呢？」

「嗯。」

海人翻到第六殿的「卞城王」，也就是日文「変成王」。這位閻王處罰口業重大、製造武器、忘恩負義、利己營私、叛國背祖、萬惡淫首之徒。第六殿有七個小地獄：釘喉地獄、椎搗地獄、磨摧地獄、砍頭地獄、虎咬地獄、火牛地獄和噬腎地獄。

「砍頭地獄？」

「這不是史大衛的死因嗎？」

「又吻合了。」

「真的。」海人左手張開，敲打右手骨節，發出啪、啪的聲音，酒送上來了，他的酒量不錯，但平日少飲，多在高山禦寒才喝。他拿起酒杯，搖動冰山似的雕刻冰塊，尖端凸起在酒海裡，威士忌順滑過喉嚨，烈火燒灼炙醒了細胞，張開嘴巴，輕輕哈了一口氣。若芙嗑光了那盤堅果，她蹙著眉，舉起馬丁尼，「Shaken, no stirred.」（搖勻，別攪拌。）

他笑了，「很好，妳當個〇〇七吧！」

「我要龐德牛郎。」

「沒問題。」

她收斂唇邊的微漾，推開空盤，「喂！你上次問，我爺爺是不是研究核能？」

「對啊，萬喜良說的。」

「我真不懂，他怎麼知道？」

「調查過妳吧。」

「或許吧。或是盧建群說的？翠華阿姨說過？」她單手支著下顎，暗夜的眼神疲倦渙散，中心卻挑著一盞燄燄孤燈。「那，你想聽嗎？」

他楞住了，「……好啊。不過十二點多了，妳不睏嗎？」

「你睏了？」

「不，我只是覺得，妳這個年紀的女生，不要太晚睡。」

「你以為我要睡美容覺啊！」

「……不是，女孩子，太晚回家不好。」

「我沒有家了！」她瞬間衝口而出。

氣氛頓時凍結。他眨眨眼，什麼都沒說，她則是賭氣的別過頭去。

悶頭喝了幾口，海人才說：「我想過了……妳是羅黎莎的女兒吧？」

她定住了。

她的目光一寸寸移過他，紫羅蘭色的虹膜上，灑著飄飄蕩蕩的金點，分不清是水光或燈影，即使凝神注視，卻怎麼也抓不住。

她的手指緊壓在太陽穴上，視線穿透他的身軀，望向背後無法追回的時光。

「你猜到了？」好半晌，她才咬住下唇，艱難的吐出一句。

「嗯，不難……妳們長得有點像。」

「大家都說我比較像爸爸。」

他以手捂嘴，尷尬的咳了一聲。

「不要同情我，我不要人家同情。」她揚起下頷，倔強的說。

「喔。」

她看出來了。他不會回答。

「你看過他們嗎？」

「啊？」

她笑了，那笑容彷彿真正的愉快。她升高語調，開心的說：「我拿給你看。」然後低頭翻找皮夾，拿出一張家人的合照。「這是我拍的，在美國的家。我爸、我媽和我妹Michelle。」她的喉音有剃刀在刮。

照片背景，是蔚藍無比的海洋，藍得彷彿未有煩惱。他當然認得羅黎莎，但是沒想到，她的生活照比海報更美，或許美麗的笑靨，無法停留在人間，她的笑容呼應廣闊的大洋，輕柔髮絲飄飄飛起，像是光芒萬丈的金波上，冉冉升起的維納斯泡沫。

環抱羅黎莎的，是一雙強壯的臂膀，他只見過媒體上的大頭照，黎莎的丈夫、若芙的父親，有張英俊逼人的臉龐，睿智的眼神藏著沉鬱，過度深思的表情，在女兒臉上也看得見。看到若芙的父親，海人發現必須修正，不能說她只像母親。

或許是擁抱妻女的安心，沖淡了不少冷峻，讓男人顯得較為可親。他的嘴唇雖然笑著，揚起的笑紋卻帶著哀傷，彷彿預知了自身命運，更早透露不祥的結局。

夫妻倆緊緊依偎，前方緊貼他們的，是個十多歲的女孩，看起來比若芙小四、五歲，她有著鹿般的四肢，微微扭曲的姿勢，深栗色頭髮、纖巧的腦袋，臉龐中央閃爍著靈動大眼睛，渾身散發萌芽生長的氣息。她沒有黎莎的典雅、若芙的精緻，卻更迷人、更俏麗、更脆弱、也更危險，像隨時會幻滅的花蹤。

他緊抿著嘴，看看若芙，有這樣的父母和妹妹，她如果生得醜一點，真是人生最大的不公平。

他自詡追求內在真實，而非皮相表面，但對上天造物的神奇，也只能俯首讚揚，不敢自命清高。所以他平常總避免看她，除非確定能摒除雜念——工作和感受不能混為一談，那是搞砸事情的催化劑。不用多問她家人的感情。某種微妙的神態、動作和表情，敏銳的呈現在指尖按下的快門，不是擺姿勢的全家福，而是自然真心的互動。所以鏡頭外的唯一生還者，才會不顧一切、放下未來、尋找真兇，這種偏執的決心，就說明了一切。

現在她專注嚴肅的盯著他，灼灼眼神讓他無言以對。

他該說什麼？能說什麼？——都不對、都不對。

他沉著表情和心情，將皮夾遞還給她。

若芙嘆了口氣，「有時候，我也好想說，但是和誰說呢？懂的人不必說，不懂的人不想說……左思右想，好像都不適合。他們都走了，一起離開了。媽媽有許多樂迷追憶，但是爸爸和妹妹呢？他們最親近的人是我，如果我遺忘了、如果我絕口不提，似乎就沒人記得了。那才是真正的死。真正的死不是物理上的，而是心靈上的，若是沒有人思念、沒有人懷念，就像消失在隧道裡，到了沒有光的黑暗去，永遠沒有重生的可能了。這是我經歷他們的死，才想通的。」

她吞了口馬丁尼，長長的睫毛蝶翅般顫動，海人的胃絞了起來。

「啊……不要談這些，回答你的問題吧。先從我的身世講起。

你只知道我的中文名字，其實在美國，他們都叫我 Elena，Elena Kurchatov。Kurchatov 是俄國姓氏，用英文拼的，姑且翻作庫雪托夫吧。我爸名叫 Igor，伊格爾，他最喜歡的作家是納博科夫，知道吧？《蘿麗塔》的作者。他說，我的名字就是取自納博科夫的母親 Elena，但沒說為什麼。我去讀作家的小說，沒找到線索，看了納博科夫的自傳——爸在一段話下畫了線，作家提到他的母親，『放在心上就是一個簡單法則』——用整個靈魂去愛，剩下的就交給命運吧。

我把這段話拿給爸看，他沒承認、也沒否認，只是摸摸我的頭。後來我才知道，他為什麼那麼喜歡納博科夫，不只因為他是一流的作家，更因他們有類似的人生經歷——都從蘇俄流亡到美國、父親都因政治因素逝世。我家書房擺滿了納博科夫作品，除了英文版，還有俄文全集，爸爸還去競標他收藏的蝴蝶標本，連媽媽都不知道多少錢。他收到標本時，面容發光、笑容燦爛，就像第一次拿到玩具的小男生；之後每天都拿出來擦拭檢查，很誇張吧。」

湖水一般的幽麗雙眸，浮起了一層薄霧，久久沒有散去。

「許多人好奇，爸媽差距那麼大，為什麼會相識相戀？」

她看了他一眼，他的手掌微張，又輕輕合了起來，她轉回頭繼續說：「媽媽到巴黎舉辦音樂會，當時演奏陷入低潮，她故意稱病，沒去宴會，練完琴後留在飯店，到酒吧喝個小酒，爸爸也住同一間飯店，臨時的起念，串起了難以交會的平行線。爸爸以為她是日本人，媽媽以為他來自東歐，他們沒有共通點，但是一見鍾情，不需要理由。媽媽沒摘墨鏡、也沒透露姓名，只給了他一張貴賓席。爸爸以為她會坐旁邊，沒想到出現在舞臺上。他說當樂音響起，就決定了今生的伴侶，我和妹妹都好羨慕，巴不得趕快長大，馬上碰見自己的白馬王子。

爸爸追著媽媽行程，開始繞著地球跑，為了配合她演出，他辭去工作、轉成自由投資，有她在的地方，就看得見他的影子，他不是把她當女人，而是女神。若不是這樣，這段電光石火的邂逅，或許只是一陣綺羅香而已。當時媽媽也有其他追求者，而且不乏豪門巨室、藝術同行，有些人條件比爸爸更好，但沒人像他那樣窮追不捨，最重要是媽媽真心喜歡他。雖說爸爸專一，但媽媽更單純，她的生命重心就是音樂，人生抉擇是因為心靈相契，而不是社會目的。她說，身為藝術家，如果無法分辨虛妄和真實，就沒有昇華的可能，自始至終，這都是她最優先的考量。

他們背景差距甚大，婚姻卻令人稱羨。自從我和妹妹若蓉，也就是 Michelle 出生，爸爸的保護對象，也從一人增到三人，他對我們無微不至，別人都說媽媽不像妻子、反而是大女兒。」

她的微笑漸漸隱沒，突然噤聲，海人悄悄窺視，只見她緊閉雙眼、嘴唇凹陷，像是想起某些甜蜜而悲傷的畫面。周圍擴大成灰影，一隻離了水間的魚，只剩脊骨撐住形體。

海人握住玻璃杯，冰塊融化的沁涼水珠潤溼掌心，閃爍輝煌的燈光，卻無法溫暖人類的孤寂。

她沉默了半晌，終於抬起頭，「抱歉。」

他沒想到自己語無倫次。「不要勉強……我是說，聽不聽都沒關係，不、我不是這個意思，我不是不想聽。」

她楞了好幾秒，才搖搖頭、感激的笑笑。

「不，讓我說吧，說了輕鬆一點，我沒人可提，況且，還沒講到爺爺呢。大家都以為爸爸是俄國人，其實本來不是，爺爺是愛沙尼亞人，國家被併吞之後，才成了蘇聯人。奶奶江以夏是中國人，所以我爸是中蘇混血，我媽也是台日混血兒，我家是多國籍的組合。去年我和爸爸意見不合，我不想去上學，他為了勸我，開始述說家族歷史。還好他提了，否則這些過往，只會隨著他離世消失，想了解也來不及。」她的語調平靜了些，「你去過塔林（Tallinn）嗎？」海人搖頭。

「我去過。爸爸曾經帶我們回去。塔林是愛沙尼亞的首都，位在歐亞交界之處，有許多石板街道、教堂、石牆、塔樓和迴廊，就像一個幻想的童話小城，迷人、優雅、十分美麗。爺爺就在那裡出生。那年，爸爸帶回一小罐土壤，灑在爺爺俄國的墳墓上。

一九四一年，愛沙尼亞被併入蘇聯，爺爺到莫斯科討生活，從此再也沒回故鄉。他起初也是到大學當雜工，工作之餘自立進修，發現對科學很有興趣。爺爺在戰爭時期巧遇貴人，潛在的研究才能開了花，發明了動力學公式、取得博士學位。他是階級翻身的樣板，若是舊俄時期，絕不可能有這種事。當時核能研究極受重視，爺爺主攻核分裂、原子力和噴射武器研究，得利於紅色俄國，卻也死於政治鬥爭。」

她略歪著頭，娓娓述說：「爸爸說，爺爺在莫斯科能源學院任教、擔任過核電顧問，包括前期規劃的車諾比核電廠，但是他後來並不贊成。一九八六年，車諾比出事後，戈巴契夫說：『核能是不受控制的不幸力量。』領袖證實了爺爺的看法，核災掀開了統治的神話，是蘇聯崩潰的原因之一。」

海人默默點頭，表示同意。

「奶奶是俄文系的學生，在中蘇關係的黃金期，到莫斯科進修俄文，和爺爺相識、相戀、結婚，生下了唯一的兒子，就是我爸。後來中蘇交惡，奶奶留在莫斯科，很難再回中國，還好爺爺工作順利，全家生活幸福安定。

但是人有旦夕禍福，爺爺的遠見和正義感，讓他無法對警訊視而不見。當時官方將在貝加爾湖畔興建工廠，那是世界最大的淡水湖、西伯利亞的珍珠，由於工業汙染將威脅物種和環境，『氫彈之父』沙卡洛夫，聯合了一批學者專家，包括我的爺爺，四處奔走、爭取環境保護，他們備受打壓、連工作單位都抵制。在一個關鍵會議上，爺爺積極發言，仍無法挽回大局，他在回家途中昏倒，連一句遺言都沒交代，就與世長辭了。」

她的酒早喝乾了，纖細的手指拿起小叉、把玩橄欖，在空中畫了圈，酒滴還沒落下前又放回去，招手叫了下一杯酒。

「爺爺的猝逝，為他們的小家庭帶來致命打擊。奶奶是外國、甚至敵國人，只能含辛茹苦打零工，用微薄的薪資養大孩子。還好爸爸很爭氣，就算半工半讀，仍然名列前茅，考上了最好的醫學院，念到一半，奶奶就罹患了肺癌，不到三個月就去世了——她不想拖累兒子。

爸爸在父母墳前發誓，要遠走高飛、永遠離開那個封閉的國家。他畢業後跑到遠洋船艦當船醫，打聽到政治庇護途徑，在非洲的象牙海岸跳船。當時他只會說一點英文，美國大使館懷疑他的身分，將他趕出門外，但是如果被俄國發現，不是死刑，也會流放到古拉格群島。這時命運之神伸出援手，有個神經病在使館前大吵大鬧，叫囂自己得了黃熱病，他發揮了醫生的專業，給了正確的診斷，還把人勸走了，使館對他刮目相看。爸爸又拿出護身符——諾貝爾和平獎得主沙卡洛夫的親筆信，那是寫給奶奶的，表達對爺爺過世的慰問，末尾是親筆簽名。

命運的俄羅斯輪盤開始轉動，爸爸在使館等了兩天，最後他們給了他一本護照，和飛往美國的單程機票。那年他二十五歲，從兩手空空，到贏了最大的賭注；從蘇聯人變成了美國人。後來他才知道，當時外交系統透過情治管道，在查證沙卡洛夫的筆跡。」

她杯中的酒又喝乾了，無視海人阻止，又叫了第三杯馬丁尼。

「美國的新世界——牛仔、峽谷、沙灘、可樂、搖滾樂、比基尼、曼哈頓和華爾街，對他都是震撼教育。他說剛開始看到美金，還會有點恐慌，因為在蘇聯持有這種貨幣，會被流放邊境。爸爸的語言能力很強、英文學得很快，因為報考醫師執照，必須提學歷證明，還是要感謝沙卡洛夫和國際特赦組織，幫忙他解決問題，否則恐怕無法生活。之後他又回鍋當船醫，既然親人都已過世，他希望到世上任何地方，不再受組織或國家束縛，況且這工作薪水很高。

某天他在船上，發現一本財經書籍。靠岸時別人尋歡買醉，他則購買相關書籍，就像爺爺利用物理公式翻身，他也想破解資本主義邏輯。他回到陸地，開始操作金融工具，從翻漲的狂喜到血流的坑殺，對決的不是市場，而是自己的驕傲和恐懼。當他跳上象牙海岸的舢板，就是因為血液裡的賭魂，否則該是擎拿著手術刀，為病人的生命下賭注。之後又經過數年，終於能夠穩定獲利。

一九九二年，蘇聯解體、共產崩潰，爸爸狂喜之後，反而很空虛。蘇聯民生崩壞、秩序厥如，無論在哪裡，他都是形單影隻，即使賺更多錢、或回去撈了錢，又有什麼意義？他陷入嚴重的生存危機，直到認識媽媽，才重尋生命的意義。」

海人想起男人的眼神，深思睿智、像冰刃一樣銳利。

原來那是疏離失落的生命軌跡。

不知道自己眼裡，是否也有那樣的痕跡？

「而媽媽，她是一般人無法想像的母親。有些明星下台就變了個人，但她始終表裡如一，音樂是她的信仰，兢兢業業追求創新和完美。其實她常常沒空，很少陪伴我們，小時候我總是望眼欲穿，等她回家才肯上床，不過爸爸會幫忙解釋，我們長大一點都懂，懂得藝術家要付出時間精力，才能追求遙不可及的巔峰。我知道她盡力了，雖然她時間不多，但教給我的是身教、是堅持所愛的態度。

還有妹妹，你也看到了，她還是個小孩子！她遺傳媽媽的音樂天份，鋼琴彈得比我好得多，還有可能承接我媽衣缽，但是現在有什麼？」她的臉色越發慘白，雖然眼眶發紅，霧氣拒絕凝結成河。

「或許你會奇怪，為什麼爸媽過世，我卻不去上學？其實他們過世之前，我和爸爸吵得很兇。你聽過商博良嗎？那個破解埃及文的法國人。爸爸很崇拜他，說他的發現重新解讀了偉大文明。爸爸仿效他少年時，讓我們在家自學，我小時候身體不好，他不但自己授課，也聘請家教來教，還買大量書籍，鼓勵我們閱讀，我至少讀過數千本書，從歷史、地理、文學、數學、微生物、到天文宇宙，只要我想，他什麼都讓我讀，購買金額沒有上限。

但是等到我十多歲，他的態度卻改變了，他說自學時間夠了，現在應該去學校，去參加社團、擔任幹部和接觸人群。妹妹對這沒意見，那裡是另一個花園，她在那裡很受歡迎。

我一直到九年級才正式上學，但是我不喜歡那裡，也不想再去學校，校園是具體而微的小社會，充滿了勢利和虛偽，同學就愛互相比較，弱小的同學還被欺負。我不是沒朋友，也不是功課差，但就是不贊同那些標準，每次去都是浪費時間。但是爸爸非常堅持，他說殘酷也好，我就是該補足這一點。他還說商博良也不願意，是他大哥逼迫才去，後來成長很多；我覺得他根本鬼扯，迷商博良迷昏頭了，我就是我自己，又不是他的實驗品。他一向痛恨組織，這次卻很強硬，還說我是叛逆期。但是我不服氣，為什麼他叫我們獨立，卻又挾帶控制？為何希望我們自由，卻又嚴加管束？為何帶我們環遊世界，又要全家黏在一起？所以我很窒息，我們鬧得很僵。」

「妳媽媽呢？」

「媽媽還是比較專注音樂，她是勸過，大概也很無奈，兩邊都勸不聽，反正都不重要了……然後，就發生了那場車禍。」

若芙扭過頭去，又轉了回來，這壓抑的傾訴，彷彿是祈求寬恕，而不是更多安慰，她面頰一陣抽動，突兀的說起了妹妹。

「過去我都說討厭妹妹，她都說不屑我這個姊姊。她像小天使和小惡魔的合體，我們天天鬥嘴，卻是無話不談，每天一起生活、一同遊玩、一同讀書、一起惡作劇……。有時我早上起來，總覺得媽媽會來叫我起床、妹妹等在餐桌旁，而爸爸正要煮咖啡……。」

她很快垂下面頰，水晶般的美人痣，一串串滑落到喉嚨。

「現在我想說，她是全天下最好的妹妹，我們是最親的姊妹，但是都沒機會了。他們永遠都聽不到了。神把祂寵愛的子女接到天上，他們都到了天堂，我不能想像他們有恨，但我心裡卻充滿了恨，他們沒被詛咒，是我被詛咒了！他們那麼美好，而我卻是這麼憤怒、怨恨、醜陋、不堪……。我不是為他們復仇，是在為自己報仇，沒有找到肇事者，親眼看到那個王八蛋，我始終不能安眠，就算死了也不瞑目，因為我真的不能忘記！」

她不再出聲，全身不能控制的顫抖，讓海人幾乎想扶住她。

她極力想遮掩自己，海人趕忙撇過頭去，好像窗外有很有趣的東西。

若芙迅速往下說：「那天中午，我和爸爸又吵一架，我騙他們肚子痛，於是妹妹幫我說項、媽媽也沒勉強，所以我沒跟去。」她用手遮住雙眼，「如果，我跟他們一起，就不會一個人在這裡……。」

她慢慢滑下，伏倒在桌上，海人看看周圍，客人均已離去，只有吧台侍者和調酒師在調笑，低低的笑浪一波波淹來。在幽暗的森林、在沉默微光中，他望著她的髮心，垂死的雛雉，在茂密羽毛微微起伏，想伸手摸摸她的頭，手卻停在半空中，語言在空氣中消失，好一會兒，才找到適當的詞。

「Elena！嘿，Elena！……不要忘了，妳為什麼叫這名字？」

漸漸漸漸地，她的肩膀不再發抖，像是停止哭泣，但是沒有起來。他拿了衛生紙，悄悄放在旁邊，然後起身到洗手間，在洗手臺潑水洗臉。鏡裡的男人眼圈發黑、皮膚像灰熊一樣皺，好像剛剛才吸毒、或是灌了一天的酒。他計算一個人冷靜所需的三倍時間，才假裝上完廁所，默默的走出盥洗室。若芙面向著窗外，聽見他拉開椅子，才慢慢轉過來。她的剪影映在透明窗上，好像半個鬼魂，天花板的凹角燈在臉上打了陰影，彷彿稍微移動，就會從莫迪里亞尼的畫裡站起來。

「對不起。」她又道歉。

「沒事。」他轉移話題，「……我記得，妳外婆住台南？」

「是的，我小時也住那裡。」

「……跟他們談談，他們能了解的。」

「不……外婆生氣了。」她的聲音細不可聞。

「為什麼？」

「因為……我捐了他們的器官。」

「外婆不願意？」

「嗯。醫院問我，我答應了，但外婆說，他們不該再受傷害了。可是我想爸媽會同意的，他們一向樂於助人，這是他們的遺愛，我應該做的。」

「所以妳外婆……？」

「嗯。」

他清清喉嚨，「我覺得妳做得很好。」

「是嗎？」她臉色一亮，揚起頭來。

「嗯……總有一天，她會了解的。」

「嗯。」

「她捨不得。」

「我知道。」

「妳不會也賭氣吧？」

「怎麼會?!」她眼中的水霧反射，更襯明亮，「我只是……怕她不高興。舅舅會打來，告訴我他們的消息。」

「那就好。」他頓了頓，「別想太多了，抓到兇手，只是早晚的問題。」

她臉上出現一絲感激，好像鬆了一口氣。

「其他的，到時再說。」

她輕輕嘆氣。

「妳有沒有想過，這樣是浪費時間？」

「……偶爾，會擔心。」

「沒關係，keep it。」

「Keep what？」

「人生大部分是浪費時間，浪費得夠多，才能抵達目的地。」

若芙的眼睛眨了眨。

「我懂……平常聽媽媽練琴，不像公演那般完美。但是有過程，才有成果。」

「雖然很辛苦。」

「很辛苦。」

「妳已經很堅強了。」

她輕輕說：「常常並沒有。」

他想反駁，又不忍責備她的苛求。酒精緩緩蒸發，海人下意識聞聞皮膚，微微散發出酒氣。她的蒼白消退了些，取而代之的是兩抹桃紅。他靜靜等著，想等她酒意更消，才讓她回去。

金色晨光自天空悄然撒落，臨街的窗戶閃閃發亮，兩人買了單，慢慢散步，去搭第一班捷運。淡淡霧氣凝聚在城市上空，黑夜翦影如鬼魅消失，光之粒子魔法浮現，光芒萬丈凝聚成劍，劈開了城市的黎明。一路默默無言，快到忠孝敦化站時，他突然想起：「對了，妳到底幾歲？」

「十八歲。」

「是能喝酒了，雖說都喝了……我比妳大二十歲。」

「看不出來。」其實她沒有說，看起來大二十五。

兩人相視而笑。若芙考慮幾秒，囁嚅的說：「我們……是朋友吧？」

他用眼神肯定回答。「……不過，我大妳一倍。」他有點尷尬。

她笑了，像一顆發笑的青檸檬。

雖然整夜沒睡，體力萎靡、眼圈沉澱，兩人心頭卻多了股暖流，涓涓流過眼前白色街路，聽見溪水歌唱的聲音。

十四、江若芙

十二月八日（五），台灣・台北。

或許感到久違的安心，若芙踏入家門，在昏沉來臨前洗完澡，便倒栽蔥睡著了，電話響起的時候，她還抗拒著，深埋在土裡。鈴聲頑固的響個不停，她接起來，上午十一點多，睡不到五個小時。

「喂？我是李少華。」聲音急促，聽到她的「喂？」馬上變得客氣拘謹。

「……不好意思，您還在睡嗎？」

「沒有。」她斷然否認，然而是多此一舉。

「怎麼了？」

「有個壞消息，總裁的姨妹，張美琴住院了。」

「她怎麼了？」她被澆了一盆水。

「突然心肌梗塞發作，昨天就送到台大醫院了，暫時沒有大礙，醫生說要觀察兩天。她醒來了，說要見你們，今天下午三點，你們能過去嗎？」

「沒問題。您告訴海人了？如果沒有，我通知他，我們一起過去。」

「不，還沒，那就麻煩您了。另外，我打到朱是全家很多次，好不容易才連絡上他的遺孀郭宛娟。她已經改嫁了，不想見面，但願意通電話。楊超群家人移民美國，昨天才回覆 email，也願意講 Skype，因為時差的關係，麻煩等晚上再打。」

「好，謝謝您。」

「病房號碼、Skype 和電話，我會傳簡訊給你們。」

海人和若芙約在台大醫院舊館，這是棟有著希臘式門柱、紅磚外牆的新古典主義建築。巍峨的主體十分堂皇，山牆、柱頭、窗台都有繁複裝飾，海人說這是市定古蹟、日治時期第一間公立醫院，十分顯著，一定不會認錯。她提早一點出發，以防自己又走錯路，順利的抵達醫院前，繁忙的弧形車道上，有隊浩浩蕩蕩的攝影團隊，一對新人險象環生的走在路中央，新娘撩起長長白紗，和新郎牽手穿梭車陣，攝影師拿著相機，在旁邊指指點點，無視警衛的驅離，要挑個位置拍婚紗。

若芙抬頭看看醫院，很難想像新人帶著甜蜜笑靨、美好憧憬，要以這生離死別的人間交叉點為背景。這是台灣的風俗奇趣？或是這裡有重要回憶？還是面對家庭挑戰的譬喻？她愣愣看著這組人，差點連海人影子都錯過了。

走進寬敞高廣的大廳，長窗投射午後陽光，照亮喧嚷的鵝黃空間，室內嘈雜得像菜市場，嚶嚶嗡嗡、窸窸窣窣，不像莊嚴的醫學殿堂，反而似蜜蜂或螞蟻群聚。來往行人多半慌亂徘徊、或者愁苦憂惶，擦肩時特別明顯。站在噩夢的起點，若芙有些暈眩，醫院的一切都在滑動，電梯、手扶梯、病床、輪椅、點滴架、手術器材架，金屬冷光芒、青白色牆壁，凜然的神色、緊抿的嘴角，快步走、小跑步、推移的過程，匆忙和緊急，皺眉嘆氣、汗如雨下、斜掛的嘴唇、顫抖的手臂。

海人走過長廊，胸有成竹找尋標示，當她腦筋還在打結，便找到了美琴病房。

他轉動單人病房門把，門開了，三雙探照燈轉過來，五人照了照面，美琴半身坐起、靠在床上，正和訪客說話。她的氣色有些萎靡，但神智顯然清醒，先讓人放下了心。

訪客是對五、六十歲的夫婦，女人穿著濃淡調和的粉色衣裳，精心打扮，透露貴婦氣息。雞蛋臉、白皮膚、細葉眉，鬆鬆攏起的雲髻，未染上霜白痕跡，優雅古典的容貌、帶點憂悒的氣質，都和美琴有幾分神似。但她光滑緊緻的肌膚，僵硬得不太自然，像是借助了醫學神力。

男人是位銀髮紳士，穿著黑襯衫、打了銀灰色領帶，長褲熨痕如刀。他有個獅子般的大頭，頸項挺直、容貌莊嚴，深長的法令紋和上揚的嘴角，暗示了自信、權威和力量。男人雙手放在膝上，雙腿微開，坐姿如同將軍一般，對闖進的兩人揚揚鼻頭，發出不以為然的氣聲。

美琴看到他們，掛上歡迎的微笑，面容又像烏雲掩翳，瞬間暗了下去。

「妳來啦！這是……沈海人先生？」

兩人停下來點點頭，床邊沒有空位，靠窗有一張沙發，但他們並未坐下，而是並肩走到床前。

「這是我二姊張美雪、二姊夫顏伯年，這是人傑的朋友江若芙……還有她的朋友沈海人。」

美雪瞪大了眼睛，「人傑的朋友？難道是……」

她的丈夫噓了一聲，目光閃過譴責，美雪馬上縮了回去。

「沈海人……？我在報上看過，久仰、久仰。」

他發出威嚴的男低音，但是並未起身，而是伸手向前，握住了海人的手。

「顏先生是建築師吧？久仰大名。」海人迅速回答，握了一下便放開手。

「您客氣了。」他穩重的笑著，有種恩賜的意味。

大家都握了手，顏伯年的手勁強而有力，美雪卻是柔荑一般。

「人傑有消息嗎？」明知故問，但不能不問。

「沒有。」美琴苦笑，「如果有，一定馬上通知。」

他們忙問美琴病況，她表示是老毛病，醫生說不用擔心，但姊姊堅持住院，才留下來觀察兩天。

「妳太不小心了，才沒這麼輕鬆！」美雪白了妹妹一眼，手按在妹妹棉被上，彷彿想阻止她逃跑，裝扮仔細的臉上，有種意外的俏皮。

「我沒那麼脆弱，二姊想太多了。」美琴笑著，「人傑的事，你們幫了很多忙……謝謝你們。」

她的雙眼滿溢渴望，眾人默然無語，沒人敢接續這個話題。

美雪低低的說：「妳別再想了。」她拍拍妹妹的手，關懷之情溢於言表。

若芙看著姊妹兩人，發現她們越看越像，不只是五官，氣質更像雙胞胎，只是美雪多了點年齡、更多了姊姊的照拂溫柔。而美琴在她旁邊，有種么妹的依偎，那是甜甜的、愛嬌的，什麼呢？

……是自己在若蓉臉上也看過的。

她凝視著兩姊妹，或許太出神了，海人碰了碰手肘，示意把禮盒遞過去。病人謝過兩人，閒聊了十分鐘，但他們不夠熟、有些話也不便提，場面乾得像八月旱地。最後美琴拉拉棉被，斷然對姊姊和姊夫說：「我覺得好多了，你們先回去吧！有人陪我就好。」

美雪似乎想抗議，美琴輕輕搖頭。美雪無奈，手臂環抱胸前，看起來有點賭氣。顏伯年瞬間站起，拿起椅背上的西裝，看著手腕的名錶，「好吧！我還有事，必須先走了。有事要說，不要客氣，明天美雪會來辦出院手續。」

他又瞄了兩人一眼，命令式的語氣：「你們也別待太久，讓病人好好休息。」

若芙發現他很高大，身高超過一百八十五，在東方人是很少見的。美雪仍在叮嚀妹妹，說會到護士站打招呼，又對若芙使眼色，目光裡帶著懇求，若芙懂得意思。美琴笑著揮手，但是門一關上，她的肩膀隨即垂下來。那是種心裡的累，假裝沒事的疲憊。

「大姊上午也來，我住院、人傑不在，她們更擔心了。……你們好像沒話說？我忘了提妳在北和大打工，二姊夫在校內有個工程建案，就比較有話題了。」

若芙訥訥的點頭，比起和陌生人談話，更想知道美琴的目的。但她顯然比他們更急，「更多謝謝就不提了，你們都知道我的感激。請你們來，是想讓你們看這個。」她的手指微微發抖，彎身打開抽屜，拿出一個香奈兒皮包，閃亮的金屬環扣、柔軟的淺色皮革，然後掏出一個小紙袋，倒扣著輕輕晃動，有東西掉到茶几上，若芙瞥到一眼，猜到是什麼。

「上面寫的……是閻王？」海人反應更快。

「你怎麼知道？上面印著『都市王』。」美琴的眼神很無助，眼白上浮著血絲。

「就這三個字？」

「嗯，其他什麼都沒有。」她點點頭。

「您是……看到這個發病的？」海人揚起眉毛。

「嗯。」她一手撐在床上、一手抓住棉被，好像那是個救生圈，「我怕留下指紋，不敢亂碰，趕快放進袋子，正在報警，心臟就一陣劇痛，接線生非常警覺，直接派救護車來，所以才沒大礙。大姊夫說要保密，所以姊姊都不知道你們在查，只聽說若芙發現王水和筆記。我怕通知警方之後，他們取走信封，你們就不能看了，所以趕快請你們來。查得怎麼樣？有什麼消息嗎？」她的雙眼凹陷，彷彿兩盞眼淚之杯。若芙偷眼窺視海人，簡直是測試默契，如果說出最近發現，美琴不只心臟病發，恐怕連命都沒了。

還好海人不是傻瓜。「放心！我們一直在查，沒有壞消息，您安心養病吧。」

但是也沒有好消息。

他的語調過分流利，一點都沒有說服力，真是個差勁的演員。

自己也好不到哪裡去。

美琴滿臉疑惑，欲言又止，不能全盤接受，也不能責怪什麼。海人看準她的猶豫，果斷地抽張衛生紙，隔著紙、捧著信封紙箋，若芙也一起審視。那是最常見的標準信封、郵戳日期是前天、寄信地點「新竹文雅」郵局，紙箋的質料和字體，都和「初江王」一模一樣。

「收信人是您，寄信地點是新竹……？」若芙指著信封。

「台灣交通方便，到哪寄都很容易。」海人說。

美琴的發問一聲比一聲急：「是誰寄的？」「為什麼不署名？」「難道是人傑？」「會不會是惡作劇？」「都市王是什麼意思？」「難道是綁匪的訊息？」「能不能驗指紋？」……

兩人斟酌言詞，儘量降低她的憂慮，或許警方科學採證、調閱監視器，會有意外收穫也說不定？若芙講到詞窮，不覺望向牆壁，等到移回視線，只見美琴閉上雙眼、身軀微晃、嘴巴癟得像拉鍊……老得像自己的外婆。

「我也有了最壞打算。反正只有我一個人，也沒什麼意思。」

「別這樣說！」海人急了。

「還有白伯伯呢。」若芙也握住她的手。

護士進來量血壓，提醒兩人，會客只剩十五分鐘。美琴表示要報案，護士面有難色，表示要問值班醫師。兩人又待了一會兒，護士回報醫師同意了，美琴請他們先回去，他們承諾有消息會通知，講到這些還真心虛。

等電梯的時候，一位上了年紀的男士，從轉角拐過來，穿著筆挺的西裝、小腹微微發福，公熊一般撐出腰圍。他的神色有點慌張，手上卻沒有禮物，不像一般探病的客人。男人和若芙對望一眼，她覺得有些面善，進電梯時刻意慢了點，看見男人敲的，正是美琴的病房。

「妳一直看，那是誰？」海人問。

「看起來是熟人。會不會是人傑的父親？他們五官有點像。」

「妳見過他嗎？」

「沒有。」

兩人進了附近的連鎖咖啡店，若芙去找座位，海人在餐檯點飲料。這個時段客人較少，她挑了角落坐下，不明白為什麼有些店流行用整排鏡子裝潢？雖然能擴大空間，卻傳達了廉價的氣氛，是得不償失的案例。然後她發現對面的鏡子裡，有位女孩木然的瞪著自己，讓她差點認不出來。

若芙發呆是有原因的，同為天涯淪落人，每次見過美琴，她都感同身受，並且更深的省思：自己不是唯一的不幸，世上還有同樣的人，為了類似傷痛悲慟不已。能夠跳出泥沼，不再關注自己，而是伸出援手，幫助走在同樣路途的人——這種情緒，讓她感到某種神聖與高貴，讓她模糊的感到，如果能夠救贖別人，必定能夠救贖自己。

但是做到這樣，談何容易？

海人端著飲料走過來，他放下托盤，拿起水杯，一口口慢慢喝水，臉上的表情很平靜，好像水就是世界上最甜美的飲料了。她覺得這嗜好很孩子氣，但現在沒心情笑咪咪。

她取出書來，翻到「都市王」，或許臉色變了，一定是很難看，否則海人不會放下水杯，把書搶過去。她鬆開手，總是要面對的。

「地獄沒有好壞，只有慘的、或更慘的地獄。」

「嗯。」她不願想像細節，只覺得渾身冒汗。

他看著日文書，低聲講述：「第九殿、都市王，代表勢至菩薩，在死者的周年忌擔任裁判。」

他的嘴角往下拉，「他失蹤還不到一個月！怎麼會是週年呢？」又扳著指頭數數，眉頭如同蛸龍，狠狠盤據在印堂上，「他失蹤十六天了，那封信是十一月六日寄出的，如果真的遇害、而且當天遇害，十一月六日就是他的『二七』，死後的第二個七天……。」

他的聲音逐漸低宕，她的心口被刨一刀，有個邏輯在腦中點亮。

「不對啊？日本認為『二七』是第二殿『初江王』、不是第九殿『都市王』審判。」

「日文和中文順序不一樣，這樣越說越亂，」他交叉手指、雙目發光，迅速拿起紙筆，「我們來整理一下好了。」

掌管殿及審判日	日文（筆記）	中文（回收）
第一殿（審判頭七）	秦広王（朱是全）	秦廣王
第二殿（審判二七）	初江王（哈雷）	楚江王
第三殿（審判三七）	宋帝王（楊超群）	宋帝王
第四殿（審判四七）	伍官王（待查）	伍官王
第五殿（審判五七）	閻魔王（空白）	閻羅王
第六殿（審判六七）	変成王（史大衛）	卞城王

第七殿（審判七七）	泰山王（待查）	泰山王
第八殿（審判百日）	平等王（待查）	都市王
第九殿（審判一周年）	都市王（白人傑）	平等王
第十殿（審判三周年）	五道転輪王（空白）	轉輪王

「閻王的觀念流傳到不同文化圈，本來就會因地制宜，中文和日文的第八殿和第九殿正好對調，所以掌管的審判日期也不同，華人認為『都市王』負責百日審判、日本卻是死後周年。就像最早在印度，只有一個『閻摩』；傳到中國、日本、台灣，卻變成十個『閻王』了。」

「為什麼每個閻王間隔『七』天？」

「許多東亞文化認為，亡者魂魄會在死後的第七天回來探訪。日本人也認為亡者攀越『死亡之山』，必須耗費七天，同樣是受佛教觀念的影響。台灣民間的殯葬習俗，每隔『七天』為一個循環，傳統上每個『七』天，喪家都必須祭拜閻王。」

「所以，那些紙箋是一種……祭拜嗎？」

海人閉上眼睛，眼珠在眼簾下轉動。

若芙自言自語，「我真的不懂，其他人是在審判日收到紙箋嗎？」

「不一定吧？哈雷是喪禮那天，他的『初江王』代表『二七』，難道喪禮是第十四天辦嗎？但史大衛是放在公事包裡，『変成王』是『六七』，他的屍體很快就發現了，不是第四十二天，這樣又不對了。」

「誰知道？或許我們只是在兜圈圈？或許這是破案關鍵？」
「所以白媽媽收到紙箋，不代表人傑死了？」
「對。」他睜開眼睛，低下視線，「也不代表還活著。」
「唉！真是急死人了！沒希望，卻又沒絕望；有希望，卻又沒把握！」
「妳說得很貼切。」他撇撇嘴。她又把書拿回來，半天無言，各自翻著手上書籍。
一會兒若芙揉著太陽穴，打破沉默，「都市王專司『大熱鬧大地獄』，這是個無間獄；另外又掌管八個小地獄：磅稱地獄、鐵丸地獄、炙脊地獄、釘板地獄、鉅劈地獄、鐵蛇地獄、鐵汁地獄、火狗地獄。」
「聽起來比初江王好一點，糞尿地獄很可怕的。」
「一點都不好！」
「處罰的對象呢？」
「處罰的對象可多了，禍國殃民、罪大惡極、貪官汙吏、老奸巨滑、阻人行善、鐵石心腸、忤逆不孝、喪心病狂……人傑不可能這麼壞！」
「當然不可能。壞的是犯人，其他人也是，壞的不是他們，背後搞鬼的才有問題。」
「沒錯！我們要找到人傑，更要解開這個謎題。」
「對，不過，」他拿起杯子喝了一口，「喂！咖啡冷了！」
楊超群的家人，現居美國紐澤西州，和台北的時差十二個小時，李少華請他們晚上七點打給郭宛娟、八點半 Skype 到楊家，那時當地是清晨，不會打擾到作息。

現在的問題是：到哪裡打電話、上Skype？

內容不宜外洩，只能選在室內，但這個「臨時編組」根本沒辦公室，只能到若芙家裡、或是海人的工作室。海人沒有意見，孤男寡女、瓜田李下，指定哪裡都尷尬，乾脆把球丟給若芙。

她想了想，決定去工作室，去看看也好。

晚餐吃了乾麵和福州魚丸湯，再搭捷運到昆陽站，走路約七分鐘就到了。十一月的台北深秋，多數人還穿著短袖，頂多搭件薄外套，兩人頂著風，沿著忠孝東路六段走。

薄暮之光灑向道路，鐵色雲朵飄過上空，這條路是貫穿台北市東西向的通衢大道，可以說是全台最繁華的馬路。一段左起台北車站，二段遍布政府機關，三段和四段是鍍金商圈，五、六段曾是工業之鄉，直至忠孝東路七段，號稱高鐵、台鐵、捷運「三鐵共構」、「第二個信義計畫區」的區域。

然而現在建設尚未完全到位，天際線還算空曠。地主擁地自重，仍在等候下一波金流，他們走到一排破舊的透天厝，工作室就位在轉角第一棟，彷彿再一次大地震，就會轟然倒塌。部分磁磚缺損掉落在人行道上，隔壁「台灣寵物醫生」的招牌歷盡滄桑，「灣」字的三點水和「物」字兩撇都不見了，顯然人去樓空。這裡的人行道特別寬，方便車輛停車卸貨，兩三間五金行、機車店燈光黯淡，不像積極招客的樣子，若芙嗅嗅空氣，聞到了濃重的機油味兒。

海人找出鑰匙，彎身拉起鐵捲門，「這裡是熱心環保的人士贊助的，業主數年前買下房子，一直在等都市更新，但是卡在其他地主，遲遲沒有進展，乾脆便宜出租，多虧他幫忙，省了大筆房租，否則每筆開銷都是錢。」

若芙嘴上答應，心裡卻想：你頭殼壞啦？之前還拒絕萬總裁？

但她只是朝他笑笑。

海人繼續解釋：「別看這裡像危樓，結構技師來鑑定過，外表雖然破舊，但安全沒問題，還挺得過颱風地震。」他拍掉灰塵，表情柔和，癩痢頭的孩子是自己的好。

雖然外殼像被後母虐待的小孩，但是內部卻意外的樸素整潔，一、二樓各約十五坪，都重新粉刷油漆過。一樓是放置器材器具的空間，半開放式的櫥櫃擺滿燈具、鍋具、炊事鐵架、小型瓦斯罐、帽子、手電筒、帳棚、繩索、扶梯、活動扣環，還有一些長期備糧……簡直像個小雜貨店。

二樓則是辦公空間，地板是磨石子地，配上木頭窗框、鐵製桌椅和木製櫥櫃，雖然多半是舊物再利用，但經過整修和補強，別有一種沉潛的氣韻。四面牆有三面是書架，另一面掛著世界地圖和大白板，中央有張大會議桌，牆角擺著電視和傳真機，靠窗放著三張桌子，電腦是這裡最新的設備，別有一種淡定的氣氛，她想要稱讚、又覺得扭捏，最後只說了句：「你連畫都不掛啊？」

他指了指胸口，「在這裡。」

「這麼無形？」

「騙妳的，送去裱框了。」

「什麼時候會好？」

「妳下次來的時候。」

若芙比了個向上的大拇指。

海人先打到電信公司，確認可以三方通話，然後到樓下整理雜物。他叫若芙在樓上休息，不必到一樓幫忙，並打開電視、遞來遙控器。她沒有馬上坐下，而是繞室一匝、瀏覽書籍，架上藏書幾乎都翻閱過，並不是擺來裝飾的，包括物種圖鑑、環境史、環境意識、自然散文、探險文學、山岳、地理、氣候等等，集中在生物、自然、環境、人類活動、地理領域，還有經濟史和文明史。

她拿出幾本翻了翻，扉頁蓋著海人的藏書章，大概是他拿來參考的，她又在另一側發現一堆犯罪學書籍，兩人選書多有重疊，有些她也看過。她覺著腿痠，坐在椅上，螢幕上播著CNN，她自動放空，看著金髮主播的牙齒約莫二十分鐘，正好播出娜塔莉・波曼的訪問，她擔綱女主角的電影即將在美上映，那是部英雄科幻片，海人不知何時站在身後，說他是娜塔莉的影迷，台灣上映也要去看。下一節是七點新聞，若芙提醒海人，趨前關掉電視，各據一張辦公桌、拿一隻電話，不知怎麼，她竟有些緊張。海人撥了號碼，才響了兩聲，對方便接起來了。

他先自我介紹，並按下錄音鍵，解釋這是三方通話，免得對方訝異。

「我接到萬濤集團的電話，說你們要問我前夫？你們認識他嗎？他過世都二十四年了。」郭宛娟的音調偏高、速度也快，簡直是電視節目主持人，只是口音沒那麼字正腔圓。

「我們正在找一個失蹤的人，發現可能和朱教授參加過的聚會有關，打擾您真抱歉。」

「你們在找誰？」

「一位跟萬總裁有關的人，因為牽涉隱私，又有保密條款，所以無法透露。」

熱水彷彿在話筒那端滾燙，「……好吧，反正我答應了，你就問吧。」她的語氣帶點不耐煩，是煉過的鐵板音色。

「能不能告訴我們，車禍當天的情形？」

「這……咳，當時他三十九歲，剛升教授第二年。那天他到經濟部開會，開車到台北，在回程途中、高速公路的竹北交流道出車禍。」

「被撞到嗎？」

「不是，其實是自撞安全島。因為衝擊力道太大，車子還起了火，他從車裡爬出來，腦部出血、胸腔骨折、還有一點燒傷，送到醫院後昏迷了一個禮拜，併發敗血症過世了。他一直沒有醒，什麼話都沒交代。他出事當天是星期五，第二天是女兒的生日，本來計畫出去玩，沒想到他竟然走了，後來我們都不過生日了。」

「為什麼出事？」

「警察說是疲勞駕駛，我一直提醒他要注意開車，沒想到他這麼累。」

「他平常就很累嗎？」

「他想在四十歲前升教授，升等壓力很大，平日又過度勞碌，健康有點亮紅燈。其實他常來回台北—新竹，都是我太不注意了，他那陣子睡得不好。」

「他失眠嗎？有睡眠障礙？」

「有一點。」

「有吃安眠藥的習慣嗎？」

「偶爾會。」

「檢驗過酒精或藥物嗎？」

「醫院有抽血檢驗，他沒有喝酒，不是酒駕，不過……身體有微量的安眠藥，可能是前天晚上吃的，還沒完全代謝。其實他車速不快，但是車子沒保養好、煞車有問題，他的死太不值得了。」

「那個會議是幾點開始？幾點結束？」

「我想想……兩點開始，下午四點多結束。」

「他是幾點出車禍的？」

「傍晚六點五十分左右。」

「他開完會後，沒有馬上回新竹？」

「他如果到台北，常會去重慶南路或台大附近買書，或者去找朋友。」

「他是去買書嗎？」

「不知道，那個年代沒有手機、也沒有行車記錄器。他早上出門告訴我，晚上七點半前會到家，叫我幫他留晚飯。」

「車上有沒有新買的書？或其他東西？」

「沒有。」

「所以他可能沒去書局？」

「我不知道他的行動，朋友都說沒碰面；去書店，也不見得會買書。」

「當然。」海人頓了頓，有些遲疑，「除了車禍，警方懷疑過其他原因嗎？」

「什麼意思？」

「就是，車禍不是外力造成？車輛有沒有被破壞、或是他有沒有被下藥？」

「怎麼可能？」

「你們都沒懷疑？」

「與其懷疑，不如說不能接受。他走得太快了，留下很多遺憾。但是有人害他……我不知道，這是無法想像的。」

「恕我冒昧，後來，你們的生活怎麼辦？」

「他有兩筆保險金，雖然不多，但能支付教養費，我也有工作……或許你們知道了，我六年前改嫁了，但是跟經濟沒關係，純粹是緣份到了，我很珍惜。他走得太突然，對全家打擊很大，我們本來很平順的。我不用說了，公婆更是悲傷，他們好不容易盼他成家立業，卻是白髮人送黑髮人，太殘酷了。我婆婆本來富富泰泰，之後再也沒胖回來；公公有高血壓，一段時間不肯吃藥，說要跟兒子一起走。全家愁雲慘霧，終於撐過來了，孩子也拉拔大了。」

「您在哪裡工作？」

「在竹科管理局擔任行政，二十多年了。」

「他的遺物裡，有沒有一個鉛盒？大約手掌那麼大。」

「鉛盒？」她突然停頓，肯定的說：「沒有。」

「您有沒有聽說，他有位叫史大衛的朋友？」

「史大衛？」她尾音揚起，肯定的說：「不是清大的吧？他的清大同事我多半認識，這麼洋化的名字，如果聽過應該有印象。」

「謝謝您。最後一個問題，您在他的遺物，看過一張紙箋嗎？上面可能印著『秦広王』，很像中文，卻是日文漢字。」

「秦廣王？」

「對，紙箋長約十二公分、寬八公分，是手工紙，質料很特別。」

「這麼說……好像有耶！在哪裡……？」

兩人屏氣凝神，惟恐干擾她的思緒。

「你說的手工紙，是不是摸起來粗粗的、材質很特殊？」

「對！」

「好像有，是這三個字沒錯。我以為有人惡作劇，就把它丟了。」
丟了？若芙的心臟停了一拍。
「怎麼了？」郭宛娟很疑惑。
「沒什麼，這張紙可能很重要。」海人勉強回答。
「為什麼？你知道是誰放的？」
「正在查，還不清楚。您是在哪裡發現這張紙的？」
「在他的喪禮上，夾在簽名簿裡。」
「是您發現的？」
「不是，是來幫忙的親戚。她以為是我家的，所以拿給我。我轉給公公，他拿去問警方，他們認為有人亂丟，所以不了了之。公公說是閻王，我們都很納悶。」
「確定丟了？」
「嗯……我再想想，啊！會不會是放在簽名簿的盒子裡？我再婚後，他的東西由婆婆保管，但他們都過世了。」
「可能還在嗎？」
「應該沒了吧？房子賣掉了，東西都處理掉了。」
「是嗎？他的喪禮，不會是頭七那天吧？」
「不是，頭七還在做法事。大約是過世後三週吧，是看過農民曆的。」
「原來如此。令嬡呢？還在念書嗎？」
「碩士班畢業，在工作了。」

「我了解了，謝謝您的耐心。」他看看若芙，示意有沒有補充？她搖搖頭，海人問的夠了。

「雖然不確定你們的目的，如果有幫助也好。」或許感受到他們的誠意，她的態度比較客氣了。

她又沉吟一會，慢慢的說：「這麼多年了……如果有什麼問題，請務必告訴我，我好告訴那孩子。」

兩人應允了，才掛斷電話。

若芙的手仍放在聽筒上，轉頭對他說：「會不會是謀殺？根本不是交通事故。」

「不排除。」

「當初為什麼沒懷疑？」

「車禍很常見，如果找不到嫌犯、可疑動機，手法又俐落，比較不會起疑。」

「嗯，如果不是人傑的筆記，我們也不會想到。」

「無論是下藥、或是對車子動手腳，其實都不難。」

「真可怕。」

海人雙手交握、拱著下巴，冒出一句，「我想，妳還是退出好了。」

「為什麼？」她噘起嘴。

「我擔心妳的安全。」

她覺得有點受傷，連說話都結巴了，「都合作到現在了，怎能半途放棄？找人傑很重要，技術研發也是……我一定要成功，不，非成功不可！」

「我知道，但如果真有兇手，而且發現我們在追查呢？我能保護自己，但妳呢？我們總會分開，不可能二十四小時在一起。」

「我沒問題！而且，兇手不見得會發現啊。」
「妳怎麼保護自己？示範給我看。」
「我……去買防身器材。」若芙低頭看著鞋子。
「這樣夠嗎？如果兇手盯上我們？如果他就是賓客呢？如果有人是同夥呢？現在什麼都不確定。」
「反正，一定要繼續、一定要捉到犯人！」
「妳不用擔心。就算只有我一人，也會叫萬喜良遵守諾言。」
「那樣我根本沒盡力，是在作弊。」
「唉！」他嘆口氣，「何必這麼固執呢？」
「我不是小孩子了。」她強調。
「明明就是……對了，妳的臉一下紅、一下綠，很像生氣的狒狒。」
「你說什麼?!」她大大跺腳。
「別、別！房子倒了，我們都危險。考慮看看吧！我一個人沒關係。」
「不可能！別再說了！」她氣得吹鬍子瞪眼睛。他拍拍桌，不再徒然勸告，「好，明天去買防身器材。我們來看秦広王、秦広王……」他彎身去拿書籍，轉移話題；她老大不高興，湊了過去。
海人讀出來：「秦広王，是死者『頭七』那天，第一位遇到的閻王。日本人認為死者必須先越過『死出山』、再渡過『三途河』，這條河介於第一和第二殿之間，無罪的人過橋、輕罪的人渡淺灘、極惡之人過火龍追趕的急流……。
嗯，這畫面看起來滿陰森的。過了河有棵『衣領樹』，樹下的奪衣婆和懸衣翁會剝下死者衣服、掛在樹上，依據垂下模樣來判斷罪狀——不覺得有點像吊死鬼嗎？

秦広王以書面裁判為主，若是死者功過相抵，就可以直接到『転輪王』、也可以直接投胎，所以祂掌管的地獄比較少，就是兩個小地獄：抱柱地獄和火床地獄。」

「火床地獄？那朱是全的死因……」

「是車禍，但是郭宛娟說車子著火、他也被燒傷了？」

「那是烈火燃燒的鐵床啊。那麼楊超群的『宋帝王』呢？」她瞄瞄手機，再過十五分就八點半了，海人去開電腦，她接過書籍：「秦広王是不動明王、宋帝王是文殊菩薩的化身。宋帝王負責審判耽溺愛慾的女人，所以宋帝王下方的血池，浸泡的都是女性。」

她翻了翻白眼，「這不公平吧？不只是女人，男人也會犯錯啊！」

「是啊！瘋狂的男人更可怕呢。」

「你會嫉妒嗎？」

他板著臉。「妳不願退出。我拒絕回答。」

「原來你會記恨。」她反將一軍。

「好吧，快點！快八點半了。」

「我看看……宋帝王掌管的是搗椿地獄、摳眼地獄、倒烤地獄、刖足地獄、吸血地獄、蛆蛀地獄、穿肋地獄、抽筋地獄。什麼是『刖足』？這個字好難，我不懂。」

「好像是一種刑罰，砍斷罪犯的兩條腿。」

「噁！」

「嗯！」他眨眨眼，「許多古代刑罰都很噁心，所以才有『滿清十大酷刑』啊！『地獄』的思想背景，就是用殘忍的苦刑，懲罰邪惡、遏止罪行。」

「楊超群的死，好像是工安意外？」

「對，待會問細節，讓家屬回憶，實在是不得已。」

他連上Skype、開始撥號，若芙也就定位，望望視訊螢幕；單調的嘟……嘟……聲在四牆迴響，就像蝙蝠發出的超音波，從無形無影，變成具體可見。

螢幕上出現一位年約六十的男士，頭髮略帶斑白，下頷方方的，年輕時可能是「甲」字臉，現在則變成了「田」字臉。他穿著白色襯衫、粗邊黑框眼鏡，正經眼神透著理性，她直覺是工程師。美國的華人缺乏膚色優勢，偏愛透過學歷或證照翻身，最喜歡的職業是醫生、工程師或會計師等。

他的語氣也像測量尺，直截了當的感覺。「哈囉！我是楊超群的弟弟楊超英，萬濤集團打來，本來是找我爸，但他九十多歲了、又有重聽，所以由我回答。」他回頭看後方，一位身形矮小的瘦削老人，微微駝背坐在沙發上，應該聽得到兒子講話，卻沒往這邊看，一動不動望著窗外。

那是間廣闊打通的客廳，可以看到旁邊是開放式中島廚房，大面積素色搭配原木材質，成套的長形沙發和扶手椅，尺寸都比台灣大一號。牆壁沒有太多裝飾，後方有過冬的壁爐，這該是獨棟住宅，庭院有草地或游泳池，讓她想起美國的家，在晴朗的日子裡，陽光彷如醇酒，晒得人暖烘烘的。從陽台外望出去，是條蜿蜒如帶的海灣，襯著綠樹、岩石、天空與海水，灑著雪白泡沫和澄金波浪。

「麻煩您了。」

「我和爸爸住一起，這是應該的。」

她想起自己的家，爸爸在訪客看不到的地方留了面牆，掛滿不同尺寸的畫框相框、不同年份的全家福、和家人的獨照合照。本來以為那是他表達愛的方式，後來才發現，這是典型俄國風格。他還在廚房擺了俄式煮茶器、古捷里藍白陶瓷和羅蒙諾索夫茶具，抽屜裡藏著東正教聖像，卻一直不承認思鄉之情。——原來，自己遺傳了父親，跟他一樣的假掰。

她輕輕甩頭，怎麼想起這些？剛剛說了什麼？

她聽見楊超英在敘述，還好沒漏掉太多，「……哥哥一九四〇年出生，一九九八年過世，當時是台灣能源公司電力工程處處長，如果活到現在，也七十多歲了。他在台能公司三十年，從小職員升到處長，主要負責興建發電廠。會發生意外，也是去巡視工地，被砸下的鋼筋打中頭，送醫不治。」

「台灣能源公司」是經濟部轄下的公營企業，也是台灣最大的能源公司，早在日治時期便成立，擁有數十個水力、火力和核能發電廠，負責供應全島電力，每年營業規模為新台幣五、六千億，是龐大寡佔的壟斷企業，主導了民眾生活與台灣經濟。

「被鋼筋砸到？怎麼發生這麼嚴重的工安意外？」

「我和哥哥沒住在一起，我從加州理工學院畢業後，到矽谷工作，長年住美國，也在這裡結婚生子。哥哥則是交通大學畢業，一直待在台灣，他工作能力強、又有領導才幹，升遷一直很順利。他過世前兩年，大兒子旻文罹患血癌，哥哥嫂嫂四處奔走，希望控制病情，但是狀況時好時壞，旻文最後還是過世，他們的悲傷就甭說了。沒想到事隔半年，哥哥也出事了；嫂嫂得了乳癌，五年前也走了；所以我把爸爸接到美國，現在台灣沒親人了。」楊超英有點答非所問。

「您剛提到『大兒子』，令兄還有其他小孩？」

「對，他二兒子旻倫，現在在大陸。」

「做什麼？」

「在甘肅的蘭州市經商，經營食品和中藥材買賣。」
「去多久了？」
「大概三、四年了。」
「抱歉，剛打斷您的話，您提到那一天……？」
「對，一不小心就岔開了。當時我人在美國，嫂嫂說他巡視電廠工地，中午到工寮用餐休息，他沒有午睡習慣，所以到外面去。下午開工的時候，大家遍尋不著，才發現鋼筋掉在地上，他也倒在那裡，上去一摸已經斷氣了。警方調查的結論是，工地鐵梯比較簡陋、又沒有扶手，可能下樓不慎摔倒、失去平衡，銁到綁鋼筋的鐵索，重力加速度，加上頭部被砸，因此回天乏術。」
「沒懷疑是他殺？」
「我不在台灣，沒有直接接觸。爸爸和嫂嫂沒意見，只是惋惜他不小心。那一年旻文過世，家裡愁雲慘霧，哥哥心情低落，常常精神恍惚，甚至想提早退休，或許才發生悲劇吧。」
「日正當中，他為什麼要出去呢？」
「不知道，可能飯後散散步吧？」
「哪個電廠？」
「台北縣——你們現在說新北市，戎朋核能電廠。」
「喔！這電廠蓋了數十年了。」
「是呀，到現在都沒完工。想起哥哥的死，我也滿感慨的，不蓋就沒事了。」
「您哥哥的工安事故，應該不是唯一意外。」
「是呀，那麼大的工程，預算追加到現在，聽說都快翻倍了？」

「對，從一九九一年，最早提出的一千六百多億，到現在增加到三千多億，未來還會更多。」
「如果哥哥還在，不知道怎麼想？他蓋了一輩子電廠，但是從旻文得了血癌，就改變了。」
「什麼改變？」
「具體的他沒說，只是提過兒子的病，可能是因為在核電廠工作。」
「為什麼？」
「旻文念核子工程系、畢業後也進了台能，不過和哥哥不同單位，他是在核能技術處。他遺傳了哥哥，個性認真負責，聽說常為了趕工，和基層工人反覆檢查，會不會是被曝過度，累積了輻射能？才會年紀輕輕就發病？哥哥後來自責，自己蓋的電廠害死了兒子。」
螢幕上，他的臉色暗了下來，可能是光線的關係。
兩人不好亂揣測，一時無話。然後海人拿出「初江王」紙箋，在螢幕面前展示。
對方搖了搖頭，「這是什麼？」
「您家人有沒有見過？可能在令兄喪禮上。」
「我參加完出殯就回美國了，當時不能久待，你們等等，我問爸爸。」
他緩緩攙扶父親過來，老人顫危危的坐下，眼神一時無法對焦，讓人懷疑他是否聽得懂兒子的話。但他只是遲緩，不是失智失聰，他眨眨昏耄泛淚的眼球，往前伸直，一時僵住。
若芙有點不習慣，除了照鏡子，很少讓別人靠得這麼近，還好他遠在美國。
老人先是搖搖頭，接著瞇起眼，隔了數十秒，又肯定的點點頭。
她深吸一口氣，海人也輕咳一聲，釋放無言的緊張。老人張開無牙的嘴，咿咿啊啊述說，楊超英貼得更近，隱隱約約聽懂：「有啊……很像……不是……拿走了。」

她看了看海人，只見他皺著眉，半邊法令紋耷拉，似乎在苦思中。

楊超英幫忙翻譯：「看過，不知道是什麼，似乎是旻倫拿走了。這是什麼？為什麼你拿這個？」

「您有旻倫的電話嗎？」海人迴避了問題，沒想到對方不以為忤，並沒有追根究底。

「你想打給他？」

「是，您能幫忙打個招呼嗎？我怕太冒昧了，他不理我。」

「好吧。」楊超英爽快答應，如果侄子同意了，他會發簡訊。

兩人謝過楊家父子，楊超英舉手致意，連連說不客氣，表情卻有些黯然。若芙有些不忍，但沒有其他選擇。退出 Skype，海人想說什麼，若芙叫著：「等一下、等一下，我知道你要說什麼。」

海人聳聳肩，只是微笑。

「甘肅！是吧？人傑去過敦煌，就在甘肅。是巧合嗎？不會這麼巧吧？難道他偷渡出國、躲在那裡？他很可能去見了楊旻倫——。」

「對。」

「我們的下一步呢？直奔甘肅？」

「不，還是先打電話。」

她難掩失望，「只是打電話，如果他騙我們呢？或許去了就能找到人傑……。」

「我沒有這麼樂觀。這條線索還太薄弱，反正若在甘肅，應該不會馬上跑掉。」

「但是不怕一萬、只怕萬一。」

他犀利的看著她，「如果妳堅持，也可以自己去。」

看見她的表情，他瞬間改口：「我們還是一起行動？稍安勿躁，好嗎？」

「好吧……。」她咬著嘴唇。

他看看手機，時間超過九點半，「再等半小時，如果沒消息，我就送妳回家。」

「不必了，我自己回去。你家不是在南港嗎？」

「嗯，在中央研究院附近。」

「如果我沒想錯，這樣會繞一大圈。」

「沒關係，我說過，妳要小心點。如果出了事，我可是徹夜難眠。」

「不用啦。」她用手遮住臉頰，怕變紅了。

「妳要保重。別忘了……」他降低了聲調，「為妳的家人。」

她沒說話。她沒忘記。

「對了，我有個提議。」

他揚起眉毛，等著。

「我想拿紙箋去化驗。」

「好，我也想這麼做，還在考慮找哪個實驗室。」

「萬里齋有檢驗室。既然是總裁的案子，他們當然會同意。」

「檢驗能力沒問題？」

她肯定的點點頭，「為了研究、辨別文物真偽，常常需要檢驗材質、年代、成分等等，那裡的人員、器材一應俱全，檢驗速度也很快，不輸國家級實驗室。」

「那太好了，我也怕送去檢驗，一時拿不回來，臨時要用就慘了，這樣我就放心了。我們不是警察，缺少這些資源，還好有萬里齋。」他停了一停，「妳笑起來很好看，可以多笑笑。」

她斂起嘴角。

他像是沒說，「另外，字體也可以檢驗。」

「字體？」

他站了起來，開始踱步，「對，紙箋上印的都是相同字體，妳不覺得很特殊？那不是常見的電腦字體，比較像活版印刷的鉛鑄字體。」

「鉛字？」

「對，自從電腦興起，這種字幾乎快絕跡了，全台灣僅存少數。」

他指著「初江王」，「注意看，電腦排版比較呆板、僵硬、少變化；但活版印刷是各自排版，鉛字質地柔軟，多少有些磨損，所以每個字都獨一無二、有變化、有起伏，就像是有體溫的。」

「這個比喻好生動。」

他盯著她的臉，「而且，注意，這是日文、不是中文。」

「難道這些字來自日本？」

「這也是條線索。連續殺人犯的『記號』，是剖繪犯罪心理和軌跡的強烈依據。也就是所謂的『風格』。」

「什麼？」

「你看過奧罕・帕慕克（Orhan Pamuk）的《我的名字叫紅》嗎？」

「那個諾貝爾文學獎得主？描寫纖細畫家和謀殺……怎麼了？」

他笑了，「真正的天才藝術家，無需在作品留下任何痕跡，更不需簽名蓋章、透露身分——帕慕克說，人們敬奉的『風格』，只是洩漏犯罪的不完美瑕疵。所以，我們要從兇手的變態，看出他的瑕疵。」

海人的手機響了，沒想到楊超英這麼快，他說旻倫答應了，現在就可以打。

快十點了，事不宜遲，兩人馬上撥電話，楊旻倫聲音很開朗，似乎是個和氣的生意人、適合跑業務的性格。海人問起白人傑，他有點意外，承認見過面，九月底，人傑到甘肅省蘭州市找過他。

「找您做什麼？」

「他問我爸過世的情況。」

「為什麼？」

「他懷疑，當時蓋的電廠有問題，爸爸可能因此被害。」

兩人交換了訝異的眼神。

「為什麼這麼說？」

「他沒說清楚，說要追查才能確定。查出來了嗎？是他叫你們來的？」

「不是。您知道他失蹤了嗎？」

「失蹤?!不會吧！」旻倫聲貫洪鐘，差點把耳膜震破。

「我們正在找他，輾轉探聽，才問到您。」

「什麼時候的事？」

「上個月，十月二十四日。」

「我的天！不會吧……不會是因為這個吧？」

「有可能。」

「如果他失蹤，你們要小心，不是開玩笑的。」
「當然，您能說明見面情形嗎？」
「好。他打電話來，說是我爸的朋友、萬濤集團總裁的侄子，我聽過萬總裁啊。他說要到敦煌玩，能不能來拜訪我？我一口答應了，這裡台商比較少，有朋自遠方來，不亦樂乎。我們約了吃午餐，我對他印象很好，聰明大方、看起來很正派，但是有點煩心的樣子。他說的話，實在讓我吃驚。」
「怎麼說？」
「我以為他是來問候，甚至叫我當地陪什麼的，這種事我看多了，敦煌是世界遺產、觀光勝地，但是我生意忙，頂多吃個飯就是了。沒想到他不提這些，反而拿出了一些地獄圖，問我有沒有想起什麼？尤其是跟父親有關的？」
「地獄圖？是古畫嗎？」
「是古畫，不過是彩色列印的。我沒想到一個陌生人會問這些，想了很久，才想起家裡收過一張詭異的紙，上面印著閻王名號，勉強能說有關。他問我是不是『宋帝王』？我說好像是。」
「那張紙在哪裡？您帶到大陸了？」
「沒有，當然不可能，留在台北吧？或是丟了？我不清楚。當時我媽很生氣，她說這是神經病的惡作劇、在傷口灑鹽的惡劣行徑。」
「是喪禮發現的嗎？在簽名簿裡？」
「對。你怎麼知道？」
「簽名簿還留著嗎？」

「就算有，也不知在哪裡。白人傑也問這個問題，為什麼？」

「他也問了？」

「對。」

「令尊有仇人嗎？」

「他處理的都是數百億、甚至上千億的工程，若是有，也不奇怪。但是警方沒發現涉嫌的人，也沒有恐嚇或攻擊，當時我爸狀況很差，最後意外結案，我們不得不接受。直到白人傑來訪，我才重新思考，爸的死是否有陰謀？」

「他過世時，您在台灣嗎？」

「在加拿大。我高中就到多倫多念書，住阿姨家。哥哥重病時，我還在念大學，休學半年回台灣，後來補進度很吃力，沒想到父親也出事了，屋漏偏逢連夜雨，媽媽健康一路走下坡。」

「關於那些圖，您還記得什麼？」

「照片大概有十多張吧，他說原作是吳道子，真跡太珍貴了，無法帶出來旅行。畫作年代很久了，不仔細看難以辨別，連我這種門外漢、幾乎不接觸藝術的，都覺得那是好畫。」

「他還說了什麼嗎？」

「不，他不肯多說。看起來憂心忡忡，第二天就去敦煌了。」

「他對令尊之死的看法？」

「嗯……」聽得出他有點為難，語聲遲疑，「怎麼說呢？父親過世十多年了，我們也接受那是意外，突然有個陌生人跳出來，說那是凶殺案，卻又不解釋清楚……如果是你，會怎麼想？

家人過世之後，我選擇離開、祖父也搬離台北，就是因為觸景傷情啊！如果他說的是真的，能抓到兇手當然最好，若是雷聲大雨點小，最後仍然落空，又是二度傷害。更何況這麼多年，能有什麼發現？……他查到什麼了嗎？他家報警了嗎？」

「有，但找不到人。」

「我會為他祈禱，希望他沒事。」

「謝謝您，希望如此。」

「若是找到他，也請說一聲，免得我掛念。」

海人掛斷電話，肩膀拱起，聲音急切。「他說，人傑認為楊超群的死，和電廠有關？——萬喜良的鈾、史大衛和朱是全的研究，都是相同脈絡。」

「嗯，這通電話很有收穫呀。」

話雖如此，若芙隱約感覺不安，麻煩海人載她回家，經過便利商店，還不忘進去補了幾包堅果。逞強和性命，還是命比較重要啊。

十五、土子

十一月九日（六），台灣・宜蘭。

人傑失蹤第十七天、萬喜良委託第七天。

如果「七」是一個輪迴，他們已訪過一輪賓客和親屬（除了張美霞和美雪），刻畫出整體事件輪廓。他們沒和萬喜良見面，而是透過李少華回覆；他說總裁很關心這件事，重要進度請馬上回報，尤其是關於人傑的部分；並重申，若需要任何支援，請儘管提出沒關係。

這天上午，兩人分開行動，若芙先去找邱碧珠，拿她找到的「变成王」紙箋；然後赴新竹萬里齋，前一天已情商孫老、並通知實驗室人員，要趕快檢驗紙箋。

而海人開車到宜蘭找友人，之前他四處聯絡、透過媒體申請，但內政部和警政署都拒絕協助。山不轉路轉，既然正式管道行不通，他就在私人交情的路上。

這一天是週六上午，正是親子出遊日，這一向與他無緣；現在卻有緣和一堆人，一起塞在雪山隧道的車流長陣裡，天氣太好了，他不想詛咒好天氣。車中的音響大聲唱著，是台南歌手謝銘祐渾厚樸實的歌聲：

我今仔日無想欲飛　我揣無人講一寡話　敢有一塊心會當安穩的土地

我今仔日無想欲飛　少年的夢猶剩若濟　我斡頭過　有一蕊叫青春的花　這世人猶毋捌開過

當中年遇上滄桑，他聽著歌手的喟嘆，胸口浮起了戚戚焉。尤其這幾天跟若芙在一起，讓他想起自己的漂泊青春時，當時是黑狗兄，現在是什麼？……

他自顧自笑了笑——不會是黑豬兄吧？

恐怖啊。一晃二十年。

他並不老，還不滿四十，心境卻遠遠超越年輪；他大她二十歲，如果當年和大學女友中了樂透，生下的孩子也這麼大了。僅是這樣，就好像欠了她什麼，無端端矮了一截。在她面前，他總有衰老的自慚形穢。雖然明白不是自己的錯，好像那是自己的錯。是羨慕嗎？嫉妒嗎？他也不懂為什麼。

第一次看到她時，他震驚得連動都不敢動，她讓他想起神話裡的動物，純白無瑕的獨角獸，在月色下散發光芒，充滿靈氣的水汪大眼，纖細、優雅，每踏一步便步步生輝……以前總認為是虛構的，現在才知道有所本。

別人或許覺得，身旁有美女很幸運，但是他反而有壓力，好像時時要端整儀容，尤其知道她的身世後，總覺得幫不上忙很沒用。犯罪受害者保護協會、國際特赦組織、人權團體工作者、或者義務辯護律師，大概最能了解這種感覺。具體來說，自從那一夕深談，他開始默默想幫助她，但他想幫的不是「一個人」，而是一種態度：追求真相的執著、信仰正義的純真——那些「人性」的美好面。

這才是真正打動他的。

謝天謝地，總算開過了雪隧，它穿越六個地震斷層，是台灣最長、最艱困的隧道。交通部還邀請探索頻道製作紀錄片，他也協助寫了企劃案，算是湊到一點邊。民間言之鑿鑿，雪隧的開通破壞了北部的「龍脈」，在他看來不是龍脈，而是截斷了蘭陽平原山林的地下水脈。不過隧道貫通，確實有助快速連通台北和宜蘭，事前便有多方辯論，而官方早已做出選擇。

他駕駛方向盤開往頭城方向，老友「土子」就住在頭城的稻田，那裡青蛙聲比電話聲還大。土子不是本名、而是綽號，他不是恐怖份子，但必須隱姓埋名，因為真正的身分是「黑客」，平常神龍見首不見尾，只有海人這種老友，才知道廬山真面目。

他們是在成功嶺認識的，土子在炎陽下被班長羞辱，海人用一百個伏地挺身幫他解圍，也開啟了兩人的友情，到現在仍沒有變。離開成功嶺之後，都在北部念書，一兩個月見一次面。土子具備強大的搜尋、交流本能，海人退學後，兩人仍保持聯絡，多半都是土子打來，早年都用電話，網路發達後改成無線，因為土子的溝通很黏，海人一度懷疑他暗戀。不過那是海人多心，他是不折不扣的異性戀，鐵證就是交換的A片，百分之百都是波霸花木蘭那一型，根本看不上海人的人魚線。

車子緩緩駛入土子家前院，不遠處有座土芭樂園，稻田收割過了，稍早下過雨，地上有些溼潤，田裡有數隻白鷺鷥正在踱步，一百公尺外還有紅冠水雞，抬起頭警戒的看著他，並沒有躲開的意思。土子穿著三花牌內衣和五分褲，腳上一雙藍白拖，他常待在室內，貓熊眼加上白皮膚，四季不變的裝扮，頂多冷了加件外套，左看右看，都是個標準的「台客」。他的外表雖不起眼，其實五官端正，眉毛又濃，只是眼圈黑了點，腹上泳圈寬了些，如果減重十五公斤，或許阮經天也要擔心。

他是綠色田園的愛好者，雖然坐擁祖傳農田，但並不下田耕種，不忍心一畦畦稻田荒廢，便請附近的農民幫忙，給付的酬勞包含現金和收成，所以他得出錢買自家稻米。有幾次送給朋友，大家看見標註「自種」，故意吐槽他不下田。

土子聽了只是笑笑，他的憤怒呈現在網路中，日常是個溫吞的大好人。

海人剛進屋，就迫不及待的問：「給你的那些資料，查出來了沒？」

「你昨晚才寄耶，怎可能那麼快？」

「別扯了，都查到了不是嗎？」

「要不是我有全台身分證，可能要慢半天……。」

「屁！才半天。」

「基本上我不愛駭政府，你知道我的收入來自抓毒掃毒，總要尊重基本客戶……。」

海人哈哈大笑。「好了啦！我特地過來，就是想見你啊。」

土子也笑了，嘴上還是不饒人，「『扯』也要交情啊，我可是挑人的。」

海人重搥他的背部，土子沒有回擊，大搖大擺進工作室，所經之處東一疊、西一疊，堆滿不同品牌、形狀、體積、年代的電腦器材，從地板到天花板，像等待組裝的變形金剛。有早期的ＩＢＭ工作站、美國惠普、土產的華碩和宏碁，第一代的蘋果電腦、最新的APPLE Mac等等，都是他的心愛收藏。室內亂得像龍捲風襲擊，又整齊得依據地層，在亂石嶙峋、崚嶒崢嶸旁邊，還盤據一圈圈的彩色線路蛇。

土子的生活雖然單調，並不寂寞，而是樂在其中，海人估計他的網路交誼，恐怕數百倍於自己的人際關係。外表是不起眼鄉民、封閉的阿宅，近年卻積極參與網路運動，於消費監督、軍中人權和反核議題攻城掠地，在熱愛領域優遊自得，亦不自外於人群，讓海人更敬佩。雖然兩人道路不同，但是惺惺相惜；也都讓「老友」佔著特等席。

土子在電腦桌坐下，海人想找椅子，左顧右盼，只好放棄。土子也不在意，指著螢幕上的發光文字，一手移動滑鼠，從嘻笑怒罵轉為嚴肅正經，「昨天你寄給我的資料在這裡：

伍官王，身分證N238914607，死亡日期三月二十六日；

泰山王，身分證A173998211，死亡日期八月二十二日；
平等王，身分證F113289569，死亡日期十二月十五日。
我先查出姓名、籍貫和出生死亡年份，後來又查出身分和死因：
伍官王——方亞萱，彰化縣人，台灣大學生化科學所碩士生，生於一九八四、死於二〇〇九，享年二十五歲，意外死亡。
泰山王——劉慶中，台北市人，台灣能源公司核能電廠員工，生於一九七五、死於二〇一〇，享年三十五歲，意外死亡。
平等王——謝文全，台北縣（今新北市）人，北寮反核自救會前總幹事，生於一九四四、死於二〇〇〇，享年五十六歲，意外死亡。」
「都是意外死亡……。」海人沉吟著。
「這三個人性別、年齡不同，職業也不一樣，但都是這樣，你到底在查什麼？」
海人閉上雙眼，嘆了口氣，「能查到更詳細的死因嗎？」
土子斜眼瞟他，知道老友脾氣，沒勉強逼問。「嗯……這些都是死亡證明書上的，只有五種選項：一、病死或自然死。二、意外死。三、自殺。四、他殺。五、不詳。如果要看文字說明，要進更多資料庫……好吧，等我一下。」
他飛快移動手指，劈哩啪啦切換、上下翻動網頁，只見光點、指標不斷閃動，如同蜂鳥在花叢中覓食。海人看暈了眼，還是耐心等候，沒有太久便得到了答案。
「所以，方亞萱車禍過世；劉慶中跳水自殺；謝文全是登山遇上虎頭蜂，被螫死的？」
土子點點頭。

「謝了。那麼家屬的電話，也幫個忙吧？」

土子翻了大白眼，海人趕忙陪笑，這一刻，當個小廝也值得。

回台北前，海人請土子查防身器材行，他在PTT上發問，很快給了一個地址，一雙眼笑得開懷，海人心覺有異，不知他耍哪一招？

海人開車到了台北，在忠孝東路二段、知名科技大學對面，找到那間店。

他目瞪口呆，再次確認門牌號碼——左邊是連鎖咖啡店、右邊賣皮件和女鞋——確定！真的是這裡。他又好氣又好笑，心裡幹了一聲，還是走進這間被粉紅色雲朵淹沒的店。

這裡的裝潢讓人臉紅心跳、血脈賁張，但是當場勃發的恐怕不多。

海人假裝不在意店員，突然變成瘖啞人士，高大的身軀鑽入窄小走道，周遭擺滿性感火辣內衣、各種尺寸的假陽具、一排排多功能跳蛋、能吃能塗能吹的保險套、SM扮裝鞭打歌德風道具、還有不知性能的遊戲器材……讓他想起奇妙的珊瑚礁魚類和生物。他低頭快速尋梭，不是沒來過這種店，但不是這個心情。

——為什麼台灣的情趣用品店，還兼賣防身器材？

實際的答案，可能比想像更令人尷尬。

他像隻迷路的扭捏鯊魚，找了好一會兒，終於看到轉角櫥櫃，放著許多目標魚群——各種隨身警報器、防狼噴霧器、多用途電擊棒、警棍和雙截棍……。他幫若芙買了多種警報器和噴霧器，包含放家中、收皮包、掛身上、勾腳踏車的……自己也買了兩種。至於電擊棒，在台灣是管制物品，除非警察機構審核和授權，否則不能公開陳列販賣，不知道這間店是合法或非法販賣？同理，民眾也不能攜帶或持有，必須是保全、巡守、隨扈或公務機構才能領取執照。

所以即使申請，恐怕也不會通過，即使購買，亦屬非法行為，這樣還要買嗎？還有，住家最好裝監視器，需要找廠商嗎？或者告知萬濤集團，請他們裝設即可？……他站在貨架前發楞，發現其他人目光，趕忙拿到櫃檯結帳。最後還是沒買電擊棒，出了店門口，他跟李少華約好，明天來裝監視器；他決定每天送若芙回家，這是應該、也是能做的。

經歷多年戶外生涯，他懂得「上山逞強」是英雄，「下山逞強」卻是狗熊，因為「保命」才是王道，沒了命，神馬都談不上了。

十六、孫慶平

十一月九日（六），台灣・新竹。

今年八十五歲的孫慶平，平時住在萬里齋的客房。多年以來，仍常假日到文物庫，他出了房門、穿過長廊、搭上電梯，通過指紋及虹膜辨識——不必帶卡，更不必六十年前那種響噹噹大鑰匙，就進了全年恆溫、恆溼、控光、沉靜的庫房。

許多年了，他一到這些地方，心情頓時淡定。無論是抗戰時期，西南大後方的陰溼山洞；抗戰勝利後，南京政府的臨時倉庫；政府遷台後，臨時暫放的霧峰庫房、台北故宮新建的庫房……或是退休之後，萬里齋的地下收藏庫，只要來回巡視抽屜，打開、檢查藏品，確認標籤和說明，他便感到知己相見，無日不歡。他一向不那麼親兒女，他們都有工作家庭在忙；一直以來，古文物就是他最老、最好的朋友，也是最親的友人。

不過這天的目的，和平日完全不同，這是江若芙特別請示，而不是多年的老規矩。既然她懇求、又是總裁指示，他二話不說，用過早膳便先過來。他瞑目養神，靜立在時間的前方。這些日子，他對這個關門弟子述說了許多往昔，古物的深邃，需要小人兒自己體會，但是文明傳承的口述歷史，卻是他這個守門長老責無旁貸的。

孫慶平的前半生是傳奇，後半生相對安穩，彌補了早年的飄蕩，實現了義父齊大元的願望。他出生四川成都，老家是殷實的商家，位在最繁華的春熙路上，全家共有十多口人。一九三八那年，北京故宮為了躲避戰火，將七千多箱文物運到西南，故宮的職員齊大元銜命待在成都守護，常上他家鋪子買日用品。戰爭蔓延，日本飛機空襲成都，孫家被轟成廢墟，一家子無人倖免，只有他正好到同學家，僥倖活了下來，但是他舉目無親，眼看就要淪落街頭，還好膝下無兒的齊大元收養了他，還幫他取了新名字。

若芙是他的關門弟子，第一次見面就覺得有緣，像他來不及長大的小妹，都是白皙皮膚、水靈眸子、修長的四肢。每次看到若芙，他都想：小妹如果這麼大，也會這麼出眾。

都七十多年囉。

他跟著養父搬遷文物，播遷過上百個城鎮，到台灣才安定下來，雖然一九五〇、六〇年代，也曾因為韓戰、越戰、冷戰……感受到威脅，但大體上，身為老故宮的子弟，他接下了文化的傳續。孫慶平長大後，考上正式職員，待過書畫處、器物處、圖書文獻處，編寫十多本書籍，一直到六十五歲才屆齡退休。一九九〇年代，萬濤集團興建了萬里齋，邀請他擔任總顧問，備極禮遇請專人照顧生活，他才從台北搬到新竹，不過每年仍常回故宮，和老同事敘舊、講課、鑑賞，外雙溪有太多回憶，他在那裡工作、成家、生兒育女、送別老妻……經歷了人生風雨，古文物始終不離不棄、陪伴著他。

他的人生是幸福的，因為從事了最愛的工作。

在他心中，審美體驗是最美好的人生，能夠天天在第一線，親近、接觸藝術，不但實踐了人類天性，也滿足了生命的追求。他認定的美是全方位的，不只是外貌、形象或材質，更包含內涵、意義與品性，豐華的肉體、絢爛的青春會消逝不見，但是精神和內在卻更為恆久、難以複製，唯有藝術之美，才能超越時代，呈現宇宙的良善、均衡與秩序。

就如自己的老妻，雖然不是豔驚四座，但是溫柔體貼、誠摯善良，兩人琴瑟和鳴，夫唱婦隨，直到她先一步而去。他們這一輩人含蓄，不會說那個狂熱的字，但深情無庸置疑。

歷史上，藝術家總是男性居多。他認為，不只是性別優勢，更因為女人天生擁有美的形式、保存美的內容，「美」是女人的天賦，所以賈寶玉才會說，「女兒是水做的骨肉，男人是泥做的骨肉，我看了女兒便覺清爽，見了男子便覺得濁臭逼人。」而男人像獵人一般，擁有狩獵與捕捉美的本能，男人比女人更重視「美」，才會見異思遷、喜新厭舊，因為自己不美，所以更想創造美。

女人不理解自己的美，男人不珍惜女人的美，這是世間悲劇的由來。

正因為對美的執著與重視，每次看見若芙，總勸她畫像或拍照，因為青春短暫，別讓仇恨、憂慮減損了天賜容顏。他甚至揣想過，什麼藝術形式，最適合保存她的美？——是印象派的光影流動？纖細畫的精密細緻？膠彩畫的閨秀優雅？仕女畫的形神兼備？或者回歸現代科技，先用攝影記錄真實？

他知道自己想太多了，這是改不了的職業病；只是左思右想，仍舊沒說出口——自己經歷過喪親之痛，走出來，需要時間。

今天這個囑託，說來簡單，只是兩張薄薄的紙箋，一張印著「初江王」、一張印著「变成王」，加起來共六個字。說起來，他過眼的國寶可多了，就以書畫來說，從鎮館三寶的范寬「谿山行旅圖」、郭熙「早春圖」、李唐「萬壑松風圖」；舉世聞名的清院本「清明上河圖」、兩岸交流盛事的「富春山居圖」；還有懷素的「自敘帖」、蘇軾的「寒食帖」、宋徽宗的「詩帖」……。

他常感謝上天厚愛，能親炙這許多瑰寶。這種紙雖非國寶，但同樣令他印象深刻。

不是因為珍稀，而是因為不忍。這是種殘忍的紙。

他對這種行徑，一向匪夷所思。

為什麼會有人把喜悅建立在別人的痛苦上？

所以他排斥象牙雕刻，因為好的象牙必須是「活牙」，從大象臉上硬生生拔下，任大象掙扎痛苦、血盡而亡，才不會像「死牙」，容易出現乾枯裂痕。這是什麼酷刑？光是想像就不寒而慄。就因為那些產象牙的國家，人民比較窮困，所以就被利誘，去野地剝削更無辜的大象。

康拉德說的，象牙貿易「是人類良心史上最下流的攪和」。

古代的「點翠」工藝，也是屠殺翠鳥，從袖珍小鳥的頸背羽毛，一片片剪下、黏貼而成。雖然「點翠」的土耳其藍，有著難以取代的柔潤、豔亮和迷幻，但他認為即使巧奪天工，失傳了也無所謂……。

他再次舉起放大鏡，細細審視著紙箋，若芙就在身邊，屏氣凝神的等待。

紙箋上的字比較單純，過去他在圖書文獻處，見過世界各國、各種年代的印刷品，尤其活版印刷居多。正如她的猜測，這是鉛鑄字體、而且是用上品硃砂印的。若芙開心的笑了，他像發現新大陸。這就對了，年輕女孩應該多笑。

至於紙的質料，他一拿起，心情便跌宕下沉。

——真的很像，四十年前見過的、那閃爍微光的幻影之紙。

隔著薄手套撫摸紋路，粗糙的質地、微凸的線條，不必用高倍顯微鏡，幾乎可以確定，這就是當時的……

他吞了一口唾液，覺得嘴巴好乾，眼角看得見若芙，她仍專心致志望著他——即使為了美，也可以這樣做嗎？為什麼從點翠、象牙到虎皮……總有人這麼做？

他厭惡得全身顫抖起來。

十七、江若芙

十一月九日（六），台灣・台北。

下午四點多，若芙轉車回台北，一路恍恍惚惚，跟著人潮上了捷運，聽到「叮咚叮咚，南港站到了～」，才發現自己坐過站了。她也習慣了，走出車廂、四處望望，發現這是個漂亮車站，月台邊有畫家幾米繪畫的彩色壁磚，是地下鐵的飛天巫婆，她索性走出南港站，想慢慢散步，踅回昆陽。爬上反方向的臺階，看見盲人少女、巨型兔子、陪伴上班族的大象，還有撐著傘的企鵝，充滿畫家夢幻奇想的風格，心情突然好了一點。

她向著夕陽的方向走去，都市邊緣的風景空曠，南港經貿園區、展覽館被拋在後方。簡陋的鐵絲網撐起了圍牆，寸土寸金的草叢蔓延廣漠，四處生長的五節芒開了花，無邊無際的簇簇白花頂著草尖，蕭蕭瑟瑟的隨風擺夷，西斜的陽光點綴金粉，閃亮亮像魔術的金光。台灣黃堇的花冠婀娜搖曳，如同低頭微笑的少女，婉約的陪在小夥子旁。若芙停下步來，入迷的看著一波波白浪，跟著夕陽寒風高歌呼嘯、婉轉起舞，耳邊傳來大風聲音，她拉了拉單薄衣領，卻捨不得離開，燒紅的殘陽落到了長路盡頭……。

她喜歡荒野的景色，沒想到台北能看見，她的目光穿越鐵絲，飄飄蕩蕩的浮上雲端。之前一年，她經歷了人生最大變故，沒什麼能比那更震撼。她被劈得四肢麻木、五體趴地、三魂七魄去了一半。但是過去一週，她又歷經了第二種震撼，聽見更多的痛苦、更多的死亡，更多的真相不明，隱藏在失蹤、謀殺和意外中。她感覺到更多「惡」，更發現自己不想退縮，反而想更逼近——用烽火、用大風、用光束，解開所有的謎團、散去周遭的迷霧，恢復原有的光明。

就像萬總裁說的，她是有緣的。

跟這一切有緣。

一樓的鐵捲門開著，若芙爬上二樓，海人瞧了她一眼，低下頭說還在忙，如果餓了就先去吃飯。若芙應了一聲，先到一樓盥洗室，嘴唇有點裂了，她對鏡子擦護唇膏，鏡中的眼神困惑、有點恐懼，但帶著更多的決心。她摸摸纖細的濃眉，印堂有蹙緊的細紋，最近太常皺眉了。

她回到樓上，沒去打擾他，坐在牆邊看著掛好的相片：七彩斑斕的汙染河流、高山的滔滔雲海、高聳雲霄的巨樹、躍出海面的大翅鯨……

鯨魚的胸膛插著黑色魚槍，鮮血從體內滲出來，畫面映滿奇幻的藍色水光，襯得猩紅更加觸目。那是動脈的、心臟的血，那樣的血流出來，一定沒有命的。

她默默看了一會兒，然後到「鬍鬚張」吃了飯，買了便當。上樓的時候，海人已經準備好了，他拿出環保筷，努努嘴，請她自己看。若芙坐了下來，開始閱讀，都是海人在水果日報、自由時報、聯合報、中時電子報、中央社等付費資料庫搜尋的，旁邊有他猷勁的字跡。

依據三人的死亡時序，最前面的是「平等王」謝文全。

——二〇〇〇年十二月十五日（五），「北寮反核自救會」的前總幹事謝文全和親友十多人，到貢寮附近的「新草嶺古道」縱走。一行人在涼亭用餐，但有遊客驚擾了蜂群，眾人被虎頭蜂攻擊，全都狼狽的逃跑，被追逐了近百公尺，許多人被叮咬，尤其押隊的謝文全最嚴重，被螫了四、五十針，引發過敏性休克，送醫不治，得年五十六歲。

家屬無法接受單純的爬山竟然發生嚴重意外，宜蘭縣消防局大隊長李世農表示，肇禍的蜂種是凶暴、領域性強的黑腹胡蜂，秋天之後虎頭蜂攻擊事件頻傳，遊客千萬別驚擾蜂巢、登山也別噴灑香水，才能避免蜂螫事故。台北榮總毒物科主任洪光榮則說，成人只要被五隻虎頭蜂攻擊，就可能引發腎衰竭，一百次蜂螫就可能致命，過敏性體質更危險，曾有人三個月前被蜂螫，身體不舒服；之後再被螫，便當場休克死亡，不可不慎。

謝文全曾是漁民，從船上退休後，因為能源公司計畫在北寮蓋核電廠，便積極投入反核運動，是當地反核的大將，無役不與。近日行政院宣布停建核電廠，引發社會爭議和賠償違約金的壓力，自救會的氣氛也很低迷，聽到他發生意外，所有幹部都很感傷。

上面還附了謝文全在工地抗議的照片，他舉起手吶喊，臉上的皺紋風吹魚皮，神色像家裡失了火。身邊數十個同樣穿白T恤、綁布條的民眾，每個人長得都不同，但是卻又很像，都是同樣的委屈和憤怒、同樣艱苦人的早衰與憔悴。

海人在下方備註：「平等王」掌管六個小地獄：蜂蠍地獄、毒蛇地獄、夾頂地獄、蹲峰地獄、鐵鴉地獄、針雨地獄。

「蜂蠍地獄」這幾個字，在若芙眼中特別觸目。她翻到下一頁，讀「伍官王」方亞萱的報導。照片上的方亞萱穿著白色實驗袍，站在大樹下，她體形纖瘦、長髮披肩、明眸皓齒，頰上有兩個酒窩，甜得能溺死蜜蜂。圖文解說：她是台大生化所碩士班學生，在台大校園拍攝。

——方亞萱在二〇〇九年三月二十六日（四），從台北縣（今新北市）中和區的租屋處騎車到學校，先是被小貨車追撞，又被另一輛福特汽車輾過，造成頭部與腹部重創，送到醫院時大量輸血，雖然短暫恢復心跳，但一小時後仍然不治。

她的母親非常悲痛，表示女兒從小品學兼優，明年就能取得學位，卻遇上死亡車禍。方亞萱的男友陳振祥在國防部服替代役，接到女友猝逝消息，特地請假陪同處理。根據警方調查，小貨車駕駛張家宇表示，因為方亞萱緊急煞車，造成他反應不及。福特汽車駕駛鍾千峰則說，他本來打算轉彎，因此開到右線道，沒想到方亞萱突然倒下，踩煞車已來不及。警方懷疑張家宇沒保持安全距離，鍾千峰違規行駛機車優先道，初步判斷兩人都有責任，但實際狀況仍待釐清。

方亞萱的師長、同學對此均表震驚。校方表示，方亞萱表現優秀，台大痛失英才。目睹慘劇的民眾則說，中和區的景平路、中正路、中山路、連城路常出車禍，對行人安全造成威脅，道路設計不良，希望政府儘快改善。

若芙看到，海人在旁備註：「伍官王」掌管八個小地獄：腰斬地獄、拔舌地獄、吊舌地獄、沸湯地獄、剝皮地獄、劍樹地獄、車崩地獄、射眼地獄。

她盯著「車崩地獄」的「車」字，長嘆一口氣。

至於「泰山王」劉慶中，是興建中的戎朋核能電廠員工，比起前兩位，他的報導比較簡短、也最為簡略，而且只有兩家媒體刊載。

——劉慶中是台北市人，家住新北市新店區，二〇一〇年八月二十二日（日）中午，向家人表示要出門散心，就再也沒有回家。兩天後，警方接獲通報，碧潭出現浮屍，撈起後發現身上有手機、證件，便通知他的家人。經過初步檢視，他的衣著整齊，頭部有外傷，身體略微浮腫，初步研判為溺斃，得年三十五歲。

一週後，報上刊了小小的後續新聞：

警方在上游岩石處，發現劉慶中的球鞋，車子停在兩百公尺外，研判他在山區跳河輕生，頭部撞擊到岩石溺斃，屍體順水飄到碧潭。

劉慶中家屬表示，他和哥哥原本都在南部的核能電廠工作，公司在北部興建新核電廠，因此調職搬回台北。他哥哥去年血癌過世，劉慶中鬱鬱寡歡，擔心自己也罹病。最近因建廠趕工，必須撰寫安全報告，身心壓力很大。他透露辭職想法，家人勸他工作難找，忍耐一下，沒想到一去就沒回來……。死者未留遺書，家屬哀痛逾恆，對死因沒有異議。

台能公司表示劉慶中任職多年，工作稱職，對自殺感到遺憾，將協助處理後事。

海人在後加註：「泰山王」掌管四個小地獄：割舌穿腮獄、頂石地獄、狼啖地獄、油釜地獄。

若芙吐吐舌頭。割舌？穿腮？頂石？狼啖？油釜？頭部有撞擊外傷……撞到石頭……

莫非是「頂石地獄」？

在本頁尾端，海人貼了一則報導，是二〇〇五年六月三十日的香港的《蘋果日報》，標題是「**核電廠員工患癌機率高**」——

英國廣播公司（BBC）報導，一項有關核電廠員工的國際追蹤調查顯示，即使他們處於低輻射環境，患上癌症的機會也會增多。是項調查於過去十三年追蹤了十五個國家的四十七萬七千名核電廠員工，發現有二百人死於血癌，以及六千五百多人死於其他癌症，估計死者中有百分之一至二是受到核輻射影響致命。

她放下手中資料，海人也放下便當，兩人對望一眼。

「兇手為什麼殺他們？」

「喔？妳確定是同一人？」

「不然呢？除了史大衛之外，都是意外身亡？而且都收到紙箋？」

「還沒確定這三人也收到了。」

「明天就問。我打賭，都有收到。」

「好吧。」他點頭，「很有可能。」

「兇手把殺人安排成『意外』。」

「這樣比較容易結案。警方如果找不到動機，例如保險金或仇恨之類的，就容易這樣解釋。」他頓了頓，「而且，這些謀殺不是炫耀性的，不容易發現。」

「有人希望被發現嗎？」

「……如果是『大藝術家』型的兇手。『它』幻想、編排了這麼久，規劃、組織、安排、執行得這麼完美，但是世上卻沒人發現，沒人知道它是犯罪藝術家。多麼孤單、寂寞、難熬啊！所以它會希望別人知道，不要埋沒豐功偉業。」

他緩緩壓折便當盒——全部吃完了，一粒米不剩，盒子在他手下呻吟。

「兇手真是這樣的人嗎？」

他歪著頭，翻了個白眼，「不，我不確定，它的儀式並不明顯。」

若芙蒙住臉龐，「它大概又得意、又難堪吧。」

「或許吧。但妳不要落入犯罪儀式的圈套。說不定它要殺的只有一位。為了一個，殺了這些人。就像切斯頓（G. K. Chesterton）筆下的布朗神父……一粒石頭，最好藏在哪裡？一片樹葉，最好藏在哪裡？一顆假鑽，最好藏在哪裡？」

「藏在沙灘上、樹林中、和一堆真鑽石裡。」她不假思索。
「賓果！偵探小說看得很熟嘛。」他露出嘉許的眼神。
「最重要的還是動機！動機是什麼？」
「一般來說，連續殺人魔總是為了性。沒有例外。」
「這裡沒有性。」
「殺人的主要動機，多半是情、仇、財。」
「會不會是仇殺？」
他皺著眉，一張臉像苦瓜。若芙拍著大腿，「兇手不是上班族。」
「妳是說……？」
「喏！大多數殺人魔為了完美犯罪，不願匆忙下手。上班族通常只能週末或假日犯案。」
「這些凶案多半不是假日。」海人用萬年曆程式清查，「不過，扣掉上班族，有上千萬人吧！」
「嗯！」她垂下了眼。
「妳之前住美國？」他眼神古怪、帶點促狹。
若芙點頭。
「妳知道，全球有將近百分之八十的連續殺人魔都在美國？」
「喔？」她目瞪口呆。
「所以妳應該更了解他們。」
「什麼？我又沒接觸過……」她微弱反駁，旋即閉嘴。
「美國之後，就是歐洲；歐洲又以英國、德國最多，法國排名第三。」他起身踱步，加強語氣，

「連續殺人魔超過百分之九十是男性、百分之八十四是白種人、百分之八十六是異性戀，顯示強勢文化的暴力犯特徵。很多異性戀認為同性戀很變態，其實異性戀的殺人魔更變態……他們的罪惡隱藏了更多慘案。許多凶犯來自創傷、暴力、虐待的家庭，往往是童年受暴的被害者；而這些論點，又反過來幫部分人士脫罪，他們的父母、家庭完全正常，只有他自己可惡異常。」

他又繞過桌子轉回來，「反觀被害者呢？有百分之八十九是白種人，百分之六十五是女性，典型的『獵物』印象——脆弱無助、令人垂涎。」他審視著若芙，「所以，妳要小心點。……暴力犯一般有兩種，一種是有組織的，一種是無組織的，還有少數『混合型』。這些被害人背後，隱約透露出一條脈絡，這個兇手是有組織的，不是臨時衝動犯案，而是計畫了很久，才能掩人耳目、瞞騙警方，連最親近的家屬都沒懷疑。許多連續殺人魔都對警察有興趣，曾試圖接近警方、和警察談話、開類似警車的車款、偵查時出現在犯罪現場、甚至關心被害者親屬，以了解更多偵辦內情。他們都具有反社會人格——不然也不會犯下令人髮指的罪行。但不見得是流浪漢、社會邊緣人、或是獨居的怪人；相反地，有些還很有魅力、能言善道、長於表達，所以破案之後，鄰居親友常無法置信。在這個案子裡，兇手到過喪禮會場，可能和家屬對話，甚至就是死者親友……。」

若芙跳了起來。「我們去借喪禮簽名簿，先做初步比對。」

「兇手不一定簽名，但很可能簽了，畢竟是它『來過』的紀錄，沒有比這更好的簽到了……見證死亡的簽到。就算別人看到也不會起疑，卻能滿足變態心理，只是年代較久的，恐怕銷毀遺失了。」

「沒關係，總要試試。」

「嗯，要忙的事很多呢。人手就這樣，妳沒問題吧？」

「當然。」她鼓起面頰，像一隻小河豚。

「啊，還不只呢，來畫一下『犯罪地圖』吧。」

「你是說，被害者的遇害地點？」

他點頭，走到電腦前，她更快一步。

「許多連續殺人魔第一次犯案，都選擇距離較近的地區。等他們膽子越來越大、越來越有把握，才會拉遠犯案的距離。」兩人開啟谷歌地圖，擷取北台灣，再列印成大尺寸，標示死亡地點。

半小時一會兒就過去了，海人用不同顏色連接各點，按照死亡順序，畫出一張蜘蛛網。

「嗯……」若芙開口了，「好像看不出什麼？」

他沒氣餒，又列了第二張，這次是用閻王殿的順序，但仍看不出邏輯。

「好像沒用？」

「嗯……不一定，畢竟我們不是警察單位，沒有專業地理系統、或是運算程式，我們的繪測是很粗糙的，或許警方也沒有軟體……就我記憶所及，台灣沒有連續殺人魔，可能本案是第一個。

聯邦調查局曾用地理剖繪，運算被害者的『死亡地圖』，發現殺人魔往往住在謀殺地點中心、或是距離最短之處。當然，必須要扣掉難以抵達之地，例如河川、海洋、深山等等。就算是凶犯也有慣性，他們偏好在熟悉的、可控制的路徑犯案，很難擴充到全新、未知的領域。從這一點來看，壞人也是人，也有生物的弱點。」

「你看不起他們。」

「當然，那是因為他們自己。」他撇嘴笑了笑。

「受害者都住在北部，從圖上看來……。」

「兇手就在台北市。」

她抿緊了唇，瞪著地圖，脊背發涼。「台北……不大。」

「『它』其實很近。」兩人都沉默了一會。

若芙覺得太陽穴抽緊，嘴唇發澀，海人倒給她一杯水。

「妳發現了嗎？八個可能的受害人裡，有七位是男性。唯一的女性，方亞萱，沒被性侵。」

「不要算人傑罷！」

他一楞，「抱歉！我是說，收到紙箋的八個人。失蹤，也算受害人吧。」

她微微蹙眉，「好吧，勉強。你說得沒錯，性侵這一點，和國外不同。」

「由於亞洲、蘇俄和中東的樣本不足，調查仍有統計的謬誤。我們無法斷定：連續殺人魔的犯案，究竟是全人類、跨文化模式，或只是歐美地區？所以，如果殺人魔在台灣出沒，也無法確定是殺人、或是殺女人為樂。」

「這有很大的差別？」

「有。尤其是動機。國外的殺人魔，總是伴隨性侵害、性幻想、性滿足或性變態；但本案沒有，兇手要不是例外，就是……別有企圖。」若芙靠上椅背，腦力激盪得目眩神迷。

半晌，她幽幽的發話，「兇手有動機。他對『核能』有顯著的關心。」

「妳這麼感覺？」

她臉紅了。囁嚅的說：「是的……你不覺得嗎？除了方亞萱，其他人要不和核能研究、核能工作有關，要不和失蹤的鈾有關，不會這麼巧吧？」

「言之成理。但是核能算什麼動機？好吧，至少範圍縮小了。」他呻吟著，敲著自己的額頭。

她臉上烘烘的，心裡卻很高興。

他停了停，「就算真為核能，誰會為核能殺人？如果兇手是既得利益者，守備範圍也太廣了！核能工業從電力公司、媒體廣告、學術單位、政府機構到外國勢力，牽涉的何其廣、何其深？如果要殺，豈止是八個人？多數被害者從事核能工作，難道反核人士殺了他們？無法想像！這個推論太大膽了。受害者對核能的看法是什麼？是支持或反對？贊成或批評？或許核能只是貫串的線，而不是真正原因？可能為了尋仇、可能為了滅口；又或許擋了利益，真正的目的是金錢。

兇手有儀式，但變態的不是儀式，而是殺人。『謀殺』在多數文化都是罪大惡極、取代了神明職責。何況殺這麼多人？這根本是瘋子做的事！看看馬克白、看看哈姆雷特、或是美狄亞吧——只有人心，難測的人心，才是謀殺的動機。謀殺案直指人心。」他一口氣不斷的說，她的眉毛跟著揚起。

「可惜，我們無法看到犯罪現場。那裡的線索，會比現在多得多。」

她點點頭，心裡五味雜陳，不確定自己想不想看？

「另外兩位閻王是誰？會在哪兒？」

「還有，是什麼地獄……」她低低的說，幾乎聽不到聲音。

室內一片寂靜，只剩下兩人的呼吸，他們誰都沒看誰，也不交換缺角的推論。

大約一盞茶時分，海人伸伸長腿，打破了沉默。

「妳累了嗎？先載妳回家？」

「那你呢？」

「我還有工作。」

「不！」她眉頭鬆了下來，「我也有新發現，要告訴你呢。」

「……那是蝴蝶。」她平靜的說。

「蝴蝶？」海人的手交叉拱成金字塔型，鼻頭埋在裡面。

「嗯，那是蝴蝶做的。」

「妳是說……那些紙箋？」他的臉往後退，白色燈光照耀，很像閃電。她吐了口氣，閉上眼睛。

「這是怎麼回事？」

「你聽過萬里齋的總管孫慶平嗎？」

海人點點頭。若芙繼續說：「大家尊稱他『孫老』，他是文物界的大老，今年八十多歲了，仍然老當益壯、精神矍鑠。他從小在故宮當學徒、在文物堆打滾長大，過眼的奇珍異寶不計其數。

他說這些紙箋都是『手工紙』，不是工廠生產的機器紙。上次看到是四十年前，當時曇花一現，後來再也沒看到了，還有機緣，他也很訝異。

孫老說，『造紙』從兩千年前、東漢的蔡倫改進以來，就被譽為中國古代四大發明。雖然埃及更早就發明了莎草紙、古人也用過竹簡、縑帛、皮革、麻紙等，但是都比不上蔡倫的技術——材料易得、方法簡便、物美價廉、而且能大量生產，讓文化傳播如虎添翼。東漢外戚、宦官干政嚴重，蔡倫是宦官頭兒，曾在太后指使下害死嬪妃；他為虎作倀，與權力同流合汙，最後自殺身亡；但造紙的功勞，為他扳回一城。直到近代，造紙術都沒有很大的變化。十七世紀宋應星著的《天工開物》介紹的方法：斬竹漂塘、煮楻足火、蕩料入簾、覆簾壓紙、透火烘乾……基本上和東漢沒什麼差別，可見他經得起考驗。」

「嗯……」海人沉吟。

「孫老年輕時，曾到台灣的『紙寮』研究、製造書畫修復和裱褙的特殊紙。早期是純手工作業，先到山上採集『皮料』，就是草漿、竹漿、木漿和麻料等，蒸煮後搥打洗淨，經過去渣、漂白、攪碎、浸泡、軟化步驟；再混入『糊料』，就是有黏汁的植物，例如山肉桂、山鳥梨藤，讓紙張成形，添加分量決定紙的厚度。

調勻紙漿和糊料，便可拿著框架，用竹簾網撈、澆、盪或篩紙漿水，來回數次，網片上的漿水便形成紙胚。製造『雁皮宣』、『蟬翼宣』，就是靠老師傅的技術，只『浪』一次水波，製造上品的紙。然後將紙胚疊成『紙豆腐』，脫水、烘乾、篩檢、裁邊，就大功告成了。」

「所以，重點是……？」海人的表情有點緊繃，若芙不疾不徐，「有種特殊的『草花紙』，在造紙時夾入乾燥的花、草、葉，利用自然纖維呈現立體質感，就像是自然標本一樣。每枝草花皆不同，所以每張紙都獨一無二。」

海人沒說話，知道她故意。

她噗哧一笑，「好啦，我講快一點。台灣過去有『蝴蝶王國』的美譽……」

「孫老去的紙寮，在南投埔里？」

「你猜對了。」

「說到造紙就會想到埔里啊，那裡水土豐腴，出美人、釀好酒，也適合造紙。」

「你聽過蝴蝶能造紙嗎？」

海人搖搖頭，「不，我只知道埔里的『彩蝶夢谷』是台灣三大蝴蝶谷，一九六〇至一九七五年，埔里是全台最大的蝴蝶加工區，每年加工數十萬至上百萬，還有人說數千萬隻蝴蝶。」

「真是驚人！」若芙咋舌。

「蝴蝶是恩人，養活了很多台灣人。」海人清清喉嚨，「但因為棲地破壞和濫捕，蝴蝶數量減少，加上國際的保育壓力，市場漸漸萎縮；等到台灣經濟起飛，也沒多少人想捕蝴蝶了。所謂的蝴蝶王國，其實是『蝴蝶加工王國』，才步入歷史。」他狐疑的看著她，「妳剛說……蝴蝶做的紙？」

「就像草花紙一樣，有蝴蝶在裡面。」

「但紙箋上沒有蝴蝶啊。」

他眨眨眼，「啊！」了一聲。若芙點點頭。「孫老說，埔里有蝴蝶和紙的雙重環境，才能生產這種紙。這是在撈起第一次紙漿時，將蝴蝶排列在網片上，然後再撈第二層紙漿，覆蓋其上；或者不撈第二層紙漿，僅靠一層紙漿黏住翅膀。一般都是使用紙身軀、黏上翅膀標本。但他也看過用『活蝴蝶』做的紙。」

「什麼?!」

若芙注視著牆上的「大翅鯨輓歌」，然後轉頭凝視海人。

「你應該知道，採集蝴蝶，必須先輕掐蝶兒胸部讓牠昏厥，然後放入三角袋吧？」

「鱗翅目的鱗片很脆弱，這樣才不會損害翅膀……」

「活蝴蝶就是這樣，牠們只是暈過去，但沒有死。」

「第二層紙漿那麼薄，就算蝴蝶沒被淹死，但是被火烤熱，不會醒來嗎？」

「就是這樣啊！」她的聲音像被掐住脖子，「孫老看過甦醒的蝴蝶在紙上掙扎展翅，奄奄一息，力竭而死……」

「我的天！……」他的手掌一收一放，若芙說得嘴也有些扭曲。

「據說這是不賣的，是為了討好客人，算是技術炫耀吧。」

「閻王的紙箋……」

「那些閃爍幻光的色彩，是蝴蝶的鱗片。」
「從蝴蝶的翅膀刮下來？」
「除了這樣，沒有第二種方法了。」
「那要刮多少翅膀?!」他倒吸一口氣，又說：「能用高倍顯微鏡，確認是什麼種類嗎？」
若芙搖搖頭，「送去讓昆蟲學家比對了。有消息就會回覆。」
海人的臉很臭。
「別擔心，應該查得出來。」
「說不通啊。兇手為了避免暴露，才用『意外』掩飾；卻又留下特殊記號，不是很矛盾嗎？」
「或許他不怕警察？」
「是嗎？他覺得警方蠢斃了，這麼多年都沒看出來？」
「半夜都會偷笑吧。」
海人背剪雙手，繞室踱步。若芙又想起，「還有，孫老說那的確是鉛鑄字，給了我收藏家的電話，你要嗎？」海人拿起筆，抄了號碼。兩人討論明天行程，因為要裝保全系統，必須留在家裡，將分頭和家屬聯絡，海人負責沒接觸過的、若芙負責見過面的。然後他拿防身器材給她，今天購買的插曲就沒提了，載若芙回家後，他驅車離開，開不到十分鐘，他的手機便響了，正是她打來的。他緩緩停到路邊，鈴聲仍執拗的響著。「喂，東西忘了拿？」他的眼睛搜尋著座位。
「不好意思，你方便回來嗎？」她聲音有點顫抖。
「怎麼了？」
「我……剛剛開信箱。有封信，裡面有張紙箋，上面印了『閻魔王』。」

「什麼?!」海人頭皮發麻，看著後視鏡，馬上迴轉回去。等紅燈時，他又打過去，劈頭就是一句：「妳鎖上門窗、收東西，先帶三天行李，別忘了重要物品。」她一時沒反應，酒測的警察走過來，他掛斷電話。按了門鈴，才響一聲她就開門，路燈下臉色慘白，但語氣還算鎮定。他接過保全證據的塑膠袋，就著燈光看紙箋，和前幾張非常類似，幾乎一模一樣，那是閃著霓虹幻光的手工紙，在夜色下顯得魔魅迷離，信封也是高級紙，但不像紙箋那般特殊。

若芙雙肩垂立，默默無語。海人收好信件，輕聲說：「先放我這裡吧！我請少華馬上轉到萬里齋檢驗。行李都帶了嗎？今晚別住家裡了，我帶妳到旅館，那裡有警衛，比較安全。」她臉上閃過一絲訝異，但沒提出異議。

車子駛向信義計畫區，海人熟門熟路的轉進巷子，停在一間低調的精品旅館前。牆壁是黑色大理石，鏤刻小小的兩個字「石壁」，隱密得像日本舞臺的「黑子」，路人經過也不會注意。服務生行動俐落迎上前來，海人把鑰匙給他，提著若芙的小行李，往後方看了看，一輛深灰色轎車開過，似乎在找停車位，街上的車格都是滿的。海人到櫃檯交涉，若芙猜他不是生客，服務人員似乎都認得他。服務生想提行李，他擺手拒絕，自己帶她進電梯，必須刷過房卡，電梯才能移動，只能出入自己的樓層。若芙額頭沁著冷汗，看著海人的背影，想問又不好意思，不知他葫蘆裡賣什麼？——如果同住一間，她是絕對不肯的。電梯停在頂樓，若芙看看左右，發現一層只有三間，與其說是旅館，更像高級管理公寓。海人拿卡刷了門，她聽到咚隆咚隆的心跳聲，真想喊口令、命令心臟肅靜。房內的燈是小兵，開了門就亮了，布置洗練優雅，溫暖而有情調，是適合休憩的地方。海人放下行李、轉過頭來，臉色非常正經，她的臉熱轟起來——

「這裡可以嗎？」

「可以啊。」她壓抑驚慌。

「我有些外國朋友到台灣，不想被打擾就會訂這裡，久而久之我也熟了。這兒戒備森嚴、服務周到，出入可以放心。明天上午我來接妳，不要單獨行動，待會我打給少華，更改裝機流程。」

「喔。」她的心懸起來，又沉下去。

「防身器材都帶了？身上、床邊記得檢查，不要忘了。」

「好。」她勉強擠出笑。他直盯著她。「怎麼了？別擔心，不會有事的。」

她搖搖頭，這次笑得比較自然。

「那我走了，早點睡吧。」他似乎急著離開，打到櫃檯請服務生帶他下去，否則不能搭電梯。兩人道了再會，若芙闔上門，癱坐在床鋪邊緣。她的雙手撐住床鋪，又覺得不對勁，改成環抱手臂，然後蒙住臉躺平，嘆了一口氣、再嘆了好幾口氣。她想起了人傑，他究竟在哪裡？看見了什麼？是否也面對恐懼？

——不得不承認，此刻，不想一個人。

如果海人不是那麼避開目光、急匆匆的要走，或許她會請他留下來，可是剛剛怎麼也出不了口。當然她也知道孤男寡女，共處一室不太好，但是她實在有些慌了，莫名的威脅躲在後頸窩裡，彷彿脖子一伸直，利刃就會瞬間割下、讓她人頭落地。她體驗過極致的悲傷、狂烈的憤恨，但是卻很少感到恐懼，此刻那恐怖只離一公分，如影隨形的躲在越來越膨脹的妄想裡。

她本來不想承認，沒想到這麼膽小，比想像的更加膽怯，自從獨自留在台灣，以為自己無所畏懼，原來離那種境界還很遙遠，又或是她把自身看得太了不起。

除了要面對人身的恐嚇，她還不想面對的，就是對海人逐漸升起的依賴、甚至是不想承認的依戀。這些日子以來，她對他吐露許多心事，卻看不出他對自己的感覺——過去她從別人身邊，明顯感覺到的愛慕。他簡直是傳說中的鐵面人，對大家一視同仁、時時刻刻都心平氣和，除了對萬喜良不假辭色、對喜安表示體貼，其他時候就像打光用的攝影白板，一片光亮，完全認不出顏色。

不，這麼說也不對，他不是沒有情緒，只是她沒在他臉上看見她想見的——他對她的感覺是什麼？喜不喜歡她？如果是的話，就像她一樣嗎？有沒有超過對朋友、跨越了愛情的界線？

她被自己的疑惑弄得心煩意亂，乾脆鑽進被子裡，閉著氣蒙在被窩裡，直到憋不住了，才翻出來呼吸。她恍然大悟——過去認為心情不會一夕改變，所以看到《亂世佳人》郝思嘉對白瑞德多年不屑一顧，卻在一夜之間發現自己愛上了他——當時覺得劇情急轉直下，安排真不合理，現在卻發現真是如此，真的可能一夕轉變！

又或是這好感早隱藏了前奏，只是自己痴痴愚愚，沒有智慧發現而已。她早就注意到海人就像爺爺，全心投入關懷的志業，於是對他非常好奇、後來逐漸產生仰慕、再來是日久相處的親近，然後又在合作中，看到他更多優點，這些特質正好是她欣賞的。這種變化說快不快、說慢不慢，只能承認本來對他就有好感，所以才會進展得這麼快，否則她對人傑怎麼始終沒感覺呢？……這樣算是快吧？他們認識才不過幾天！但是爸媽就是一見鍾情，那麼不算太誇張吧？她當然不會吐露感情，最好過了今晚，考慮的都忘掉才好呢。

話說回來，自己無視情勢的迫近，嫌犯會恐嚇她，又何嘗不會針對他？兩人或許都暴露在危險中，他哪有心思想這些？是不是太無聊、太多心了？她又害怕又驚奇，又感嘆又懷疑，這一晚是新體驗，先是走向了恐懼邊緣，後來又發現了情感大陸，最後怎麼沉入夢鄉，竟然連月光都說不清了。

十八、沈海人

十一月十日（日），台灣・台北。

海人回到家中，他家位在台北盆地邊緣、一棟老公寓五樓，外牆被霪雨淋得發霉，磁磚也是舊式的那一種，但他最滿意的是：房屋面對公園，無論春夏秋冬，打開窗戶都是一片盎然綠意；還有個八坪大的露台，隱約能看到藏在枝葉裡的鳥巢。黎明日落時分，鳥兒分外聒噪；秋天霜寒季節，蟋蟀螽斯唧唧，常伴返家的明月。都市不是他的家，他是個無家的男人，連這裡也只是儲物、盥洗、睡覺的空間，室內的隔間很單純，就是一房、一廳、一衛，他很少開伙，流理台不受重視的瑟縮牆邊，多數家具都是手作木工，或從老家搬來再利用，只有床鋪是在台北購買，之前的雙人床，自從女友琬瑤離開，就換成了單人大小。

客廳的主要牆面，懸掛大大小小的攝影照片，有些是自己拍的，有些是朋友送的，全部都是大自然。他最喜歡的一幅，是非洲最高峰、海明威《雪山盟》裡的吉力馬扎羅山。

另外兩面牆是書櫃，角落放著視聽音響、攝影器材和防潮箱，還有一疊待捐書籍。唯一洩漏「不能說的祕密」的，是架上的「丁丁歷險記」袖珍模型，包含「獨角獸號的祕密」和「金螯蟹」場景，還有書中狗兒米路的麂皮玩偶。

沖過澡他就睡了，半夜醒來，身軀蜷縮在被單中，第N次翻身，全身像被陰冷的闇夜之蛇緊縮束縛。不，那不是蛇，而是背上滲出的汗。

他的胃像沙袋，沉甸甸重擊了許多拳，那是沉澱的煩躁，內在不安的反映，如果不趕緊離開，腳步幾乎都走不開了，單獨留她在飯店裡，畢竟是張張惶惶，就好像裸身懸掛在城樑上，有多不放心就有多不放心。或許，真的不該接這個案子。

眼皮被分泌的液體黏了起來，用力睜開又再次閉上，企圖把思緒從她移到案情。他重重感覺自己的無力，最近都是在都市或城鎮，不像他熟悉的山林、荒野或海洋，有時覺得在嚴酷的大自然，反而更知道危險在哪裡，就算是無法控制的野生動物，都沒讓自己這麼不舒服，其實他心知肚明，這是因為他越來越在乎這個女孩。

他感覺毛孔的呻吟，冒出了更多擔憂，如果讓她步入險境，不如拒絕萬喜良——但這樣太不尊重她了，她是獨立的個人，無權為她決定，他知道她不會答應。她對解碼照片的渴望，遮蔽了逃離危險的本能，他從牙縫悶哼一聲。

都說男人比較堅強，不鍛鍊也只是軟鋼，他的內心擂起戰鼓，出拳卻無以為繼。過去常為自然請命，現在卻必須懷疑——如果她出了事，很可能會更悔恨。

確實，他還是回歸思考的實際，唯有拆解謎團，才能去除炸彈。有些疑問需要釐清，他一直在思索「動機」，最重要的是核心。這些案子的核心……

是的，兇手對「核能」有顯著的關心。

以一般常識而言，這不算動機，而是範圍極大的散彈打鳥。

獵人想打的是全部的鳥？或是兩三隻鳥？甚至只有一隻鳥？

而散彈槍打中的，真的只有八隻鳥嗎？……

看來，還是必須回到人傑身上，最後的失蹤者，掌握了開門的鑰匙。

但是他跟核能關係最淺、最不明顯，就是實驗室的王水，還有大樓的輻射汙染，比較像找到了殺人犯，才刻意躲藏、或被挾持、甚至被滅口。

——問題是，核能相關者何其多、各個立場也不同，為什麼挑選這些人？是地緣關係？職務因素？如何清查過濾？他們兩人真的夠嗎？是不是該讓警方介入？警方的處理，或許有助於人身安全，但萬喜良應該不願意，而且不一定有效、還可能更複雜。

——都走到這裡了。如果不能速戰速決，無異是拉長戰線，他們會遭受反噬、獵物也可能逃跑，己方流失優勢，最糟的是一敗塗地。在黑暗中，他的瞳孔慢慢放大，像貓濾進更多光線……他好像睡著了，又似乎在做夢，默默潛進了意識。他再度醒來，起床開燈、查查資料，又縮回被褥。這次結實睡了一覺，也不再冒冷汗了。

可怕的，不是黑暗，而是不敢睜開眼睛。

清晨六點，他傳簡訊給她：「請整理東西，今天退房。九點整一樓大廳見。」提前五分到了旅館，八點五十八分，若芙從電梯走出來，經過一夜補眠，看得出她放鬆了些。在車上他告訴她，和少華商量過了，將加派保全到她家，所以不必住旅館了。

「那你呢？」她的語氣透著憂慮。他呲牙咧嘴，「我不必。」

若芙白了一眼，想教訓他又停住了。海人問想吃什麼，若芙沒有意見，他便開了數十分鐘，到了內湖一間早餐店，賣的是傳統的燒餅豆漿。他們停好車、四處找位置，牆邊有人離開，兩人連忙就坐，到櫃檯點了燒餅、豆漿、牛肉大餅和蘿蔔糕。他知道她不吃辣椒，只滴了少許醬油；她拆著筷子，袖子往上滑，露出白皙的手腕。

他拿起大餅，冷不防問一句：「妳聽過『尹清楓命案』嗎？」

她斷然搖頭，「沒有，那是什麼？」動作停了下來。他尷尬的笑笑。「也難怪，那是二十年前，妳還沒出生呢。有時我覺得在上歷史課，只不過以前是學生，現在卻變成老師了。」

她擺擺手，「別這麼說，我很想聽啊。」

「這個案子涉及新台幣上千億元、台灣和法國的『拉法葉艦』採購案。事件主角尹清楓，當年和人相約在這裡。」

「這間『來來豆漿店』？」若芙大吃一驚，不禁左右張望，怎麼看都很平常。

「對，但是他沒出現，從此再也沒人見過他。」

「你故意帶我來這裡？」

他意義不明的笑了笑。「二十年前、一九九三年十二月，海軍總司令部、負責武器採購的尹清楓上校在宜蘭外海被撈起，他再兩週就晉升少將了，卻莫名其妙的喪生。除他之外，還有多人離奇死亡。」他拿出準備好的列表，遞給若芙；她放下筷子，看了起來。

一、James Kuo，法國興業銀行台籍幹部，一九九二年墜樓身亡。

二、尹清楓，海軍上校，一九九三年被謀殺，棄屍海上。

三、易善穗，海軍中校，一九九四年因罹患「瘧疾」病逝。

四、李鎧，海軍少將，一九九四年舉槍自殺。

五、趙崇銘，海軍中士，一九九四年舉槍自殺。

六、楊以禮，尹清楓外甥，一九九六年被吹風機電死。

七、Thierry Imbot，法國情報員，二〇〇〇年墜樓身亡。

八、Gerard Moine，法國拉法葉艦主事者，二〇〇一年溺斃。

九、Jean-Claude Albessard，法國軍火公司主管，二〇〇一年「突然」罹癌過世。
十、Jacques Morisson，法國軍火公司副總經理，二〇〇一年墜樓身亡。
十一、Yvesde Galzin，法國軍火公司主管，二〇〇一年病逝。
十二、Michel Rouaret，法國軍方調查員，二〇〇二年心臟病逝。
十三、張可文，海軍中校，二〇〇七年車禍死亡。

「這麼多?!」她拿紙擋住嘴。

「抱歉，早餐這麼煞風景。」

「這是什麼？法老王的詛咒嗎?!」

「不，是拉法葉艦的詛咒啊。這十三人乍看無關，其實都是軍售案關係人。一般推測，尹清楓因為了解內情，企圖阻止或揭發弊案而慘遭滅口。牽涉台、法、中高層，以及五十至八十億的軍火佣金，是國際矚目的世紀醜聞，但因軍方隱瞞迴避、證據毀失，仍未破案，很可能也是懸案了。」

「我明白了。」

「妳明白了？」

「嗯，你想說這兩件案子很類似吧。」

「對。都以『意外』和『疾病』之名，行謀殺之實。我們的案子，應該可以排除ＦＢＩ的連續殺人魔了。」

她放低聲音，「你確定？」

「金錢和權力就是春藥——核能的『金』、『權』不輸軍火交易，核子武器是權力，而核能發電就是金錢啊！」

若芙表情複雜，用筷子撥弄蘿蔔糕，「你覺得，我收到的紙箋是誰放的？」

他交叉手臂，身體往後靠，沉吟半晌。

「不敢斷言。不過，訪問過的都有嫌疑，應該是他們傳出去的。」

「我查過了。」

「嗯？」他撐著下巴，盯著她。

「『閻魔王』掌管的，是孽膝地獄、誅心地獄、刀山地獄、飛刀火石獄和望鄉臺……。」她肩膀輕縮，聲音越來越微弱。

「妳不要想太多。」

「對方想怎麼樣？想殺了我嗎？」

「我會保護妳，不會讓壞人得逞的。」他輕聲安慰，但勸阻才是他的主要目的，否則不會舉尹清楓的案例。她說了聲謝謝，盯住他，又垂下眼睫。

「我知道妳不願意，不過請想一想，這件事很危險，說不定真像尹清楓的案子，兇手殺人不眨眼。妳們家出過事，妳要為家人保重，不要再參與了，剩下的我會處理，妳暫時深居簡出，出入由保全保護，等我追出真相，萬喜良還是必須履行諾言，放心吧。」

若芙張開嘴巴、欲言又止，忍耐著聽到最後一句，才堅決的搖搖頭，語調鏗鏘的說，「不，我不會退縮！兇手就希望我那樣做。我不怕、也不想逃，如果現在離開，未來會悔恨一輩子！我們會看到妖怪的影子，是因為很接近了！」

要命！兇手的威脅，反而加重了她的決心。

海人默默瞅著她，似笑非笑，眼神卻放出光來。「沒錯，我們是接近了，所以它才會發出聲音。……再怎麼精密的謀殺案，總會有蛛絲馬跡，只是線索還不夠，還沒辦法鎖定目標。」他交握雙手，誠懇的說：「日文鑄字、蝴蝶粉、埔里造紙……當然還有核能，都指涉了地緣、職業關係，嫌犯或許就在死者的親友裡，我們可以再追下去。」若芙點點頭，表情卻有些猶豫。

「不過，我還是好怕『撞牆』的感覺。我家也是，剛開始大家都以為沒問題，許多人幫忙出力，但是後來處處碰壁，怎麼樣都找不到犯人，警方只好暫時放棄。」她搖搖頭，「不，我這麼說不太公平，警察還是在想辦法，等候各種可能。但如果沒有行動，等待是沒用的！所以我才會回現場，這樣一有消息，才能第一時間發現。但是我還沒等到……不知何時會到，我只有相信自己、相信運氣、相信天理、相信所有能信的東西。如果這案子也是這樣……剛才說了，我還是會堅持下去，但最怕的是無盡等待，不知盡頭何在，只能咬緊牙關、繼續懷抱希望。偶爾我也會懷疑，排擠的其他事情，是不是更重要、更可惜？」

海人凝視她糾纏的眼眸，她沒有哭，但滿是酸苦汁液。

「但這是妳最重要的課題，不是嗎？」

她點點頭。

「那就別想太多。就這麼做吧！就算妳做別的，也不可能專注、不會快樂的。」

「前兩天才用這個煩你，今天又來了。」

「沒關係，這表示這問題很困擾妳。這是種淘洗的過程，因為煩惱才會思考，因為苦惱更要分享，才能不斷澄清、解決問題。」他揚揚眉毛，「我也走過這條路。重要的是妳沒有逃避，這點就很了不起。」

她輕輕搖頭，髮梢像琴鳥的尾羽，顫抖的在空中飄動。

「希望妳退出，是擔心妳的安危，既然妳這麼堅持，我尊重妳。兇手不肯罷手，我們更不能罷休。」

若芙的眼神恢復清明。「卡繆的《瘟疫》敘述黑死病爆發，市民無法決定要撤離、或是留守？有人說：『選擇幸福並不可恥。』但另一個人卻說：『可是只有自己幸福卻是可恥。』

所以我不要走，要堅持到水落石出。」

她舉起手來，手掌對著他，他回擊一掌，兩人開始吃早餐。

開車回到她家，少華聘請的「大安保全」已經抵達，一小隊人馬在巷口等待：兩位工程師、三位工人、還有執勤的保全人員。若芙有點窘迫，要讓陌生男性進屋，還是有點不好意思，卻是莫可奈何。她帶他們找尋適當裝設位置，還要小心不能侵犯隱私，變成實境真人秀。

海人趁大家離開，開始打電話訪談。土子給的多半是住家電話，光要解釋不是詐騙，就費了一番時間，沒有萬濤集團的引介，果然抹了灰鼻子。從頭說明要花太多功夫，更不適合全盤托出，他的態度儘量客氣，刻意輕描淡寫，降低接聽者的戒心。

他首先打到謝文全家，希望他擔任過社團幹部，家人會比較習慣陌生人。接電話是個老婦人，海人猜是他太太，謝文全如果活著，今年也近七十歲了。他稱呼她「謝太太」，然後自我介紹，但是她掛了電話。他等了五分鐘，重新再打，放慢速度，再講一次。他解釋在尋找失蹤者，知道內情的人，可能在謝文全的喪禮上放了紙箋，可能印著「平等王」，有沒有人看過？

謝太太猶豫了一會，語氣友善了些，承認似乎看過，但許多年了，應該很早就丟了。

他並不意外，「那麼喪禮簽名簿還留著嗎？這很重要，可以出借嗎？我們會馬上還您。」

老婦人沉默了很久。「拍謝，我不知影你是誰，要和我後生商量。」

他不死心，「如果我去拜訪呢？」

「那就再說。」

海人道謝，希望改天拜會。他決定，下次要請北寮反核自救會引介，見面三分情，就會答應了吧。

下一通打到劉慶中家，鈴聲響了許久，都無人接聽。他站起來看進度，他們裝設了幾個，又在若芙的手機、電腦上裝軟體，方便隨時監看；他也拿出自己的手機，請他們一併設定。他又踅回沙發，改撥劉慶中遺孀王筱萍的電話，對方總算接了，語氣不太友善。他又費了一番唇舌，她靜靜聽一陣，總算開口了：有的，禮儀公司發現「泰山王」的紙箋，不過沒有保留。

至於喪禮簽名簿？抱歉，事涉隱私，不便借閱。

「實在沒辦法嗎？這線索可能很重要。」對方頓了幾秒，「不好意思，真的不方便。」

他還想再說，話筒只剩嘟嘟聲。好吧。誠懇的拜訪、多試幾次，應該會通融吧？看到保全測試已近尾聲，他打給王淑女和邱碧珠，兩人都答應出借簽名簿，稍稍扳回一城的感覺。工作都就緒了，若芙鎖上房門、留下門口的保全，大隊人馬又到他家，他請若芙待在車上，一位工程師陪著（那個男生好開心，其他人忿忿不平）。討論後決定裝在一樓和五樓門口，兩三下就好了。最後一個地方是工作室，他請若芙打到方亞萱家，女生總是比較好講話。等他看完測試、確認系統正常、工程人員都離開了，才回到二樓。

若芙見他上來，衝到樓梯口大叫：「你一定沒想到，方亞萱是白人傑的學妹啊！」

他被炸得頭昏眼花。案子查到這裡，人傑和死者的關係，總算真—正—扣—上—了。

「方亞萱的媽媽一直追問，我到底在找誰啊？」

「妳說了？」

「又沒說不能講！」她滿臉無辜，「方媽媽很訝異，說她認識白人傑，知道他失蹤了。方亞萱的男友陳振祥是人傑的好友，聽說在她的喪禮上，人傑還一直陪著陳振祥呢。方媽媽看了新聞，也請陳振祥問候白家；她聽說人傑的媽媽是姨太太，所以特別有印象。」

「是喔……。」海人若有所思。

若芙面有慍色。「你也知道？我剛剛才聽說，怎麼都沒人提？」

「不，我不確定是否聽過，應該沒有吧？這種事在有錢人很常見。或許是他們覺得不重要？還是不想多提？不過，或許是條線索。……他有沒有兄弟姊妹？他失蹤了，會不會牽涉利益分配？」

「白媽媽如果懷疑，應該會說啊？」

「還是她不想隨便指控？」

「難怪！人傑從來不提爸爸，我也沒見過白伯伯。」

「他爸爸可能不住那兒。」他話鋒一轉，「所以，方太太看過『伍官王』嗎？」

若芙的臉揪了起來，「老實說……她沒印象。她說當時太難過了，像在做夢一樣。傳統習俗，白髮人不能送黑髮人，喪禮是亞萱的弟弟主持的，她不能出席，不清楚現場狀況。」

「但是人傑的筆記，確實有方亞萱的死亡日期、身分證號碼吧？」

「沒錯。」

「就算有紙箋，接待人員也可能沒注意。」
「嗯，很有可能。」
「除了妳、史大衛和白人傑的紙箋，其餘的都出現在喪禮上。」
「對，也只有他確定是謀殺，其他都是意外或病死。」
「被害者的死亡時序，並非跟著閻王順序、或是頭七、二七、三七……。」
她興致勃勃的盯著他。
「我想，兇手比較執著於『殺人方法』，也就是地獄的懲罰，而不是其他事項；它在喪禮出現，就像死神一樣，嘲弄眾人、觀看成績，強化犯罪的快感和妄想。」
「變態！」若芙大罵。她又嘆氣，「方媽媽真可憐，丈夫和女兒都過世了，和兒子相依為命。」
「是嗎？妳有問方先生的死因？他什麼時候過世的？」
「沒有……我忘了。」
「好吧。人傑的朋友叫陳振祥？我們問這個人吧，問白太太認不認識。」
「好。」
「白太太出院了嗎？我來打電話。」
「我比較熟，我打好了。」若芙正要拿手機，電話卻回應似地響了。
「喂？是，是我，查到了？……」她一邊聽、一邊頷首，彎身拿筆抄錄。海人靠過去，看著她娟秀的字跡：初江王：黃裳鳳蝶、变成王：大藍閃蝶、閻魔王：珠光鳳蝶。
她掛斷電話，偏著頭來回看手記。「你覺得這是什麼？有意義嗎？」
「嗯……我想一想。先去白人傑家，回頭再討論吧？」

兩人到了白家，美琴備好茶具，一一為他們斟茶。天色已晚，窗外是黑魆魆的高大榕樹，絨布窗簾更加黯淡，增添憂愁魘然的氣息。距離上次見面僅僅數天，她的眼眶卻凹陷著，衣服掛在骨骼上，整個人更細、更薄、更瘦，彷彿隨時都會折斷。

「人傑……？」若芙小聲的問，話還沒說完，美琴便搖搖頭，若芙迅速噤聲。

美琴打起精神，說他們平常的進度，少華都會告訴她，再次向兩人道謝。

海人知道，少華只對她說一部分，不希望她又追問，便主動展開話題。她說振祥已經下班，半小時後就會到了。他慢慢轉入正題，美琴咬著嘴唇，承認自己是二房；她的臉色更蒼白了，孩子都這麼大了，還在結痂的傷口撕皮。

「人傑的爸爸，還有沒有其他小孩？」

「有，他跟……古璧春有兩個女兒。大的叫麗芝、第二叫芸芝，都比人傑大。」

「她們在做什麼？和人傑的關係呢？」

「大女兒和大女婿都在宏昇集團；二女兒在家帶小孩，二女婿也是企業家第二代。人傑和她們吃過幾次飯，不過他不說、我也假裝不知。他們沒有一起生活，還是有血緣關係，我不希望他們牽扯上一代的恩怨。」

「冒昧問一句，她們對人傑失蹤的反應如何？」

「他爸爸說，麗芝和芸芝都很關心。」

「下一句話比較失禮。他如果不回來，她們應該有好處吧？」

「人傑在戶籍上是白家的長子、獨生子，若是他不回來……她們當然會拿到更多。但是我想不至於吧？他爸平常很注重養生，除了割過膽囊、有點高血壓之外，沒什麼健康問題，還不用考慮這個吧？」她的拳頭抵在唇上，若芙猜她想咬指甲，但是忍住了。

她的聲音越來越模糊：「是這樣嗎？……不，應該不會，不會有人想害他……。」

海人鎖著眉頭，暫時沒逼問。美琴又抬起頭，「她們應該知道，他對爸爸的財產沒有野心，當年他考大學，他爸爸希望他念電機，他卻填生命科學。他爸爸很生氣，但是沒有罵他。人傑為我打抱不平，他爸爸說他誤會了，父子倆有話都不說。人傑失蹤後，他爸話更少了，總覺得他在責備我。我住院時他來探望，講沒幾句話就走了，或許他想罵我，礙於我的身體，只好忍住不說。」

「您想太多了！」若芙伸出手，覆著美琴的手。

「人傑想讀博士，他爸說不必了，還是到集團工作吧。我也勸他去，就是希望彌補兩人關係，父子可以親近一點，但是人傑不願意。他不是對電機沒興趣，而是知道念了，就推不掉了，他這麼深謀遠慮，所以他姊姊何必呢？」

「您完全不懷疑白麗芝和白芸芝？」

「我……多少想過。他如果出了事，反正錢永遠不嫌多，少一個人，就多了幾十億。但是目前沒交棒問題，所以我才沒提，反而顯得多疑。」

「那麼古璧春呢？」

「我……我不清楚，她不喜歡我們，很少過問人傑的事。如果是她，二十年前就這麼做了，當時她很恨我、我們關係很緊張，但是這麼多年，大家也淡了、乏了。何況我們從不碰面，人前人後，我都不出惡言，他爸爸也知道的。」

海人沉吟了一會兒，又說：「我知道了。那麼您的親戚呢？」

「你們看到，家裡是這種樣子……所以我跟娘家關係很密切。我父母都過世了，我沒什麼朋友，最要好的就是兩個姊姊。人傑從小都跟表兄、表姊玩在一起。你們見過我二姊美雪了，大姊美霞是萬總裁的太太。」

「他的表兄姊有誰？現在在哪裡、在做什麼？常常往來嗎？」

「大姊生了三個小孩，老大敦禮、老二敦仁、老三蘊儀。敦禮在萬濤集團工作，從小就被培養接班，大姊夫對他寄望最高；敦仁自己創業，和朋友合開網路公司；蘊儀結婚了，在萬濤慈善基金會工作，夫婿在投資銀行上班。二姊有一兒一女，老大顏璽、老二顏玉。顏璽在日本的建築師事務所工作；顏玉在紐約念大學，畢業後留在美國，兩人都還沒結婚，二姊常長吁短嘆，但是越逼，孩子越不想回來。」

「人傑和誰最好？」

「他和誰比較好……其實都不錯，最要好的，應該是敦仁和顏玉吧？」

「他們對人傑失蹤的看法呢？」

「他們最近都很忙，沒有和他通電話，只是注意到他的臉書一段時間沒更新了，還以為在趕博士論文，等拿到學位要幫他慶祝；現在他們擔心、我更後悔，早知道多問就好了。」

「除了陳振祥，他還有哪些好友？」

「就是振祥最要好了，他們認識十幾年了。還有個姓曾的大學同學，在普林斯頓大學念書，兩年沒回國了，其他就沒有了。」

美琴簡單解釋：振祥和人傑是高一同班同學，高二後人傑念理工組、振祥讀社會組，但始終保持聯繫，是他第一個帶回家的朋友。大學時期，人傑念生命科學，振祥念工商管理，雖然不同校，交情還是很好，出入白家十多年了。服完兵役之後，振祥進了房仲公司，競爭激烈，天天加班，他還特地告假，陪美琴到警局，可見體貼和關心。

「人傑的朋友不多？」

「他從小就很沉默……都怪我這個當媽的。」說著說著，她又自怨自艾起來。

若芙突然明白了。想有真心的朋友，就要讓他們懂——懂你的過去、你的人生和你的想法，但是人傑不願意，他不肯揭開內心隱痛，就怕碰觸汩汩流血的傷口，這傷口痛了幾十年，其實在別人看來，那算什麼呢？又不是他的錯。可是他不想說。

就像自己一樣，家裡出事，也不是她的錯，可是他們都怕，怕別人的異樣、怕別人的目光，怕別人粗手碰觸、怕別人小心翼翼……別人怎麼做都不對，都會傷害自己，其實是把自己看得太重要、把「我」的小宇宙放到無限大，以為世界都繞著自己走，其實什麼都不是，只是一粒微小塵埃，只是一個渺小的人，就是這樣而已。

她很後悔，沒交這個朋友。——他們應該能懂對方在想什麼、在怕什麼，他們可以多談一點，甚至能互相嘲弄，讓對方不要那麼在意；或許能彼此鼓勵，讓對方打破牆壁。

有好朋友，是多麼幸福的事啊。

她望了望身邊的海人，但他沒察覺，專注下一個問題。

「他有個朋友叫方亞萱，您知道嗎？」

「方亞萱？」

「對，她是台大生化所的學生，陳振祥的女友，前幾年過世了。」

「啊……就是這個女孩？我聽說過，振祥很傷心呢。你們想見他，是為了這個？」

「對，等他到了，再一起說吧。」

美琴看了看時鐘，又幫他們斟茶，今晚泡的是普洱，比較不影響睡眠；但這一泡浸得久些，她想換掉，海人說愛喝濃茶，若芙也不怕苦，三人都若有所思。超過四十分鐘了，陳振祥還沒到，海人想參觀人傑的房間，美琴同意了。若芙看見擺設完全沒變，像一個結凍的冰冷膠囊。海人四處看看，始終緊閉著嘴，三人魚貫離開，這時電鈴響了，振祥連聲道歉進門，客氣的點點頭，眼中滿是疑惑。

他的身高中等、長相並不出眾，但是有張可親的臉，穿著深藍西裝、細條紋襯衫、同款式長褲，並沒有打領帶。他的眼角微微下垂、顴骨和嘴唇豐厚，臉上笑容可掬，態度有種善意，某種發自內心的親切，誠懇而且得體，是那種上司欣賞，同僚卻不忌憚的人。不像顧盼睥睨的菁英、也不是愚痴無知的天兵，而是知情達理的平凡人。

但是若芙覺得，應該不只這樣，要讓人傑放下戒心，不只是好好先生，一定還有什麼特質才對。

他才坐下，喝了口茶，就放下茶杯，急著問：「找我過來，是不是有消息了？」

三人面面相覷，席上一片沉寂，振祥見情形不對，也縮了回去。

不過海人還是把握時間，「聽說你以前有個女友，叫方亞萱？是人傑的學妹？」

「亞萱？」他的印堂蒙上一片灰，「你怎麼知道？」

他的拳頭壓著大腿，「你們不是在找人傑？她和這件事有關係嗎？」

「或許你不知道，」海人瞄了美琴一眼，「前幾天，白太太收到一張紙箋，印著『都市王』。」

「都市王？」振祥滿臉疑惑，「那是什麼？」

「我交給警方了。」美琴輕聲說。

「我們懷疑，放紙箋的人，可能和人傑的失蹤有關。我們查過，很可能有人在方亞萱喪禮上，放了類似的『伍官王』紙箋。」海人板直腰際，嚴肅的說：「而且，人傑可能看過。」

「什麼?!」美琴驚呼。振祥本來緊皺的眉頭，頓時又鬆開了，「……啊，沒錯！你這麼一說，是有這件事。『伍官王』？這很重要嗎？」他急匆匆的問。

「你看過嗎？」

「是瞥過一會兒。亞萱……亞萱過世四年了……我不想詛咒上天，但是老天太殘忍了，帶走這麼好的女孩，當時我在服役，我們約定要結婚的，車子一撞，什麼都沒了。人傑是我的好友、又是她系上學長，所以喪禮也來幫忙。」他的聲音忽大忽小、斷斷續續，就像還未走出衝擊。

大家都沒講話，只是看著他。振祥瞪瞪天花板，啞聲說明：「當時，人傑都陪著我吧？我們要送火化、接待人員撤離時，他拿來一張紙，說有人放在桌上，問我是不是方家的？我確定不是，叫他丟了沒關係，後來就不知道了。當時我心情惡劣到極點，就像你說的，應該是印著『伍官王』？那場車禍帶走了亞萱，也改變了我的人生……那兩個兇手互推責任，關了半年、一年就出來了！但是亞萱呢？這麼好的女孩，再也回不來了！」他和氣的面具撕毀了，好像換了一個人，扯肝裂肺的痛心。

若芙低下頭去，海人瞟了她一眼。「抱歉，問起這件事。我看過報導了，就像報上說的嗎？」

「才不是！那兩個王八蛋說她突然煞車，反正為了脫罪，全都推給她就是了。」

「會不會是故意的？」

「你是說……他們是故意的？故意撞死亞萱？」振祥好像被打了一棍。

「有沒有這個可能？他們以前認識嗎？」

「嗯……鍾千峰是搬家公司司機、張家宇是建設公司職員，他們應該沒機會認識。我們倒不認為是故意的，只覺得他們開車不小心，監視器沒有拍到車禍發生瞬間，只憑他們一面之詞，警方蒐證也很草率，許多照片都漏拍，後來才發現跡證不足。但兇手一口咬定，因為沒證據，我們也沒輒。」

「他們現在呢？」

「都回去上班了。」

「我問你，別生氣，她和人傑……真的只是好友嗎？」

振祥的臉掙紅了，肩膀也拱了起來，好像一隻豎毛的貓。「亞萱都不在了，你憑什麼這麼說？我從沒這樣想過。人傑當時的女友叫李倩茜，雖然後來分手了，但他們感情不錯，我們四人常一起約會。而且亞萱是他介紹的，如果他喜歡她，怎麼會幫我牽紅線？我和亞萱感情很好，她還說過：還好人傑不是她男友。他們不會背叛我，這是不可能的！」振祥非常激動，海人沒有反駁。

感情是不是「不可能」，不用辯得你死我活，走著瞧就是了。

「聽說亞萱的父親很早就過世了？」

「是啊，連這個你也知道？」振祥稍微冷靜下來，「所以你們就知道方媽媽……她先是失去了丈夫，後來又失去女兒。方伯伯原先在逸仙院，後來轉任台大，他跳樓自殺，留下的遺書說很抱歉、都是他的錯，叫大家不要掛念，醫師說他罹患憂鬱症，方家很久才走出傷痛，沒想到又出事了，老天真的很不公平……。」

「逸仙院？不會是核子科學所吧？」若芙衝口而出。

「咦？妳怎麼知道？」振祥瞪大了眼，轉頭看她。

「他的死有沒有疑點？」

「方伯伯走的時候，我們還不認識。當時亞萱在念高中，課業很忙、很少跟爸爸互動，方伯伯被發現時她在上課。她說，永遠忘不了那個通知，那是人生的分水嶺。」他的表情很沉痛，「沒想到多年後，我也遇上了，突然的通知……。但是，就算了解了，我要安慰的人也不在了。」

「方先生的喪禮，也有這種紙箋嗎？」

「我不知道，你們要問方媽媽。」

「嗯……」海人呻吟著，「她有沒有懷疑父親的死？」

「這是方家難解的謎，遺書是什麼意思？什麼叫做他的錯？亞萱說她爸爸沒有欠債、沒有外遇，更沒有害人，為什麼煩惱到尋死？他們一直不明白，如果有人解答就好了。」

「她曾經追查嗎？」

「方媽媽把丈夫的東西都鎖起來了，自己不看、也不准孩子看。」

「為什麼？」

「為什麼？」振祥重複了一次，彷彿他問得很可笑。「太痛苦了。每個人處理悲傷的方式不一樣。」

「亞萱不會去翻嗎？」

「我想沒有。」

海人不相信的瞪著他。

振祥有點火了，咕噥著說：「你不相信？任何事她都會告訴我，她沒說，就是沒有！」

看來只要涉及到亞萱和人傑，就是他的死穴，不能懷疑，更不能批評。

「這樣夠了嗎？對找人傑有幫助嗎？」他的語氣有點衝。

「當然，當然！你釐清了許多事情。」海人忙打圓場。

「那就好。」他拍拍沙發，火藥味少了些。

「就這樣吧，明天你要上班，很謝謝你。」海人誠懇的說。

振祥的臉色放緩了，轉頭看看美琴，眼神也溫柔許多。

「不客氣。為了人傑，麻煩你們。白媽媽要保重啊！」美琴默默頷首，盡在不言中。

振祥離開後，海人問：「您的親戚知道我們嗎？」

「大姊夫叫我別說。振祥我也沒多說。兩個姊姊知道一點，她們以為若芙主動幫忙，還找了沈先生。」

「啊……難怪在台大醫院，您二姊好像聽過我？」若芙說。

美琴點頭。海人看看手機，向若芙示意該走了，兩人道謝起身，美琴欲言又止，按住若芙，喉頭帶著顫音：「老實告訴我……還有希望嗎？」

她逼視兩人，眼裡似乎快滲出血。與其說她想聽到答案，不如說她不想聽到答案。

「當然。」海人快速，簡潔，肯定的回答。若芙緊握住她的手。

她長吁了一口氣，渾身軟了下來，「那就好。」

走出大廈，綠蔭如墜，陣陣冷風，讓若芙起了雞皮疙瘩。海人越走越快，簡直像小跑步，她終於追上，和他並肩，衝口就是：「你為什麼騙她？」

他沒看若芙。「有時候，人不見得想聽真話。」

若芙嚥下湧出的唾液，腳步放緩了，落在後面。

車子開到她家，海人交代了保全，正準備離去，低頭看看手機，嘴角抿了起來。「怎麼了？」若芙很好奇。

「報社朋友一直打來，我不想回。」

「為什麼？」

「最近沒空。他們找我，都是訪問、提議題、介紹受訪者、或是找我演講。」

「我也是，舅舅打來，我也沒接。」

「就報個平安吧？」

「問題是，如果他問我做什麼，我怎麼說？他一定會反對。我不想說謊，大家又不開心。」

他丟了個理解的眼神，又問：「如果妳外婆出事呢？」

「外婆……？」她面有難色，「不會吧！你別嚇我！」

海人聳聳肩，她這個年紀，說教只會適得其反，自己當年也是。

「我請快遞去向王淑女和邱碧珠拿簽名簿，他很快就到我家了，先不聊了。」

「不會吧？都幾點了？你還要比對？」

他挑了挑眉，「反正只有兩本。再想辦法借其他人的，如果都有相同的簽名，那就好玩了。」

「我也要去！」

「這麼晚了，妳昨天沒睡好，還有黑眼圈。」兩人僵持不下，最後海人贏了。

若芙準備進門，突然又迴旋、靠近車身，「對了！我還有問題，差點忘了。」

保全正好望過來，兩人視線接觸，對方很快撇過頭去。

「我們還沒談呢，你對蝴蝶的看法？」

「嗯……我趕時間，怕快遞跑掉了。簡單說呢，就是黃裳鳳蝶很美，比黃金還耀眼、比太陽更絢麗，可以說是蝴蝶界的選美皇后。大藍閃蝶也是，我個人最喜歡這種蝴蝶，嬌豔閃亮、無可比擬。至於珠光鳳蝶，比黃裳鳳蝶還炫，在台灣只有蘭嶼看得見，也是瀕臨絕種的大型蝴蝶。

這三種蝴蝶都很受喜愛，黃裳鳳蝶分布在台灣東南部，珠光鳳蝶僅在蘭嶼，數量都不是很多；大藍閃蝶產於中南美洲，當時國際貿易並不發達，直到一九八〇年代，才出現商業養殖。要取得這些蝴蝶，當年必須靠野外捕捉，數量有限、價格也高。」

「所以呢？」

「造紙的漂洗、烘乾過程，多少會損害鱗片，蝴蝶不能太少，否則失敗率很高。既然成本高昂、市場又小，應該不是紙寮開發，而是兇手訂做，否則賣不出去，豈不是虧大了？『它』應該是蝴蝶的愛好者、或是對美有某種堅持，才會提供材料、指定製造——也就是先有蛋、才有雞。既然訂單這麼特殊，紙寮應該會有印象。」

若芙雙眼閃亮、頭髮微翹，神采奕奕。

「不過，妳也別太高興，」他潑冷水，「現在埔里的紙寮，還不到全盛期五分之一，只能問問看。」

她還是呵呵笑，海人捲起嘴角。

她正經的拍他肩膀，好像國王慰勉將軍。「辛苦了！不要忙了，還是早點睡。」

他又低頭看看手機，便揮揮手，開走了車。

十九、江若芙

十一月十二日（一），台灣·台北。

若芙的手機響了。

不，那不是手機鈴聲，而是發抖的震動，黑色蝙蝠張開爪子，尖銳刺進背上，若芙拚命掙扎，呼吸緊促、胸口氣悶，但惡魔仍掐住膚內，夢太沉重、罪也太沉重了，魔鬼竟然抓不住，最後怒吼嘶鳴、振翅而去。

夢境又換了，有人抓住手臂，不斷搖晃，她張開一絲眼縫，爸媽催她上學，她更緊閉著眼，只要不肯醒來，他們就永遠在了……她安心了，翻了個身，軀體歪了，地球在搖動，陽光射上眼瞼，不能再賴床了，今天還有好多事情呢。她揉揉眼睛，手機發著羊癲瘋，正在發狂抖動。

她更大力揉眼窩，像要把眼睛挖出來，妹妹說這樣很可怕，好像跟眼睛有仇。沒辦法，這樣才起得來啊。她的腦袋仍是空的，靈魂沒回到軀殼中，乩童還在晃動，她伸長手臂，拿起疲倦的機器，它現在安靜了。她撐大眼睛，瞪著螢幕——原來海人打了三通、舅舅兩通，現在才七點五分哪。究竟是怎麼回事？昨晚發簡訊給舅舅，說會聯絡啊。不會是海人那張烏鴉嘴，外婆真的出事了吧？還在怔忡，機器又觸電了，像是狂犬病的鼬獾，差點咬傷人畜。

是海人打來的，她按下通話，努力掩飾濁音，不過一下就被識破了。

「抱歉，這麼早，吵醒妳了？」

「不，平常這時都起床了，昨晚沒睡好。」

「妳開電腦、或出過門了嗎？」

「還沒。」

「那好，待會妳上網看水果日報。記得，別去便利商店。」

「怎麼了？」她整個清醒了。不妙，真的一語成讖了？

「沒什麼，我怕妳會難過。」他吞吞吐吐，平時的颯爽不見了。

「我外婆還好嗎？」

「妳外婆？」

「對啊，舅舅也打來過，你說吧，外婆怎麼了？」她咬著下嘴唇。

「不是！妳誤會了，不是妳外婆……是我們。」

「我們？我們好好的啊？」她看看手腳，確認不是做夢。

「哎……妳去看看就知道了，先別出門，待會我去接妳……不，再討論一下，今天還要不要出去？我沒關係，看妳。」

「可是你不是要去看人傑的實驗室、還要拜訪那些家屬嗎？」

「我當然要去，可是……唉，妳看就知道了。待會我打給妳。」

「我打。」

「好吧。先說，不要生氣，跟那些人沒用的。」

滿頭霧水的掛斷電話，她想起手機便能監看，不用到門口去，便打開程式，選擇大門的畫面，只見保全盡忠職守站在門前，她在內心道謝，點入「水果日報」，差點就浪費了兩萬元，把手機摔到地上去了。頭版的大張照片，就是海人和自己進旅館的瞬間，誇張的黃色標題加上粗邊框：

「獨家直擊！羅黎莎孤女　拋悲劇戀新歡」

這句話轟進腦袋，炸得她頭昏眼花。她眨眨眼，無法置信瞪著字句，它們好像都會呼吸，都在聒噪、鄙夷和嘲笑，她氣得眼前發黑，羞恥悲傷咽住喉頭，怎麼嚥都吞不下去。移開目光，確認這不是夢、真的是自己房間，接著熊熊烈火、無可遏制的怒氣，轟地一聲炸起，媽的她想起了美狄亞、蛇髮女妖、或是踩扁人的恐怖暴龍，那些通風報信、興風作浪的王八蛋，都該摔到糞坑去！

不可以。她停下來吸幾口氣，腦筋清醒了點，定定神讀下去——

【本報專案調查組／台北報導】去年意外身亡的「鋼琴女神」羅黎莎，身後獨留孤女伊蓮娜．庫雪托夫（Elena Kurchatov），日前驚爆成人版戀情！

《水果》直擊，她前天與國家地理雜誌的探險家沈海人約會五小時，之後直奔台北高檔精品旅館「石壁」。羅黎莎滅門車禍發生在台北市，引起海內外關注，下週即將居滿周年，肇事者仍未緝捕到案，但她女兒似已遺忘慘案，與男友逍遙過日！直至昨天早上九點，才連袂離開旅館，消失在台北街頭。

本刊日前接獲爆料，指稱伊蓮娜低調回台，正與沈海人熱戀中，兩人感情進展飛快，同進同出、如膠似漆。根據調查，伊蓮娜今年十八歲，父母過世後，目前仍在休學，她擁有華人、日本和俄國血統，皮膚細嫩、容貌美麗，不輸檯面上的明星。去年十一月十九日，羅黎莎一家發生車禍，唯有長女倖免於難，因為親友極度保護，大眾均不識其貌。羅黎莎及丈夫遺留龐大遺產及美國豪宅，由伊蓮娜繼承，粗估至少新台幣五億元，堪稱「億萬孤女」。

沈海人今年三十八歲，是頗具名氣的獨立調查工作者，曾榮獲多項大獎，參與環境議題，在業界及社運界評價頗高。前天中午，本刊發現沈海人進入忠孝東路上的情趣用品店，結帳時共花三萬多元，對照與女友進旅館，目的引人遐思。值得注意的是，沈海人三十八歲、伊蓮娜十八歲，相差足足二十歲，不但背景相異，年齡也引人側目。

伊蓮娜的親戚住在台南，記者詢問她舅舅羅飛宇，他表示姪女很乖、很懂事，不知她交了男友，也不知過夜之事；之後他又來電，表示聯絡不上姪女，能否延後報導？但本報予以婉拒。

《水果》記者截至截稿前，多次電聯沈海人，但均未接聽，無法取得回應。

文字旁邊附了照片、圖說：

＊照片1　信義計畫區的「石壁」旅館

房客多為外國商務客人，房價每晚新台幣八仟至三萬元。特調組攝

＊照片2　前天下午14：00　採購用品

沈海人走出台北市忠孝東路「叫我寶寶」情趣用品店。特調組攝

＊照片3　前天晚上23：00　直奔旅館

伊蓮娜與沈海人進入旅館，沈海人左顧右盼，似察覺本報行蹤。特調組攝

＊照片4　昨天早上09：00　過夜之後

伊蓮娜與沈海人面色愉悅，一前一後、快步離開。特調組攝

＊小檔案：伊蓮娜的年齡（十八歲）、國籍（台、美雙重國籍）、就學狀況（休學中）、家庭狀況（父、母、妹均亡）、財產狀況（至少新台幣五億元）、現居狀況（台北市大安區獨棟庭園透天厝）

資料來源：《水果》資料室

螢幕上，出入旅館的照片有兩張：一張是側面，她低著頭，頭髮半掩；另一張則是不同角度的背影，或許是光線不夠，影像有點模糊。至於離開的照片，兩人面對鏡頭、笑臉盈盈，相當清楚，這也是頭版的主照。若芙攤坐在椅子上，這麼清晰，狗仔想必就蹲在樹叢、正對著他們的臉？沒想到自己這麼有新聞價值。不，不是她有賣點，而是「羅黎莎」！媽媽辭世近一年了，媒體還這麼有興趣，不知從何說起，他們這麼會查，怎麼不去查兇手呢?!

無論如何，這不是好消息，今天看報的人，大概都認得他們；難怪海人叫她不要出門，怕她遇上異樣眼光。她吐出長長一口氣，肺部縮小了一半，心臟也跛得像老牛；呆坐了半天，回撥給海人，「喂」了一聲，就不吭氣。

「妳還好吧？」他小心翼翼。

「當然不好！他們根本是編故事！那天你只待了一會兒啊？」

「他們看到我下樓，卻故意不提，那樣就沒新聞了；又或許狗仔打混，沒有守到我出去。但是這都不重要了，重要的是，妳不要中計。」

「中計？」

「不覺得時間很巧嗎？先是妳收到『閻魔王』，然後是這篇報導？這是有人故意安排？爆料抹黑，就是為了阻擋我們、讓人知難而退吧。」

「你想會是誰？」

「還有誰？當然是嫌犯。」

「能不能問水果日報？」

「別傻了，第一、他們要保護新聞來源；第二、嫌犯不會自己爆料，一定是轉手再轉手，妳查了半天，根本是不相干的人。」
「如果我不退呢？」她咬牙切齒。
「一定會有下一步，它不會輕易放棄……我本來希望妳退出，但是它這麼低級，倒想勸妳留下了。」
「我不會讓它得逞的！看看報導——我是混帳的不孝女，家人屍骨未寒，就急著尋歡作樂，人人得而誅之！」
「我呢，也是個貪戀少女的齷齪大叔。」他在笑，聲音聽起來很諷刺。
「你不生氣嗎？這樣扭曲？」她提高聲音，對他的淡然感到訝異。
「我皮很厚，只是怕妳受傷。」
「外婆和舅舅會怎麼想？那些受訪者呢？他們都知道我是誰了。」
「真金不怕火煉。」他停了一下，「妳的電話有插撥，要不要接？」
「沒關係，大概是舅舅。我想清楚，再打給他。」
「可能會有很多媒體找妳。」
她猶豫了一下，誠實的說：「我不想接……或是該接？否則會越滾越大？」
「越逃避，別人越覺得妳心虛。」他咳了一聲，「不勉強，看妳自己。但是我會澄清。剛有人打來，我還沒回。」她頭往後仰，看著天花板，「當然要澄清。一定要的。」
「昨天如果接了《水果》電話，今天還會登嗎？」她又好奇。
「……我想會吧，他們都拍到了。沒辦法，民眾對妳太好奇、妳太有新聞點了。多了我的解釋，只是小菜一碟。是我不對，懷疑有人跟蹤，就該多注意，只想防備嫌犯，沒料到是媒體。」

「你懷疑有人跟蹤？」

「對，很抱歉。」

「我才抱歉。若不是跟我在一起，不會有這種新聞。」

「別道歉，說不定很多人羨慕我呢？」他的聲音有點苦澀，「反正，清者自清。」

她握住手機，一時啞口，一陣子才說：「今天還要去北和大？」

「要啊！不是說好了，要去看實驗室？妳不去沒關係，我自己去。」

「不，我要去。我會戴太陽眼鏡。」

「那麼就出發吧！不是每個人都一早看報。」

「希望舅舅把報紙收起來，不要讓外婆看到。」

「他會的。妳準備一下，我們馬上出發，免得被媒體堵到，我十五分鐘後到。」

她想起一個問題，電話中比較不尷尬……「還有一件事……⊕▽※￡☆是他們瞎掰的嗎？」

「什麼？沒聽清楚？」

她的聲音細若蚊鳴，「……你去情趣用品店？」

他楞住。「法克！連妳都誤會？我是去買防身器材！」

「真的嗎?!」她輕嘟嘴。

「都是朋友介紹的，真被他害死了！」

同一時間，土子在床上，打了好幾個噴嚏。

昨晚萬里齋快遞回紙箋，保全代收了。若芙保管兩張，一張交給海人。走在北和大學的樹下，她發現失算了，十一月的清晨，誰會戴太陽眼鏡啊？——欲蓋彌彰，簡直就是圖謀不軌的可疑份子。算了，還是到用品室，穿上歐巴桑裝扮吧，至少能遮住一半臉。只是不想被海人笑——笑就笑吧！顧不了那麼多了。她領著海人向前，他拿著平面圖，一邊走、一邊對照校內建築物，她的頭低得不能再低，他則東張西望，神態一如往常。

「對了，你昨晚比對簽名簿，有發現嗎？」

他一逕直走，「妳應該猜到了。」

「沒有收穫？」她的下顎垂了下來。

「我們的假設是：兇手出席喪禮，並伺機留下紙箋。但我翻過了，沒有特別可疑的人，就算有，也是本來就知道的人。」

「有誰？」

「我在本子上貼了記號，妳待會看就知道。」他的腳步不停。

「是喔？我本來很期待呢。」她悶悶不樂。

「不，還是有收穫啊。要像愛迪生一樣樂觀——如果一萬種實驗都失敗，就去做第一萬零一次，沒什麼好氣餒的。只比了兩本，還有別本啊。」若芙停了幾秒，又加緊趕上。

「唯一要擔心的，簽名簿涉及隱私，不是每個人都願意，我們非親非故、又不是警方，他們本來就沒意願，現在出現負面新聞，更是雪上加霜。」

「或許，這才是嫌犯的用意？」

「反正就是要干擾我們。」她滿面憂愁，海人認真確認路牌。

「我很少到北和大，沒想到校內這樣大。剛剛進來的主幹道是椰林道，現在直走的是榕樹道、下一條橫向是蓮池道……。生科院實驗大樓就在蓮池道和榕樹道交叉口、左轉第三棟，對吧？」

她點頭，「對，就是那棟。」

「我們動作要快點，剛剛記者打來，我通知他們：今天下午兩點，會在工作室公開說明。」

「你動作真快。」她很訝異。

「我習慣了。他們問起妳，我說妳不會到。」

他的語氣強硬，「他們很想找妳，別讓他們找到。我會呼籲大家尊重妳、不要打擾、給妳隱私空間。待會我在一樓，妳在二樓，最危險的地方就是最安全的地方，他們不會猜到，妳就在頭上。」

「好。」她心服口服，完全不想見媒體。

「剛剛我飆了《水果》的朋友：希望我出名，也別用這招啊！他說誰叫我不接電話？他們也說，都拍到妳了，無論如何都會登。」

「早上舅舅和媽媽的朋友打來，我說是誤會，他們相信了，叫我小心、要我回台南——現在當然不可能。他們不會透露我的行蹤，媒體不知道我在哪裡。」

「如果有媒體守著，就別回家去，不能再去『石壁』，或許借住萬里齋？……」

兩人談著談著，到了實驗大樓，若芙走上臺階，有人像一頭公牛，登登登衝下臺階，差點撞上他們，抬頭一看，卻是錦芳。對方也認出來了，臉上忽青忽白，變幻著詫異、不屑和嘲笑……眼睛一轉，看到海人，打鼻孔裡「哼」了一聲，便怒氣沖沖的走了，若芙看著她的背影，發現錦芳拿著一疊報紙。若芙目瞪口呆的站著，好像被吐了一臉口水。海人也立定了，輕聲問：「怎麼了？」

「沒什麼，只是一個同事。」她慶幸戴了墨鏡，有點想哭，應該看不出來。她的頭稍稍倚向他，想尋找一個依靠，角度略略半傾，又停止了這個動作。她挺直脊背，移動步伐，快步往後棟走去，海人緊緊跟著。大樓的工具室在轉角，她見到林美滿拿著抹布、水桶和清潔劑，正好要關上房門。

「林阿姨！」若芙摘下墨鏡。

「若芙，好久不見！妳怎麼了？為什麼突然請假？」她黝黑的臉上，一貫親切的微笑。

若芙一陣慚愧，躊躇不前。

「嗯？妳還好嗎？」美滿渾然不覺，看到海人笑著說：「妳男朋友？」

「不……不是！」若芙連忙否認，海人自若的笑笑，穩重得像棵大樹。

「我看到報紙了，剛剛錦芳來通報，我不想附和，她就走了。」

若芙知道，錦芳一定說了她壞話；但美滿厚道，不在背後批評人。

「妳交了男朋友，很好啊……。家人都走了，一個人很辛苦的，我也經歷過。休息一陣子吧，妳一向太努力了。」

「美滿阿姨……」若芙扁扁嘴，眼眶發酸，瞟了海人一眼。

「報導亂寫啦，他只是陪我訂房，這一切都是誤會。」

「那……妳真的是羅黎莎的女兒？」她的語調很認真。

她瞬時臉紅，手也捏住了，「抱歉，妳對我這麼好，我卻沒告訴妳。」

「沒關係，妳這麼有錢，卻在這裡工作……是為什麼？」

她沒說話，像被糾察抓到的孩子，林美滿點點頭，拍拍她的手，「放心、放心！你們說『邪不勝正』，我們達悟人也說『人一定會戰勝魔鬼』，沒問題的。」若芙睜睜不語，想道謝、又想辯解。

「還好，記者不知道。小心，錦芳想爆料呢，我勸了，不知她會不會聽。」

「無所謂，隨便吧。」

「所以妳今天回來，是為了上班嗎？還是回來看我？很好啊。」美滿又回復滿面春風，就像她的名字。若芙喜歡她的名字，但她更愛達悟族的原名，聽說是「海風」的意思。她從不抱怨、總是開開心心，第一次聽說她「家人不在」。若芙誠懇的說：「真的很高興看到妳。」美滿環著她的肩膀，又聊了一會，若芙才領著海人上樓。

其實海人看過影片，還是仔細察看電梯、樓梯、逃生門、走廊和監視器。他們搭電梯到八樓，戴上手套、拉好拉鍊、套上鞋套、甚至戴浴帽，看到他的造型，她差點忍俊不住，狂笑出來。

兩人進了實驗室，海人一一檢查擺設，尤其注意水槽的瓶子，以及瓶口和瓶底的汙漬。這段日子以來，水槽底部的液體早已揮發，他又補拍了幾張照片，並盯著窗戶、把手、書架和桌邊，屏氣凝神，始終沒有說話，若芙也沒吭聲。然後他又回到走廊，脫掉鞋套浴帽，走到樓梯間，九樓是頂樓，沒有任何房間，只是一大片紅磚地面，邊緣放著兩座水塔。他爬上水塔的梯子，掀開蓋子望了望，居高臨下俯視校園，路上行人來往匆匆，太陽燻暖了空氣，從北方颳來的風，吹起了他的衣角，像將要振翅的鷲鷹。海人爬下鐵梯，爬到一半，突然停下來，握著鐵條，陷入沉思。若芙長髮亂飛，用花帽壓緊裙子，她等了一會，有點想離開，又不敢催促。海人走下扶梯，喃喃自語：「怎麼可能？但是就說得通了！為什麼沒人發現？真是太大膽了！」

「怎麼了？」她鼓起勇氣問。

他轉頭看著她，火焰在瞳孔裡燃燒。「還需要更多證據。」

他攏起衣領，快步離開，這次沒走電梯，改走樓梯到一樓。若芙不知他打什麼主意？趕緊戴上太陽眼鏡。海人順著蓮池道，走到二號側門，在側門附近觀察，似乎在尋找什麼，又快步走過其他大樓，在生命科學院和社會科學院之間，新建工地豎起了圍籬，鋼板門上懸著大鎖，但鎖頭是打開的。

若芙知道，這裡將興建「生命科學院第五大樓」，圍籬內傳來嘰嘰嘎嘎、砼砼隆隆的噪音，好像小蛇竄入耳孔，耳朵一陣搔癢。鋼板上貼著海報：鮮紅的圓圈中間橫著白色橫線，標示「非工作人員禁止進入」；還有一張黃黑相間斑馬紋的海報，註明「進入工地請戴安全帽」。

他們站在圍籬外，抬頭看著兩、三樓高的鷹架，一根根怵目驚心的鐵條。工人來回穿梭忙碌，一位體格粗壯的男人張口喝斥，「喂！你們兩個！」他看到若芙，猶豫了一下，聲音變軟了：「這邊危險，不要站在這邊！」海人舉起一手，「沒問題，我們馬上走！這裡在蓋什麼？蓋多久了？」

男人指著工程布告，「那裡有寫！不要逗留啊！」他轉頭離開，走了數公尺，又回頭看看若芙，似乎想確認什麼。若芙顧不得海人取笑，躲到樹下，戴上花帽和口罩。等她走過去，只見他踏過砂石，走到布告欄前看告示，還舉起了相機拍攝。四方型綠色牌子上，標明施工廠商是「高剛工程股份有限公司」，施工期間是今年七月一日至後年十一月三十日，還有工程名稱、建造執照、起造人、設計人、監造人、承造人、工程概要、工地負責人、品管人員、勞工安全衛生人員、專任工程人員電話，以及環保、政風專線電話。

兩人沿著圍籬走了一圈，除了剛才的出入口，封得密密實實。當初廠商砍了一些大樹，移植到其他地方，還有學生向校方抗議。海人發現無縫可鑽，又問：「哪裡還在蓋大樓？」

若芙想了想，「還有法商學院和理學院附近。我聽主祕說，為了達成教育部『五年五百億』第二期計畫，工程都要趕進度，所以灰塵比較多，掃除工作也更重了。」她一邊說、一邊指出方向。

海人懂了。「帶我去看其他工地吧？」

若芙帶他經過二號側門，海人又說，「剛才妳帶我到實驗室，怎麼不走這邊？從實驗室過來只要三分鐘，為什麼要從正門？」

「按照規定，校外人士要在正門換證件。就算從側門溜進來，如果警衛看到，還是會要你走正門。而且校內施工，側門經常封閉，有時根本沒開，白跑一趟。」

「原來如此。」兩人順時針繞過整個校園，途中經過工地，他又停下來拍照。

經過正門的時候，若芙走得飛快，海人卻說：「不好意思，能指給我看嗎？」

「什麼？」

「……車禍地點。」

路邊行人熙熙攘攘，有人行色匆匆，有人結伴說笑，但他們都不知道，那個滑稽的歐巴桑，究竟在比劃什麼。海人在地圖上做記號，又拍了更多照片。

若芙走到遠遠的樹下，楞楞的瞪著白雲蒼狗。竟然快一年了……

青天昭昭。

兩人走回停車處，一邊檢查手機，海人繼續回覆媒體、補發簡訊；若芙則回電給翠華，張美琴的來電稍等再回。一到車上，她馬上摘下眼鏡和口罩，海人則是先到後座，快速翻閱簽名簿。

「果然！」他大叫，呻吟一聲。「怎麼了？」她半身靠了過去。

他指著簽名簿，上面有著端正筆跡，若芙看到是「高剛工程」。

「這是誰的？」

「史大衛的。」

「工程公司也去弔唁？」

「如果是朋友，一般會簽名字，不會簽公司行號。」
「問問看吧？」
「當然。還有，剛剛盧校長有留言，我解釋過了，還好他相信我們。」
「我媽的老友、北和大的王主祕也打來了，她叫我小心不要被騙，說你買了可疑物品。」
她滴溜溜的眼睛閃著光，一抹淘氣的微笑。
「是啊，可疑物品～～比管制品更恐怖！」他沒好氣的說。
「好啦好啦～開玩笑的。」她遮住笑容，轉身上車。
海人握住方向盤，嚴肅的說：「先在附近繞一下吧？妳不是懷疑肇事者有地緣關係？」
「我們在趕時間啊。」
「這件事也很重要，既然來了，就一併看看吧。」
她欣然同意，並不是忘了自家的事，只是苦無切回時機。
海人開回正門，以北和大為圓心，同心圓一圈圈繞出去。若芙拿出對摺又對摺的大地圖，他看了上面密密麻麻、井然有序的記號，倒抽一口氣，「妳居然做到這樣！警方很吃驚吧？」
「或許吧，他們也查了一些。」
「他們看妳這麼認真，所以不敢鬆懈。」
若芙低下頭，「他們勸我放棄，說兇手如果不開車、不出入本區，就沒有用了。但是我不相信，我覺得不可能、一定有。」
海人沉吟。「妳查出了百分之九十五的車子，剩下的百分之五……？」
「有人來來去去搬家、或是住戶友人和商店顧客，警方很難用戶籍追查這些人。」

「剛剛繞了半天，都是便利超商、早餐店、小吃店、洗衣店、五金行、藥店、小診所、理髮店、寵物店、機車行、水電行、房屋仲介……公務機關只有活動中心。」

「待會你會看見，靠山還有單車行和資源回收廠。市區土地太貴，所以開在近郊，廠區沒有圍牆，只有鐵絲網籬笆，從外面看，能夠一覽無遺。」海人開車經過，她說得沒錯，廠內有高達二樓的鐵皮屋，大門全都敞開——不，應該說沒有大門。機器全暴露在目光下，空地堆滿塑膠、金屬、電器、紙類等廢料，都是硬體，沒有臭味，所以才沒被抗議吧。他特別留意有沒有汽機車？但車輛利潤較高，多由專門回收廠處理，這只是一般回收廠，便打消了這個念頭。

一個多小時後，海人開到「石壁」，叫若芙在車上等，原來他請服務員拷貝監視帶，待會要在記者會播放。回到工作室，他忙上忙下、搬動機器、還補了短篇聲明稿，又趕著拿去影印。若芙則準備茶水，兩人忙得飯也沒吃，等到準備就緒，他關上通往二樓的門，自個兒留在樓下。若芙心中忐忑，發了一會兒楞，想回電話又沒力氣。手機震動，她看看螢幕，按下通話鍵。

是張美琴。「我看到新聞了，原來妳是羅黎莎的女兒……妳這孩子，怎麼都不說？不是真的吧？你們不是那樣吧？」

「當然不是！」她趕忙解釋，待會要開記者會。但是美琴不以為然，「越描越黑，別人還是會質疑，你們沒在交往，被拍到那樣，還是說不清楚啊。」

她沒回話。其實她並不討厭……和他在一起。

「真的很抱歉，為了找人傑，害你們揹黑鍋。妳還年輕、不了解名節的重要性，別人用有色眼光看妳，跳到黃河都洗不清！」若芙有點愕然，這就是代溝嗎？沒這麼嚴重吧？

「還好啦，清者自清，一旦找到人傑，真相就大白了。」

「妳太天真了，到時候妳就知道了。」

若芙不想辯解，她對海人有信心。

「我想了一早上，人傑失蹤快三星期了，警方還是沒進展，也沒更積極蒐證。我想開記者會，公布更多線索，也為你們澄清。」若芙吃了一驚，「但是……萬總裁呢？他同意嗎？」

「只要不提他，他尊重我的意願。我也問了人傑爸爸，他也贊成，會請員工支援，所以我明天開記者會。」美琴喘口氣，好像十分費力，「我也會公布『地獄變相圖』的事。我越來越懷疑，他的失蹤，就是因為那張圖。如果真的捲圖潛逃，或是被人挾持，那麼還圖也好、還錢也好、坐牢也沒關係，只要他回來，我顧不了那麼多了。」

最難熬的，不是結局。而是沒有結局。

若芙嚇了一跳，只好坦白：「不！不是這樣的，之前沒辦法告訴妳，其實我們懷疑，他很可能是發現了某人的祕密，所以被帶走、或是躲起來了。」她不敢說，很可能是被殺了。

「什麼?!妳說的是真的嗎？」美琴忘記了冷靜。

「很有可能。」若芙簡單說明，並強調絕不能說出去。

美琴久久沒有說話。若芙知道，這是個艱難的決定。這些日子，兩人都不一樣了，她變得更堅強，美琴也直起了腰桿。終於，美琴開口了，聲音雖細，像一條細韌的小提琴弦。

「我想過了。如果他真的被挾持，不會這麼久都沒消息；如果他離家出走，或許能逼他出來，我不想再拖累別人了。而且，如果有人偷了圖，一旦公布就更難銷贓了，這樣也能保護文物。」

若芙嘆口氣，「好。我尊重您，會轉告海人。」

掛斷電話，若芙確認時間，兩點了。窗外傳來隆隆噪音，像豺狼不耐煩的低吼，她從窗縫偷望出去，原來是電視台的衛星轉播車。雖然她在現場、現場有衛星連線，不過電視在樓下，什麼都看不到，真是世上最遙遠的距離。她回到桌邊，翻開喪禮簽名簿，看到他貼的彩色標籤。史大衛的部分有萬喜良、盧建群、朱是全、楊超群、高剛工程公司。

哈雷的部分有盧建群、萬喜良、蕭富元。除了盧建群和萬喜良，沒人重複。

一般公司、單位、團體出席喪禮，常由一位代表簽署，並非每人都簽名。她又檢查，是否有重複的單位？但是沒有。看樣子，沒拿到更多簿子是不行的。

兩點五十分了，海人還沒上樓。她心生一計，打給陳振祥，昨天他和海人有些衝突，不過並未針對她，其實他對她很友善。——很幸運的，他同意了。三點二十分，衛星轉播車開走了，又過了十分鐘，她豎起耳朵聽到，鐵捲門喀喀拉下，然後是沉重的腳步聲，他的臉色發青、滿是疲憊。

「怎麼了？」她匆匆迎上前。

「他們居然有……」

「有什麼？」

「有我們上次到高雄，在櫃檯登記的影片！」

「什麼?!」她張大眼，「可是，我們沒什麼啊？」他握緊拳頭，臉色更綠了，嘴型像是要罵髒話。

「當然是這樣沒錯！可是他們不相信，那些影像一公布，看起來就像我在說謊。」他咬牙切齒，「本來一切都很順利的。媒體拿了聲明稿、我也向記者說明，完全是一場誤會，我只是陪妳登記入住，等妳安頓好就離開了，搭配石壁的錄影畫面，其實很有說服力，大夥也都沒話說。

但是《參週刊》的記者，竟然挖洞讓我跳！他說我們是不是天天在一起？我不能說謊，只好含糊帶過；接著他用 ipad 播了高雄的畫面，就像我是個胡說八道的慣犯，天天帶妳去旅館。這下子無論我說什麼，都像是遮掩推拖、根本不能信任！馬的被擺了一道！」他搥了桌子一拳，還是罵了。

「問題是，他們怎麼有那段畫面呢？」

「他說是讀者爆料，今天早上的頭條真有效，狗仔的效率真高。」

「但誰知道我們住過高雄呢？」

「會不會是飯店的櫃檯？或服務生？」

「他們只看過我們一次，就記得這麼清楚？」

「唔……」他低頭看她，盤算的眼神，「怪只怪妳，太漂亮了？否則我是路人甲，誰記得呀？」

「你別亂說，這不是重點。」

「沒辦法啊～～」他聳聳肩，「記者會功敗垂成，有開等於沒開。」

「那怎麼辦？」若芙還在問，手機響了，她接起走向窗邊，「是、是，我是……這麼快？嗯、嗯，她確定？……那件事？太遺憾了。不！不是這樣……我知道了，還是謝謝你。」

她掛斷電話，嘴唇拉成一直線，身形迴了個圈圈。

「誰打來的？」他忍不住問。

「陳振祥。我們不便出面，所以請他去問方媽媽。她很確定丈夫的喪禮上，沒有那種紙箋。還有，你猜對了，她看了新聞，不願意借我們簽名簿。」海人打開窗戶，雙掌按在窗框上，半身探出去看遠方，若芙雙手環抱，倚在牆上。他轉過身，背影逆著強光，襯得身形更高大，「若是這樣，『十殿閻王』就缺了一個，最後一個。我本以為，方亞萱的父親是『五道転輪王』，他在核科所工作過、然後又自殺……如果方太太說的沒錯，就不是這樣了。」

「陳振祥說，方媽媽非常確定。」

「陳振祥有問我們的事？」

「我打給他的時候，他根本沒看新聞。」

她的頰上跳出小小梨窩，「是方媽媽說的，不過他不在意；他也沒問我家的事。」

「這人還不錯，不饒舌。」他沉吟了一下，眼神發直。

「好吧，我趕快打到謝文全和劉慶中家。」趁著他打電話，若芙下樓瞧瞧，在樓梯間探出頭來，鐵門半低、騎樓空盪、觸鼻一股汽油味兒，記者都已離去。她把鐵門拉下，打開電視，沒多久就看到重播——海人不慍不火的澄清，請大家尊重她、別打擾她。畫面一轉，記者播出高雄的畫面，海人很尷尬、發問很挑釁，她看得頭皮發麻，自己若是不知情的人，也會懷疑他說謊。她緩慢蹣跚的上樓，兩人相對苦笑，都有點沮喪。「這樣不行！」他拉拉筋，站了起來，「到埔里去吧，離開台北。」

她看看他，「又住旅館？被人看到怎麼辦？」

「我們分批進去。」

「他們先看到你、再看到我，還不是一樣？」

「嗯……好吧，還是住萬里齋。這樣別人沒輒了吧？」

「哎呀，管他的！又不是那樣，管別人說什麼?!」

「真的？妳不在意？」

「是啊。至少親戚相信我。」她頓了頓，「就算他們不信，我也知道自己在做什麼。」

「好！辦大事者不拘小節。我們走吧，現在就出發，要回去拿東西嗎？」

「不用了，路上買就好了。」若芙矯健的跳起來，像蓄勢待發的小鹿，活潑的揮動手腳。

二十、小蘭

十一月十二日(二)，台灣・埔里。

今天早上，小蘭沒去上課。半夜拉了幾次肚子，早上媽媽幫她請假，等到太陽逼近中天，鳥兒躲進了樹蔭、蟬兒遁入地下，她昏睡了一上午，才起床刷牙洗臉，在家裡踅著看看，都沒半個人，大家全去工廠了。小蘭家是大家族，祖母還健在，爸爸是長子，下面有兩個叔叔、一個阿姨，大家都住在一起，加上堂兄弟姊妹，整個家熱熱鬧鬧，偌大空間難得安靜，她看著壁虎灰的天花板、摸著空空的肚子，反而覺得沉悶、有點寂寞。

肚子裡的髒東西都拉掉了，此刻她肚臍不凸、腹部不漲、腸胃也不再咕嚕了。額上的汗從溼熱變清涼，時鐘指針緩緩移動，趴在一點半，她醒了一小時，仍舊沒人回家。她也不餓，開冰箱喝了點果汁，便開始換衣服，想去工廠找爸媽，穿過馬路走到對街，三分鐘就到了。

其實今天有點幸運，國文課老師要抽背課文，昨晚背得零零落落，如果課堂上被點到，真的沒有把握，但她是班長，實在不想丟臉。睡前她就祈禱，乾脆生病好了，又吃了三隻冰棒，結果真的病了。究竟是祈求奏效、還是冰棒有效，她不知道，反正最討厭背課文了。十一月了，埔里盆地的正午仍像夏天，她穿著短袖、短裙，一腳踩進運動鞋，手指抓住鞋尾往上提，一套就進了，轉身反鎖上門，附近都是老鄰居，門鎖是防備外地人，但巷子根本沒外來人，只是最後一個出門，還是小心一點比較好。

小蘭家族世居埔里，從爺爺那一代起，就開始經營「裕泰造紙廠」，至今四十多年了。爺爺總說，埔里的水又甜、又純，篩出的紙又細、又白，美女又嬌、又嫩。爺爺的小工廠從代工做起，經歷多年實驗，研發出高級用紙，外銷亞洲市場，讓他走路都有風、睡覺很放鬆。但是爸爸接棒前後，恰巧碰上產業變遷，同業紛紛外移倒閉，工廠也差點撐不下去。爺爺和爸爸勤跑銀行懇託、思考轉型、力拚生路，開發文創商品，後來搭上旅遊風潮，才讓事業起死回生，現在是鎮上最知名的觀光工廠，生產量少質精的高級紙，多次榮獲政府表揚。

小蘭今年十一歲，是第三代的么女，上有兩個哥哥、姊姊。爺爺過世前說：「生意子」要從小培養，大家要團結合作，一起傳承家業，讓造紙文化發揚光大，每天敲木魚似的耳提面命，耳朵都聽得長繭了。不過小蘭並不排斥，對造紙過程很著迷，自從會走會跑，就在廠區鑽來鑽去，尤其喜歡看「抄紙」——看工人熟練的搖動竹簾，讓飽含植物纖維的紙漿水，緩緩沉澱成整張紙胚。只要不到燒滾的熱鍋旁邊，沒人會催趕喝斥，大家對她都很和氣。所以她喜歡紙廠，覺得在這裡很有趣、也很受重視。下午她病好了，第一個想的不是看電視，而是到工廠去；記得媽媽說，今天有三個觀光團、兩所學校觀摩，一定忙翻了吧，多少能幫幫忙也好。

她小快步走到巷口，一邊察看來車、一邊橫過馬路，遠遠見到一位戴墨鏡的年輕女子，在工廠門口附近徘徊。小蘭掩虛著走到側邊，女子身穿彈性T恤和七分褲，襯出纖細柔軟的身形。雖然墨鏡遮住了臉，但那身白裡透亮、清瑩剔透的皮膚，連鎮上的美女都羨慕。

「歡迎光臨！想進去嗎？」小蘭主動開口，她看慣了觀光客，早就習慣打招呼。

女子嚇了一跳，迅速轉過身來，看到她的模樣，好像鬆了一口氣。「沒有……我的朋友在裡面，我在等他。」她緩緩摘下墨鏡，「妳是這間工廠的小孩嗎？」

小蘭張嘴看著她——好漂亮的姊姊！像是電視上走出來、偶像團體的女孩……不！她們沒有這麼美麗——她的眼眸大而晶瑩，臉頰優美滑順，嘴唇是自然的草莓紅……她目不轉睛，忘了回答。女子彎下腰，「怎麼了？身體不舒服嗎？」

小蘭搖了搖頭，對方微微伸手，好像怕她倒下去，小蘭結結巴巴的說：「對，這是我家工廠，妳在等人？要我去叫媽嗎？」

「謝謝妳，不用，我在這裡就好。」

「喔……好。」小蘭又怔了一會，慢吞吞走過去，又捨不得的揮揮手，女子也舉起手，太陽照得她手上鏡框閃出金光。這個時間，客人應該在參觀造紙、體驗手作課程，最後才會到手工紙店，她想來這兒找媽媽。才跨進門，就聽見媽媽在收銀機前，正和一位男人談話，雖然隔著貨架，看不清楚臉；不過小蘭覺得，應該就是女子在等的人——男人身材高大、體格矯健、膚色微黑，看起來很沉穩。男人側身發現了她，媽媽也看到了，急問：「妳怎麼來了？肚子痛好了？」

「我來找妳嘛～～」她撒嬌。

「唉！趕快回去休息，今天很忙，冰箱有午飯，蒸一下就能吃了……」

媽媽走過來，想摸她的頭，又不放心的看看男人，「抱歉，我女兒……」

男人忙道，「沒關係，您忙您的，所以潘婆婆住愛蘭國小附近？我自己過去。」

「不好意思，這裡只有我一個人，走不開。」媽媽道歉。男人再次謝過，往門口走去。媽媽堅持要小蘭回家，她抗議無效，敵不過媽媽的眼神，怕再頑抗就要被逼去學校了，只好嘟著嘴離開。男人走在前面，女子迎上前來，小蘭靈機一動、笑逐顏開的說：「你們想找潘婆婆？我帶你們過去。」

「妳不是不舒服嗎？」男人疑惑。

「沒關係，我都好了。路很近，一下子就到了。」小蘭得意的說。

才剛出門，不想回家，何況她就讀愛蘭國小，這條路每天走慣了，既然媽媽沒叫她去上課，別人看見也無所謂。一陣子不見潘婆婆了，去探望也好；還有……她很好奇，這個女子來做什麼？

小蘭就像所有小孩，喜歡美麗的人、漂亮的事物、還有感受的善意，她覺得他們不是壞人，否則媽媽怎麼會幫他呢？午後陽光正熾，車窗閃閃發光，蒼蠅飛動減緩，水溝蓋晒得發燙，居民都在午寐，就連商家也不顧店，廊檐下空空的沒有半個人，這是小鎮一天中最像布景的時候。三人經過許多車格，小蘭一一跳著走，好像在玩「跳房子」——急性腸胃炎來得快去得快，現在肚子不痛了，還能帶路，這叫童子軍日行一善啊。

潘婆婆過去是廠裡的抄紙工人，在小蘭家工作了三十年。她年紀很大、八十多歲了，丈夫數年前過世，兒媳移居外地，獨居的她常回來走動，和老姊妹聚會聊天，生意好時，也會幫忙招呼。

婆婆體型豐潤、皮膚白皙，不過有些駝背，走路也不太方便。這一兩年，老工人一一過世，婆婆形單影隻，體重消瘦許多，話也越來越少，更不常出門了。上次看到婆婆，已經三個多月了，想想有點掛念，走啊走的，再拐過兩條巷子，就是潘家了。

「你們找婆婆什麼事呢？」

男人笑笑，聲音低沉，卻很清晰，「想問一種紙，妳媽媽說她可能知道。」

是什麼紙呢？要問紙的話，爺爺雖然不在了，但爸爸應該知道吧？

啊，但是爸爸正在忙，現在沒空吧？

小蘭懂事的點頭，「潘婆婆最清楚了，這附近她年紀最大。」

除了年紀居長，主要是婆婆耳聰目明，連小蘭兄妹哪天出生，都記得一清二楚，或許婆婆的孫子在台北，所以更關心他們吧！

「對了，剛剛妳怎麼沒進去？我們工廠很值得參觀，還可以造紙呢！客人都很喜歡，一定要試試呀。」她一邊介紹，一邊向前走，不到十分鐘，終於看見一棟古早紅磚厝，小蘭開心指著屋瓦，聲音宏亮的說：「到了！就是這裡。」

潘婆婆的家有四、五十年歷史，九二一大地震時，很幸運沒有倒塌，大家都歸功糊料結實。她守著家園，旁人苦勸也不願搬；兒子沒辦法，只好請泥水匠補強，歷經大小地震，倒也平安無事。

小蘭興沖沖看著他們，她性子急、路又熟，三人走得都快，這時到了目的地，女子卻沒向前，反而後退幾步，看了男人一眼。小蘭有點不解，來回看著他們，男人半蹲下身，淡淡的說：「潘婆婆平時看新聞嗎？」小蘭怔了一下，「新聞？……婆婆眼睛不好，平常『聽』連續劇，不看新聞。」

女子綻放笑容，緊繃的臉放鬆，男人也笑了，「別擔心了，一起進去吧？」

女子點點頭，小蘭不確定他是對誰說——當然要進去啊，不用上課唄！

她請兩人等一下，去看婆婆有沒有在睡；如果睏午覺，可能要待會。她輕輕敲門，這裡的居民，白天很少上鎖；婆婆可能沒聽見，等了兩分鐘，還是沒人應門。小蘭手指一豎，向他們「噓」了一聲，躡手躡腳的進去，進門就是幽暗陰涼的客廳，小蘭微微眨眼，適應室內光線，看見婆婆坐在躺椅上、身體歪著打盹。

或許是見了光，婆婆臉皮微微發皺，眨眨眼突然醒了。小蘭逆著光，她一下子沒認出來，聽出小蘭的道歉聲，婆婆喜出望外，半撐起來拉著她，小蘭也抱住婆婆，一陣子不見，沒想到這麼掛念。她替兩位客人說明，這下子才發現，連他們的名字都不知道，不過婆婆聽到是媽媽介紹，微癟的嘴仍笑開了，伸手攏攏包頭。男人道了聲謝，女子摘下墨鏡，兩人慢慢移動，拘謹的坐到婆婆身邊，小蘭主動到廚房倒茶水。

男人說他姓沈，女子姓江，他們在找埔里的一種紙，叫做「蝴蝶紙」。小蘭瞪楞著眼，在紙上畫蝴蝶嗎？從沒看過，好特別呀。婆婆的瞳孔陡的撐大了，臉上紋路更皺更深，都能夾蒼蠅了，缺牙的嘴也尖出來，好像用嘴代替鼻子聞。

「蝴蝶紙？過去有啊，很多年前了，當時埔里蝴蝶業很興盛，有些廠商買去糊燈罩、就是美術燈罩，不過銷路有限，後來就停產了。這種紙不好做，容易失敗，價錢比較貴、銷量也有限啊。」

「您說的，是放進整隻蝴蝶標本的紙；我想問的，是摻了蝴蝶鱗片、用『蝴蝶粉』做的紙，猛一看看不出來。」

婆婆陡的坐直身體，老眊的眼睛完全睜開，語氣嚴厲、甚至淒厲的問：「年輕人！你哪裡聽來的？怎麼會知道有這種紙？」她的聲音像烏鴉悲鳴，三人嚇了一跳，反射性挺直脊背。

婆婆發現失態，語氣稍微和緩，氣喘吁吁的說，「這種紙沒拿出去賣，你怎麼知道？」

男人躬身向前，像攫住兔兒的豹子，「我是聽孫慶平、孫老說的。」

「孫慶平……？」

「他以前在故宮工作，在埔里待過一段時間。」

婆婆懷疑的看著他，憋皺的額頭漸漸放鬆，眼神也溫和多了，「啊，孫慶平？我知影，你是說小孫啊？」小蘭覺得有些滑稽，一下子孫老、一下子小孫的，那個人到底多大啊？

婆婆想通之後，又悶悶不樂的樣子。小蘭有些抱歉，婆婆訪客不多，以為她會很歡迎的，結果不是這樣。就像平常勸阻吵架的同學，她站了出來，揮舞著手，「阿婆，不要這樣嘛！他只是問紙啊？」

婆婆定住不動，像「神隱少女」裡的湯婆婆，表情非常正經，一雙眼閃爍不定。

「你們為什麼要找『蝶粉紙』？說理由，我能接受才講，不然就請回吧！」她訕訕的說。

「阿婆～～」小蘭想撒嬌；婆婆卻難得兇她，「妳這個囝仔！囝仔人要聽話，否則妳叫妳爸講，我看他也不知影！」小蘭轉轉眼睛，閉上嘴巴。

進門後一直沉默的女子，這時開了口：「我們在找一個失蹤的人，在裕泰紙廠之前，問了許多間工廠，才到這裡來。這個人失蹤可能和這種紙有關，他們家的人很擔心，拜託您多幫忙。」

女子澄澈的眼睛如水，誠懇的看著婆婆，令人動容。

婆婆眼神轉往他處，撫著過去因為長年篩紙、換過人工關節的膝蓋，好一陣子都沒說話。小蘭知道婆婆心軟，就是媽媽說的「刀子嘴、豆腐心」，表面上不想承認，其實在找臺階下，乾脆推她一把。「阿婆，您就告訴我嘛！我都沒聽過呢，這種紙連我阿爸都不知影？」

婆婆回望著她，又好氣、又好笑，「憨囝仔！都四十多年了，妳阿爸當時是囝仔人，怎麼會知影?!」

「那您說嘛、說嘛～」小蘭呢呢噥噥，沒看那對客人。

「好，妳這個囝仔！我就說給妳聽。」婆婆瞥了他們一眼，僵硬的肩膀略微放鬆，眉間的直溝也變淺了，女子唇邊現出梨窩。

「四十多年前，我有一位公學校的好朋友，叫做汪雪桃，她往生很久了，現在想起來，好像去年的事。雪桃是鎮上的大美人，她有原住民血統，鼻子很高、皮膚又白，眼睛又深又大，身材非常嬈嬌，男人見到她，鼻孔都快噴血，就好像猛虎看見羊。」她看看女子，點點頭，「比起妳，也差不到哪裡去。」婆婆清清喉嚨，聲音像女巫鍋冒出的泡泡，咕嚕嚕一句接一句。

「雪桃這麼水，不到二十歲，就遇上了外地的富家少爺，兩人愛得死去活來，很快就結婚了。當時台灣是日本的殖民地，日本帝國發動戰爭，雪桃跟著老公搬家、離開埔里，我們失去聯絡很長的時間。日本戰敗之後，雪桃一個人帶著囝仔回埔里，她說老公透過親戚介紹，帶她搬到日本，囝仔是在日本生的，她老公去當兵，在戰場上受了傷，外傷是治療好了，不過頭殼開始有問題，回來後常常打她，她想逃回來，但是戰爭時期，交通不便，結束後才回到台灣。」

「她老公呢？」男人問。

「聽說失蹤了，可能是被空襲炸死了。」

兩位訪客都點點頭，似乎深有感觸。

「當時大家生活都很苦，窮得都快去討飯了，她瞞著夫家回埔里，但是一個女人帶囝仔，生活很不容易，只能依靠娘家、或是到處打零工，直到在紙廠工作，才穩定下來。

雪桃母子平安過了幾年，傳來驚人的消息，就是雪桃的夫家，打聽到囝仔在埔里，想把囝仔討回去，讓老公的大哥收養，還要求母子不再聯絡。

雪桃知道囝仔跟著自己，只能受基本教育，回去不但衣食無憂，將來生活也有保障；她不忍心囝仔受苦，考慮很久很久，才決定把囝仔送回去，並且斷絕母子關係。這是痛苦的決定，她的囝仔也不願意，但她還是非常堅持。雪桃的夫家實在沒有人性，拆散她們母子關係；囝仔也很悲慘，聽說為了補上學籍，還謊報年齡、假造戶籍，連名字都改了。」這麼多年了，婆婆還是忿忿不平。

「又過了十多年，雪桃也改嫁了，她的後生長大了，瞞著養父母來探望。我們都在紙廠打工，因為生活的拖磨，雪桃不像當年那麼水，但是人很秀氣、個性又好，大家都喜歡她。我們都知道她的過去，很為她抱不平，聽說她的後生回來，大家都很歡喜。」

小蘭插嘴，「她在我家工作？」潘婆婆搖搖頭，「不，不在『裕泰』，我們四處打零工，當時『篩紙』做一件算一件的錢，這樣賺得比較多。」

「她和後生很久沒見面，應該很高興吧？」男人又問。

「剛開始是這樣……。」婆婆哭喪著臉，臉色時陰時晴，彷彿大難臨頭。

「她的後生回來住了幾天，她偷偷對我說，後生和她老公不合。她後來嫁的男人，在埔里酒廠上班，雖然比較愛喝酒，不過很疼雪桃，薪水都交給她；但她的後生就不這麼想了，可能母子分離太久，後生過慣富貴的生活，看不慣阿母的日子，甚至勸她趕快離婚，要接她到台北，自己拿錢來奉養她。」

「她怎麼說？」

「她當然不答應，第一，後生在人家屋簷下，必須要低頭，生活也不自由；二來，她跟老公是有感情的，不可能放棄夫婦關係。她的後生覺得是繼父反對，阿母才不答應，心裡很不歡喜，不只這樣，」她用手掩住嘴，停了好一會兒，才放了下去，「就是你們問的，『蝶粉紙』的代誌。」

三人都聚精會神，一眨也不眨的盯著她。

「蝴蝶是埔里的驕傲，大家都知道，『蝴蝶王國』這塊招牌，是埔里撐起來的。聽說她的後生在養父母家中，為了化解對阿母的思念，買了很多蝴蝶標本，其中有很多是很貴的品種。他聽說雪桃在造紙，竟然把蝶翅磨成粉，央求阿母幫他做這種紙，當作珍貴的紀念！」

男人緊皺眉頭，女子額上滲著冷汗，小蘭腸胃又不舒服了，有點想去上廁所。

「雪桃為了安撫後生，也是不得已……其實她一直怪自己，當時不該放棄囝仔，不過我們都知影，她哪有什麼選擇？所以她利用假日、向頭家借場地和器材，開始製造『蝶粉紙』，她只有一個人，沒找人幫忙，我也是後來才知影，我想小孫也是吧。」

「她是怎麼做的？」

「雪桃說，是仿『灑金紙』的做法，一般有三種方法：第一種是在抄紙之後，趁紙還沒乾，在上面灑金箔、讓金箔黏上去，這種方法比較單純，效果也很自然。不過金箔說是『金』，卻不是真金、其實是銅，如果沒控制好，往往會變黑，這樣就很浪費了；而且金箔不能回收，成本比較高，考驗我們的功力。

第二種是抄好、烘乾紙後，在紙上塗漿糊、然後再灑金上去，這種方法比較容易，不過漿糊會影響寫字效果，而且容易生蟲，那些蟲愛吃漿糊。

第三種是利用印刷，造好紙後印上去，但是每個金箔的形狀、位置、大小都一樣，造的紙比較呆板、比較沒變化。三種方法有好有壞，就看使用的人的考慮，然後選不同的方式。」

「她是用哪一種方法？」

「我想是第一種。」

「她在哪間工廠做？」「是我家工廠嗎？」男人和小蘭同時發問。

「那間工廠叫做『鐵火造紙』，二十多年前就關閉了、老闆也往生了，所以也沒幾個人知道了。」

「她的後生呢？在哪裡？叫什麼名字？」男人急切詢問，額上青筋爆起。

婆婆又猶豫了。「和那個人的失蹤有關嗎？」

女子用力點頭，男人也肯定回答。

「她的後生叫我『月枝姨』；以前我都叫他『阿孝』，他的日本名字是『遠藤孝夫』。送給人之後，他的養父母改成什麼姓、他改成什麼名？我就不知影了。後來他回來了，我還是叫他『阿孝』。」

「他是高、是矮？是胖、是瘦？長得怎麼樣？」男人繼續追問。

「長得……很一般啊，他長大之後，我只見過幾次，就是很普通的人。」潘婆婆想了半天才說。
「如果您現在看見他，還認得嗎？」
「我不確定呢，都三十多年囉，阿孝也老了！你們看，我和過去就差很多囉。」婆婆指著櫃子上的全家福，照片中的女人抱著嬰兒、和丈夫出遊、穿著洋裝撐著洋傘……婆婆年輕時略顯豐腴，老了比較消瘦，但是輪廓沒什麼變，仍然看得出是眼前的老媼。
小蘭覺得，她的舉例沒什麼說服力。
「後來呢？蝶粉紙呢？雪桃呢？」女子問。
「後來……唉！她做的蝶粉紙，不是只有一種，而是很多種，都是很貴、很水的品種。聽說阿孝很挑剔，堅持一種紙只用一種蝴蝶，絕對不能混用，他說混著就不水了，我聽了很奇怪。」
「所以那是不賣的，只有她做而已？」
「對，當時蝴蝶能換錢啊！誰會這麼浪費，用這麼多蝴蝶做紙？要賣多少才能回本？頭家一定會虧錢的，只有他這個『阿舍』，才會這麼做。」
男人沉吟不語，女子掩住臉頰。
「『蝶粉紙』做好了，阿孝勸雪桃搬走，她拒絕了；沒想到過沒多久，就聽說她老公淹死了。」
「怎樣了？」小蘭急問。
「他在酒廠吃頭路，平常喜歡喝幾杯，不過喝得不多，那天他離開公司，一直都沒回家，雪桃沿路去找，大家也去幫忙，才發現他摔入大水溝，撈上來已經沒氣囉，警察說他喝多了，才會掉下去。雪桃很傷心，辦完喪事之後，將他葬在鎮外。」
「後來她跟後生搬走了嗎？」

「不。她怪後生和老公吵架，老公心情才會不好、喝多了酒，所以沒答應。她一直住在鎮上，阿孝也拿她沒辦法。又過了六、七年，雪桃生病往生了，阿孝把她的骨灰帶走，以後我沒再見過他。」

「她有沒有再生囝仔？」

「沒有，她再婚後沒再生。」

「她得了什麼病？」

「癌症啦，她說，是原子彈的後遺症，被輻射汙染了，真恐怖呢。」

室內一陣沉默，小蘭聽不懂什麼是「原子彈」，氣氛沉重，她不敢問。

女子咳了一下，「沒人懷疑她老公的死因？」

「妳是說？」

「我是說，」女子更清楚的，「如果他是被人殺害、被阿孝害死的呢？」

潘婆婆沒有回話，許久許久，久到小蘭懷疑她睡著了，才抬起白髮的頭。

「確實……是有人懷疑，不過這種話不能亂講，因為雪桃的關係，也沒人敢講。我們都覺得，她已經沒老公了，不能再沒後生。」

又是一陣寂靜。

「或許……她也感覺懷疑，才沒跟後生搬過去。」

「您真的認不出阿孝嗎？」男人窮追猛打。

婆婆頓了一下，像是很不得已。「我好像看過他……在電視上。」

「真的?!」兩個女生都喊出來。婆婆微微頷首，不看他們，卻看著小蘭，「你知道我老囉，目珠很壞。這幾年不看電視，只愛聽收音機；以前在工廠，都聽習慣了。」小蘭轉身看看，客廳電視擺在角落，還是二十吋小螢幕，茶几上明顯的位置，卻放著收音機，進門時她倒的水，到現在都沒喝完。

「不過有一次，我經過鎮上的電器行，正好在播新聞，看見有一個人很像阿孝，我想就是他，站在一個大官、部長旁邊，好像要上臺說話。」

「哪一個部長？」

「我不記得了。」她很乾脆的搖頭。

「如果我拿阿孝的照片，您認得出來嗎？」

「有可能。」婆婆曖昧的說，然後就閉上嘴巴，四人沉寂了好一陣子。小蘭看看時鐘，下午三點多了，老人家有點累，開始半瞇著眼，像是精神不濟。男人也注意到了，和女子小聲商量，他們提醒婆婆，一定要小心門戶、注意安全，兩人先回台北，後天再來找婆婆，婆婆也答應了。

男人問小蘭：「小妹妹，妳有手機或電子信箱嗎？」

「我有電子信箱。怎麼了？」

「如果我寄照片，妳能拿給婆婆看嗎？」

「好啊，我也有平板電腦，可以直接拿過來。」小蘭阿殺力的答應。

「麻煩妳了。如果寄了，我會打電話到工廠，請他們傳話給妳。」

小蘭給他信箱，四人走到門口，婆婆突然對若芙說：「小姐，妳生得真水，看到妳，讓我想起雪桃。他們都說她『水人沒水命』，不過她不這麼想，她很看得開、很努力生活；她往生之前，對我說：『不是看命運給妳什麼，是看妳怎麼去看命運。』她走得很平靜，我們這些好朋友都陪在身邊。」

女子怔住了，只是默默點頭，婆婆站在門口揮手目送。

三人走遠了，女子突然說：「她是不是認出我了？」

「有可能，她不像自己說的，不看電視。」

小蘭聽不懂他們在說什麼。

經過愛蘭國小，下課鐘聲正好響起，一群學生奔出教室，操場傳來陣陣喧嘩，嗶嗶的哨音劃過空中，躲避球砰、砰的敲擊地面，突然有人大喊：「張—曉—蘭！」

小蘭回頭一看，原來是班上男生隔著欄杆在叫，她只是笑笑，也沒有回應。

「喂！妳不是生病嗎？騙猜仔啊～我們要去告訴老師～～」

「沒有啦，我下午好了啦。」小蘭邊走邊說。

他們嘟噥吵鬧，繞著跑道追著她跑，小蘭沒有停步，風變強了，天空的雲朵吹攏在一起，邊緣微微染紅，她縮著脖子，一心想趕快回家。話語就像羽毛球，一顆顆追到背上，但是她不為所動，不轉身、也不回頭，直到最後的喊聲，才讓她立定身子，懷疑是聽錯了——

「老師說，因為班長不在，所以今天不背課文，改成明天再背啦！」

她衝到欄杆邊，向他們揮揮拳頭，蹎蹎腳繼續走，才不管後面的哄笑聲呢。

二十一、江若芙

十二月十二日（二），台灣・埔里。

兩人謝過小蘭，送她走進造紙廠，海人坐上駕駛座，引擎噴出低吼聲，若芙圍上安全帶，扣環喀噠扣上，他抬眼確認後視鏡，迴轉駛出小鎮街道。

「張美琴的記者會結束了吧？上網看看好嗎？」

若芙點開手機，搜尋即時新聞，記者發稿速度很快：「**博士生攜國寶失蹤　羅黎莎孤女協尋**」。

她嘆了口氣，不想成為焦點，但是沒辦法選擇。正如同美琴承諾的，她澄清若芙和海人不是交往，而是在協尋人傑，希望大眾不要誤會；並公布「地獄變相圖」隨兒子失蹤，呼籲知情者趕快出面，讓人傑早日回家，也避免國寶流離失所、讓家人能夠安心。海人聽了轉述，稱讚她言而有信，應該有助於他們和家屬溝通，能夠借到目前碰壁的簽名簿。

她繼續看手機，發現舅舅、王翠華和盧建群都打來過；還有一些不明號碼，大概是媒體記者；另外有一通，是邱碧珠的電話。

邱碧珠？她為什麼打來？

若芙有點疑惑，卻沒馬上回電，她的心情變幻不定，就像狄更斯說的——那是最好的時代，也是最糟的時代；是智慧的年代，也是愚昧的年代；是光明的季節，也是黑暗的季節；是希望的春天，也是絕望的冬天；一切盡在我們之前，之前卻也空無一物。

空無一物？

就像洞悉她的思緒，海人說：「我想鎖定幾個人，讓潘婆婆指認。」
「你確定？她剛明明說『大概』。」
「她當然會那麼說。都三十年了，還想保護好友的兒子。」
「她會幫我們嗎？」她不太相信。
「有機會。」
「問題是～～誰的照片？」若芙說完，等了半天，一片寂靜。
她奇怪的轉頭看他，只見他嚴肅直視前方，周遭有堵透明結界，不容別人穿越。
她吐吐舌，放他一個人安靜。
休旅車駛在山路上，右邊依山、左邊傍崖，窄窄的兩線道路，車輛相當稀少，右方山壁滿是青苔，林木下長了姑婆芋，東一撮西一撮的小白花、小紫花，典型的山林幽情。車中播放著林憶蓮的「蓋亞」，壓抑悲涼的聲調：

你會看得到　地滅天荒　要如何補償　決堤的真相
看看我們的　過往的　美麗的那個家　你無聲　不作答
看看你現在摧毀的　只需要一霎那　是怎樣的代價

越近山中，蟬聲越騷鬧，她訝異：都深秋了，還有蟬鳴？仔細傾聽，卻不是蟲鳴聲，而是一種悶悶的轟轟聲。又過了一、兩分鐘，後視鏡映照一輛砂石車，巨大的車身越駛越近，車輪隆隆壓迫地面，好像載滿屍體的坦克車。

若芙覺得後方真沒禮貌，根本沒保持安全距離，她看看車上的儀表板，車速三十八公里，這條路限速四十，砂石車輛滿載砂石，可達數十、甚至上百公噸。或許是心理作用？休旅車晃了一下，有點傾斜，她的肩膀微微左傾，右邊好像比較高？她忍住沒問海人，轉身看著後方，拿紙筆抄下車牌。

海人也注意到了，他雙手握緊方向盤，叮嚀她：「妳把安全帶繫緊，車子的輪胎有點怪，我找個地方停下檢查。」

他的聲音很沉穩，若芙摸摸尼龍帶子，指尖感覺光滑緊密的尼龍纖維，彷彿保證了人身安全。她縮縮喉頭、坐正身子，又瞧瞧後面——不妙，砂石車更近了，簡直是雷霆萬鈞，這樣時速是多少？四十、或五十公里？她打了個寒顫，僅僅是三、五秒之間。休旅車的搖晃更明顯了，到了不能掩飾的地步，他握住方向盤的拳頭盤曲如瘤，手臂爆出青筋，使力往右方山壁靠近，車子卻不聽使喚，歪向左邊，彎曲的山路沒有空地，只能打方向燈緩停，他想避免後車追撞，但是後方彷彿瞎了眼——的確，那個司機戴了墨鏡，看不清楚臉，但是今天根本不熱，紫外線也沒超標。

海人壓低身子，幾乎伏在方向盤上，若芙心跳加劇、冷汗直流，車子轉過一個彎道，前方又是下一個彎，完全沒有地方停車。而且後車進逼，貿然停下，絕對會被追撞——那輛車是怎麼回事?!若芙不敢想像，數十公噸的巨無霸，撞上兩千多公斤的小車，重力加速度的奔馳，會是什麼下場？

這時她恍然大悟——果然被釘上了。她咬緊嘴唇，鹹鹹的滋味，路面出現碎石，其實剛剛就有，現在卻特別驚心，如果撞上山壁呢？她瞥向左方，山崖下是樹叢？或是河流？千萬不要掉下去啊！

車子瘋狂擺動，在碎石上滑行，像噴出鮮血的雪橇。砂石車還是不肯停，殘忍的剪了過來，小車屁股被撞上，顛仆了一跤卻沒摔倒，還來不及喘息，他們又再次被撞，更加劇車身的搖晃，若芙心跳一時停止，車後玻璃碎裂，像即將崩解的冰塊；受傷的豹子，就要肚破腸流。海人眼睛充血，露出瘋狂的表情，大嚷著要她抓穩、保護頭顱、彎起身子。

這時若芙突然想起家人——他們離世之後，她不知有多少次，想跟他們一起走、希望當時也在車上、不要丟下她一個人……但是現在卻不想了。

竟然會突然轉變，只覺得這陣子不再感覺深深的孤獨，現在身邊有海人、有美琴、甚至有失蹤的人傑；還有這些日子，她試著關心、思考的每個人——那些神祕的死者、他們的家人、北和大的長輩同事、還有舅舅和外婆……

原來自己並不孤單，這些悲傷、痛苦、懷疑和憂慮，也不是唯一，而是每個人都有的，這是家人過世以來，她最大的發現。

雖然她快死了……她竟離死亡這麼近。神啊！她不想死、她不要死，海人也不要死，大家都要活，要一起活下去！那個兇手是誰？饒了他們吧！車子發著羊癲瘋，他拚命左閃右避，一會兒踩著煞車，一下子踏下油門，若是直撞山壁，恐龍可能追上碾平；若是衝下山谷，根本看不見峭壁底部；千鈞一髮的時刻，對面只要出現來車，就會引起驚天對撞，兩輛車都會成齏粉。她的腦子激烈運轉，就像要燒掉的引擎，卻找不出生路；想到應該報警，卻來不及講話，只能按下「一一二」。

頓時車子無法支撐，劇烈震動，海人做出選擇，大喊：「抓緊！要衝下去了！」她一陣暈眩，這不是雲霄飛車，一連串激烈的金屬摩擦聲，以大角度拋物線滑下山崖，林憶蓮不唱歌了，只聽到砂石車司機的狂笑。究竟是他們衝向森林、或是森林衝向他們？這些都不重要了，她緊握安全手把，聞到毒氣混濁的焦味，曲身抱住頭顱，用最原始的嬰兒姿勢，回應天外飛來的衝擊。兩人上下顛倒、轉動翻滾，不受控制的撲向玻璃，安全氣囊爆了開來，不由自主擠向對方。

突然，兩人的手握在一起了，他們緊緊抓住彼此，想確認對方還活著，她心中一陣悸動——不再關心自己的生死，只希望海人活著，但這念頭也沒有餘地，兩人又從時光之隙拋了出去。

若芙摔出車身，在空中翻了一圈半，安全帶鬆了，像毀失翅膀的小鳥，被丟到樹冠頂上，魑魅魍魎高聲狂嘯，她想蒙住耳朵，卻發現自己在尖叫。

而海人呢？晶亮亮的陽光，像變幻的三稜鏡，照在眼前的綠葉。她吃力挪動身子，找尋他的蹤影，模糊的馬賽克影像，他靜靜伏在方向盤上，白色氣囊撐住身體，像是一個滑稽的破娃娃。

那一刻，光陰都窒息了。

歪倒的沉默人偶，黑髮旁的太陽穴，緩緩流出一條鮮血江水。

然後她就掉了下去。

送走三位稀客，蔡月枝體力不支，到二樓去補眠了一回。大家都叫她潘婆婆，其實她本姓蔡，「潘」是夫家的姓，雖然老伴已過世，大家也叫習慣了。

樓下電鈴響起，她還罩在影影綽綽的夢裡，努力分辨對話的人，是老伴、媽媽、哥哥、雪桃、麗意、阿江、或是老闆……？

他們的共通點，是都過世了。

這些日子，他們來探望自己的次數越來越多。她知道「那天」不遠了，雖然腦筋還算清晰，但體力顯然不行了，她張開眼睛，迷迷茫茫，想不起看過誰，恍惚一時，才聽到「滴鈴鈴鈴……」。

如果不是持續，她大概不會醒來。反正不是兒子或孫子，其他人她都不在意。

雪桃的最後歲月，和兒子鬧得很僵。不是吵鬧、沒有爭執，她們那一代女人，面對男人，都只能忍，話都是吞。她忍了丈夫四十年，又忍了兒子十五年，如果還有心戰，不希望是和他們。到此為止，消除業障就好。

她慢吞吞爬起身，緩緩彎曲膝蓋，一步步邁下樓梯，電鈴還在響。

「什麼人啊？」她揚起聲，只聽見機器鳥鳴，沒有回應；不像白天稍早，認出了小蘭的聲音。

她走到牆邊開燈，刺目的日光燈下，老家具仍是暗影，彷彿躲了精靈。

「什麼人啊？」她走到門邊，聲音更高了，還是杳然。今天的客人真多啊。不用沈先生提醒，一個老太婆獨居，晚上總是加倍小心。月枝抬頭看老掛鐘，指針指著七點四十分，對方若不應聲，她就不會開門。家裡雖不值錢，金條還是有的，她隔著鐵窗，看到有個人影，身高中等、體格微胖，面貌卻看不清，只知道是個男人。

差不多同一時間，郭宛娟放下筷子，起身離開餐桌。女兒要洗碗，發現洗碗精沒了，出聲問她，宛娟坐在沙發上，完全沒有應聲。

女兒在櫥櫃裡找到了，收餐桌、洗好碗，發現媽媽還是兩眼發直、同一姿勢，電視螢幕卻是黑的，不知何時關掉了。

「媽，怎麼了？」她走出廚房，手上還滴著水。

「沒什麼。」宛娟沒看女兒。頓了一頓，才問：「我的手機呢？」

「在這兒。」女兒轉身，從餐桌一角拿起來。郭宛娟接過手機，先撥了一次電話，卻沒說話就掛了；隔了一會兒又再撥，對方似乎沒接，她蹙眉不語，表情像剛絞的抹布。

「妳怎麼了？別用手機、用客廳電話打吧？比較清晰。剛剛那則新聞的人，妳認識嗎？」女兒覺得她有點怪。

「不，我不認識。」她的聲音很僵硬，抬頭看看女兒，不等回答便說：「我累了，今天不看連續劇，先去睡了，妳爸加班回來，叫他不要吵我。」她抓著手機進了臥室，迅速關上門。

女兒瞠目站住，來不及提醒：今天是完結篇呢。

「我是您後生的朋友，我是阿通啦！我路過埔里，他有東西叫我交給您。」男子的聲音很開朗，透過紗窗看，他手上舉著包裹。

原來是建廷的朋友呀？月枝咧開凹嘴，快步上前，「這樣啊？你早說嘛！麻煩你了！」她皺得像包子的臉鬆開了，建廷的工作辛苦，她都不敢要求，自己也沒許多錢給兒子，唉！大家生活都艱苦哇。門打開了，男子的半身遮在陰影中，下巴又胖又寬，嘴裡閃著金牙，被口水溽溼了，顯得詭異的明亮。月枝沒見過這個人，但直覺他不像兒子的朋友，他的友人都很古意，沒有這種流氓氣息。她拉住了門，沒再對外開啟，電線桿拉長的影子，伸進二十公分縫隙，直接了當的敲過來，壓在她的頭上。

「您叫我阿通就好啦！哪，就是這個！」男子遞來小包，褐色牛皮紙裹著，月枝正想接過，低頭一看，他的腳頂住了門。

「喂！你做什麼？腳為什麼放這邊？」月枝正要叫，粗壯身軀欺了過來，掩上她的呼吸，金屬味的手掌捂著口鼻，她的聲音逼在喉嚨，兩條手臂被反轉，痛得停止呼吸，害怕骨頭斷掉，眼珠瞪得快掉出來。

「妳不要叫、不要說、不要記得我這個人，就會有命！說！那兩人問妳什麼？妳說了什麼？」

還好不是建廷欠債……她放了一下心，頓時又慌張起來，到底是誰?!難道是阿孝？是阿孝派人來了？都這麼多年了，這件事不能說嗎？

她渾身顫抖，想呼叫也沒辦到，男子掐住她脖子，鬆鬆雞皮包住頸圍，他反腳踢上門，月枝的眼前一暗，日光燈的強光讓他更猙獰，是青面獠牙的鬼怪。

不要！她不想死，就算要死，也要親友圍繞身邊，要見他們一面！月枝又痛又冒汗，眼看男人掏出繩，準備把她押進去、捆起來；她的眼神挪向信箱，敞開的郵件口，像獨眼的瞳孔，空空的回視她，隱隱的浮現黑光。

二十二、沈海人

十一月十四日（四），台灣・台中。

海人漂浮在無重力空中，全身上下無一不痛，喉嚨像被灌了鹽酸，張嘴就能噴出火來，舌頭又黏又苦，像嚥下磨碎苦瓜，軀幹被拳手痛擊，大象在背上練足球。

他努力眨動眼皮，黑暗中萌發的光，竟然那樣陌生，就像他從未出生，就像他即將誕生。頭上有一盞日光燈，窗簾完全密封緊閉，分不清是黑夜或白天。他茫然瞪著天花板，聽覺、嗅覺依然遲鈍，好一會，才意識到這是醫院。當然，若不是殯儀館，只能是醫院。

若說死亡是百分之百的清償，那麼他還欠著宇宙的債——他竟然還活著。

還活著。

他試著移動手臂，伸縮腳趾，確認四肢健在，只是頸部有護頸，手和腹部纏著繃帶。嘴部沒有呼吸罩，手臂和腕部插了管子，高懸的點滴和藥劑，一滴滴流進透明和黃色管子。胸部貼著的電極片，連接著病床旁的儀器，發出輕微的嗶嗶聲。他用口鼻呼吸了幾口，皮膚飄散著藥味，混雜汗水和淡淡的消毒水，並不臭，但是也不好聞。護士見他動了，輕快的走過來，「你醒了？真是太好了！我們以為會更久呢。」

「若芙呢？另一個女生她人呢？」他聽到一隻怪獸在說話，認不出來的沙啞。

「放心，她還活著，只是昏迷不醒。」

「她能活下來吧?!」他的拳頭緊緊握住，不想對護士這麼兇，但是無法克制。

白衣天使閃過一絲猶豫。「她的傷勢很嚴重……不過，醫生說她還年輕，很有希望。」

「拜託你們，一定要醫好她……」他喊著，掙扎想坐起來，身上掛的叮叮噹噹也跟著搖晃。

如果她死了……想到若芙家人，以及她的遭遇，他全身發抖，這是絕對不能發生的事情。

「當然，這是我們的任務。」護士俯下身，醫生聽到有人交談，也進了病房。

「這是哪裡？」

「中國醫藥大學附設醫院。你們本來被送到埔里基督教醫院，因為傷勢比較嚴重，又被轉過來。」

「我昏迷多久了？」

「兩天了。」護士的頭更靠近了，醫生也偎向床邊。

「你說話很清楚，真是太好了。我姓古，是你的主治醫師。」醫生的笑好像很高興。

海人承認頭很昏，醫護人員像訓練有素的機器人，手腳俐落的幫他檢查；他們還問了幾個算數和邏輯問題，他一一回答，但更急問若芙，只是沒人理他。他幾乎想翻下床來，自己去查。最後醫生大概是滿意了，拉過一張椅子，坐在海人旁邊，開始對他解釋病況。他們展示半透明X光片，那是他昏迷時拍的X光，最重的傷在頭部，現在已經止血、縫了十多針、還包上繃帶。他摸摸後腦的布塊，因為視線看不到，他幾乎沒有注意，現在醫生提起，確實感覺到漲痛。醫生說，還好他體格強壯，撞擊點沒傷到要害，內臟也沒破裂，但是檢查報告顯示，應該有少量的內出血、肋骨上也有裂痕、到處都有挫傷和擦傷。主要是腦部受過撞擊，為了預防萬一，最近都是觀察期，只要沒有嘔吐昏迷，臥在床上好好休息，假以時日就會康復。

海人很不耐煩，他只想知道若芙狀況，醫生還在說自己；他沒想到，醫生也會迴避話題。護士去拿繃帶換藥，醫生見她離開，突然壓下聲來，神祕兮兮的說：「警方找到你的證件，你是電視上那個沈海人，那個女生是江若芙？對不對？」

海人楞住。「沒錯。你們知道了？」

「嗯，我看過新聞，之前你們有緋聞，後來有人澄清，對吧？」

他點點頭。

「你送進來時住加護病房，狀況穩定一點了，本來要幫你轉到六人房，警方怕你身分曝光，叫我們讓你住單人房。」

海人茫然的看看四周，這裡一定不便宜吧？保持低調也是好的，否則寧可轉去普通病房。

「記者知道嗎？」他又問。

「你們的車禍？不，警方隱瞞了媒體，說身分還在查。」

「能隱瞞多久？」

古醫生猶豫了。「他們說，頂多幾天吧。」

「謝謝。」

「我們也不想應付媒體。」他又轉頭看看，「警方急著找你問話，想確認車禍原因，可以嗎？」

「你先告訴我，她真的……還活著？護士沒有騙我？」

古醫生眼神一黯，「她的情況比較嚴重。因為你人在車內，但是她摔出車、又掉到樹下，所以手臂骨折，頭部也有挫傷，還有氣胸、嚴重的內出血，大量輸血之後，命是保住了，不過還沒清醒。」

海人伸手蒙住臉，閉緊眼睛又放下來，聲音從齒縫出來：「她的昏迷指數多少？」

「剛開始是五，目前升為八了。」

「我可以看她嗎？」

「她在加護病房，現在不能會客；如果可以，會儘快通知你。」

「謝謝！千萬拜託。」他盡力集中思緒，腦袋卻好像不是自己的。
「通知了她的親戚嗎？」
「她的舅舅、舅媽趕過來了，外婆好像也會來。」
海人稍微放心，又叮嚀：「不要通知我的家人。」
「警方打過電話，聽說沒聯絡上，我們有點擔心，還好你醒了。」
「我哥大概載爸媽出去玩了，家裡才沒人接；不要告訴他們，我有護士照顧就好。」
護士又過來了，身後跟著兩位穿制服的人，帽上的警徽閃閃發光，他們向醫生打招呼、掏出證件，一位是姓廖的刑警、一位是姓尤的警員，兩人先恭喜他清醒了，馬上向醫生確認是否能夠訊問？古醫生看看心電圖，點頭同意，但是叮嚀不能太久，一旦患者不舒服，就要馬上停止。
醫護人員出門，警方確認他的身分、詢問資料，廖姓刑警直接發問：「車禍是怎麼發生的？」
「有輛砂石車一直逼車、追撞我們，我的輪胎有問題，可能爆胎了，所以操縱不靈，我懷疑是被刺破的。你們有查到那輛車嗎？是誰報案的？」
「是一位路過司機報警的，他沒有看到墜崖經過，我們也好奇為什麼。你剛說是什麼砂石車？」
「我不清楚廠牌，不過車頭是藍色的，從後視鏡只看到司機，副駕駛座好像沒人，但無法百分之百確定。事情發生得很快，我們是被撞下去的，你們勘驗我的車輛，後方應該有明顯的撞擊痕跡。」
「我們會查的，你知道車號嗎？」
「副駕駛座的江小姐有抄下來，抄在一張紙條上，她可能放在座位前，請你們找一找，或許掉在那兒。」
「我們有發現一張紙條，上面抄著一個車號。」

「那就是了。」
「很好！這個資訊太有用了。如果是砂石車撞你們，車頭應該有痕跡。」
「對，雙方一定都有。」
刑警咳了一聲，「我們測過酒精濃度，你沒有酒駕；對方是不是喝酒？或是車輛故障失控了？」
「不，那個司機很清醒，開車很有技巧，根本是要殺了我們。」
「怎麼說？你們有樹敵嗎？」
「我們正在調查一個案子。」
「白人傑的失蹤案？」
「你們看過記者會了？」
兩個警察互看一眼，都默認了。
「不只白人傑，這是一連串謀殺案，已經死很多人了。」
「怎麼說？」刑警的鼻頭滲出汗珠，急著追問。只聽見咚的一聲，原子筆滾到地上，記錄的尤姓警員一邊道歉、一邊找筆。他們又繼續發問，海人的頭越來越痛，好像鐘槌狂敲，而且是百公斤的大槌，他一手扶著太陽穴，感覺身體僵硬、四肢發痛，仍舊努力回答，希望能發揮作用，不過這不是重點，重點是他感到一股厭倦——現在他只想見若芙，但他們都不答應。
前來解救他的是護士，在門口探頭探腦，嘴角帶著責備紋路。他等待腦裡雷擊稍停，沉澱下來，慢慢的說：「這個故事很長，一下子無法說清楚，你們能不能聯絡負責白人傑案的警察，讓他們共同訊問？等他們到醫院了，我大概也好一點，到時一起解釋。關於車禍，請追查那輛砂石車，有車號應該不會太難，找到駕駛就能突破了。」

護士走了過來，直接揮手趕人，兩位警察面面相覷，刑警慢吞吞起來，警員則放下紙筆，海人又舉起手，動作太大，差點甩掉點滴。「我差點忘了，有件很重要的事，請馬上去找一位埔里的潘婆婆，她是我們最後拜訪的人、是重要的證人，歹徒衝著我們來，可能也對她不利，希望你們保護她。」兩位警察同意了，抄下婆婆的姓名地址，請他保重，便快步離去。

護士臉上的肌肉，顯示她被得罪了。「他們說只要十分鐘，卻超過了這麼久！你應該好好休息，不要再逞強了。」海人舔舔乾裂的唇，一手伸向水杯，護士見狀遞了過來。

「我真的不能看她？一下子也不行？」他低聲說，語氣帶著乞求。護士的眼神像在看八卦，嘴上卻是溫柔安撫：「她在加護病房，現在不能進去，你趕快好起來，就能去了。」見到他的表情，她又放軟了，「這樣吧，我會請加護病房同事留意，如果她好轉了，第一時間就通知你。」海人萬分感謝，她揮手說不客氣，又調了調管線，幫他拍鬆棉被，才踏著輕盈的步伐離開。他看到房門關上，趕忙拿起點滴架，走到廁所小解。他走得很慢，每移動一步就痛一步，簡直像安徒生童話的美人魚，為了見王子吞下變身藥，不過他現在只是要去尿尿……。還好沒插導尿管，不用靠護士解決，雖然她們是專業人士，看過的鳥恐怕比他過的橋還多，但這畢竟是男人的恥辱。

他看著鏡中的鬼，雖然衰得要命，但其實是人，而且是活人。他苦笑了，頰邊的傷痕一拉動，簡直像是在靠么。加上頭上的繃帶、發疳的臉色，還有陰暗的眼神，根本就是科學怪人，就只差咬根鐵釘了。他緩慢的拉起褲頭，走回床上平躺下來，蓋上草綠色薄被，全身又倦又累，很快就睡著了。

不知道昏沉多久，他又被分針吵醒了。不，並不是鬧鐘，沒人會幫他轉鬧鐘，而是床頭有個小小圓鐘，是夜市販賣、最便宜的那一種，在寂靜中放大了滴答。傷後耳朵特別敏感，他的眼皮啪答眨開，眼珠像木偶凝滯不動，然後就睡不著了。他沒做夢，他沒有夢，有的是越加清醒的思緒。

病房裡有種特別的空氣，是過往病患遺留的體味、藥氣、甚至意念，天花板的扭曲汙漬，像是惡夢的痕跡，他不想瞪視、別過頭去，點滴流進他的血管，原來藥水也有溫度。護理站尚未忙碌，走廊上仍然寂靜，還能爭取一點時間，整理這段時日的心中日記。

——一切的源頭，起於鈾的失蹤。

所有的失蹤都有源頭，正如一切悲劇都有序幕。十三個人的晚餐、消失的「地獄變相圖」，人傑遺留的密碼、地府的十個閻王，然後出現七名死者，死法是閻王的恐怖懲罰，死神留下一張張蝶粉紙，最後一人失蹤、一人重傷，總共是九個。

……只有九人。十個閻王還剩一個。難道是自己？但自己還沒收到啊。

死者幾乎都和核能相關。二十八年前的聚會，失竊的武器級鈾，然後是核子彈研發、逃跑的ＣＩＡ臥底間諜、輻射汙染的大樓，以及王水案件。

一切一切，都有著死亡陰影。——為什麼兇手要殺掉這些人？殺掉他們，對「它」有什麼好處嗎？不殺他們，對「它」有什麼威脅嗎？

他想翻身，但是手上都是管線，他感覺好多了，索性扯掉黏膠和針頭，跨步下床，繞著病房一圈圈晃盪，像找不到出路的負鼠。在櫥櫃找到自己的外套，整齊的收在塑膠袋裡，從口袋摸到手機，感謝盡責的救護人員。病房實在小不拉嘰，他一下就走乏了，又進浴室洗手，再回到沙發上，彎成羅丹的「沉思者」，這種半蜷縮的姿勢，讓疼痛減緩了些。他的手撫摸著骨節，堅硬大拇指抵著下巴。

——少了什麼？多了什麼？

他從抽屜中找出紙筆，比對手機相片，一一細數死者，就像地府的書記、閻王的紀錄官、埃及的朱鷺神祇托特，默默揣度罪行的重量。

第一殿、秦広王（朱是全），一九八九年，車禍意外，火床地獄。

第二殿、初江王（哈雷），二〇〇〇年，食道癌病逝，舌犁地獄。

第三殿、宋帝王（楊超群），一九九八年，工安意外，搗樁地獄。

第四殿、伍官王（方亞萱），二〇〇九年，車禍意外，車崩地獄。

第五殿、閻魔王（江若芙），二〇一三年，車禍重傷，他拿起手機查，那麼是擊膝地獄？或是飛刀火石獄？

他的脊背寒毛豎起——不可能的、她不能死、一定要活下來！他不要研究地獄，她還這麼年輕、世界這麼大，還等著她體驗；人生如此美好，還等著她去實踐，但是，若是有了萬一……他的頭腦霎時空白，這想法如同石磨，幾乎把他的心碾碎。一邊是有盡的長路、一邊是無盡的彼岸，他深深感到肉體的脆弱、人類的軟弱，在死亡面前不堪一擊。

站在生死的交叉點，他訝異對她的情感，竟然如此大膽、強烈與激越。

他非常、非常想見她。他無意識的敲打膝蓋，緊咬嘴唇、深吸口氣，強迫定下神來。

第六殿、変成王（史大衛），一九八七年，被害身亡，砍頭地獄。

第七殿、泰山王（劉慶中），二〇一〇年，工安意外，頂石地獄。

第八殿、平等王（謝文全），二〇〇〇年，蜂螫身亡，蜂蠍地獄。

第九殿、都市王（白人傑），二〇一三年，無故失蹤。都市王掌管的有——磅稱地獄、鐵丸地獄、炙脊地獄、釘板地獄、鋸劈地獄、鐵蛇地獄、鐵汁地獄、火狗地獄。

都是很糟糕的死法。如果人傑已遭不測，他的葬身方式，也會符合這個邏輯。

最後是第十殿的「五道転輪王」，目前還沒發現這張紙箋。方亞萱的父親、跳樓身亡的台大教授？他的喪禮真的沒出現嗎？

但是，「五道転輪王」和其他閻王不同，掌管的不是地獄，而是因果輪迴的轉生地標——金橋、銀玉橋、木板橋、奈何橋、孟婆亭等等。這和跳樓有何關係？他左思右想，幾乎想撕掉紙張。

他再次閉上眼睛，眼前跑馬燈似的轉，卻沒一個有用。現在最重要的，是若芙長命百歲、健康平安，至於緝凶、至於緝凶……他的眼皮鈍重，幾乎又睡過去。——不行！兇手殺了這麼多人，就算這次逃過一劫，但是遞來死亡通知，一定不會放棄、會再下手，這樣才能完成地獄的拼圖，對瘋子來說，那才是完美，才叫藝術。只要沒抓到兇手，身後就永遠有著威脅，這可不是張愛玲常說的「荒涼」，也不是什麼思想背景的惘惘威脅，更不是哪一場傾城之戀，這是貼在額頭上方的劍山，永遠背負的憂慮，太危險、太疲憊、也太沉重了。

透著窗外的薄光，他楞楞看著手上的紙。

那天，張美琴是怎麼說的？昨天，潘婆婆又是怎麼說的？

縮小範圍，從日文的十府閻王想起。

他盤起腿、直起身來，在黯淡的靈光之中，看見了那張閻王的臉。

清晨，床頭圓鐘的指針，指向八點位置，他上網查了一些資料，但是不夠，他猜土子不是醒著、就是剛睡，拿起手機按下撥號鍵，這是好朋友的特權。「我上網查過這幾個人，他們的基本資料我都有，但現在需要的不只這些，還有背後的人脈金流，更急的是他們年輕時候的相片，最好是二十多歲的，現在網路上找到的都太老了。……拜託優先清查我提的重點對象，假如一有突破，趕快寄到我的信箱，記得發簡訊通知。」病房的空調很正常，他的背卻沁著汗水，「另外，還要查查看，他們跟『高剛工程』有沒有關係？」

土子呵欠連天，嘴裡黏糊糊的口齒不清，「拜託！我可不是大王的奴隸！今天早上四點多才睡，你看看現在才幾點？大清早的就把我挖起來，還叫我馬上處理？是不是太殘虐了？」土子嘟嘟噥噥，但躲不過他的懇求，還是答應了——交換條件是介紹辣妹。

去哪裡介紹？最近只認識一個辣妹，不能介紹給你。

算了，改天再想這個問題。

如果真如推論……他的手微微發抖，就可以結束這場噩夢了。

不管他們接不接受，但那是真相。

真相有無與倫比的力量。

講完電話，他的心情亢奮，發現螢幕正在閃爍，撥了語音信箱，竟然是郭宛娟的留言。他趕忙回撥過去，她的語調十分正經，表示前幾天看了記者會，今天才下定決心，要告訴他一件事。

「什麼事？」他很疑惑。

「之前你打來，我沒說什麼，是因為我們沒見過面，而且事關我前夫朱是全的信譽。幾天前我看了電視，發現你們不是壞人，又在協尋失蹤者，所以你問的，想必是重要的事吧。」

海人忙不迭承認。宛娟清清喉嚨：「當時你問：我有沒有看過一個鉛盒？沒有，我沒看過，沒有騙你。不過，我前夫說過，他曾經偷過鈾，而且偷來的鈾就放在一個鉛盒裡，你指的就是這個吧？」

「您說的是真的?!」

「對，我考慮了很久，本來不想告訴你，但是……或許能幫別人，那也是幫他積陰德。他提起這件事時，鈾早就不在了，已經給別人了，那是管制物品，他還千叮嚀萬叮嚀，叫我絕對不能說。」

「那麼鈾呢？」

「他交給了你說的人，史大衛。」

「我就知道！然後呢？史大衛拿到哪裡去了？朱教授為什麼這麼做？」

「他們都在研究核能，需要這些材料，他們倆串通好，由他下手去偷，然後交給對方掩藏，史大衛在軍方做事，比較容易藏，還答應研究如果有突破，也會算他一份功勞。」

「然後呢？」

「一九八六年，蘇聯發生『車諾比事件』，出現嚴重核災意外，我前夫的態度也改變了，開始反省核能問題，覺得這技術行不通，所以去找史大衛，希望能還給失主，向對方道歉。但是史大衛不但不肯，而且還威脅：如果要還，就把事情全抖出來，大家都待不下去、都去坐牢算了。這件事非同小可，我前夫非常吃驚，本來以為史大衛會答應，既然溝通無效，他也不知道該怎麼辦，日夜煩惱，竟瘦了十公斤，我一直逼問，他才說出原委。」

「那是何時的事？」

「一九八七年。我知道軍方在研發核子彈，如果成功，可是大功一件，也是台灣破天荒的成就。但是，沒多久史大衛就被謀殺了，還是非常殘忍的砍頭，我們都覺得毛骨悚然，惟恐兇手追殺或警方追查，所以儘量低調，希望趕快過去。」

「朱教授兩年後過世，您沒懷疑和這有關嗎？」

「當時警方斬釘截鐵，說他是疲勞駕駛；何況就算有關，我也不敢聲張。這件事既不名譽、又有隱情，戒嚴時期，誰知道後果會如何？況且，當時我公公婆婆還在世，他們很重視兒子的名譽，老人家留下的都是美好回憶，我怎麼忍心戳破這一切？我前夫是個好人，只是太熱愛研究，不小心犯了錯，也很後悔自責，還好核彈沒研發成功，他在天之靈，應該會感到安慰。這個祕密我隱瞞多年，沒想到你會出現，還暗示他的死有疑點，或許該是面對的時候了。我打這通電話，鼓起很大的勇氣，這也是為了我們的女兒。」

「我知道。謝謝您、謝謝您打來。」海人握著手機，深深頷首，對未曾謀面的女人表達感激。

「如果查到什麼，請務必告訴我們。」

「當然，一定的。」海人額際冒汗，嘴上卻在微笑，恰巧護士進來了，看到他起床走動、還自作主張拆點滴，大發了一頓脾氣，威脅他再不聽話，就要叫護士長來了，到時可沒這麼好說話。

「我覺得好多了，你們說我好了，就可以去看她。」

「那也要確定好了。」她怒目而視。他發現這位白衣天使清秀纖巧，一雙清水的單眼皮，頗令人心動，可惜他現在只取一瓢飲，就不知江水留不留情。護士幫他測量血壓心跳，海人則在盤算，要趁她們不注意，溜到服務台打聽；又過了一會兒，醫生開始巡房，對他的恢復表示驚奇，說要當成研究案例。其實海人不是不疼，只是特別能忍。多年高山深海、寒天雪地的極致淬鍊，早已累積在深層抗壓的細胞裡。他曾經在叢林搭掩蔽帳，二十四小時不吃不喝不動，一巴掌打死十隻蚊子，還能維持同一姿勢；曾經在海上遇到暴風雨，全船吐得七葷八素，只有他堅忍守在甲板上；曾經在高溫五十度的沙漠，等待遲到半個月的補給，所有同伴都奄奄一息，只有他能走出洞穴，出去迎接運補的飛機；曾經在雨林負重行李，連續多天走了數百公里，連在林中一輩子的原住民都訝異。——以前女友還開玩笑，說他這麼能忍，應該負責生小孩，她就不用痛了。

那是多久以前？……好像上個世紀一樣。

醫生問起頭痛，他仍舊輕描淡寫，聽說若芙又有進步、昏迷指數已升至九，他的心情也好了點。醫生還提到，警方和她的親戚都想見面；媒體尚未發現這件事，有助於他們持續靜養。等到巡房的人馬離開，海人打給少華，通知車禍的事；少華的問話又快又急，一再確認他沒有大礙、若芙也在好轉中。他說會馬上回報總裁，也會負擔醫療費用，要兩人安心休養，調查暫時中斷也沒關係。海人趁機請求保全支援，預防兇手再度逞凶，少華答應馬上處理。

千金難買早知道，他和若芙都不喜歡保全，現在後悔也沒用了。他又打到裕泰造紙廠，詢問潘婆婆的消息，電話輾轉接到小蘭母親手裡。她說，他們一離開鎮上，當晚婆婆就出事了——海人像被打了一悶棍。有人闖入婆婆家裡，還好鄰居十分機警，發現有陌生人在附近徘徊，早就提高戒心，聽到婆婆家傳來碰撞聲，連忙過去察看，才救了她一命。

「婆婆還好嗎？」

「臉上有瘀青、手腳也跌傷了，流了一點血，不過都是皮肉傷。她剛開始一句話都說不出來，把我們嚇壞了。」

「歹徒呢？」

「沒有逮到，警方趕來之前就跑掉了。」

「有幾個人？長什麼樣子？」

「只有一個，據說膚色滿黑、胖胖壯壯的。」

「婆婆現在在哪裡？」
「我們很擔心，把她接到家裡，她兒子待會會來接她到台北。」
「您能給我電話嗎？」小蘭的媽媽答應了，海人複述著，拿筆抄下。
「你知道是誰打婆婆嗎？」她也追問。
「我會去查。」他又說：「你們真好，能守望相助。」
「應該的，她在我們家工作許多年了，大家都捨不得她北上，唉！不過，有家人陪伴也好。」
竟然對老婆婆下手……海人緊握拳頭，心情一時激憤，還好不幸中的大幸，婆婆暫時沒事。他又撥了潘先生的電話，問他接下來的打算。
「一直說她自己住不安全，她都不願意離開老家。」婆婆的兒子聲音憨厚，帶著濃濃中部口音。
「歹徒要她的命，我可能知道兇手是誰。」
「你不是開玩笑吧?!」對方差點嗆住，「我媽是個老太太，又不和人結怨，誰會要她的命？」
「她知道某人的祕密，我們離開之後，也被車子追撞，現在還在醫院。您如果不信，可以打電話到『裕泰』問。」潘先生沉默不語，海人側耳等待。
「好！我去問。」他掛斷了。海人望向窗外，隔著玻璃看過去，天空髒灰，十分氣悶，遠方傳來陣陣雷鳴，積聚烏雲逐漸靠近，視野的天空越縮越小，但是他繼續在等，他知道，只要雨下過了、大風飆過，就會恢復原有的天晴。過了一會兒，手機響了，是潘先生的聲音：「麻煩你告訴我吧。」
海人滔滔不絕說了下去。
一會兒講電話、一下子上網，手機馬上就沒電了，他到護理站借充電器，她們看到他走來，又是一陣大呼小叫。怎麼了？沒這麼糟吧？才開口問了幾句，一位氣勢威嚴的護士嗆：「欲速則不達！

你不要急，趕快回去休息！我們就答應你。」這個口氣，大概是傳說中的護士長吧？他摸摸鼻子、疙瘩疙瘩的回病房，她們還派了個見習生押解他。

她們根本是活動監視器，櫃檯還對著他門口。

海人上床，翻身向壁，或許是她們派周公施法，真的又睡著了。

被護士搖醒的時候，他幾乎跳了起來。他一向睡得沉，剛才連夢都沒有。

護士遞給他充飽的手機，她的眼睛像小星星，帶來比天使更好的消息——若芙醒了！而且現在就想見他。她們想扶他坐輪椅，但他拒絕了，用腿走雖然慢，卻是自己的，何況他的自尊，不容許她看到輪椅。路越走越長，他也越走越順，到了加護病房大門前，有位穿著灰色西裝、同色長褲的男人，正和一位珠圓玉潤的少婦談話，看到他經過，眼神稍帶警戒，同時又很疲憊，他猜是若芙的舅舅和舅媽。他看看加護病房外的塑膠椅，一小片獨立的座位區，零星坐著飽受摧殘的親屬，不知道她的外婆有沒有來？他走過兩人身旁，既然護士沒多說，他就佯裝不知道，只想趕快到她旁邊。

要進加護病房之前，還要換上消毒的隔離衣，他連抬手都有困難，但最難的不是疼痛，而是心裡的恐懼，恐懼生死的分離。隔離衣有點熱，他全身都冒汗，連眼睛都快流汗了，他沒料到這麼軟弱。她的生死，比自己的更可怕。

進了加護病房，一陣氣悶撲鼻而來，那不是通風問題，而是一種冰涼的封閉和絕望，伴隨著如影隨形的藥味。那是重病的陰魂，來回縈繞病人身邊，攀附來往的醫護人員、和門外的家屬肩上。還好若芙的位置很明顯，他一走進房，閃電看了一圈，馬上就認出來了，在生離死別的鬱鬱壓力下，還要辨認不成人形的孱弱軀體，委實是淒慘的折磨。原本纖細的她更瘦了，脖子上環著一個巨大護頸，好像中世紀的英國貴族，裝飾著皺褶的頸套。她蓋著厚厚的棉被，眼睛半開半闔，看起來很小、很冷。全身插滿塑膠管，旁邊放著循環機器，嗚嗚的散發低頻聲，那是一個實驗的機器娃娃，睡美人做得很像真人。

只見她聽到聲音，微微抬起頭來，濃密的睫毛眨了眨，望著他的方向，臉上卻沒有表情，像是瞳孔無法對焦。他的心臟縮了起來，此時他覺得很不合理，病床怎麼排這裡？病人能好好休息嗎？但是無論如何，他見到她了。三島由紀夫說的沒錯，那種人生從最糟逆轉成最好的恐怖喜悅，足以使人徹底改變人生觀。

她認出他了，證據是唇角的弧度。海人只是瞪著眼睛，他沒料到想了許多話，現在卻一句也吐不出來。他以為自己情緒激動、臉色發紅，其實是面如死灰。

「你還好嗎？有沒有受傷？」她稍稍挪高身體，目光向著他的繃帶。

「我很好，非常好。妳呢？會痛嗎？很痛吧？」

「現在好多了。」她努力望著他，神情有些恍惚，然後就笑了。「你知道嗎？我夢見你了。夢見你坐在雲朵上直衝我笑，嚇得我心臟都停了，如果我死了，就是被嚇死的。但是太好了，你沒事就好，現在放心了。」

「不要說那個字，不吉利的。」他竟迷信起來了。

這場見面如同夢中，他漸漸冷靜下來了，更靠近病床，影子像翅膀覆蓋她，阻止死神接近。她揉揉眼睛，這一牽動，手上的管子也跟著挪動，氧氣罩就放在枕頭邊，他的心臟被懊悔的一扯。

「我很醜吧？」

「醒了就好。」

「那就是醜了？」

「平安最重要。」他簡短說，想結束這個話題。

「如果很醜，你不要看。」她稍稍躲回棉被去。

「妳醜，我就好看了？」

「你是男生，沒關係。」

他嘆氣，都什麼時候了，還關心這個？

「不要再亂說了，妳好多了？」

「對，你別擔心。」她又笑了，他來之後，小仙女一直綻放笑靨。

「我說會保護妳，卻沒做到，都是我的錯。」

「怎麼會？是兇手太壞了！」她伸出手，想握住他。他隔著手套，輕輕握她的手，又怕捏痛了她；她緊緊握著他，美麗的眼睛如水晶般清澈，又像火山般熾熱。兩人痴痴凝望對方，他緩緩撫摸她的掌心，掌心直通心臟，月亮在那裡聆聽。他在她掌心劃字，就像倉頡造字，造的卻不是文字。兩人始終脈脈無話，又像說了一生一世，從此端連結到永恆。

突然護士咳了一聲，他們才猛然驚醒，發現身邊有人。

若芙紅了臉、側過頭顱，枕頭下凹一彎側影。

「我好擔心。」

「沒事的。」

「我沒夢見他們，只夢見你。真對不起。」

「他們不會介意的。」

他們都知道她在指誰。

「我大概知道兇手是誰了。」

「是嗎?!」她眼底如浪濤掀起。

他點點頭。

「是誰?」她聲音雖微弱,卻很堅決。

「需要潘婆婆指認,但我想,八九不離十。」

他俯身下去,像是要吻她的耳朵,輕聲說了一個名字。

她的眼神閃過劇痛,瞳孔在湖裡翻了船。

「是嗎?人傑還活著嗎?」

他搖搖頭,像風吹拂的弧度。她碰觸他的手心,仍舊沒說話。

護士再次暗示,時間差不多了,他再一次凝視,要離開很難,但不走不行。

嘴裡喃喃,「妳要加油,快點好起來。」

她看著他,一滴淚從眼底落下來,嘴唇微微嚅動。

她的聲音太小,他沒聽到,但聽得懂。

花了很大力氣,才放開她的手,門才剛關上,就感到虛脫。那對夫婦迎了過來,他急忙調整表情,不想太受觸動。他從眼角餘光發現警察在觀望,其中兩位昨天來過。

「您好!是沈海人先生吧?我是羅飛宇,是若芙的舅舅。」飛宇的鬢邊有些少年白,海人記得,

他是貿易進口商,常常出國參展、採購、洽談,是若芙目前最信任的親人。雖然沒有羅黎莎那麼出

眾，但是風度翩翩，藍色的喉結很有男子氣，如果說姊姊是蒙娜麗莎，那麼他就是大衛雕像了。

他的臉色忿忿，似乎不吐不快，他沒打領帶，西裝上有許多皺摺，似乎是匆忙穿上，或在沙發上待了許久；反觀他的妻子、也就是若芙的舅媽，有雙柔和的柳葉眉，但是神色懨懨，如果休息足夠，應該會好得多。

「之前你和我姪女的新聞見報，我就想打給你，問若芙你的電話，她又阻止我撥，說是子虛烏有；直到白人傑的媽媽開記者會，我才知道你們在幹什麼。前幾天若芙不接電話，而且還出了車禍，聽說是被撞的？到底怎麼回事？你是怎麼開車的？如果有萬一怎麼辦？」他越說越怒，都快維持不住風度了。海人了解他的心情，異地而處，也會怪眼前的自己。他沒有辯解，儘量清晰、扼要的說明，但沒說出她真正的目的——藉此交換家人案情。能講的他都講了，不過剛剛在加護病房，被他歸類為「不能講」。談了大約十五分鐘，飛宇妻子回過神，拉拉丈夫袖子，他才想起海人是病人。他們致歉，也讓海人喘口氣，又講了五分鐘，大幅化解了敵意，態度緩和多了。不過警方不耐煩了，來探過幾次頭，護士也回來了，兩人和他道別，請他好好調養，說他們會看顧若芙。

「還好她醒了，否則我不能對姊姊交代。」他的聲音微微顫抖。

他的妻子接口：「對啊，否則婆婆不知怎麼樣呢。」

「令堂也來了嗎？」

「早上來過，我請員工帶她回旅館。我媽身體不好，硬撐著要來，還哭了好幾回。」飛宇眼皮下有細紋，講述的神情很委靡，妻子疼惜的望著他。這時警方踱過來了，三人約好互通訊息，海人跟著護士、警察回去。

這次總共有四位員警：兩位來自台北，一位是負責白人傑失蹤案的陳有義，一位是負責羅黎莎車禍案的秦志傑；另兩位則是偵辦車禍案的廖姓和尤姓員警。今天的訊問比較正式，是要畫押取供的那種，雖然護士叮嚀，不能疲勞轟炸，但四人輪流發問，還是有那種氣氛。

海人盡力不打呵欠，末尾還是免不了，就像剛才對飛宇，能說的他儘量說了，包含白人傑的失蹤案和車禍的細節，只是不提沒證據的事。四個警員聽了，面面相覷，嘴上卻沒有停——

「所以，這可能是連續謀殺案？」陳有義的眼睛活像蜥蜴。

「而且年代跨越三十年？想像力太豐富了吧。」廖姓刑警說。

「因為你追查，嫌犯要殺你們？這太荒謬了。」尤姓員警吐著舌頭。

「羅黎莎的案子都還沒結，她女兒扯這些做什麼？」秦志傑也不相信。

論辯開始了一會兒，又結束了一會兒，海人攤開手，翻翻白眼，不訝異這些反應，但確實有些失望，解釋了這麼久，只覺得氣力耗盡，幾乎想喝酒提神了。

五個人都不講話，一陣固執的沉默，病房是一塊巨大的冰。

「潘婆婆呢？我聽說她受傷了？」海人冷冷的問，提醒他們的失職。

「喔？是嗎？」廖姓刑警訕訕的說。海人氣得不想再提，索性閉上眼睛，掛上煩累的表情。或許求救訊號發威，門外響起咚咚敲門聲，護士來催促離開；海人不再睜眼，反正看過筆錄、簽了名。

「好吧，我們向上級報告，有消息再問你。」某位警員說。接著是椅子拉開、摩擦地面的聲音，告別語氣十分僵硬，門拉開又關上了，但是沒有關好，他們還沒走遠就在議論。

或許這一切，對初次聽說的人，真的很難接受吧？結果沒跳出窠臼。反正，不要有期待，就不會有失望。護士看看點滴，再度關上門，室內恢復寂靜，他的心情也漸如止水。

他隨便用過晚餐，又躺了半刻鐘，開始坐立難安，醫護沒收了手機，不准他再上網，不知土子查得怎麼樣了？下午收到他的簡訊，說要再花點時間，既然還沒消息，一定是遇上瓶頸了。

越急越不能問，頂多再發個簡訊，惹毛他就糟了，自己能查的有限啊。

他急得深吸口氣，還是按捺手指，沒去撥那該死的電話。正在難熬的時候，室內電話突然響了，卻是李少華打來的——保全已經到了，正在這一層樓，護士不讓人進來，請他幫忙疏通。他掛下聽筒按鈴，兩位身高超過一百八十的壯漢，跟在護士後方，他們身穿制服，腰際的棒子沉甸甸墜著皮帶。雙方解釋過後，海人請他們去守加護病房，又問他們有沒有車？

他們說，李先生吩咐車子歸他調動，所以他拿了鑰匙，問了停車位置。這些雜事理完，他的頭又回到枕上，感覺傷口隱隱作痛，時間像點滴一樣慢，士子沒有打來，他連昏睡過去，都沒有記憶。

二十三、沈海人

十一月十五日（五），台灣・台中。

仍是黑夜，海人翻身，某種無名的力量驅策醒來，夜燈下，時針指著四點四分，他光著腳踩下床沿，冰涼的地板提醒了處境，靜悄悄到護理站拿手機，值班護士有點瞌睡，沒有多問什麼。他迫不及待回到病房，迅速點開土子的來信，一眼就看到幾張照片，那是嫌犯的青年時期，有了這些真是如虎添翼，多虧了這個電腦怪客。

但是再往下看，海人卻皺起眉頭，土子不小心吃了過期食品，昨晚上吐下瀉，吃了成藥先去睡了，今天才能清查金流。海人有些過意不去，害他忙得吃壞肚子，欠了更多人情。

照片暫時夠用了，他仰起頭，深吸幾口氣，就著病房的小燈寫字條，說明自己傷勢好多了，有重要的急事待辦，辦完後會主動聯絡，醫療費用也會結清，請他們不必尋找、也不用擔心。

他一一寫完，折起壓在被單下，還發了簡訊給飛宇，請他轉告姪女。

他的嘴唇腫了、鼻子也瘀青，找不到刮鬍刀，一身滑稽的病人服，長袖遮住了繃帶，幸好沒有打石膏。原先的衣服被扯爛、沾上血跡丟棄了，出入公共場所，一定引起側目，商店還沒開，難道要向保全借？他咧嘴嘲笑這荒謬的想法。猶豫該自己開車？或是去搭高鐵？高鐵比較省事，不會加重疲勞；開車比較自由，方便隨機應變。看看隨身的物品：皮夾、證件、金錢、信用卡都完好，但其他東西都不見了，這才想起，愛車壞了、損失不貲，還沒時間嘆息呢。他帶走抽屜全部的藥，消毒、包紮必備用品，打開門縫，左右張望，側身隱藏自己的陰影，留守者又開始打盹，等候巡房護士離開。腳步輕捷得像豹，惦惦溜出病房，神情輕鬆得好似在花園散步。出了地下室電梯，他的步伐越來越快，找到保全說的銀灰色廂型車，警惕的檢查輪胎，又打開引擎蓋查看，才放心發動汽車，等到開出車道，終於鬆了一口氣，好像逃出了一個巨大棺柩。

醫院總給他這種聯想。

車燈像強力的手電筒，集中光束，照出一條限縮之路。他的胸腔有些緊迫，偶爾一陣劈來劇痛，下意識緊咬牙齒，彷彿能切斷疼痛；他橫張手臂、上下挪動，適應僵硬的肌肉，經歷一場生死之禍，方向盤變得陌生許多。但是漸漸地，他越開越順，車與人達成默契，陰陽之際的高速公路，神明扭亮天地之燈，微調照亮半個地球，車身慢慢融入光中，天色尚未全亮，他便下了國道，抵達台北的家。換過衣服，他發了通簡訊，給潘婆婆的兒子，剛過清晨七點，對方便回了電話。

「你們都平安吧？」海人問：潘先生的語調很正經。「還好，聽了你的勸告，我一直很留意。」兩人約好早上八點三十分，在鄰近南機場的青年公園見面，這是台北市第四大公園，面積廣達二十多公頃，含括一些大型國宅和眷村。海人停在指定出入口，對面便是大樓，這些國宅整齊劃一，每棟大約十多層高，早期多是軍旅眷戶，近年加入一般市民。以前日本興建的大廈社區，漢字取名為「團地」，海人覺得很傳神，就像這裡的住戶，興興隆隆、多達數千，潘先生的友人住在第九棟七樓，他聽了海人的話，帶母親到這裡避風頭。

海人提前抵達，關掉引擎，待在駕駛座，路過的車輛不多，啁啾鳥鳴十分聒噪，伴隨著啪嚓啪嚓的振翅聲，像是比拚叢林森巴，又像是樂團的大合唱，要使勁把人叫起床，一陣子沒聽見這麼有精神的鳥鳴了，多少消弭揭曉的緊張。

離約定晚了十分鐘，仍不見他們下樓，海人撥了電話，但是沒有人接，潘先生還要上班，應當不會太慢，海人乾脆下了車，漫步在紅磚道上，隔著鐵欄杆能看到公園，園內廣植榕樹、杉樹、楓樹和杜鵑，歐巴桑扭腰擺臀，正是收音機土風舞時間，幾乎掩蓋了鳥鳴歌唱，草皮上打太極的阿公，氣定神閒的推進「攬雀尾」，海人隨便看了看，便全神貫注在出口上。

又過了三分鐘，一個約莫五十多歲的男子，才扶著顫危危的潘婆婆，出現在大門前。兩人都駝著背、黯著臉，似乎沒有睡好，婆婆手上綁著繃帶，明顯瘦了一圈，海人快步上前，潘婆婆認出來，像警報器按了暫停，驚弓之鳥的神態，稍微緩和下來。

「這裡人這麼多，應該沒問題吧？」穿著白襯衫、西裝褲，頭頂微禿的潘先生馬上說。

海人想起若芙，喉頭一緊，「我的車停在那裡，到車上吧？只要婆婆指認，嫌犯就不會攻擊，因為我知道了。」他們扶婆婆上車，這輛廂型車很寬敞，中間還有走道，三人坐在後座，並不感覺侷促。海人向婆婆道歉，她頻頻揮手，表示不是他的錯，應該追究的是別人，又追問兩人的傷勢。

「警察問我有沒有和人結怨？我的傷不要緊，所以沒說什麼，」她苦著一張臉，「是不是『阿孝』派來的？他為什麼要害我？我一個八十多歲的老阿婆，他從小就叫我月枝姨，我和雪桃是好姐妹啊！但是他如果害你們，實在是真可惡、實在不應該啊！」

海人沒有附和，只是淡淡的說：「您能告訴我『阿孝』的名字嗎？」

她的眼神閃爍，嘴角拉成一線，眼睛轉了轉，像隻嘔氣的驢子。

他看看潘先生，對方接觸眼神，喊著：「阿母～～他那樣對妳，何必還要維護他？」

她低下頭，雞皮手背凸起青筋，緊抓著花布衫裙，兒子握著她的手臂，「就講吧！講出來吧！」

潘婆婆仍不說話，一陣尷尬的靜默，她突然一陣唏噓，鼻孔裡直流下水來，忍不住老淚縱橫。海人有些過意不去，抽了幾張面紙，等她平靜了些，才輕按手機錄音，拿出 ipad，點開土子的來信。

一切準備就緒，他悠悠的：「您不用說，指給我看就好。」

她本來偏過頭，後來擦乾了淚，忍不住好奇，盯著海人拖動捲軸。

三人都目不轉睛，看著他的手指。

第一張，是張黑白照，一位三十多歲、風流倜儻的男人，留著舊時少見的半長髮，穿著飄逸的麻布衫，一手扶著黑檀家具，站在青花瓷瓶邊，冷冷的眼神像在評斷世界。

第二張，仰角拍攝一位戴金框眼鏡、西裝筆挺的男子，雙手抱胸而立，站在一棟嶄新的教堂前，臉上並無笑容，法令紋又深又長，看起來甚是威嚴，像企業家報導的典型照片。

第三張，是一張彩色相片，邊緣略微褪色，場景是一間工廠，一位打了領帶、衣著整齊的男子，站在作業的女工前，他有雙黑白分明的眼睛，眉毛很濃、下巴厚重，雖不英俊，但看來敦厚親切。

第四張，是位臉型方正、帶著黑框眼鏡的中年男子，這也是唯一的大頭照，可能取自護照或簡介。他的眼尾有點下垂、眉毛淡而長、顴骨稍高、髮線有點退後，正經八百的樣子。

海人由上往下指著，依序說：「他們分別是：徐秋山、顏伯年、白世英和盧建群。」

潘婆婆怔怔看著螢幕，窄窄的鼻翼翕張，像要從密閉空間吸進更多氧氣。她的手掌抖了抖，指尖微微伸出，抬起之後，又無力的放下去，乾癟的嘴唇嚅動，卻沒發出聲音。海人的額頭出汗，衣服繃得有些緊，試圖讀出她的唇語；潘先生扶著媽媽的手，手勢像一把加油槍，但是她一動也不動。

本來縮起的肩膀放鬆了，一寸寸移開視線，直到完全正對海人。

「是第二張。阿孝現在叫……『顏伯年』。」

看著潘先生帶婆婆上樓，他回到車上，迅速拿出簽名簿，只憑證詞是不夠的，需要更多佐證，才能說服檢警，一舉讓嫌犯就擒。他打開哈雷的簿子，但是沒找到顏伯年的簽名，他瞪大眼睛、來回翻閱了數次，就是沒有痕跡，他的血液衝向腦部，手指揉著太陽穴，或許有助細胞的甦醒？他知道這根本沒根據，但這是怎麼回事呢？……且慢，想起來了，顏伯年是建築師，剛才有間「境像建築事務所」，或許有點關係？

他懷著一絲希望，比對兩者筆跡，明顯完全不同。他頹然放下簿子，還是不肯放棄，繼續用手機搜尋，這次就真的有斬獲了。

他發現，顏伯年是境像建築事務所的監察人。——所以，他很可能和境像的員工，一同前往哈雷喪禮，並且由別人署名，這樣他就不用簽了。

史大衛的簿子上，也沒有顏伯年，但是有「高剛工程公司」。張美琴說，顏伯年承包了北和大的工程，他懷疑這是他投資的公司。可惜手邊只有兩本名冊，否則比對更多，想必能夠揪出來，逼得他啞口無言。突然他又想起，盧建群提過，他參加朱是全喪禮，遇到萬喜良的連襟——顏伯年。

海人嘖了一聲，撥電話給土子。「你只查顏伯年就好。」

「照你說的，我本來就第一個查他，剛攔截到一封郵件，是旅行社寄給他的電子機票。」

「電子機票？他要出國？」

「他本來下個月出去，但是臨時改了，改成今天下午要到美國。」

「今天下午？幾點?!」他跳得差點撞到車頂。

「下午一點，美國航空飛洛杉磯的班機，桃園國際機場第二航廈。」

海人看看時鐘，現在是九點二十分。

「國際航線兩小時前報到，台北到桃園車程至少四十分，所以他十點二十分前要離開。他家在哪裡？我馬上去，否則到事務所或機場堵人。」

「他家在安和路，事務所在敦化南路。」

海人發動引擎，把手機改成擴音，「我猜他在家裡，趕快念住址。」土子也感染了緊張，語氣有些興奮，「我還照你說的，查了他和核能的關係。他的事務所承包過許多電廠工程，包括核能電廠。而且他還投資民營電廠，和高剛工程有長年合作關係。」

海人接連闖過幾個黃燈，「太好了！拜託你一件事。」

「有屁快放。」

「拜託你觀看我的一舉一動。」

「這麼多年了，你才告白？——很抱歉，我對男人沒興趣。」

「見鬼了！那句話我退給你。」

「不然你拜託啥？」

「待會我和他見面，會開啟鈕扣式隱藏攝影機，請你同步觀看我們對話，他是個危險的殺人犯，可能連侄子都殺，現在狗急跳牆，不確定會做什麼。」

「我懂了。你早說嘛！」土子大笑。

「你瘋啦？」

「怕你糾纏。有太多把柄在你手裡。」

海人也笑了，他和別人扯不起來，就是和土子這麼扯。他咳了幾聲、清清喉嚨，認真說明雲端硬碟路徑、監視程式名稱，等他打開開關，土子就能即時監控了。至於警方呢？他們說服長官了嗎？來不及解釋、請求支援了，遠水救不了近火，還是隨機應變吧。

「海人？」

「怎麼了？」

「你開開關吧，我先測試。」

「我開了。」兩人交換意見，已經到了安和路，顏家鄰近遠東企業中心，附近很難停車，他本來想違規，正好經過收費停車場，趕忙丟下車，跑到土子說的大樓，剛進中庭手機又響了，醫院打了一堆電話都沒接，他低頭看，還是土子。

「不好了！你的攝影機有問題，一直是黑畫面。」

「幹！不管了，你再試試，至少我會錄音。」他痛罵。

九點四十分了。

管理員按下了通話鍵，面板傳來張美雪的聲音。

老公做的事，妻子知情嗎？

美雪的語氣很為難，「顏建築師？他在家，但正在忙……。」

賓果！海人很雀躍，但是鐵了心、放粗聲音，「請轉告他，我想見他；如果不見，我就去報警。」

管理員瞪大了眼，好像看到下里巴人。

「啊？什麼，怎麼了？」她非常意外，但是他不說，她磨蹭一下，於是去問了。海人的嘴裡發澀、喉頭發緊，還好沒等太久，門「嗶」的一聲開了，他走入電梯，到了顏家那一層。這層樓只有兩戶，美雪扶著大門在等，好像那扇門是唯一的依靠，她的皮膚有些鬆腫，瀏海也沒梳好，一身及膝的黑裙，脖子環著珍珠項鍊，白鍊和黑衣都黯淡無光。她注意到海人的傷，驚呼：「哎呀！你的臉怎麼了?!」他敷衍的點頭，不想多做解釋。

知道太多對她不好。

二十四、顏伯年

十一月十五日（五），台灣・台北。

「這是一樁因憎恨導致的罪行，他恨他自己。」

——CSI：犯罪現場調查

這是間樓中樓的華廈，進門就是氣派玄關和寬敞客廳，落地窗俯瞰環視周遭大樓，裝潢以黑、銀為主色調，中央擺著牛皮沙發、花崗石茶几，牆壁的材質很特別，有點像石頭、又像皮革。右方是延伸的螺旋樓梯，上方懸掛著巨大墨色燈罩，以半透明的纖維玻璃合成，像是一朵不祥的烏雲。燈罩下垂吊長短不一的水晶，瀲灩光芒、閃閃爍爍，好像蝙蝠浮動的灰影，他從沒見過這種設計，要說特別，確實是很別緻，卻有一種無形的壓制，不像一般住家常見的溫馨，他很訝異有人這麼裝潢，就因為是建築師？

這時他發現玄關旁邊，放著一個黑色的行李箱，冷峻的光滑表面，像一塊大理石墓碑。

「這是他的行李？」他直接問，眼神銳利。

「嗯，對。」她有點慌張。

「問這個做什麼！」顏伯年從螺旋梯走了下來，水晶陰影投射在臉上，好像一滴滴骯髒的淚水，他昂著頭，倨傲的說：「有何貴幹？我趕著出門。」他的右臂放在樓梯扶手上，全身籠罩在黯光下，好像剛爬起的木乃伊，被腐朽的木頭包圍著，無禮的態度，掩不住鐵青臉色。

海人還沒說話，美雪又問：「江小姐呢？你們沒一起來？」

「她出事了，現在在加護病房。」
「什麼？美琴一定會很擔心！」
「叫妳別說了！」顏伯年高聲喝斥，美雪臉色刷白，身子矮了一截，畏縮的退往後。
「我有急事，你知道我來幹嘛。」海人嚴厲的瞪著他，顏伯年避開他的眼神，轉身示意他跟來，並且叫美雪回房，不要打擾他們。室內開著空調，垂地窗簾紋風不動，屋內一時悄然，海人發現這麼大的屋子，只有他們三人，才想起美琴說過：顏家的兒女顏璽、顏玉都住國外。

也難怪。

顏伯年背影僵硬，右手插進褲袋，一團不自然的鼓起，走向走廊盡頭，那是間沒有窗戶的房間，從牆壁到天花板，鋪滿黑色隔音棉，天花板鑲著盞盞頂燈，地上放著高度不等的視聽器材，彷彿一柱柱奇形怪狀的鐘乳石。

「這是視聽室，本來想帶你到書房，但這裡比較寬敞。」他竟然主動解釋，深色西裝隱入黑暗，蒼白的臉浮現在陰翳中，如同舞臺上的能面。

「不，我們在客廳就好。」海人按著門把，不想走進去。對方聳聳肩，「談話不適合外流，我給你十分鐘，坐吧！你要談什麼？」他輕巧的繞到海人身後，直接關上門，並在五秒之內，率先坐了下去。他的頭頂背後有束光線，陰影下的臉孔隱而不現；但他指給海人的位置，則是前方就有光源，表情能夠一覽無遺。這是個相對不利的位置，但海人沒有選擇，他坐下去了，但身體前傾，彷彿隨時就要發動，他要一句話一刀見血。

「我見過潘婆婆了。」

「潘婆婆？她是誰？」

「你母親，汪雪桃的手帕交，你都叫她『月枝姨』。」
「我不知道你在說什麼。」
「潘婆婆都說了。你就是『阿孝』、就是『遠藤孝夫』。」
顏伯年突兀的爆笑出來，笑聲既尖銳又粗糙，像破碎後重新黏合的銅鈸聲。
「你瘋了，我姓顏，叫顏伯年。你再胡說，就出去吧。」他站了起來。
「別否認了，我是來勸你自首的。」
海人冷靜回答，拿出透明袋，對著他揚了揚——那是若芙收到的「閻魔王」。
「我早該想到了。」他的聲音像鐵鎚，敲擊燙紅的鐘磬，在黑暗中噴射火花。
顏伯年瞪著他，好像病患聆聽死期；海人指著他，就像大衛指著歌利亞。
「——地獄的十個閻王。你姓『顏』，你就是『閻王』。」

他目瞪口呆的坐在那裡，臉上的神色瞬息萬變，最觸目的是那惡毒的目光，然後頓了半晌，被雷劈到似的跳起來，手舞足蹈、大吼大叫：「滾！你給我滾出去！玩什麼文字遊戲！」
「你已經窮途末路，不要再掩飾了！」海人站了起來，全身緊繃，手握拳頭，彷彿血液逆流，隨時應付突襲。顏伯年跳到燈光下，他的臉像阿修羅，雙眼怒噴毒液，大嘴張開要吞人，他的身影轟然龐大，大法師般凶猛猙獰，閃電一樣撲向海人，一手掐住他的喉嚨，一手迅捷伸向口袋，但是海人早就緊盯，更注意他的手勢，他快，海人比他更快，雖然身上負傷，但是早有準備，又佔了年輕的優勢，他的手掌由下往上，劈打對方上臂，然後借力使力，使出一招過肩摔，摔得顏伯年重心不穩、砰然擊地，他一吃痛、怒吼起來，像老虎向天狂嘯。

海人突然慶幸這裡隔音，即使大象嚎叫，美雪也聽不見。隨著顏伯年倒地，一把黑色的槍掉到地上，海人迅速踢到牆角去，撞擊聲像鞭炮開花，他不是省油的燈，困獸掙脫了掌握，又爬起來死命撲向海人，打算同歸於盡。

海人胸口一陣劇痛，手臂被虎爪抓傷，繫緊的繃帶滲出血，顏伯年又揍又打，海人內心閃過恐懼，戰場上最可怕的是垂死掙扎，人一旦不要命就無敵，兩人扭打著、揪成一團，很有默契的滾向手槍，都知道義和團對八國聯軍，只要船堅炮利就會贏，一個是傷患、一個是老人，講起來都不輸誰，當然要比武器。

顏伯年的利口一張，牙齒劃過他的喉嚨，沒料到對方有這一招，完全是瘋狂的架勢，海人的下巴一緊，脆弱的動脈往內縮，緊急避過這一口；既然對方不要臉，海人也氣起來，猛力抱緊對方，像是難分難解的雙胞胎，必須置對方於死地。他們就這麼滾呀滾的，從中央滾到東邊，又從北方滾到南邊，一有人接近西邊的手槍，另一個就像摔角士，把對方扭拽過去，抗拒的力量比主動更大，誰都接近不了黑槍。就這樣格鬥了一段時間，海人的喘息像犀牛，顏伯年也沒佔上風，鼻孔越張越大，噴出的氣像火山頭。

但是獸欄裡養尊處優的老虎，畢竟爭不過奔馳山林的野狼，海人使勁下了重手，顏伯年痛得唉不出來，接著又是一斬手刀，全力劈向對方後頸，這時他只顧自己，沒法管對方活不活。海人踢得他更遠，飛身搶過手槍，握緊扳機、開啟保險，對準他的眉心。

顏伯年倒在地上，眼神絕望而又空洞，好像抽乾了力氣，再也爬不起來，他的嘴唇不住顫抖，面頰如流動的海浪，瞬間換了十幾種表情，最終回到大勢已去。

「坐起來！」海人仍在喘氣，大腿也在發抖，大叫：「手舉起來！」

他慢之又慢的半坐著，舉起手。

海人的手更痛了，他想檢查傷口，但是不可能，只能拚命吸氣，平順喘息。

顏伯年的臉更誇張，像一顆皺掉的番茄，只不過是變種的白番茄，茄紅素全消失了。他的肩膀下垂，雙腿曲縮，狠勁一去不回，鬥敗的公雞就是這樣，啄死自己的都有。

海人繼續喘氣，盡力讓握槍的手不抖，忍住疼痛站起來，叫顏伯年也坐沙發，兩人的位置顛倒了，顏伯年看不見他的表情，他的手槍仍對準了，完全不敢鬆懈。

「所以，你要去自首嗎？」海人等了很久，但他的答案是問題。

「你的車不是壞了？為什麼能趕回來？那些笨蛋說你受重傷，在醫院外面埋伏，沒宰了你真是太可惜。」

「我拚死也要追上你。」

又過了一會，顏伯年低低的說，「他們跟丟了月枝姨，我就知道不妙了。」

「是我叫他們調虎離山，那天他們在裕泰，紙廠同時開了五輛車，他們躲在其中一輛，都開往不同方向，我猜你不會派那麼多車監視。」

「我是沒派到五輛，派了三輛。」

「總有你想不到的。」海人訝異自己的溫和。

畢竟他殺了那麼多人。

「為什麼？為什麼你會懷疑我？」

「因為你的侄子，白人傑。我全盤思考了一遍，他明明發現了『地獄十王』，卻連媽媽都隱瞞，就算個性低調謹慎，還是不合常理。如果他是想勒索，但是並不缺錢、沒有資金需求。所以我才想到，他是不是在掩護誰？為什麼？

本來也沒頭緒，但是知道他的身世後，我發現他最重視媽媽和母系家族。那麼是他的表兄姊嗎？但是連續殺人案發生時，他們年紀都還太小。或者是他的阿姨？但她們動機也不夠。所以我想，不是你、就是萬喜良了。」

「或許是萬喜良啊。」

「但是潘婆婆指認的是你。所以你派人打她，不是嗎？」

顏伯年冷笑了一下。

「你第一個殺的，就是史大衛吧？」

顏伯年的神色漠然，完全不看海人，沒有承認、也沒否認。海人的手舉得很直，他等了很久、很久，久到手臂幾乎要發抖，慢慢的，顏伯年眼神逐漸聚焦，彷彿空虛的魔偶入了魂。他的嘴唇動了動，困難的舔了舔唇角，原本豐潤的嘴乾枯龜裂，如同久旱的河床，一下子老了二十歲，長長的鼻子變成綠色，瞪著某一盞頂燈，彷彿那是下一個他要殺的人。

然而海人的眼始終沒有放鬆，那是一個過程，他要賭這個過程，想知道兇手可不可能悔悟、人性有沒有可能？

不知等了多久，顏伯年幽幽的說：「是的，我殺了他。起初是擦槍走火的偶發事件，我們大吵一架，等我冷靜下來，才發現他死了。砍頭不難，最難的是第一刀，下了刀，就沒那麼難了。在他身邊，我還放了閻王紙箋，那是一個美好紀念，沒想到那群膿包沒發現，枉費我的精心構思，是他們讓地獄不好玩。」

海人失望了，他看著對方眼睛，「擦槍走火？那麼你為何攜帶刀械？還事先準備了紙箋？不，你是騙我的，你早就規劃好了，他是第一個實驗品，後面則是如法炮製、欲罷不能。」

顏伯年哼哼笑了，他的笑容，讓人不寒而慄。

「隨便你怎麼說。反正你沒證據，我有不在場證明。」

「警方可以重啟調查。況且，你會這麼有把握，是因為有些用錢買兇，不是親自動手吧？例如我們和潘婆婆，就是你派嘍囉下的手。你會在喪禮放紙箋，就是因為不一定在殺人現場，又想炫耀、留下記號，表示是你的傑作，但是再密的蛋總有縫，光是史大衛和白人傑，就可以讓你官司纏身，名譽掃地，樹倒猢猻散，你的嘍囉如果轉為汙點證人，他們不會保你，只會保自己。」

「你胡說！」顏伯年鼻孔賁張，目光如刃。

「我沒有胡說。」

他的眼神，好像想切開海人身體，「巴該野鹿，你該死！」

「該死的是你。說吧，人傑究竟在哪裡？」

「你既然這麼厲害，還不知道嗎？」

海人的眼睛霎了霎，絲毫沒有避開，沉吟了半晌，才一字一句的說：「我猜——他在北和大學生命科學院第五大樓的工地下面。」

四周一片沉寂，氣溫瞬時冷凍，彷彿幽魂飄過身旁。

「你是什麼人？怎麼會猜到？既然早就知道，」顏伯年氣喘吁吁，越說越快，最後變成淒厲喊叫——「那就來抓我吧，來抓我啊！」

海人的耳膜震動，手中槍枝跳了跳，他連忙握緊，只見顏伯年眉毛一動。

他強自鎮靜，「前幾天，我在北和大看到那些新建工地，想起之前白太太說：你在學校承包工程，雖然告示牌沒標註，但我知道你投資了高剛工程，有權力關心、甚至可能有工地鑰匙。我觀察過四周，聽說所有校門的監視器，都沒拍到白人傑，讓我懷疑他根本沒走、自始至終在學校裡。」

顏伯年的眼神空洞，好像見到一個鬼。他自言自語，「……自從人傑起疑，我就考慮怎麼解決，直到在學校巧遇，才有了這個點子。」他撫摸額頭，上下揉搓，「我很久沒殺人了，何況是他……但是我不能婦人之仁。」

他揚起頭，眼中滿是血絲，「他是我從小看大的，我也不想這麼做，你懂嗎？」

海人沒回答。他不想懂。

顏伯年加強語氣，「我沒有第二選擇，那是生死存亡，我只能這麼做。我勘查過路線、打好工地鑰匙、算準灌漿日期、並確定當晚沒有人，然後才邀他過去。」

「人傑沒有反抗？」

「沒有……他沒有。我說要去自首，說服他跟我走，但他可能懷疑，才默默倒了『王水』吧？他應該沒什麼痛苦……我用了麻醉劑，所以他表情很平靜。我把他放在鋼條中間，上面蓋了一層土，第二天又去了一趟，確認灌漿順利。其實提早發現也沒關係，反正沒人會懷疑，如果不是你，她們會認為他還活著，至少存著一絲希望，因為你揭穿了，害大家都痛苦，都是你的錯！」

你根本搞錯重點。

海人覺得噁心，顏伯年接觸目光，識相的閉了嘴。

「人傑失蹤後，警方不是徹查車輛？為什麼沒查到你？」

「他們只針對陌生的車輛，不會徹查有工作證的。」

「地獄變相圖呢？」

「我拿走了。」

「在哪裡？」

「你猜吧，猜到算你的。」

「你為什麼要用『閻王』的『地獄』殺人？」

「你不是說了？我姓顏啊！哈、哈～，純屬巧合，美～妙～的巧合。」

他的眼神充滿迷幻，好像陶醉在回憶裡。「為什麼要用閻王？——最早，是我看了『地獄變相圖』。怎麼說呢？那真是太神奇了、太驚人了。身為藝術家，我也想做到；就算做不到，也想儘量靠近，靠近那種美。那是惡魔的美，惡魔的耳語，比天使的福音更吸引人。

你們見過世界上最美的光嗎？多麼繽紛絢爛、幻化萬彩，你永遠不會知道。那是核彈爆炸的光，原子彈丟下的瞬間，強光會刺痛你的眼睛，但是在那同時，你體驗到地獄邊界的美，那是無可比擬的夢幻，是人類官能的極致，就像站在懸崖邊緣，再超前一步就要瞎了。

『閻王』就是『冥王』，就是Pluto、也就是『鈽』。你沒看過鈽，但我有，我見過，美軍在長崎扔下鈽彈，當時我在那裡——它殺了我的父親。」

突如其來的告白，讓海人怔住了，差點忘了握著槍。

「我把他推出防空洞，當時正好爆炸，他一秒鐘就死了，瞬間就炭化了，變成一股黑煙，咻～的飄入空中，連靈魂都消滅了。」

「那真是……悲劇。」災難想像的疊合，讓海人有些結巴。

「不，我非常開心，那是地獄之火的焚燒。哈、哈、哈……」

他仰天大笑，不能自已，笑到後來，卻像哭了出來，那是一張詭異的哭面。

海人覺得自己快瘋了。

「第一殿『秦広王』，朱是全的車禍，是你在車子做了手腳？」

「不能怪我，我拿了最新資料給他，他一看就忘了時間，我才有機會處理車子。」

「第二殿『初江王』哈雷，你用了什麼方法？讓他罹患食道癌？」

「我本來就打算殺他，在那之前他就病了，倒省了我的事。因為他的死法符合『舌犁』地獄，我才讓他當『初江王』。」

「第三殿『宋帝王』楊超群，也是你搞的鬼？」

「這個人滿可惡的，以前會透露底價，後來卻不願意，說什麼良心過不去，都什麼時候了，根本是假清高、頭腦有問題。為了避免引起注意，當天我先去別的地方，約好午休時間再見面，那個廠區我很熟，隱瞞出入不是問題。」他的臉上再度煥發神采，好像對自己很滿意。

「第四殿『伍官王』方亞萱呢？那是假車禍嗎？」

顏伯年皺起眉頭，「那女孩翻了她爸爸的筆記，懷疑她爸的死因，還扯出其他人，其實她爸真是自殺的，更不配擁有紙箋。是她逼我出手的，就是因為她，人傑才會起疑，否則他不會死的。」

「她沒有馬上揭發，也是顧慮人傑，你竟然殺了她！」

「斬草不除根，春風吹又生，她知道的太多了。」

「人傑什麼時候知道是你？」

「我不知道，我想他一直不確定，我不能等到那天，這是我的苦衷。」

「狗屁的苦衷！」海人咬牙切齒，「他為你想太多了。方亞萱到底怎麼死的？」

「哼！早知道她惹出這些事，我應該自己殺了她，但那是我員工做的，他挪用了公款，被我發現，我威脅他如果不做，就把他告上法院。反正他們素不相識、又沒過節，警方查不出來，所以他答應了。只要找個沒監視器的路口，伺機追撞就好了，反正她都騎腳踏車，而且撞死她的不是我派的人，而是後方的司機，他們坐牢的時間很短，很快就出來了。」

海人輕扣扳機，「替天行道」的憤怒，正在挑戰他的理智。

「第五殿『閻魔王』江若芙；第六殿『变成王』史大衛呢？你有話要說嗎？」

「江若芙不是重傷嗎？她有一半機會死亡，到時你可不要哭啊，哭了很難看的。至於史大衛，砍頭的滋味，真的很難忘，本來想趁活著砍，但是執行很困難；死了之後再砍，缺點是血流得不夠多，因為心臟停止跳動，可惜，我後來才知道解剖學知識。」

他的法令紋下垂，彷彿很遺憾，像藝術家回想缺憾作品。

海人忍住胃裡湧上的酸液，「第七殿的『泰山王』劉慶中呢？他在溪邊出事。」

「喔，他啊，不是我殺的，他只是低階員工，用錢解決就好。」

「你殺人還看階級？」

顏伯年翻翻白眼，好像很懶得說。

「你找黑道殺他？為什麼？」

「他不負責任啊！答應我們寫安全報告，最後卻說他很慚愧、編不出來，這是什麼話？這是他的任務啊！其他人都不像他。寫不出來？怎麼面對我們？大家都很困擾啊；他不寫也就算了，還威脅向媒體爆料，扯到他哥死了什麼的，其實爆料有什麼用？媒體我們早就安排好了，大家都認為『便宜』最重要。談安全？我們最安全了，哪裡不安全？」

「如果真的安全，何必怕他爆料？」

「唉，這種人我看多了，以前都是付錢就閉嘴，這次他就是不肯！他說哥哥得了癌症，他也怕自己得；其實啊，會得的就是會得！想那麼多幹什麼？天堂有路你不走，地獄無門你闖進來，就不要怪我們無情了。」

「『我們』？除了你還有誰？」

顏伯年哼哼而笑，看海人的眼神像看冷豬肉。

「那麼第八殿『平等王』謝文全呢？他在山上被蜂螫，你怎麼辦到的？」

「如果你知道虎頭蜂的習性就不難了。別忘了，我可是埔里長大的，小時候抓蝴蝶賺外快，本來就常爬山、躲虎頭蜂；只要看好位置和風向，不穿黑衣服、不擦刺激性的香水，準備好掩蔽網，在適當的時間激怒，蜂群一旦發狂，就有好戲看了。那些人急著逃命，怎麼會發現我？我躲得好，虎頭蜂當然追他們。那些抗議團體真的很麻煩，我早就想殺雞儆猴了，這麼久才等到機會，便宜了他們。」

「所以你不是針對他？」

「二〇〇〇年的時候，政府突然宣布核電廠停建，後來才又宣布動工，你知道我損失多少？那都是錢耶！只要是自救會的人，誰死我都無所謂。」

海人身體前傾，手槍更逼近他了。「總之，如果他們礙你的路，你就除掉他們？」

顏伯年挺起胸，理直氣壯，「對啊！這些叛徒、王八蛋死有餘辜，我是替天行道啊。」

「你瘋了！」

「我瘋？不，你們這些沒腦袋的人才瘋，我為了全體人類，為了經濟發展，你們不懂，以後就會懂了。」

「但是人類無法控制，會禍延子孫。」

「你真是天真！想那麼多幹嘛？將來有將來的智慧，以後就會解決了。」

「如果沒有解決呢？」

「會解決的。」顏伯年語氣強硬。

「如—果—沒—有—解—決—呢？」

「你要有信心啊！」這句話簡直是大吼，他不是吼給海人聽，是吼給自己聽。

海人發現自己在跟狂人爭辯，有時真理不是越辯越明，起碼現在不是。

「你不知道核能的威力，真的很悲哀。」

「你只管便宜，你用得廉價，後果是我們承擔。」

「哼！你也可以用啊，大家都不吃虧，電力便宜、經濟發展，有什麼不好的，你不用電嗎？只會享受現成。」

海人的臉發燒，連脖子都紅了，「這一套不能說服我！有些國家不用這些，還不是照樣發展！能源本來就該研發改良，而不是亂用無法處理的電力！何況你所謂便宜，根本是你吃肉、我喝湯！獲得最大利益的，就是你們這些相關的人！」

顏伯年瞇縫眼、斜睨著他，「你大吼大叫，不過是看我眼紅。」

「你真令我噁心！剩下的，去對警察說吧。」海人扣緊了扳機。

「你以為這就是真相？真相只有這樣？」

兩人都坐在沙發上，間隔大約兩公尺，顏伯年盯住他的眼睛，突然扭扭身子，冷不防歪向旁邊扶手、撞了上去，海人以為他要昏倒，還來不及反應，有個重物無聲掉下，擊中了他的天靈蓋，頭頂一陣劇痛，頓時眼冒金星，顏伯年看準時機，迅捷手刀劈向他，又在鼻樑打了一拳，打得他雙膝下跪，眼眶差點滴水，但那不是害怕，而是黏膜受到刺激，直接的生理反應。這兩記來得又快又狠，海人頭昏眼花，顏伯年奪了手槍，塞入海人嘴巴，看不出他年紀一把，身手還算矯捷，槍管抵著海人舌頭，一股濃烈的金屬味薰來，嗆得他口水直流，差點把槍嘔了出來。

顏伯年高高佇立在前，得意的嘲笑海人：「你太大意了！這裡是我家，我當然知道機關在哪裡！你以為我在向你告白？老爺有空陪你聊，是為了分散你的注意力！否則門都沒有，還自以為聰明咧！怎麼樣？你聽夠了沒？還要聽嗎？我就講給你聽！」

海人沒有答話，事實上也無法回答，他又驚、又怒、又羞恥，而且舌頭被壓住，嘴裡塞著一大傢伙。顏伯年話聲一落，瞬間暴怒，猛踢他的肚子，海人碰地撞上牆，痛得彎曲身體，連唉都唉不出來。這時他抬起鼻子，鼻尖上就是手槍，眼角餘光看到，剛剛撞到頭的，是一個天花板降下的大螢幕，黑色的鋼鐵邊框結實堅固，難怪頭這麼痛，說不定又流血了。現在後悔不迭，顏伯年說得沒錯，他是太大意了，面對一個魔頭，還在聽他囉嗦，活該這麼狼狽，還可能賠上性命！

現在情勢逆轉，房裡沒有時鐘，聽不到滴答滴答，但是兩人都知道，趕不上飛機了。剛才進來門就鎖了，外面聽不見格鬥聲，美雪可能怕挨罵，也沒進來提醒。

但他既然抓住海人，就不需要逃亡了。

只是接下來呢？這是台北市中心、顏伯年的自宅，不像過去荒郊野外，這裡棄屍並不容易、很難擺脫干係，何況美雪還在外面。

顏伯年陷入深思，海人知道這是機會，生死在一線之間。

「你想死，還是想活？」

「當然想活。」

「那好，你發誓不說，我就放過你。」

他不相信，大魔頭怎麼會守信？會不會出門就中槍？或是撞死在街口？離開這扇門，約定就無效了。只要海人活著，他就芒刺在背、睡不了覺。兩人都很清楚。

海人閉上眼，深吸口氣，體驗「空」的感覺。然後他緩緩睜開眼睛，「今天我一來就說過，是來勸你自首的。」他捏緊手心，掩飾壓力，「所以，我早就做好萬全準備。剛剛的動作和對話，已經同步錄影、網路轉播，我的朋友在電腦前監看，如果你想殺、或是殺了我，他會馬上報警；就算你衝到機場，也趕不上飛機，當場就會被攔住。」

顏伯年臉色慘白，就像全身血液流光，冬天的貝加爾湖。

「你、你說什麼？什麼錄影？不要騙我！」

「我沒騙你。看看這個鈕扣，這是無線攝影機。」海人頭低了低，用下巴示意。

顏伯年像一隻慌張的黃鼠狼，手槍仍指著海人，把他推到地上，出手來扯鈕扣，然後踩住他的背，仔細端詳黑色豆粒。海人面頰抵著地毯，一股悶溼潮熱氣味嗆鼻，看不見他的表情。

過了一會兒，他聽到對方笑了，笑聲裡有藏不住的緊張。

「哈、哈！這只是小玩意，你說連線在哪兒？誰能看見我們？」

「從剛才就一直轉播，就算你毀了它，也錄下來了，存在雲端硬碟裡，我的朋友複製轉存，你銷毀也沒有用。你一定會想滅口，我不說他是誰；在你找到他之前，警方已經逮捕你了。」

「你說他看得見我們？怎麼可能，證明給我看啊！」

海人心跳差點停頓，這是他最不想聽的話。本來祈禱能唬住他，但他顯然不笨，要求更實際的證明。「如果我證明有，你就去自首，全盤托出。」

顏伯年持槍的手緊了又縮，海人提心吊膽，害怕他會衝動。過了半天，才聽到他咬緊牙關，一字字吐出：「我、答、應——如、果、沒、有、就、要、你、死。」

——如果，如果壞掉的機器又好了，土子或許真看得到。反正電子產品就像春天的後母心，起起伏伏陰晴不定。雖然沒有把握，也只能賭一賭了，希望土子遵守承諾，真的守在電腦前……。

海人抿緊嘴唇，打開襯衫口袋，拿出裡面的手機，解鎖點了監控ＡＰＰ，如果土子也開了鏡頭，就能看到對方，證明確實有人監看。他對著手機喊話：「喂？我是海人。剛剛都看到了吧？他想確認你在，你別說名字、也不要露臉，對鏡頭揮手就好。聽到了嗎？三十秒以後，我就點開按鍵，這裡就能看到你囉。」

海人很佩服自己的演技，這是他人生中，最接近奧斯卡影帝的一刻。

如果手機連線失敗、土子沒開鏡頭、或是離開電腦，謊言就會拆穿，他可能立馬中槍、血濺五步。剛才有沒有錄到？只有天知道，反正還在錄音，只要顏伯年沒發現，至少有錄音證據。

反正伸頭、縮頭都是一槍，就拚了吧！

眼前沒有生命跑馬燈，只有自己的手指。他按下了ＡＰＰ圖示，過了數秒，螢幕仍是黑畫面，心中暗暗叫苦，表情卻超級鎮靜，其實是視死如歸的心情。

顏伯年冷笑一聲，手槍緊緊抵住他的太陽穴，動脈血管壓得作疼。

他想起家人、好友，最後是若芙，心酸比頭疼更痛。

海人數到第十秒，感覺卻像是一小時，突然螢幕閃了閃，模模糊糊、出現一隻怪手，比貞子爬出電視還要驚悚。他的嘴巴大張，那隻手緊貼螢幕，後方一堆亂七八糟的電腦，正是土子的家沒錯！連線成功了！土子真的遵守了諾言！從來沒看過這麼醜、又這麼溫暖的手，他的胸膛湧過感動喜悅，一時吸不過氣，就像檸檬抹過眼眶，差點流下不爭氣的男兒淚——感謝好友、感謝老天！這世上真的有神明，天啦！神佛、基督、聖母、阿拉……

槍枝的兩端是天堂和地獄，顏伯年的眼神，看過去幾乎不是人。

真空中的沉默，棋王對決揭曉了，五十碼外的決鬥，只有一個人倒下去。

槍射了，沒有子彈，射在顏伯年心裡。

一敗塗地。

海人百感交集，他關掉程式，癱坐在地。他恢復了尊嚴，反而是站著的一方跪下了。

他願意給臺階，讓兇手慢慢走下；勝利女神選了邊，認罪只是時間問題。

海人還在等，但沒有等太久，地上「咚」的一聲，是他手上的槍掉下去，顏伯年頹然倒進沙發，雙手緊掩住臉，好像想遮住未來。

不能濫用同情心，困獸末日，他必須見證一切。

海人聽到閻王掌中的臉，傳來嚴厲、低沉、恐怖的聲音——「我以為它很偉大。最後，它讓我殺了這麼多人。」

說完這句話，他彎身抓住手槍，海人想搶過來，但他已經對準了太陽穴，紅色的火花閃爍，轟然雷鳴響起，閻王應聲而倒，火藥炸掉了半邊頭，但他的嘴還在動。

最後一絲氣息，如毒蛇吐信，噴向海人的臉，他說了一句話，那是來自地底，腐敗、酸爛、噁心的臭味，死人的瞳孔不再發光，僅剩一邊的眼睛瞪大著，禿鷹展翅降臨，皮膚逐漸變成灰白、殭屍發青的顏色。他的嘴巴憤怒大張，在地獄也吶喊著，對宇宙不服的辯駁。

鮮血漸漸漫向海人腳下，白色豆腐噴到牆上，他不去想是哪裡噴出來的，而是緩緩站了起來，眼前突然失去重心，瞳孔閃過強烈白光，極度緊張後的放鬆，讓他覺得全身骨頭被抽空。他閉上了眼睛，但是恐怖仍舊持續，撿起鈕扣嵌回胸前，一跛一跛的走出視聽室。

美雪的人已經在客廳，她的面色如土，半縮在沙發上，見到海人直彈起來，急急的說：「那是什麼？悶悶的好大一聲！」

「顏先生……他死了。」

「死了？？怎麼可能？」她的牙齒上下碰撞，不斷發出喀喀聲。

「他自殺了。」

「怎麼會？不可能……難道你殺了他？」她的雙手彎曲，好像想抓撓胸口。

「不，我沒有，影像可以證明。」他拉起鈕扣攝影機，告知士子不必監看了。

美雪頹然坐了下去，她既沒大哭、也不尖叫、更沒有馬上衝進去，只是喃喃的說：「他死了？……一切都結束了？」不像痛失丈夫，而是風災毀壞了稻田，欲哭無淚、乾坐田埂的農婦。海人搖搖頭，想驅除這個印象。「我要報警。」

「我去看他。」

「不，現在不要，等警察來，再一起進去吧？」他舔了舔乾裂的嘴唇，「……他對著頭開槍，場面很不好看。」美雪白著臉、堅決的搖搖頭，拒絕海人的攙扶，踉踉蹌蹌往前走；他跟在後面，不敢離她太遠，昏倒起碼有人扶住。美雪在掩虛門前停步，看了看天花板，才向內望了一眼——她緊緊抓住門框，瘋狂的連續尖叫，一聲高過一聲，尖得海人都想後退了。

不必懷疑，那樣的傷口，根本不可能活。

還有遺言，已經是奇蹟了。

然後她身體一軟，溜了下去，海人想攙扶，她歪歪倒倒的奔出去，一手掩住嘴巴，衝到浴室嘔吐，然後才回到沙發上，像永遠失了力氣。海人拿起話筒，撥一一〇報警，只要是人，就有弱點，都有恐懼，那一幕太震撼，他也不想再看。美雪喘了一會，漸漸直起身來，失神的啃著指甲，她的指甲並非七顏六色、或者點綴裝飾，反而短且乾淨、有齧咬痕跡，指緣的撕扯傷口，甚至還在出血。

他打斷了她的冥想，「妳好像……沒有很訝異？」

她瞪大眼睛，額上出現橫紋。「什麼意思？」

「妳沒問我，他為什麼自殺。」

她縮著肩膀、環抱手臂，半晌之後離開客廳，回來時手上拿著紙，海人瞄了一眼，就知道那是什麼。「今天早上，他拿給我這個，還叮嚀我，如果他死了，就放在棺材裡。他一向很健康，從來不會講什麼死啊活的。我說幹嘛胡思亂想？他竟然大吼大叫：『我寧可死，也不坐牢！』我以為公司出了問題，但應該沒有啊？然後他趕著要出國，垂頭喪氣、忙著收拾行李；接著你突然來了，還說不見就要報警……你是不是知道什麼？告訴我吧。」

海人一言不發，只是看著「五道転輪王」的紙箋。

——這是顏伯年對自己的評價，他是閻王、而且不是普通閻王、是最後的閻王，他想臧否人類的善惡、掌管命運的輪迴、批示因果的緣份。

但他是嗎？就像希特勒，一切只是殺人魔的妄想，不但沒做到想要的，還落得舉世唾棄輕蔑辱罵的下場。他們都走偏了，偏得很遠。

怎麼說呢？怎麼對美雪說：她的枕邊人，殺了許多人？包括她的侄子？

但是在警方趕到之前，他必須讓她了解，這也是一種慈悲。他儘量溫和扼要，沒提自己差點被殺，美雪一動不動，好像在聽別人的事，丈夫的自殺，似乎把她掏空了，一具抽空桿心的稻草人。看不出她是悲傷、呆滯、震驚或無助？……甚至是輕鬆？或是什麼都有一些？

話說完了，他看著空掉的茶杯，她的瞳孔也如這般。

美雪終於出聲了。

「雖然他有許多不是，但是我沒想到他會殺人，更沒想到這麼多人。」

「他殺了自己的爸爸，妳知道嗎？」

她楞了楞，緩緩點頭，「你怎麼知道？當時他只是小孩子，爸爸常打媽媽，長崎原爆那天，爸爸又打人，他把爸爸推出防空洞，原子彈正好掉下來，他爸當場被炸死了，這不是他的錯，他是為了保護媽媽。」

「他是被親戚收養的？」

「你竟然……連這個也知道？對。剛剛講的是生父生母，他的養父母其實是大伯父，他是在養家長大的；我沒見過他的生母，我們結婚時，她已經過世了。我們的孩子不知道，還以為我的公公、婆婆，就是親生的祖父母。」她懇求的望著他，「請不要告訴我的孩子，事情都過去了。」

海人點頭，「我不會說，但別人有權知道，尤其是妳的妹妹。」

她哭喪著臉，「你剛說，人傑……真的死了嗎？他是美琴的心肝寶貝，我怎麼面對她啊？」

她的臉逐漸扭曲，淚水鼻涕四處縱橫，像海口鹽田的水流，只能晒出苦澀的鹽巴。

她低頭啞聲，「他最後有沒有說什麼？」

海人猶豫了。「有，說了一句。」

她淚眼朦朧的望著他。

「**你什麼都不懂**。」

「什麼意思？」她不自禁掐住脖子。

「我是不懂。」

尖銳的門鈴急急如律令，打斷了她的啜泣；他走過去開門，向警察和管理員解釋，美雪沒有動作，始終待在沙發。他們進了視聽室，趕緊掩住口鼻，召喚蒐證人員上樓，現場怵目驚心，到處都是血腥，光是味道就很嗆，趁著警方蒐證，他抽空打給士子。

「謝謝你，如果不是你守著螢幕，我恐怕沒命了。」

「別這麼說，是因為你要介紹辣妹。」

海人臉上三條線，這麼多年了，士子還是這麼不坦率。

「好！如果你們沒看對眼，我陪你打電動。」

「不用了，沒你這個肉腳，我更快破關。」

「我是誠心的。對了，不是沒有畫面？何時恢復的？」

「我等了又等，畫面都是黑的，但是又怕危險，連想尿尿都不敢走。後來聽到你們對話，只是不知道在說什麼，直到顏伯年打起來，可能揮到、或撞到鏡頭吧？畫面突然恢復了，正好一個拳頭打來，嚇得我屁滾尿流，少活了好幾年，連尿都快漏了。結果他竟然自殺，真是噁心巴拉，不過我覺得，這比暴力電玩刺激多了。」

「喂！我差點葛屁耶，你還這麼說？」

「放心吧，你還沒養鴨子，不會去賣鴨蛋的。」

兩人發出笑聲，有個黑臉膛的刑警，不斷吹鬍子瞪眼、來回踱步，海人識相的掛掉電話。

「你是報案的沈先生嗎？我想和你談談。」刑警如臨大敵，好像隨時想上手銬。

海人點點頭，千頭萬緒，不知從何說起。看著刑警的暗色眼眸，瞳孔深處有隻懷疑的野獸。

他潤了潤嘴唇，像岩石一樣乾渴……好長的故事啊。

二十五、沈海人

十一月十七日（日），台灣．台北。

雖然海人是以證人、而非嫌犯身分應訊，他仍決定請律師，過去有些糟糕的案例，例如名叫鄭性澤的死刑犯，警方在訊問時，證人想請律師，就被拖去毒打；拒絕夜間訊問，又被拖去毒打；說要通知家人，再被拖去毒打；總共被痛打三次，最後證人不敢要求了，警方要聽什麼，證人就說什麼。

那是十一年前。隔了十一年，還會不會？

刑警和海人到警局，等律師趕到才開始筆錄，律師叫區益輝，是以前聲援人權時認識的，他是個嚴肅的黑臉胖子，若是看外表，比較像一個西瓜農夫。

訊問他的刑警，一位姓孫、一位姓王，聽到顏伯年牽涉許多殺人案，表情五味雜陳；聽說其他警員也知道，臉皮直接垮了下來。他們暫時離開，隱約聽到在討論管轄區域，看來釐清是哪個警局負責，是現階段最重要的問題。他們商議半天，又出去請示，半小時後才回來，承辦檢察官也來了，大家沉重的打了招呼。海人要了電腦、從雲端下載錄影、扼要解釋案情，眾人專心的看影片，播到兇手自殺那一幕，都倒抽幾口涼氣，不約而同扭過頭來，眼神頗有欽佩之意。

等到訊問結束，已經過了七、八個小時，外頭聚集大批媒體，等候要召開的記者會，名人自殺已經非常聳動，若揭發是連續殺人案，更將像炸了馬蜂窩，對顏家會是嚴厲考驗，但是對受害者，又何嘗不是遲來的正義？

區律師陪訊後，面帶笑容稱讚了他一頓，但是海人想起枉死的冤魂，心情依然沉重，連番經歷生死關頭，就算是鐵打的身體，也真的累了。他本來想趕回台中，警方卻要他留在台北，法律上沒有強制，語氣卻這麼顯示，他只好先回南港的家。到家馬上打給若芙，但是沒有人接；改撥了羅飛宇手機，鈴聲才響，話聲馬上衝出來：「我看到新聞快報，顏伯年死了?!而且你在他家?!」

「對，我是證人，剛做完筆錄被飭回。若芙怎麼樣了？」

「恢復得還不錯，數據都有進步，醫生說算是穩定了。」

海人激動得緊握話筒，一時說不出，等到心跳稍緩，才說了事件經過；飛宇許久沒有說話，海人只是閉上眼睛。好一會兒，聽筒才傳來澀澀的聲音：「還好你沒事，死裡逃生。」

「嗯，只是皮肉之傷。」

「剛剛來了很多記者，不知消息怎麼走漏的，他們知道若芙出車禍，還好你離開了，院方設法支開他們，沒有透露是你開車，只說司機出院了。」

「這裡我也沒出面，交給警方說明。」

「話說回來，我真佩服你。」他聽起來有點言不由衷，海人脖子一縮，警醒的豎起耳朵。

「你說的，我會轉告若芙；你放心，我們會照顧她。」

怎麼回事?海人的牙齒都酸了起來。飛宇的語氣越放越緩，似乎在斟酌言詞。「其實，如果你沒打來，我也想打給你，這些話很難出口……我媽希望，你別跟若芙聯絡了。」

「為什麼?」他楞了幾秒。

明知故問。

「她覺得你們在一起太危險。她失去親人，不想再受衝擊，請你體諒一個老人的心情。」

海人的手按住桌面，用力太大，傷口好像裂了。

「其實我對你沒成見，但是媽媽身體不好，我拗不過她。」飛宇嘆著氣，他的語氣很軟，海人更難反駁，他們的指責不是無理。
「如果若芙不願意呢？」
「不是她不願意，而是你不願意。」他很乾脆的說。
「你是說？……我懂了，你要我拒絕她？」
「這樣對你們都好。」
「可是我不探望、也不聯絡，她不會起疑嗎？」
「我會好好解釋，不會批評你。」
海人握緊拳頭，放鬆，又握緊。他覺得口乾舌燥，眼前黃沙飛舞，飛宇知道他不舒服，又說了些安撫的話。
「我知道了。」這話不是他說，卻是他的聲音。
「你答應了？」
「至少讓我們見一面，一面也不行？」
「多見只是多難過；況且，我們在辦轉院手續。」
他像是被狠狠打了巴掌。飛宇不確定他在不在，又喂了幾聲，輕輕說：「抱歉，不是我反對。」
他掛斷電話。
海人發現，不用再處理身上的傷口了。反正心疼要疼得多。
他覺得像一團漂浮太空、無依無憑的大包垃圾。脫掉衣服，進了浴室，開到最大的水量，想沖掉剛才的話語，卻發現傷口浸水更疼，但他持續狂噴，不顧繃帶全都溼了。走出浴間，他倒向床，早就戒掉菸癮和酒癮，更不可能吃安眠藥，所以熬到清晨才睡著。

上午陽光晒亮臥房，他像彈簧一樣跳起來，看看時鐘還不到十點，全身無力的攤在床上，兩隻眼睛糊滿眼屎，但是明明沒有哭。他起身盥洗、塞了點餅乾充飢，這才想起昨天只吃了一餐，就是警察發的油膩便當，難怪許多警員都有點胖。他開啟手機，沒見到若芙的來電，只有一大堆識與不識的留言，多半是記者打來的，有些朋友看到新聞來關心，但他能說的不多，何況一點都不想說。他撥回老家報平安，電話是媽媽接的，她又罵、又嘮叨，掩不住擔憂和關心，還好她不知兒子出車禍。她說：爸爸嘴上不說，但其實也很擔心，四個多月沒見面了，叫他趕快回家一趟，見面總是比較安心。

「爸不催我結婚，我就早點回去。」

「你這麼大了，還嘔什麼氣？」

「我沒有嘔氣。」

「他只是關心你，哪有父母氣小孩的？你不要老是往外跑，趕快生個孩子，就會懂了。」

海人笑笑，連媽媽都這麼說，只是語氣比爸緩和，這幾年她無論說什麼，結論總是這一句，好像結了婚、生了小孩，人生的責任就了了，對社會和老天就有交代了，這根本是假傳玉皇大帝聖旨。掛斷電話，還來不及整理心情，手機又響了，是李少華打來的，他看到新聞了，急著問他原委，好回報給萬喜良。少華一向冷靜自持，聽了海人的話，難得流露出情緒，還說總裁隨時可能找人。

他也想問萬喜良，相片解析怎麼樣了？雖然想遠走他方，但還有事要處理，例如結清醫療費用、聯絡受害家屬、處理萬濤的合約等等。少華已匯了支出費用，萬喜良捐不捐錢，他也不太掛心，但是若芙的事，一定要追下去。

不過必須優先處理的棘手之事，就是通知張美琴。

或許張美雪說了？——不，這麼艱難的話，她恐怕說不出口。

或許警方找過她了？

他寧可自己解釋。

他在室內兜了幾圈，看到自己雙眼呆滯，仙人掌般滿臉是刺，他舉起手抹抹臉，打到白家，響了八聲，沒有人接，正想掛斷，又聽到聲音，只好硬著頭皮。

「我看到新聞報導，若芙出了車禍？我打去沒人接，她還好嗎？」

「暫時脫離險境了。」

兩人談完若芙，一陣無言。

「你想說什麼，就直說吧！」美琴的用詞堅決，語氣卻很軟弱。

「妳看到新聞報導了？顏伯年畏罪自殺，當時我就在旁邊……。」

「嗯。」

「死者至少有七人，警方還沒公布。」他吞吞口水，嚥不下去。「……我想，人傑也在裡面。」

「不可能！我不相信！」

海人知道，所以才想逃。他靜靜等著，她的嗓子粗礪，語無倫次，混著涕淚的窸窣聲，完全聽不懂話語，最後虛弱的說：「聽說他殺了許多人，我就猜到凶多吉少了，我一整夜都不能睡，大姊很憂心，二姊也不接電話，聽到鈴聲就跳起來，以為是警察或姊姊打的，結果是你。所以，真的是二姊夫嗎？」

「對，他親口承認，我們的車禍，也是他指使的。」

「啊！他怎麼這麼壞?!」她發出悲鳴，「人傑呢？到底在哪裡？」

海人不想說，還是說了。
「我要趕快帶他回來，他一個人，孤零零的……。」
「如果去北和大，我可以陪妳。」
「謝謝你。不用了，有人會陪。」
「反正我也要去。」
「為什麼？他對人傑一直很好啊！」
「所以人傑懷疑他，才沒告訴妳。」
「不然呢？他會怎麼做？」
「應該會報警吧。」
「怎麼會這樣……。」聽筒那方一陣真空，然後傳來劈哩啪啦、物品砸碎的聲音。
「白太太？白太太？妳怎麼了？妳還好嗎？……」海人趕快打一一九，自己也飛車過去，和救護車同時抵達，管理員撬開房門，只見美琴直挺挺躺在地上，支撐不住昏倒了，花瓶跟著跌落，幸運的是鋪著厚地毯，也沒被割傷，否則傷勢恐怕更重了。經過緊急救護措施，美琴悠悠醒來，大家合力移到臥房，只見她雙眼緊閉、面色慘白，如同一具蠟像，看過去非常嚇人。雖然沒有生命危險，他們建議稍晚還是到醫院檢查；她醒了，卻沒半點反應，彷彿目瞎耳聾，沒人敢逼她說話，就這樣待了好一陣子，她才謝謝大家，請海人聯絡美霞。
救護人員撤退之後，海人回到美琴床邊，房間是米白色的布置，床單質料絲柔滑順，她蜷縮在皺褶的棉被裡，像一具風乾的人形。他不知道該陪在旁邊？或是讓她小睡一會兒？後來想起自殺的可能，遂決定在美霞未到前，絕不離開這間房間。

這時室內的分機響了，她睜開眼，請他幫忙接聽。是警方打的，他們發現海人在這裡，也嚇了一跳，本來就要找他，正好一併告知。他聽了心底一沉：警方下午要去北和大，希望兩人務必到場。

午後三時，美琴、美霞、敦仁共乘一輛車，海人則是自己開車，準時到達生命科學院第五大樓的工地。據說明天冷氣團會來臨，氣溫將陡降八度，但今日天氣仍舊溫和，沒有下雨、也不像夏天那麼熱，否則……。

不知道，他從來沒找過屍體，連挖墳撿骨都沒有。沒見過的警察看到他，馬上就認了出來，拉起封鎖線讓他進去，海人左右張望，在黑鴉鴉的人頭中，好不容易認出孫姓刑警，身邊站著更高階的警官，有一位是三線三星的刑事局長。

員警領他過去，他們如獲至寶，畢竟他是唯一親耳聽到兇手口供的人。他被介紹給一輪高階警官，顯然以官階為順序，但海人不太專心，沒想到會走到今天，有種恍如隔世之感。警方找了工地主任，問清楚灌漿時間和正確位置？顏伯年是不是在現場？有沒有特別的指示？……據說他常巡視工地，強調「走動式管理」，這是他的習慣，部屬和廠商都見怪不怪。

屍體會說話。只要找到人傑，他就會告訴大家——他是怎麼死的？最後一刻遭遇什麼事情？在鑑識科學下，這些都無所遁形。

美雪沒有來，這是海人第一次見到美霞，剛才萬濤集團的房車來接，司機扶美琴進去，車窗黑得看不見，連她是否在車內都不確定。她一定沒想到——多年前那一場聚會，衍生了恐怖的後果，今日在這裡見證。

人群聚集在工地的綠色圍籬，鐵絲網門大大敞開，張開手臂擁抱好奇的人，有手插褲袋的學生、穿著輕鬆的附近居民、還有偷溜出來的校內員工，其中顯著的，就是穿制服的警方和鑑識人員。局長在高處指揮，工地主任說明比劃，王主祕和職員忙著協調，工人不時吆喝對話，大家討論後，決定鑿掉兩片牆壁，警方圍起了封鎖線，以免探頭探腦的民眾太靠近。怪手開始拆除挖掘，不斷來回輾過路面，機器發出斷續嘰嘎聲，剃刀一般刮著耳朵。在這團紛亂中，最引人注目的就是家屬，每人都偷偷覷著他們，又不好意思明目張膽，只有攝影記者不管，三不五時穿梭拍攝。

風暴中心的三人，都穿著黑衣、戴黑色墨鏡，美琴的頭髮有些蓬鬆，風吹得頂端不時飛揚，她一手抓住姊姊，一手緊握手絹，飄蕩的身形像鐵絲網上的死鳥。美霞單手挽著妹妹，她的兒子敦仁幫忙撐著蕾絲洋傘，三人圍成一個小圓形，幾位穿黑西裝的男子，隔著距離盯著他們，海人猜是萬濤或宏昇集團的職員。

雖然是這種場合，美霞和敦仁打扮正式，好像待會就要赴宴。美霞撲了厚厚的粉，看起來是養尊處優的婦人，比兩個妹妹胖了半個人、身高也高一些，表情看來十分僵硬。敦仁和母親差不多高，他的五官像媽媽，神韻遺傳自父親，或許意識到他人的眼光，站姿更加筆挺。三人並未交頭接耳，但一種無形的默契，隱隱保護這個小圈圈。

海人忍不住慶幸，在這忐忑不安的場合，還好美琴的親人仍願意站出來、陪著她。

拆挖持續了數個小時，抬頭看樹叢的葉縫，透出的已是月光、而非日光，而且是時間越晚人越多。或許姿勢維持太久，每個人的腳都在痛，可是沒有人挪動位置，彷彿走動更添壓力。工作人員搬來大型燈具，穿著黑衣的家屬，站在壟壟土堆附近，就像是在送葬一般。

突然有人大叫：「有了！有了！」人群像螞蟻胡亂湧動，擾嚷著滾向中心，拚命靠近封鎖邊緣，連外圍都擠過去，只能看到深淺髮色頭顱，但是美琴的脊背僵直，完全沒有動彈之意。

眾星拱月，她確實是月亮，是初一的朔月。

四處漂浮著心照不宣的氣味，剛剛拔下口罩的人，重新再戴上去，有些人舉手抬臂、遮住口鼻。工人打起了白熾燈，路燈的光芒遮過星空，四周光光燄燄，家屬表情更加灰黯。檢察官請他們過去，眾人簇擁著美琴，好像末代皇后的轎夫，走得越近、味道越濃，人人臉色蒼白、不發一語，如同一列送葬隊伍。

美琴走到洞窟前面，好像隨時都會撲倒，兩姊妹緊牽著手，敦仁早已收起傘，在旁攙扶著阿姨。三人在盡頭停止步伐，站在無底深井的前方，一根根彎曲、直起的鋼筋，矗立在他們四周，好像閻王的香爐、魔鬼的祈案。

是了，這就是釘板地獄。

美琴看了一眼，碰然軟倒在地，旁邊拉也拉不住，許多人掩住耳朵，怕聽見人母的哀哭。

——等了好久，孩子終於要回家了。

二十六、沈海人

十一月十八日(一),台灣・台北。

找到人傑之後,海人趁亂溜走,當天許多新聞停播,改成連續殺人案快報。人傑的屍體用屍袋包裹,上方灌了層水泥,雖然面目依稀可辨,但當然不太好看,食屍昆蟲成了詭異裝飾。雖然挖遍四周,也沒發現他的手機、電腦,估計已經被銷毀丟棄了。

人類的本能是追逐新奇,媒體的推波助瀾、每個時段快訊更新,都在引誘閱聽人注意力,助長資訊的搜尋上癮,讓人渴盼更多消息,並吸引廣告的駐足。新聞最好能夠天天餵食,有餵就會像狗一般忠實,檢警每日發布進度,本案的精采程度,好比八點檔連續劇;談話性節目花招更多,演兇手、扮死人的都出爐了。這麼大的案子、牽涉這麼多人,記者像嗑了興奮劑,掀開鍋蓋炸蔥爆蒜,人人都是柯南加福爾摩斯。

後續的案情爆料一宗宗:警方用「i2視覺分析系統」,追查命案發生前後,和顏伯年密集聯絡的黑道幫派、假車禍撞死方亞萱的職員、人傑遇害當天進學校的監視畫面、麻醉的藥物劑量和病理分析、白世英的家產和感情糾紛、「蝶粉紙」的製作方式、顏伯年企圖潛逃的地點……等等,琳瑯滿目、五花八門,能挖的都儘量挖,天天轟炸、舉國皆知,還有民眾組團參觀北和大,和各宗殺人案的案發地點,反應竟然相當熱烈。

全世界都在找海人,但他自有一套躲避方法。他深居簡出,完全隱身幕後,把所有的成果讓給檢警,他們也很配合,完全掠奪接收過去,對他的貢獻輕描淡寫,對若芙更是隻字不提。他不只一次聽到檢警自吹自擂:因為他們鍥而不捨、抽絲剝繭,才讓嫌犯無所遁形……云云。

他只是一笑置之。

海人的低調，也合乎若芙親人的意思，他們希望她安心養傷，不願她再度成為焦點，所以外界也不清楚她的參與，以為她只是幫忙而已，否則新聞一定更大。飛宇幫姪女轉院後，海人不知道她去哪裡，還好有記者潛入病院、密訪醫護人員，他才知道是台南的成大醫院。因為車禍日期正好接近羅黎莎的周年忌，外界視為不祥的巧合，還議論了好一陣子。

他一一打電話給家屬，包含王淑女、邱碧珠、楊超英、楊旻倫和郭宛娟等，其中邱碧珠的反應最激烈，她不相信丈夫是小偷，就算偷了，也是因為軍方施加壓力，才會逼得研究員鋌而走險，她失了控的批評，聲調飽含怒氣，海人理解她的心情，靜靜傾聽發洩，然後才安慰她：至少兇手是抓到了、這個包袱可以放下了，她才漸漸冷靜，轉而感謝他和若芙。

萬喜良對破案的反應，則是非常錯愕——原來人傑早就死了，還揭發了妹婿的罪行、牽扯出更多案外案，實在是始料未及。他對鈾的下落反而比較豁達，「既然國家拿去，那就算了，當成稅金充公繳庫。」起初海人會涉入，主要是為了找鈾，聽他這麼說，也算了了一番心事。另外，因為休旅車摔下山崖，萬濤集團賠了一輛同款車輛，這次海人就沒有推辭。

比較大的問題，就是「地獄變相圖」。顏伯年說他拿走了，但是檢警搜索他家和辦公室，卻是一無所獲，很可能是趁機變賣了，買家卻查不出來。萬喜良對這樣的結果十分不滿，暫時也無可奈何，只能寄望繼續偵查，追回珍貴的失蹤國寶。

最後總裁提到，想和兩人吃個飯、當面感謝一下。海人想到能見面（當然不是和萬喜良），嘴角不禁揚起，隨即又感到苦澀；他堅持等若芙康復，其實是想找藉口會面，這個理由冠冕堂皇，她外婆應該不會阻止了？

一瞬之間，又過了好幾天，海人的正事辦得差不多，心底卻有隻懊喪的野狼，許多年來，他首次待在家這麼久。自己解決三餐，不吃藥、也不回診，每隔幾天就戴著口罩，到傳統市場採買，吃得新鮮、量少而簡單。有時讀不下書、聽不下音樂，他便上網或看新聞，看到嗆辣的爆料、名嘴的發言、甚至是荒謬的猜測，竟會忍不住大笑。

若非答應警方配合辦案、隨傳隨到，他真想到深山裡，而不是宅在家中。山裡有巨樹和鴟梟——它們又寧靜、又慈悲、又委屈、又凶殘，就像他一樣。

表面的傷口會癒合，深層的卻像藤蔓或毛毛蟲，在肌肉和神經收縮蠕動，踐踏早已結痂的傷口。思念像一張小小的嘴，貼在內臟上方吸血，時時感覺輕微緊縮。

誠實的告訴自己吧，就算沒有人反對，他也有點卻步。

上次談戀愛，是什麼時候？

對愛情的信仰，或許和老化成對比。

他是個成年人，有一切健康男人的慾望，過去若芙在身邊，卻刻意壓抑了，即使浮起，也被推回意識深處。如今嗒然獨處、天各一方，不知何時能見面，他卻極度渴望擁抱、撫摸、碰觸，想感受肌膚的溼潤、肉體的溫度。在失去對應的實體之後，慾念如同出閘之虎，無可遏制，只能寂寞地封印，將身體當作餅乾咀嚼，把傷痛當成胃藥吞嚥。

他閉上眼，想起 A-mei 的歌：

當世界被感情蒙上一層灰，我寧願是最後的落葉。

偶爾，他會出去買點啤酒，凝望牆上的攝影照片，那張非洲的吉力馬扎羅山，偉大豐饒的尼羅河源頭。海明威說，那裡覆蓋著永凍之雪，卻有隻風乾的豹子，孤獨的凍死在那裡。豹子在追尋什麼？為什麼拚死攀上去？如今白雪融蝕，未來山頂還有雪嗎？還會有那樣的豹子嗎？

算了，什麼都無所謂了。

漸漸的，他注意到若芙的報導變少、篇幅也縮短了，羅家始終保持低調，醫院也呼籲媒體自制。他懷疑，除了道德勸說，他們還動用了其他關係。他為她高興，又有些悵然若失，她的消息是最好的止痛劑，只是藥效很短，只能維持到思念之前。

而思念幾乎是無止盡的。

他企圖分散注意力，開始寫寫短文抒發心情，又拿出相機拍攝，由於不便出門，主題都是家中的書籍、家具、食材、衣物、光影……所有能拍的都拍了；又調出過往作品，狠操影像軟體，一張張精心修片，修到硬碟都沒容量，再下去就要再出去買新的，才不甘心的罷手。然後，他把腦筋動到陽台，開始架腳架、拍鳥群，還好對面沒有鄰居，否則可能被懷疑窺視。海人拿出叢林掩蔽帳，上山折了樹枝，在露台築了攝影巢，大半時間都待在這裡，不觀察則已，一駐守才發現，公園的鳥相還真不錯。短短幾天，就在烏桕樹上拍到五色鳥、紅嘴黑鵯、白頭翁和喜鵲，山蘇上有跳躍的黑枕藍鶲，刺竹裡有啁啾的綠繡眼、小彎嘴畫眉和粉紅鸚嘴；有一次，松鼠跳到人工栽種的姑婆芋上，讓他捕捉到手捧面頰的淘氣畫面，淡淡的得意了一下子。

——想開心，真的很難。

其實，他苦熬的這段期間，若芙曾經打來過。之前他朝思暮想，期望奇蹟出現；但是當她真正來電，他卻變身孬種，只是看著手機螢幕，掙扎自己的承諾。他不知該怎麼說明，但是他不想撒謊、不想掩飾，更不想說她的親人壞話，戳穿他們善意卻卑鄙的謊言。就在考慮之中，鈴聲逐漸啞去。

某一天，手機再次震動，他無法置信，不懂她為何不放棄、不怕冷漠被拒？

而他，天不怕地不怕，高山上深海下、水裡來火裡去，卻怕接她的電話？

但是他還是狠下心，真狠的心。

他在家裡出口成髒、用拳頭捶牆壁、對鏡子呲牙咧嘴，恨自己的疏於考慮，心裡既然不願意，為什麼答應飛宇？就因為愛上他的姪女，所以低聲下氣？像一個失風被逮的小癟三，想偷走別人的東西？一切都是錯誤，怪自己接了這個案子。

他想起他們緊緊相繫的時刻，那果然是一場夢，一場醒來更痛的夢。

歸根究底——老天！他還在相信愛情！

這一天，手機又響了，他看看號碼，是飛宇打來的。

他考慮著要不要接？難道是關於若芙？聽說她復原得不錯，所以為什麼呢？

他的鬱悶壓倒了好奇心，乾脆關掉鈴聲，數小時後才開啟。那一晚，他煮了一鍋魚湯、炒了一盤蒜頭炒蜆仔、還有紅蘿蔔炒蛋，全是他愛吃的菜，扒了幾口土子送的有機米，又放下筷子，瞪著手機。好端端的，為什麼打來呢？

都這麼久了。

是他說不要聯絡的。

他有點生氣，氣他們的專斷、氣自己的配合，然後又繼續扒飯，卻發現菜已經涼了。魚湯冷了，腥味變得明顯，他無奈的端起碗，重新倒進鍋子，點火再次加熱；這時鈴聲又響了，他回頭看看，是中華電信的電視廣告；繼續攪動大匙，薑絲在魚肉間漂浮，像掉了葉子的黃色水草；煩人的鈴聲還在持續，這則廣告播了好久，回頭再看，電視上變成奇異果跳舞，原來是手機在響。他拿著大匙，走到桌前，是飛宇的手機號碼，他猶豫了一下，終於拿起電話，還沒靠近耳際，自己嘲弄的笑了笑，不接若芙的、卻接飛宇電話，這不是本末倒置嗎？

「喂？沈先生嗎？好久不見，我是羅飛宇。」他的語調很客氣、很僵硬。

海人咳了一聲，嘴裡唔噥一下。

「若芙……恢復得還不錯，感謝你遵守諾言。」

「不客氣。」他咬著牙，蹦出一句。

「她很不高興，應該說不相信，你竟然不理她。」

「喔。」意料中事。

「坦白說，我們編了藉口，但是她不聽……她要去找你。」他的聲音變得很大。

海人不敢相信自己耳朵。

「她能移動嗎？」

「醫生說最好不要，我們勸她，但是她拗了起來，根本不理我們。她說，一定是我們搞的鬼，否則你不可能。」

她說得沒錯。

「我們是為了她好，但是她不理任何人，連看到我都不講話。」

「你們本來沒想到？」海人笑了。
「有，但是她反應太激烈了。」
「所以呢？」他燃起一絲希望。
「如果她來找你，請不要見她。」
這次他答得很快。
「不，我要去見她。」
「啊？」
海人再說一次。
「你說什麼？」飛宇仍然懷疑。
「我說，去你的！我要見她！」
「你……不守信！」
「對。我不該答應你，我每天都很後悔、後悔得要命。」
這次換飛宇不說話了。
兩人掛斷電話，海人感覺他想罵髒話，不愧是音樂家的弟弟，確實是一位紳士。他手上拿著大匙，沉醉在說真話的快樂中，突然聞到一股焦味，難道是廚房失火了?!慌張的衝向瓦斯爐，魚肉緊緊黏在鍋底，還好鍋子沒有燒破。他轉開水龍頭沖鍋子，拿起手機撥了號碼（要命！明明刪掉了，還記得這麼清楚），他突然擔心，害怕飛宇是騙他的，但是耳邊熟悉的聲音，不容他再猶豫了。
「……是你？你打來了？」

「是我。」

「你為什麼不聯絡？」

「是我的錯。」

「沒錯。」

「不，我有錯。」

「對，是你的錯。」

「你不理我了？」

「當然不可能。」他鏗鏘否認。

「那……趕快來看我！馬上！」

「好，明早起床，我就在妳身邊。」

「那……我不想睡了。」

他醉了，連空氣聞起來都是甜的。

「妳要睡，我不想看到貓熊的黑眼圈。」

她笑了，清揚的聲音像銀鈴，在他身畔迴響著。

他一邊收拾，一邊懺悔，他的工作是追尋真相，卻迴避了內心的真相。

對自己不誠實，已經種下了惡的種子。

他很難受，卻沒想到她也很難受；他很痛苦，卻沒想到她也很痛苦。因為莫名的自尊、奇怪的恐慌，他不想愛人、也不想被愛，這是多麼愚蠢！說到底，他還是比較愛自己，怕一把年紀了受傷害，還鄉愿的認為對大家好。

他搭上夜晚的高鐵，午夜前抵達台南市，到熟悉的民宿投宿，睡了半夜，醒了更久。第二天借了摩托車，到小攤吃了碗虱目魚粥，順著濛濛晨光的道路，直奔成大醫院找人。在這個昔日名為「鳳凰城」的古都，每次到訪都尋找鳳凰樹影，雖然數量不如過去十分之一，但在成大校園和夾道小徑，仍遺留不少植株，每棵都有兩、三層樓高，向後仰還看不到樹頂。鳳凰樹纖細的羽狀複葉，在淡藍天空輕輕搖動，地上落著點狀黃葉，帶來蕭瑟的冬意，每次看都騷動他的心。

他在走廊上徘徊，帶著黑眼圈但精神昂揚，心裡有小鼓在咚咚。靠牆的藍色塑膠椅，弧形表面有些裂痕，像散亂的蜘蛛網，他不時看著手機，猶豫要不要打去？又怕這一講，心情都洩露了，於是牢牢盯著房門，看起來胸有成竹，事實上膽怯得緊。

他想走到護理站，卻又踅了回來，最後還是在病房前發楞。剛才進去的護士走出來，差點撞到他的下巴，她訝異的問：「找江小姐？」

他點點頭，沒有獲得同意，便大步跨了進去，病床上的女孩坐了起來，面頰明顯消瘦許多，但是直衝著他笑，他長了這麼大，才懂得「滿室生春」的意思。

兩人默默凝望對方，周遭成為一片真空，彷彿語言會褻瀆神聖。他慢慢走向她，如同教徒走向聖龕，這片靜默，是否定後的再確定，棄絕後的再挽回。若芙手臂微張，微微傾身，兩人的手握住了，海人怕碰痛她，輕輕的捧在掌上，她卻握得很緊，像是不能再放，半透明的臉上，驀然掛下兩行清淚。

海人大驚，突然衝口而出，翻來覆去只有一句：「都是我不好。」

她笑了，抽出一隻手，長長的睫毛垂下來，眼周和他一樣黑，瞳孔更加幽深。

海人遞去衛生紙，她擦著面頰，一邊說：「他們關心我，只是方法錯了，我自己決定，自己承擔。」他不語，知道這個年紀的女孩，為愛可以不顧一切，卻沒想到有此榮幸。

「是我沒讓人放心。」

若芙搖頭，兩人很有默契，拋開這個話題。

「妳的傷好多了嗎？有沒有後遺症？」

若芙噗哧一笑，「醫生說，沒想到我康復得這麼快，我只想趕快出院去找你。」

「真的嗎？」他張著嘴巴。

「對啊。你說，我們是朋友。我不相信你會突然不理我；如果是真的，希望你見了我，聽我解釋看看，能夠改變主意。」她的臉紅了，為了掩飾尷尬，又嘟起嘴，「不然你真不理我了？」

「怎麼可能?!」

她看著他，認真的說：「你瘦了。」他靦腆的笑了笑，知道頰邊也削下去了。

身後的門又開了，護理人員來送早餐，好奇的看著兩人，海人讓出位置，方便擺放餐點碗碟。接下來這段日子，他天天往返醫院和民宿，知道若芙愛吃小吃和堅果，餐餐買了不同花樣，變著法兒逗她歡心——阿憨鹹粥、金得春捲、鍋燒意麵、許家芋粿、小南碗粿等等……不只她愛吃，海人也很喜歡，美食之都佳餚甚多，天天更換亦不重複，愉悅從胃直通到心裡。

她的親戚沒再說什麼，飛宇和妻子天天都來，外婆行動較不方便，三、四天會來一次。第一次知道外婆要來，海人特地躲開，她在病房待了一小時，才和兒子一起離開。他們等候電梯時，外婆遠遠看到他，竟然默默點頭致意，海人怔住了。他們後來又在病房相遇，但親切的和他寒暄，絕口不提之前的事，好像從未發生什麼，讓他見識到老台南的含蓄和壓抑。

其實若芙的傷勢不像她說的那麼樂觀，不過有他的陪伴，確實好轉許多。無可避免的，他們的共同話題是謀殺案情，若芙責怪他單槍匹馬到顏家，兩人對兇手自殺都很惋惜，認為他該接受司法的制裁，而不是試圖躲避罪行，既然逃過人間活罪，他們只能祈禱因果報應，不去想可能是自我安慰。

關於人傑的死訊，卻是個敏感的話題，對若芙來說，更是這一年來面臨第二個重大打擊。海人斟酌再三，還是沒有主動提，直到三、四天後，聊過顏伯年、所有家屬、張家三姊妹和檢警偵辦……這一刻還是無可避免的來臨。

飛宇曾說破案那幾天，只讓她看了一會電視，還收起電腦和手機，當時她狀況起起伏伏，好的時候堅持找海人，壞的時候一聲不吭，沒人敢問她在想什麼，惟恐冷凍的冰會融化成水，所以海人心裡有數。若芙請他描述挖掘情形，他儘量輕描淡寫，還騙她沒有靠近，只是遠遠望著；若芙傾聽時並不看他，手捏成拳放在棉被上，眼皮底下光光的，白淨臉上沒有表情，他只能暗暗擔心。

過了幾天之後，她才對他說起人傑——包括他的體貼與善意、迴避心情的聊天、還有不曾理會的來電……她真的覺得抱歉，過去沒對他真正交心，總是維持著消極的距離；而且她也非常沮喪，雖然自己盡力了，甚至受了傷，都不能挽回他的人生悲劇。

海人了解這種感覺，其實他何嘗不遺憾？他多麼希望人傑活著，能夠光榮的救他回來，雖然早就知道凶多吉少。兩個男人相差將近十歲、背景也天差地別，他不認識這個前途似錦的年輕人，但確實細細揣摩人傑心情，才能推論他的顧慮，揪出殺人兇手的罪行。沒人能未卜先知，他們確實努力過了，只可惜這場拯救的賽跑，從起點就無法獲勝。

若芙能夠起床了，她常常走到窗邊，看著窗外枯綠色的大樹，這個季節的台南，沒有金秋楓紅，灰色樹葉沒有生氣，就像她哀悼的心情。等到能到戶外散步，她往往站在高樹下，抬頭望著樹縫綠光，一發呆就是十分鐘；兩人一起踏過落葉，鞋邊脆脆的沙沙聲，彷彿葉片最後的呻吟。她開始讀起植物的書，提到它們也有情緒、也會溝通，他知道她的痛悔，只能靠時間沉澱，無奈不會安慰，只能到書店找書，靜靜的陪伴身邊。

其實他還寧願她大哭，發洩一下也好，但她不談這個話題，逝去的人傑沉進心裡，凝固在黑海的底部。

在台南療養的時光，最重要的事，就是媒體挖出了他們的消息。以狗仔文化起家的《參週刊》，訪問了受害者家屬，包括王淑女和潘婆婆，甚至連小蘭都上了雜誌（因為她未成年，還用馬賽克遮住眼部）。他們說兩人早就在追查，而且警方通知之前，海人已經解釋過始末……等等，記者由此推斷，海人才是幕後英雄，扮演積極偵查的角色；週刊更查到，若芙是人傑的友人，可能基於義憤找他相助，報導對兩人諸多肯定，為負面緋聞平反甚多，相關的評論也不再譏嘲。

海人慶幸媒體沒查出全部，若發現他們和萬喜良合作，可能打草驚蛇，讓肇事者再度溜走。之後媒體又蜂擁上門，差點衝破醫院防護，海人趕忙草擬聲明，請醫院代為發布，他並未否認報導，但也沒解釋細節，而是說傷勢嚴重，等到完全康復，便會召開記者會，此刻不對外發言，也不接受任何訪問，感謝大眾的關心。這篇聲明主要在爭取時間，至於記者會云云，他考慮到少華表示：技術研發即將成功，就等他們出院，和總裁見面，完成最後履約條件；屆時若能抓到肇事者，當然會召開記者會。他私下對媒體表明，絕不會先透露獨家新聞，這招緩兵之計見效，記者暫時偃兵息鼓，給了一點喘息空間。

二十七、沈海人

十二月七日（六），台灣・台南。

就在相對平靜的日子裡，某天海人在病房看書，若芙的手機震動了，她望著螢幕，喃喃自語：「奇怪？這個人是誰？打來好幾次了，我不想接，不過這個號碼好像看過。」

「會不會是記者？」海人問。

她歪著頭想了想，「不，反而像我撥過的號碼。」

「是受訪者嗎？」

「我的電話簿裡有，他們打來會自動顯示。」

「會不會是北和大？或是附近商家？」

「那些都是市內電話，但這是手機。」

海人靠近過去看，「妳這麼一說，確實有點眼熟。」

他輸入號碼，用APP反向追蹤，「這是私人電話，我的電話簿也沒有。」

「那麼這是誰呢？是我們認識的人？」

「先不要理它，如果再打來，我接好了。」他自告奮勇。

隔了一天，手機又響了，若芙使個眼色，遞給海人，他一邊接、一邊點開擴音鍵，打來的是個男人，聽到海人聲音，顯然嚇了一跳，然後才自我介紹——原來是一個多月前，載他們到屏東的黃姓司機。兩人抄過他的號碼，但沒鍵入通訊簿，難怪很眼熟、又想不起是誰。

司機很緊張，說是來道歉的，兩人互看一眼，「道歉？道什麼歉？」

「江小姐不能接，告訴你也一樣，我本來就要打給你，因為查埔人對查埔人，比較能講……。」

「到底怎麼了？」

「我看了報導，沒想到你們這麼辛苦，之前看到你帶她上旅館，還誤會你是在趴翅仔、呷幼齒的，後來才知影。我的後生說，我會害到人、會有報應，不能冤枉別人，決定向你們道歉……。」

兩人都瞪大眼睛，海人粗聲說：「你害我們什麼？」

「是這樣啦，我覺得江小姐很可憐，我很喜歡她媽媽，我實在不對、這是誤會，你們要原諒我！之前你們去旅館，有人叫我向記者爆料，說你們到高雄『開房間』，說高雄的旅館有畫面，叫記者去找。之前我不知影你們是好人，我不是故意的，我向你們道歉。」

「所以高雄的事，是你告訴記者的？」

「對，對啦。」他的聲音變小，彷彿縮了兩號。

「你說，有人叫你爆料？誰叫你這麼做？」

「這不能講，我答應對方啊，現在知道不對……請你們原諒。」

「你說是誰，我就原諒你。」

「拜託……不要逼我說啦。」

「說吧！說了我就原諒你。」海人加碼勸誘。

「好、好吧，我就講，你們不要說出去啊……」

他停了半晌，才說：「他，他是萬濤的李先生。」

「萬濤的李先生，李少華?!」

「對、對啦，真抱歉喔~~你們不要說出去……」黃先生再三道歉，才掛斷電話；海人握著手機，若芙瞪著他，兩人都像被雷劈的青蛙。

「怎麼會這樣？」若芙呻吟。

「至少他願意坦白，算是老實人了。」海人說了這句，就沒接下去，其實他深受打擊，他和少華聯絡許多次，竟然被出賣了，但是為什麼？少華為什麼這麼做？他們得罪了他？或是疏漏了什麼？是少華自己惡意？或是被教唆指使？少華對協議知之甚詳，因為派駐保全、設置監視器，加上海人也會回報，幾乎完全掌握行蹤，輕而易舉就能操縱，他們竟被擺了一道，而且是一大道。

「怎麼辦？要問他嗎？問他為何陷害我們？」

「當然不行。」海人頭也不抬，兀自沉吟。

過了一刻鐘，才說：「這件事很不對勁，我們可能要推翻結論，重新追查。」

若芙楞住了。「怎麼查？」

「大膽假設、小心求證。嘿！挑戰又來了。」

他對她笑笑，嘴角卻拉成一直線。她靠著枕頭，半信半疑的樣子。

他開始對李少華、萬喜良和萬濤集團刨根挖底，上網、跑圖書館、翻舊報紙和老雜誌、懇請友人、詢問媒體，他陪若芙的時間變少了，能在病房處理的，他會儘量在這裡，若需要講許久電話、或是網路沒資料，還是必須離開醫院。由於線索還不明確，不便交給警方，只能單打獨鬥；若芙想要協助，他都叫她安心養傷：「妳早日康復，就能幫忙了；不用擔心，會有需要妳的地方。」

若芙聽了，也只能努力好起來。這樣過了一週，院方表示能出院了，兩人向親戚說明：台北有事，必須回去處理。所謂的「事」，指的是北和大學和萬里齋，必須感謝校長和主祕，還要向潔寶公司報備；另外也想懇求孫老，增加見習的天數。其他部分她都沒提，否則一定走不了。

現在外婆對海人已經沒敵意，緋聞只是一場誤會，他也沒誘拐外孫女，兩人年紀雖有差距，也不叫敗壞社會風氣。外婆頻頻勸她：別調查了，如果找不到肇事者，就讓老天爺懲罰吧，萬一有了閃失，得不償失啊。若芙沒提萬濤集團的事，想等確定再告知，然後辦完出院手續，醫護囑咐持續注意，兩人就啟程北上了。

透過各種管道，海人好不容易打聽到李少華的背景。少華四十多歲，比自己大六、七歲，是泰北孤軍的後裔，雙親很早就過世了，他從小聰穎過人，由難民營轉介到台灣，學生時代過得很苦，但是很上進、也很用功，為了準備大考，可以連續數天不睡覺，念中興大學財金系時，常常都是班上第一名、領獎學金。

少華畢業後，由於是泰北難民，沒有台灣身分證，在台形同非法停留，工作屢遭刁難，最後到了萬濤集團、受到萬喜良賞識，才總算安定下來。經過多次陳情疏通，終於在一九九九年拿到身分證，所以他對萬喜良十分忠誠，是總裁重要的心腹之一。

至於萬喜良的部分，海人找到了突破點，查到他投資了顏伯年數間公司，是妹婿的重要金主。顏伯年長期投標公共建設，尤其是電廠相關工程（反而是萬濤集團並未參與），由於顏伯年的公司未上市，資訊並未充分揭露，海人向檢警旁敲側擊，加上士子的輔助，才查清他的金流。

第二個可疑的警訊，是海人發現：萬濤集團有十二間上市公司，其中並無能源事業，但萬喜良以私人名義，投資多間民營電廠，在十間民營電廠中，就佔了七家的股份。但是他刻意分散投資，並非電廠的前三大股東、也沒掛在集團名下，所以外界霧裡看花，無法確認總額數目；但估算他的能源總投資，應在新台幣數百億元之譜，因為台灣的民營發電，由公營事業保證收購，所以利潤相當豐厚，可以說是穩賺不賠，堪稱私人財庫的小金雞。

更令人訝異的，是萬喜良東山再起的過程（這點海人真想打自己巴掌），除了媒體津津樂道的版本，還有更不為人知的部分——一九五三年，美國總統艾森豪在聯合國發表「原子能和平利用」，為了確保美國的支配地位、有效利用軍事剩餘的鈾、將「軍用原子爐」轉為民營核電，因此提出這個政策。無獨有偶的，冷戰另一方的霸主蘇聯，也依循同樣思路，建立了原子同盟。

「核能發電」就像「殺蟲劑」一樣，都是世界大戰後，將過剩的軍事物資，轉化為人民利用。殺蟲劑起源自殺人無數的化學毒氣原料，因為戰後剩餘太多，所以改調為殺蟲劑，每平方公尺噴灑零點零二公克，就可以殺死其中所有昆蟲，對環境造成嚴重破壞，也在日後掀起一波環保運動。

強國以「和平政策」為口號，推展核能工業、限制他國發展核武，自己卻仍然製造原子彈，並將核電外銷至弱國，讓弱國購買技術設備，從中獲利，形成「中央─邊陲」的依賴模式，穩固支配的霸權地位。當年，萬喜良因為合夥紛爭、銀行抽取銀根，差點喪失企業帝國。但他縱橫商場多年，擁有良好的海內外關係，因勢利導之下，成為能源掮客，擔任外國公司在台顧問，引介官方與強國合作，並成立新顧問公司。雖然他不曾擔任主要經理人，更未出任官派職務，卻因斡旋有功，獲得天價佣金，以此挹注集團，順利度過難關。這些媒體都不曾披露，只有相關人士知情，這次海人透過同業介紹，從一位已轉行的記者得知。

無論是火力發電或核能電廠，興建金額動輒新台幣數十、數百甚至數千億元，龐大的經費透過層層發包，轉給下游的營建、機電公司，尤其政商關係良好、地方勢力雄厚的公司更易得標。雖然原子爐、爐心、配管等特殊專業設備，多半交由國外廠商製造、設置、維護，但是廠房、大樓、倉庫、道路、圍牆等土木工程，則交由一般建設公司。這是個層層分包的多層體系，其中顏伯年就是大包商，萬喜良因為有股份，便能穩穩的賺取利益。

至於民營電廠部分，涉及台灣特殊的背景：台灣電力市場為寡佔型式，以公營企業為主要提供者。一九八〇、一九九〇年代，民間環保意識抬頭，興建電廠常遭到抗爭，為了引進民間投資，官方提出「保證收購」條件，當時簽訂的合約十分優厚，保證收購電力二十五年，每年支付民營電廠一千多億，造成公營企業鉅額虧損。雖然官方多次提議修改，但民營電廠拒絕，經過多次法律攻防，仍未底定，但簽約多年，大股東也賺飽飽了。

若芙聽了，沉思片刻，才開口：「為什麼少華要陷害我們？他和我們無冤無仇，說不通啊。」

「我想，這不是他的意思，是萬喜良的主意。」

「他為什麼一邊叫我們調查，一邊扯我們後腿？」

「放煙幕彈，擾亂進度，讓我們不會懷疑。」

「就算萬喜良投資能源事業，也不能證明他和謀殺案有關啊？」

「換個角度來想，如果他沒聘請我們，事情會怎麼樣呢？——我們最大的作用，是查出了顏伯年，既然『兇手』已經落網、死亡了，他就可以逍遙了。」

「對……但顏伯年承認自己是兇手啊。」

「他承認是兇手，沒說兇手只有一個啊，說不定背後還有影武者。」

「你是說……萬總裁？」

「自從我開始懷疑他，常常想起顏伯年的遺言。」

若芙記得，「**你什麼都不懂**。」

「對，當時我以為，他是說我不懂『殺人的心情』；現在我覺得，他是說我『不懂兇手是誰』。」

她緊皺著眉頭，一手卻去搓開他的眉頭。

「你知道十九世紀、英國的『開膛手傑克』？他專殺妓女，在霧夜的倫敦，至少殺了五個人，是著名的連續殺人魔。」若芙瞪大眼、點點頭，她看過一些書籍和報導。

「兇手殺了三個人後，大膽的寄信到報社，自稱是『開膛手傑克』，聲稱要殺更多妓女，這成了他公認的名字。之後他又寄更多封信，通篇是瘋狂、惡劣、殘忍和邪虐的字句，警方想以信追兇，但是徒勞無功，案子始終沒有破，成為犯罪史上知名的懸案。」

她不懂他想說什麼，專心凝視他的一舉一動。

「許多犯罪剖繪家分析這個案例，認為大部分都是偽造贗品，開膛手不會寄這些信，兇手和寄信者不是同一個人，想藉此追兇，根本是一條死路。」

若芙聽懂了。「你是說，閻王和紙箋？」

海人頷首，「對，紙箋是顏伯年放的，他是主要的執行者和監督者；但是操盤的教唆者，或許對紙箋根本沒興趣，對他來說最重要的，是除掉這些人。」

「但顏伯年已經死了。我們只是猜測、沒有證據，不知道有沒有人指使？或是兩人分頭進行？甚至是無辜的？」

「對，現在說的都是揣測，但如果真是萬喜良，表示他大費周章，演了一齣戲；又千方百計引導我們找到顏伯年，可見他不管涉入多少，都決定由妹婿承擔，而且顏伯年至死都不知情。萬喜良委託我們的事，只有少數人知道——就是他自己、李少華、喜安、白太太、和我們，總共六位，連他太太和張美雪都不知情。他和我們簽保密條款，又叮嚀他們別說出去，所以顏伯年也蒙在鼓裡。」

「如果真是這樣，他實在太狡猾了！」

「他時時掌控我們進度，何況，酬勞太優厚了，雖然是超級大富豪，不一定要花這麼多錢。」

「我們被利用了。」她很吐血。

「對。這件事非處理不可！」海人外表很平靜，瞳孔卻像暗藏漩渦的水面，「他不像顏伯年，不會親自出手，更別談留下跡證了。」

「難怪檢警總是想竊聽，那樣辦案比較容易。」

「我們沒有那種權力。而且顏伯年已經自殺，萬喜良的心腹大患死了，也不用擔心竊聽了。」

「我們縱放了壞人。」

「所以更要揪出他的惡行！時間不多了，一旦合約結束，要揭發就更困難了。我本來想叫李少華取消監視器和保全人員，現在只好暫緩，免得他們懷疑。」

「慢著，他們不是說，能夠判讀照片了嗎？我要追查肇事者。」

「那當然，不能馬上撕破臉，一定要拿到車禍線索。」

若芙癟癟嘴，她不想向惡人低頭，但是還有求於人。「我們和他約哪一天？」

「十二月二十日，星期五，在萬里齋，晚上六點。」

「就我們三個？」

「就我們三個。」

若芙觸摸面頰，慢慢的說：「那我們只剩四天了。」

「四天，夠了。」海人雙眼發亮，嘴角跟著揚起。

「你有主意？」她有點納悶，又有點不服氣。

「這件事，要從人性著手。有件事要麻煩妳，非妳不可……。」

他笑了，傾身過去，她專注的聆聽，不時驚奇點點頭。

這個方法，真的可以一試，虧他想得出來。

不管了，賭吧，Show hand！

二十八、萬喜良

十二月二十日（五），台灣・新竹。

李少華在門口等候，領他們進來，又是不同樓層、沒見過的房間，若芙猜這是特別貴賓室，入口還有體溫測量、碎音偵測和紅外線偵測，只差沒有搜身而已。房內四處擺設珍稀古董，仔細看都有細線固定，避免地震晃動。其中最搶眼的，是一對唐三彩天王俑，彩繪泥塑、肌肉遒勁、怒目圓睜、腳踩夜叉，是降魔除妖的盔甲武士，也是常見的鎮墓俑。奔放流動的鮮豔釉彩，彰顯了唐代狂放濃烈的精神。

若芙想起孫老說：唐三彩的仿冒十分猖獗，想要區分真偽，必須看器物的神韻、土沁、胎體，還有「蛤蜊光」，那是種彩釉的迷幻之光。孫老說，學「品物」就是在學「品人」，藝術品就像人，都有「靈性」，必須分辨真假、善惡、是非——贗品浮在表面，真品自然生輝。

這是一場隆重的中式盛宴，主人請來名廚，運用頂級食材，結合創意烹飪，搭配精緻餐具，加上貼心的服務員，理當是賓主盡歡，但若芙心事重重，整頓飯吃得不是滋味。自從懷疑主人的真面目，他在她心中完全變了——怎麼看怎麼邪惡、怎麼聽怎麼虛假，根本是佛地魔的化身。海人本來就沒表情，還沒那麼明顯；若芙就痛苦了，該笑的時候沒笑、該搭腔時也變得沉默，一整個陰陽怪氣，想想都恨自己。

現在碗盤都已撤去，甜湯也用過了，萬喜良品高山烏龍，兩人喝有機紅茶。

「我想談點正事，要麻煩二位關掉手機。」萬喜良說著，一邊吩咐服務生，將他們的手機放到門邊漆盒。

他們有些錯愕，若芙輕咬下唇，海人也找不到藉口拒絕，這下要錄音、錄影都不可能了。手機被收走之前，海人還在按螢幕，萬喜良很客氣：「抱歉，一下子而已。」

海人若無其事，「沒關係，只是回個簡訊。」

等到侍者退出，萬喜良拿出一個和紙信封，以及青鋼色的墜子。若芙直勾勾瞪著鍊墜，她苦苦等待、朝思暮想的，不就為了這個？總裁一直迴避她的問題，只說不急、不急，吃過飯再好好談；現在他微向前傾，壓著信封，推向海人，「這是支票，請確認。」

海人接過來，撕開火漆封印，輕輕拎起來，對支票吹了口氣，「壹仟萬元。你確定要捐這麼多？」

「我說到做到。說真的，你們做得比想像更好，只是我太太很苦惱，她們姊妹現在都不講話了。」他又對若芙說：「妳真了不起，第一次就這麼優秀，我萬萬想不到，可見遺傳很重要。」他呵呵笑了，遞給若芙那個墜子。

「喏！這次可說是不計成本、開發成功了，妳要的資料在裡面。雖然肇事者有點模糊，但是其他都沒問題，車牌也看得見，警方可以鎖定嫌犯了，妳應該希望兇手判死刑、馬上拖去槍斃吧？」

若芙緊緊捺在手裡，好像怕人搶走。「我不知道。只想先查明，再做決定。」

萬喜良瞇著眼看她，頓了一下，才說：「好，這樣也好。」

他宣布，合約到此圓滿結束，還有沒有問題？

兩人都搖頭，他再握一次手，準備按鈴送客。

——這時海人說話了。

「我差點忘了，還有一件事——你為什麼騙我們？」

萬喜良笑容凍結，頸項緩緩轉正，彷彿關節疼痛，臉色非常嚴厲，和他們感受的荒謬成對比。

「你說什麼?!」

若芙起了一陣雞皮疙瘩。

海人聲音不帶感情：「我說——你為什麼指使李少華誣賴我們？」

「我哪有？」

「我問過水果日報記者，他承認是你們爆料。」

「少華？他在外面，我叫他進來。」

「不用了，大家都知道，他只聽你的。」

「我為什麼要這麼做？」

「為了扯我們後腿，擾亂偵查的腳步。」

「我花了這麼多錢，有需要這麼做？」

「你是不該這樣，你讓我們前進三步、後退一步，確保在掌握中，但是機關算盡太聰明，總會露出馬腳，你算得太過了。」

「我不知道你在說什麼。」老人撕扯著牙齒說話。

「你所有的目的，就是要讓我們認為：你絕不可能是兇手。」海人頓了一頓，等待他的反應；他的臉色猙獰恐怖，眉毛狠狠跳動，眼皮一霎一霎，活像唐三彩天王，睇著鼻前挑釁的蒼蠅。

海人毫不在意，「我們都知道了，你是主謀，也是共犯。」

「為什麼？」不愧是萬喜良，他漸漸冷靜，還不屑的反問。

「你要剷除擋路的人。」

「擋什麼路？」

「擋你的財路。」

「笑話，你知道我有多少錢？像你這樣的窮酸小子，幾十輩子都數不完！」他哈哈大笑。

「不是一點，是數十億、數百億。你也失敗過，對你來說，一針一線都是錢，積少成多就是錢。你一直在幕後策劃，不像顏伯年到幕前，如果不是他的偏執，留下一連串痕跡，本來不會曝光。」

「你沒證據，不能含血噴人。」他的眼神像匕首，發出寒光。

海人胸有成竹的笑了，「你怎麼知道我沒有？我當然有。」

「你有什麼？」

海人嘴角撇過一邊；萬喜良不說話，怨恨的瞪著海人。

他開始說明，許多細節推敲，連她都沒聽過。

「就從二十八年前的聚會說起吧。你一直告訴我們，對收藏釉很得意，但是我覺得大有可疑。否則怎麼這麼巧合？在一個聚會，同時出現這麼多和核能相關的人？你又不是這個行業，這種機率其實很低。

我想，你在一時的虛榮過後，察覺釉是燙手山芋，想要伺機出脫，開始邀請賓客，悄悄釋放消息，打算尋找潛在買主；但是天不從人願，釉確實找到了新主人，但你卻沒拿到錢，賠了夫人又折了兵。我不知道你透過什麼方式，確認是朱是全和史大衛偷的，朱教授的妻子說，他在車諾比事件後，開始後悔發展核能，還勸史大衛道歉，但是史大衛不願意，所以我猜，是朱教授找上了你、對你坦白了一切。你不便自己出面，請顏伯年代為追討，沒想到這個人有病，乾脆殺了史大衛；又或是你叫他殺的？

殺人，是他『閻王實驗』的第一步。一般的原爆倖存者，都因為深受輻射之害，堅決反對核能；但也有一部分人，轉而膜拜強權，看看日本就知道了，這個唯一經歷核子戰爭的國家，後來擁有的核電機組，竟是世界上數一數二，這是非常弔詭、也值得深思的事。因為張憲義潛逃美國，官方投鼠忌器，並未積極追查命案，讓你們逍遙法外。但你們還是擔心，萬一朱是全告密就糟了，所以一不做二不休，趁他北上動了手腳，讓他命喪高速公路。」

萬喜良臉色蒼白、雙手交握，仍是強橫的神情。室內越來越冷，若芙有些瑟縮，不過海人毫無停頓：「一九八〇年代後期，萬濤集團面臨經營危機，你憑藉良好的政商關係、或許還有走私管道，擔任核能掮客，挽救了公司財務；也將引介到的電廠工程，轉給顏伯年投標。但最大的利益不在此，最大的是土地開發利益，也就是知道哪裡要蓋電廠，提前低價收購農地，再利用官方關係，透過都市計畫變更地目，將農地變更為工業用地，讓地價飛漲數倍至數十倍，並回售給能源公司賺取差額；或以土地抵押、操作金融槓桿，相關獲利達數百億，吃乾抹淨所有利益。」

萬喜良的瞳孔凝結不動，就像是阿房宮裡的青銅人。

「後來，台灣的反核聲浪開始出現，你們原先的『盟友』，例如楊超群、劉慶中、哈雷等等，如果想投靠敵營、或想爭奪利益，就變成擋路的石頭；有人起了疑心、或想阻擋商機，也變成剷除的對象，像是謝文全和方亞萱。的確，有些人不是你們殺的，例如哈雷癌症病逝，但顏伯年還是到喪禮放紙簍，他說就算哈雷沒病，也要殺死他，證明他對『閻王實驗』上了癮。」

萬喜良冷笑兩聲，既不說話、也沒反駁。

他在想什麼？若芙反而有點擔心。

「這件事脫出預期，已經失控了，你知道他遺留『殺人記號』嗎？有沒有阻止？或是順其自然？你們談過嗎？他願意聽嗎？如果你事先知情，還會找他合作嗎？

我不知道，但是災難來時，你顯然做了選擇。

方亞萱懷疑父親的死因，可能從他生前的文件，發現了蛛絲馬跡，方教授跟史大衛是同事，他顯然知道什麼，或許抵不過良心，所以選擇了自殺。他的女兒發現背後連串問題，牽涉到男友陳振祥的好友、她很有好感的人傑，她投鼠忌器，沒告訴別人，而是先和人傑商量，他因此被扯進案件。亞萱被撞死之後，人傑發現了『伍官王』，他循著亞萱的線索追查，花了好幾年的時間，發現了更驚人的事實，他和父親的關係不好，於是來找你商量，當你發現罪行可能揭發，反應是什麼呢？」

海人停了下來，眼神銳利得像死光，似乎要穿透萬喜良。

「我嘗試想像，設身處地、非常努力的想。後來我想通了，有兩隻熊躲在洞穴，外面有獵犬嗅聞追擊，知道的熊該怎麼辦？

——把其中一隻推出去就可以了。

另一隻只要閃到一邊、佯裝沒事，不要被同伴發現是自己推的就好了。所以你找我們調查，更盡力引導、監控，犯人總是會一再說謊。你騙了我們，說人傑借走『地獄變相圖』，事實上，那是你主動借的吧？甚至那一連串閻王密碼，也是你給他的？你對他說了什麼？我們只能聽信你的一面之詞。

無論如何，你成功了，顏伯年殺了人傑，替自己譜了輓歌；這一幕戲，等我們出場，就接近尾聲了。

等到我們新聞曝光，顏伯年發現有人追查，你們同樣計畫除去我們，只是他不知道，我們是你派的，大家全都中計了，你營造對峙的局勢，線索和氣味只到他身上。他平時早就嚷嚷，如果被逮就自殺；你也順水推舟，或許還提供槍隻，成功的斷尾求生，你出賣盟友、保全自己，不覺得可恥嗎？」

萬喜良完全僵住了，一動不動，像一隻冰凍在雪山上的白色禿鷹。

「你掌握我們的弱點，提供優厚的條件，讓我們上場當演員。你選擇若芙，我想是因為她的家庭，能夠激起同情、轉移焦點；會選擇我，大概是看上我的人脈和背景，媒體和社團聽說我參與，比較不會懷疑。最重要的是，我們不是真的偵探，只是你的煙幕彈，你當然不希望我們破案，這就是你的完美詭計！

顏伯年是真的擁護核能，但你不是；你只是看能不能賺錢、是不是筆『好生意』，所以你兩邊都押寶，看哪邊賺得多，就押哪一邊！」

海人停了下來，那一瞬間，若芙真想鼓掌。

「怎麼樣？你要不要補充？」

萬喜良長吐一口氣，眼神像機關槍一樣暴力。

「你說夠了？我看你有妄想症。」

「還要否認？」

「這些謀殺案，我都不在場。我每天的行程，祕書都有記錄，警方可以去問他們。你沒有證據，都是揣測和推論，如果想含血噴人，就吃官司吃到死吧，我要你傾家蕩產也賠不起。」

「我有證據。」

「什麼？」他瞪大眼睛，青筋暴露，眼神又懷疑又恐懼。

「顏太太懷疑老公有外遇，在顏伯年的手機裝了竊聽軟體，你們的對話被錄下來了。」

「怎、怎麼會?!」萬喜良臉色大變。

「顏伯年死了，所以我問出來了。」

若芙恍然大悟，難怪海人昨天不見人，原來是去問張美雪？

「怎麼樣？你承不承認？」

萬喜良雙頰凹陷，膝蓋不自禁抖動，他扳動手指關節，發出喀、喀聲響。

「昨天我眼皮一直跳，直覺很不對勁，沒想到指控這麼嚴重，我不知道美雪錄了什麼，但是以我的身分，這些紛紛擾擾都沒必要，你們了解吧？」

他又看了看兩人，好像想確定他們聽懂中文。

「這樣吧。我們來談條件。」

海人聳聳肩膀，沒想到他還想掙扎。

「什麼條件？」

「其實，我有比隨身碟更清楚的照片。」

若芙如同五雷轟頂，覺得這個人是在裝肖維，簡直不可置信。萬喜良盯著若芙，「我早就覺得，你們有點奇怪，所以沒全部放進去，最清楚的在我身上。」他的手掏向西裝，拿出一張照片。雖然隔著距離、他的掌心遮住了，但是色調、氛圍、街景……還有車輛邊緣，沒錯，她一眼就認出來，那是當天的相片。

「這是我用特殊管道，調到的軍事衛星照片，角度是斜的，拍到了駕駛的臉。」

兩人渾身發冷，呆楞楞的望著他。

「只要你們忘了剛才的話、發誓永遠不對外透露，我就給妳照片。如果你們答應，我可以再加碼兩千萬元，不，金額還可以再談。這是唯一的一張、只有它能找到肇事者，而且是我買斷的，拍攝單位銷毀了。假如你們報警，那張支票就作廢，也拿不到照片，怎麼樣，這個交易划算吧？」

三個人隔著一光年對望。

海人突然不懂了，他不懂對面這個相貌端正、衣冠楚楚的人，為什麼披著企業家和慈善家的外衣，卻隱藏極度的惡意？他不是個仇富的人，也不曾認為萬喜良是好人，只是壞到這種程度，到底是在哪一步走上了岔路？

……所有的聲音到哪裡去了？而時光還在流逝，海人接住拋出的問話，卻不敢說也不能說話，這問題不是自己能回答該回答，就算可以回話，他也只想咆哮，最好能吐出火焰、吞食惡龍。

這時候該答的人說話了，海人甚至沒有看她。

「如果我們不答應呢？」她的聲音非常清亮。

「如果妳不答應，我就毀了它。兇手將逍遙法外，永遠消失在人群裡，妳再也無法查到它，這樣可以嗎？妳的家人會瞑目嗎？

剛才提到我和顏伯年的對話，我們根本沒說什麼，不相信美雪有錄音，就算錄了，也是非法竊聽，那是毒樹上的果實，在法庭上也沒證據力，最後只是白忙一場。抓到肇事者才是真的，其他都是假的，難道要為了不相干的人，放棄唾手可得的成果嗎？」

海人的頭不敢偏，惟恐施加一點壓力。理智上，他知道萬喜良是對的，他握有關鍵證據，如果毀了很可能沒指望了，但這是若芙的悲願，若是不能破案，很可能成為終生遺憾。無論答應或不答應，午夜夢迴，都會難過、會後悔，這個問題太嚴重了。但是他能勸她嗎？他有資格勸嗎？這攸關她的一切，正義能不能取捨？誰的正義比較重要？是閻王的受害者？或是若芙的家人？如果為了己身利益，放過這個惡人，說得過去嗎？

萬喜良還在步步進逼，不讓他們考慮太久。「怎麼樣？就做個協定吧？至於美雪，我會去處理；你手上沒有錄音，否則早就播出來了。想想看，如果她不拿出來，你說的就是狗屁了，警方不會相信的。」

海人緊握拳頭，掐痛了自己的怒氣，若芙卻非常安靜，好像隱形似的，消失在空氣裡，兩個男人屏息著，都在等她決定。海人低頭看著自己的拳頭——可以嗎？可以放過這隻老狐狸嗎？

不！無論她怎麼選擇，他都不能放棄！設法奪取照片，就不必兩難了。他抬起頭凝神觀察，對方畢竟年紀大了，一定會有破綻的，他伺機而動，又不能太緊繃，引起對方的戒心。

「我……」突然間，若芙發話了。

海人只覺得頭皮發麻，任何答案，都不是他想聽的。

「去你的！我不可能！」她使盡力氣的喊著，有種遏制不住的悲傷，卻又很驕傲、很頑強。海人大吃一驚，險些想阻止；但萬喜良比他還急，微笑的臉瞬時一變，就像魔鬼附身，他的眼睛圓凸、犬齒大張，連紅色舌頭都伸了出來，「真的沒關係？妳永遠抓不到兇手了！」一邊大吼大叫、手舞足踏著，海人真想搧他兩巴掌。

若芙扳起下頷，「不管要多久，我都會繼續追查。」

萬喜良目瞪口呆，沒料到會被拒絕；海人抓住這個空檔，迅雷般欺身向前，一手抓住對方，一手擊出直拳，劈里啪啷、乒乒乓乓，杯盤掃了一地，萬喜良被揍得搖搖晃晃，身體向後仰，差點倒了下去。但桌子減緩了力道，老人勉力維持平衡，手掌緊勒住相片，海人舉手要搶，若芙也伸出手，老人手臂陡的一揮，就像自己要打自己，海人突然醒悟——他要把照片吞下去！

他緊抓目標快速反應，指尖滑過光滑的紙張，卻不敢大力，就在這一拉一扯間，相紙嘶地斷裂，若芙驚聲尖叫，海人的心一戳刺，萬喜良把手放進口中，海人把搶到的塞口袋，馬上掏對方嘴巴。但是來不及了，只見萬喜良滿臉倔強，就像隻千年的烏龜精，嘴巴頑固閤了起來，面皮上下挪動，尖齒誇張的咀嚼，顯然是要吃下去。兩人扳動他的身體、手掌掐他臉皮，若芙顧不得髒，伸手去掰嘴唇，萬喜良別過頭去，海人高舉拳頭，想要動手揍人，對方卻彎起身、趴倒在地、雙手護住頭顱，平日的威風蕩然無存，只是個卑劣、猥瑣的小癟三。

這時若芙跪了下去，海人接觸到她的眼神，像一隻無家可歸的小狗。

萬喜良的嘴還在嚼，相片不容易吞，但是混著唾液，感光粒子也全毀了。海人怒火噴發，媽的靠北雞巴老王八羔子！你最好連大便都吃下去！若芙還不放棄，還在摳他的嘴，萬喜良忍耐不住，咳了起來，起初是閉嘴乾咳，整張臉憋得漲紅如椒，後來可能嗆到，低下頭掩住嘴，驚天動地大咳特咳，若芙看著他的背影，似乎希望他吐出來。他真的嘔出一團東西，和著口水抓在掌心，兩人還來不及反應，萬喜良又嗆了一聲，竟然把口水渣送進嘴裡，結結實實嚥了下去，沒人再說一句話，老人面露得色，她的肩膀垂了下去。

海人看著腳尖，過了一會，才抬起頭，「你就是不見棺材不掉淚。」

這時萬喜良突然笑了，笑容像一隻鬼面蜘蛛，爬上他的鼻樑，張牙舞爪、越張越大，笑聲如同漸強的琴鍵，越來越誇張。他們面面相覷，黯淡的空氣迴音盪漾，萬喜良一手抹著眼角、一手指著前方大笑著，但前方空無一物。他的身體踉蹌，好像想站起來，卻又支撐不住，如同街頭的流浪漢，突然發現生命的可悲和可笑，就這麼持續了一陣子，聲音才漸漸縮小，變成孤單的乾咳，最後留下喘息，在寂靜中特別詭異。

海人的手放了下去。……來不及了。

這裡本來就隔音，聲響大作也沒人進來；如果有人看到，就是兩個年輕人，在欺負一個老人。

萬喜良站起身，抹抹嘴角，剛才可能是他人生最難堪的一刻。

「我真後悔找你們！我不想把事鬧大，你們再逼，我就不客氣了。」

「你如果想殺我們，絕對脫不了身。」

「哼，輪不到你操心。」萬喜良嘴巴一撐，眼縫閃出凶光，想探前按叫人鈴。

海人雙手舉起，比了個交通警察的停止手勢。

「且慢。」

「怎樣？」

「你自己看，現在幾點？」

萬喜良很訝異，反射性的回答：「快九點了。」

「九點整，警方就會發動搜索。你還有一分鐘，可以考慮自首。」

「你在說什麼？來人啊！」

「我想，他們就在樓下。」

「這裡是私人產業，他們不能進來。」

「有搜索票就可以。」

「怎麼會？用什麼理由申請？」他的頭髮豎起來了。

海人嘆口氣，想笑又變得扭曲。

「你馬上就知道了。」

地上有隻黑色昆蟲，突然滑行過去，三人嚇了一跳，原來是萬喜良的手機，他彎身拿起，聽了幾句，突然大叫：「設法拖延時間，不要讓他們進來！馬上找律師，趕快！」

他臉色慘白，大汗淋漓，溽溼的頭頂更顯稀疏，露出底下光光的頭皮。

「哼！要搜就搜吧，如果有藏品掉了，我告死他們！讓他們傾家蕩產！」

有人敲門，萬喜良按了鈕，大喊：「進來！」

李少華走進來，嘴角滿是皺紋，「總裁，抱歉，他們很堅持，我沒辦法……。」

「飯桶、膿包！我請你是做什麼的？」萬喜良憤怒的號叫。

門縫開得更大了，原來他後面有人——有一隊人。

站在第一位、滿臉精幹的刑警，正是海人前天拜訪的大隊長，他高舉著搜索票，「萬總裁，不好意思，得罪了。」

萬喜良哼了一聲，臉色不容反駁，「等我的律師來。」

「總裁，沒辦法。我們依法辦事。」他說著，不等回答，遞上搜索票，回頭吩咐其他警察。

李少華憂心的搓著手，一邊偷瞄老闆，萬喜良看著文件，手臂繃了起來。

「好吧！進來吧！」他狠著聲說。

「總裁，您誤會了。」刑警轉過身，「要搜的不是這一間，麻煩帶我們去那邊？」

萬喜良雙手緊握，渾身發抖，所有人都注意到了。刑警三催四請，他一步一拖，走向指定房間，需要指紋、瞳孔和密碼測試，他又停步了，堅持等律師來。李少華閃到旁邊打電話，海人和若芙躲到後面，有默契的保持低調。

萬濤集團的保全到了，雙方攻防一觸即發，大隊人馬僵持半小時，後來電梯開了，兩位行色匆匆、西裝筆挺的人走出來，過去和刑警理論，滿口的法律條文。這段期間之中，行政院院長辦公室和警政署署長陸續打來，大隊長雖然接聽，但是語氣非常堅持，然後刑事局長又趕過來，一群人協調半天，主人漸漸落居下風，前後抗拒了兩小時，還是必須開門，萬喜良回頭望一眼，正好對上海人的眼神。

大隊長怕節外生枝，只帶了一位幹員，萬喜良則請律師陪同，總共四個人進去，其餘都在門外。海人牽著若芙，緩緩走到門口，少華雙臂環胸，守在門扉前方，既不抬頭、也不看任何人，長長的走廊鴉雀無聲，彷彿一條封閉的墓道。

約莫過了十分鐘，大隊長滿臉笑意、神采飛揚的走出來，一跨出就看到海人，他高舉著手上盒子，對著等候人群揚了揚，語氣有掩不住的喜悅。大家聽得一清二楚，他喊的是——

「找到了！這就是你說的『地獄變相圖』！」

二十九、盧建群

第二年，一月二十六日（日），台灣・台北。

自從警方在萬里齋搜出「地獄變相圖」，至今過了一個多月。

根據大隊長事後說明，剛進去搜索時，萬喜良還故弄玄虛，故意帶他們到其他櫥櫃，但他們掌握內線，很快在清代紫檀屏風鏡台後方，發現了牆內的保險箱，逼迫萬喜良開啟之後，終於找到了畫。

當天深夜，萬喜良被帶到刑事警察局，他拒絕夜間偵訊，第二天才正式訊問，媒體聞風包圍警局，主播面前不斷跑馬，網路隨時更新進度，熱度延燒了一個月，評論、報導、追蹤火力齊發、噴濺四射。剛開始，民眾對這位樂善好施、富可敵國的企業家，竟然捲入連續殺人案，而且可能是教唆主謀，都感到半信半疑；但媒體惟恐天下不亂，已經幫忙定了罪。

警方最有利的證據，就是搜到「地獄變相圖」，因為顏伯年在自殺前，親口承認自己拿走了這幅畫，無論嫌犯怎麼解釋，都無法合理說明：保險箱為什麼有這張圖？

這個週日下午，盧建群邀請海人和若芙到家中，他們請他找王翠華主祕，三位客人準時抵達，校長夫婦熱情招呼，盧太太泡了一壺茶，寒暄過後，就說要採買用品，識趣的出門去了，留下本來熱絡的四人，只顧喝茶，誰都沒再說話。

若芙探頭看皮包，再次確認東西都帶了，她揑揑衣角，端起茶又放下，纖細的喉頭動了動，卻只是嚥了口水。海人起身欣賞風景，這裡視野寬廣、樓層也高，窗外的「台北一〇一」，銀綠色的外牆上，閃爍流動著誓言——「1314一生一世」。他回頭看若芙，後者的頸項低著，露出馬尾下絨絨的髮際，細緻肌膚白得出奇。海人踅回座位，坐在她旁邊，手掌交握在腿上。
翠華剛開始有說有笑，後來默默撥茶葉，盯著桌邊小瓦斯爐。
終於，盧建群打破了沉默。
「這陣子你們都累了，學弟是我介紹的，沒想到會這樣，我實在很抱歉，還好你們都平安。」
「誰想到呢？」若芙蹙著眉。
「這些日子看報紙，有些疑點尚未釐清，媒體也沒有披露，所以我才邀你們來。」校長的眼眶有點腫，昨晚似乎沒睡好，他低沉的喉音更沙啞了：「據說是你透露線索，警察才找到圖？」
「嗯。」海人點頭。
「你為什麼知道？」
海人望了若芙一眼，沒有回答，只是稍微比了比。
她遲疑了一下，緩緩開口：「是孫老，海人請我去問他，他告訴我的。他對總裁的藏品瞭若指掌，雖然不知道保險箱密碼，但知道最重要的放在哪裡。」
「他肯透露？」
「我全部都說了，孫老聽了很訝異，他說萬總裁錯了，不能為了『美』，而犧牲了『真』和『善』，人不像物品，人太會腐化了；就連器皿，也要時時拂拭，何況是人？」
「孫老……是榮譽心很強的人。」盧建群低語。
他沉默半晌，又面對海人，「為什麼你知道『地獄變相圖』在那裡？」
海人的手抵成金字塔形，雙眉垂了下來，「之前我就想過：他為什麼願意借畫給人傑？這張畫如此珍稀、昂貴，萬一有了什麼閃失，豈不是很大的損失？後來我想通了，他要演戲，而且是演一齣大戲，必須越逼真越好，這樣才能取信觀眾、甚至演員——想想看，他如果拿了複製品給人傑，顏伯年會相信嗎？會代替他出馬把畫拿回來嗎？

當然不會。

有些複製畫幾可亂真，但那需要精密技術，甚至要送出國製作，他能等嗎？我想人傑已經勾勒出輪廓，如果想通了最後環節呢？他要躲就來不及了，必須賭上一把，只有幾天的時間而已。

但是作為一個收藏家，多多少少都有『癖』，那就是收集狂和控制欲。對他來說，寶物不在身旁，簡直如坐針氈，根本要他的命。所以事情辦完，他就迫不及待的把畫拿回來，反正人傑不是放家裡、就是實驗室、要不帶在身旁；在家最單純，問白太太就好了。

雖然知道會成為證據，但是他的欲望太強烈、太迫切了，以為過了風頭編個謊言，說從祕密管道買回就好了，一輩子都不拿出來也沒關係，但是他萬萬沒想到，身邊人會洩他的底。」

盧建群越聽越沉重，強打起精神，「聽說他沒收你們的手機？」

海人笑了，「赴宴很難攜帶武器，萬里齋有檢測，不能帶隱藏式攝影機，錄音錄影都有限制，更怕他對我們不利，所以我去找警方，談好每隔三十分鐘，就會發簡訊報平安。警方用孫老的證詞，申請到了搜索票；如果沒收到我的簡訊，就會在九點發動搜索。」

「你想得還真周到。」

「沒辦法，命很重要。」

「真的太危險了！」翠華打岔。

「不入虎穴，焉得虎子？這樣才能把他逼出來。說起來這事很險，他的犯案都是教唆，不會親自殺人，唯有這幅畫，才能攻破心防、抓到把柄。他被捕後繼續狡辯，還好檢方不採信。因為證據力比較弱，所以我才聯合媒體的朋友，揭發補強他的罪行；若不是這個案子，就算有人舉發，也可能一拖再拖，最後無疾而終。」

大家都默然了，沒錯，萬喜良被約談第三天就獲釋了。但是一週之後，媒體陸續報導他涉及土地開發、工程圍標和賄賂官員，再次被約談就沒那麼幸運了，因為他涉嫌重大，有滅證、串證之虞，現在仍羈押在監獄裡。

從法律攻防面，他可能躲過教唆謀殺，但其他罪行恐怕難以善了，將會官司纏身，面臨多年牢獄之災。萬濤集團的管理階層，以及顏伯年事務所員工，也被列為被告收押禁見，其中也包含李少華。另外，更扯出了台能公司、內政部、縣市政府等，公務人員收賄、瀆職的案外案，可說是一天一爆，想速戰速決都難。

盧建群正襟危坐，像犯了錯的孩童，他的聲音乾乾的，「上週學弟解除禁見，我去看過他，他沒說什麼，只是希望不要影響營運；最近喜安回國坐鎮，短期內沒有問題；如果他真的出不來，希望扶植敦禮和敦仁；他擔心集團垮了，員工的生計會受影響，衝擊許多家庭。」

「他為非作歹時，怎麼沒想到？」海人說。

「他希望生意做大一點，大家生活更有保障。」

「為了保障自己人，就能傷害別人？」

「或許……他是缺乏自信？他太怕失敗了。他父親過世時，家產被捲走了；自己一度跌倒，差點爬不起來；或許事業壓力和人情冷暖，讓他不擇手段，這也是無可奈何。」

「照這種邏輯，我也可以到處害人。」若芙冷冷的說。

「妳……對妳，一般人會比較寬容。」

「我不需要虛假的同情，也不用做壞事來平衡。」

「妳比較會想。」盧建群尷尬的說。

「同情也不能變濫情。」若芙很直接。

盧建群眼如瞳鈴，臉漲得像番薯。

「好了好了，校長只是轉述而已。」翠華打圓場。

大家靜了會兒，盧建群突然說：「今年任期屆滿，我打算退休，回鄉下住。」

「校長?!」翠華驚呼。

「不瞞你們說，學弟的事，對我造成很大衝擊。」

三人都盯著他。

「我想賣掉房子，也和太太談過了。不，是請太太同意，這房子是她的，我是鄉下人，想要住郊區，繼續做我的學術研究，不一定要在學校。陪她住這麼久，該換她陪我了。

我不知道學弟是否犯罪，那是法律層面，我想的是人心。我們活在現代，很幸運、擁有很多、比前人多得多；可悲的是，很多是不夠的，我們還會比較，而且比個沒完，說好聽是進步，說難聽是貪婪，我們不願放棄好處，不惜殺雞取卵，犧牲後代未來。」

他停下來，搖搖頭，「學弟是比較誇張，但整體來說，大家都差不多，只是龜笑鱉而已。我們把世界搞得亂七八糟，還不肯承認；這是個陷阱，我們都掉進陷阱去了。過去那一套行不通了，該把棒子交給你們，千萬記住：別蹈我們後塵。」

「校長，這不是因為年齡，別只用世代區分。」海人說。

「否則會變鬥爭。」若芙想起馬建玉，大家都在摸索，他早就嘗試實踐了。

盧建群楞了楞。「我只是，覺得很灰心。」

「如果累了，就休息一下吧。一念之間，都能改變。」海人誠懇的說。

盧建群凝視他，慢慢點頭。

「希望學弟也能。」他若有所思。

海人正正身子，看看若芙，她會意的點點頭，深吸了一口氣。

他挺直背脊，語氣很正式，「其實，我們今天有很重要的事。」

「難道你們……？我剛才就看出來了。」翠華打趣。

海人面紅耳赤，「不、不是啦！」若芙也低下頭去。

這個笑話，放鬆了低迷的氣氛，盧建群也笑了。

若芙沒有笑，拿出一個皮套，抽出套中的照片，「這是軍事衛星拍攝的車禍現場照片，萬喜良要毀了它，還好海人搶到了，但只剩三分之一，請你們看看。」

大家都彎下腰、湊過頭，看著殘缺的證據。照片嚴重磨損，只剩半個掌心，表面帶著不少皺痕，背景的天色很暗，迷濛下著大雨，但可以看出是白天，裂口處是一輛銀灰色車子，幾乎和雨水融為一體，幸運的是半邊尚稱完整，透過殘存的車窗玻璃，能夠看到副駕駛座，面容清晰可辨。

問題是，它不是人。

兩旁黑色長條垂下面頰，猛一看像是頭髮，不過，那是耳朵。

不是人的，是狗的耳朵。

那是風靡全球半世紀、無人不知無人不曉、大人小孩的好朋友——史奴比。

那是一隻史奴比大型玩偶。

之前看過照片的人，都以為那是女人，一個長髮女人，但他們都錯了，錯得離譜。

盧建群再度定睛，很失望駕駛被撕掉了，一點影子都沒有。他又注意車牌，倒是有點端倪，殘留數字是「二七八」，有三個數字，總該查得出來了吧？他欣慰的笑了，看看若芙——她握住膝蓋、全身僵硬的瞪著前方，就像花豹盯視狐狸；不只如此，她還非常緊張，額際沁著汗滴。

怎麼回事？他的目光移向海人，後者肌肉繃緊，來回看著若芙和對面，根本不望自己一眼。

這時他覺得身邊在抖，糟糕！好像是地震，他扶住桌角想示警，但是沒人反應，連天花板的吊燈都不動。他轉向身邊的翠華，只見她低著頭、手指掐住大腿，按下了深深的痕跡。她正在抖動、痙攣著，像一片簌簌的落葉；若芙則一動不動，死盯著她。盧建群再看照片，忍不住驚呼：「咦？這個玩偶我看過?!」他急急向翠華說：「這個玩偶是妳的？妳的辦公室擺過？」

翠華臉色大變，這句話打在她臉上，狠狠的出現五爪印。

盧建群明白了。

言語消失在空氣中，找不到尾巴，大家都在等她說話，也都知道她說不出口，無言變成一種默契，隨著一分一秒過去，卻比巨鎚更像壓力。

最後，若芙撥開了語言之霧。

「當天搶到照片，我們就交給警方，讓他們先查車號；只有三個號碼，過濾需要一點時間。另一方面，我也明查暗訪，先問了同事林美滿，有沒有看過這個？她好像有點印象。」若芙輕咳一聲，「後來，她想起來了，確實在辦公室看過，但是忘了是哪一間？我到她工作區域查了一遍，但是都沒有，會不會是調職了？或是改了位置？警方叫我不要透露，他們也會訪查。」

「難怪最近警察常來！」盧建群驚呼。

若芙點點頭，「美滿的說法，讓我安心多了，鞏固了我對『犯人位置』的判斷。我相信嫌犯在學校附近，假以時日一定找得到；美滿也很幫忙，去問其他同事。」不知不覺，她握住了海人。

「她問了好幾個人，包括一位叫吳錦芳的同事，過去她對我很兇，我也不知為什麼，沒想到她幫了忙，我還是要謝謝她。」翠華抬頭瞄了她一眼，又馬上低下去。

若芙假裝沒看到，繼續說：「錦芳掃的是行政大樓。她說一年多以前，主祕那兒有個史奴比，放在矮櫃子上，因為很大，所以記得，只是後來不見了。原來那是美滿代班時看到的，所以印象比較淺……我馬上到主祕辦公室。」她停了下來，直直看著翠華，兩人默默對望。

海人緊握若芙的手，翠華撫摸著臉，一手遮住嘴巴，「原來妳那天來，是為了這個……。」她的聲音細若蚊鳴。

「但是史奴比玩偶這麼多，我們無法確定，吳錦芳看到的和照片上的，真的是同一隻。」

她看了海人一眼，示意他接下去。

「她本來就懷疑兇手鄰近校園，所以查遍附近車子。我則懷疑，這麼久都找不到，很可能是處理掉了，但是處理要大型機具，山邊有間資源回收廠，距離學校五百公尺，雖然從門外看沒有設備，但是我們請警方去查，發現——那是主祕前夫的工廠，他在一年前，賣掉了破碎機。」

盧建群沉不住氣了，「不會吧？不會是妳吧？」她沒吭聲，刷白的臉上罩著死灰。

「我們認為，兇手載著史奴比，撞死了若芙家人，然後躲到資源回收廠解體，毀車滅跡。」

「所以……是我的前夫？」她的聲音在顫抖。

「我們查過他的不在場證明，車禍發生時他在國外，當天他從深圳回到台灣，抵達桃園機場的時間，是晚上六點半，而車禍是下午四點半左右。」

「那……還會是誰？」她的聲音拔高，掩飾不住的憂慮。

「妳應該知道，那天有人到學校找妳。」

「我和黎莎約好了，就是下午四點半。」

「在那之前呢？」

「在那之前？」她吞了口口水，囁嚅著說：「是我兒子。但是他兩點就來，半小時就走了呀！」

「妳確定他離開了？」

「我沒有送他，但看到他下樓，我一直在辦公室。」

「他帶著那隻布偶？」

翠華想搖頭，但是頓住了，過了一會兒，又很輕的點頭。

若芙結結巴巴，「所以……不是妳？」

翠華奇異的看著她，「當然不是我！如果是我，早就去自首了！」

若芙喘了一口大氣，哇的一聲哭了出來，全部人都楞住了，海人摟著她的肩膀，好像擁住一隻小鳥，盧建群頹然嘆了口氣，深深靠進椅背裡。

翠華掙扎了一下，幽幽的說：「十年了，十年前我前夫外遇，硬逼我離婚，還帶走孩子。以前住家和工廠在一處，所以我才調到北和大，離婚後我搬走了，他們還住在那裡。他不希望孩子找我，小威國小畢業後，就被送到新加坡，可能他正值叛逆期，變得有點乖戾，但前夫不肯把監護權給我。」她停了下來，彷彿又聞到那些冷雨，工廠的機油、堆積的塑膠、廠區前徘徊的狗兒、爭吵的暴戾嗆聲、證書上的簽名、孩子圍兜的奶水漬、行李箱和拋棄的刮鬍刀……告別的過去，留下痕跡的未來。

「那天我在學校加班，小威打電話給我，說他回台灣了，我問他為什麼？他說在學校有點事，被罰閉門思過，一氣之下就回來了。他到學校找我，叫我陪他去買限量球鞋，又說他爸晚上回國，一起吃飯好不好？但是前夫現在有老婆，我怎麼可能答應？小威纏了半個小時，就帶著布偶走了，當時是下午兩點半，我在辦公室比對帳務，聽到發生車禍才離開。」

她的眼神像碎裂的玻璃，顫抖的聲音滿是懇求，「你們確定是他嗎？他早就走了，會不會是別人開的？難道他沒有走？或是走了又再回來？否則怎麼可能？後來我們沒見到面，去年再見是暑假了，這一年他話少很多，我還以為他變成熟了，原來是有事瞞著我。」她越說，頭越低，表情越沮喪。

「我們查過了，當天放假，工廠沒有人。本來懷疑是妳，如果妳說的沒錯，就是他在樓下等妳，離開時撞到了他們，接著開車回工廠，等妳前夫回國，連夜拆除廢棄，難怪大家找這麼久。」

「怎麼會……。」翠華聽了，只是把臉埋在手裡。

「妳兒子在哪裡？」盧建群說話了。

「在新加坡。」她聲音嘶啞。

兩位男士看著若芙，她打破沉默，「如果是妳，我更難過。我會通知警方，請他們聯絡新加坡警局，他們出動之前，妳願意去勸他嗎？」

「去勸他？」

「嗯。勸他回來面對。」

「當然。」翠華擦擦眼角，臉上全是淚痕。

若芙點點頭，大家都陷入沉默，空氣中只剩翠華斷續嗚咽。

臨走之前，盧建群問他們：「記者還跟著你們嗎？」

「呃，事實上，他們就在樓下。」海人攤攤手，若芙也很無奈。

她決定，要跟翠華到新加坡，在警方訊問前，她想親自見那個人。

她有許多話想問，許多話想說，但是還沒有想。

現在還不能想。

「需要我陪妳嗎？」海人說。

「謝謝。不用。」

她往窗外望去，春節快到了，霓虹燈火隔著透明玻璃，顯得加倍鮮豔亮麗，到處播放輕快的團圓曲，大家跟隨著她的目光，沒人稱讚歡樂的節慶氣氛。

三十、江若芙

第二年，一月二十九日(三)，台灣・桃園。

休旅車的雨刷劃過水牆，在前方掀起陣陣波瀾，冰冷的暴雨下個不停，這種雨在冬天很罕見。海人的側臉適合冬季，輪廓清晰而銳利，照樣穿著大地色外衣，脖子上圍著圍巾，是她送的新年禮物，幫他圍上時，他的眼神閃過訝異，然後陽光一般的笑開了。

車內放著空調暖氣，若芙靠在車窗上，面頰緊貼玻璃，冷冽刺激毛孔，窗外一幕幕黑白幻燈，雖然案子破了，心情卻無法平靜。上車時她提到，昨天去看了張美琴，盧建群、王喚新和陳振祥都探望過。

「她有沒有好一點？」

「不好。她看到我，又是嘆息、又是感謝，我們心情都很複雜。」

海人空出一手，握住若芙，車流變快了，又放回方向盤。

「她最近去動物保護所，領養了一隻柴犬；以前人傑總是說拿到博士要養，她想實現他的心願。聽說人傑的爸爸下個月要搬來，他很後悔沒陪他們；她說兒子死了，現在什麼都無所謂。她也很後悔，沒有早點發現人傑的顧慮，事情總是可以解決，不會全部都他來扛，更不會丟了一條命。」

「她們姊妹，最近還聯絡嗎？」

「沒有。她們大概又傷心、又顧忌吧。不過她說，沒了兒子，不能再沒姊姊，等到平靜一點，會主動和她們聯絡。」

「她這麼想？真不容易。」

「她不像外表那麼柔弱。」

「人生……走到盡頭，沒有路了，那就向後轉，又是新的方向。」他停了停，「對了，喜安打算開放萬里齋，免費讓公眾參觀，多少彌補她哥哥的虧欠。」

說完自家的事，她又半小時沒開口，這些日子以來，這個話題的後遺症，基本上就是這樣。海人也沒打擾，這就是他的好處，懂得保留空間給人。

大陸冷氣團南下，壅塞車陣十分臃腫，像穿著冬衣的乘客，大排長龍緩慢向機場移動。桃園國際機場捷運從上個世紀開始研議，至今超過二十年，號稱幾年後會完工，但是一直還沒兌現，民眾也懶得喊「狼來了」，倒是沿線土地漲了許多，每個轉手的地主，都惋惜售出的價格太低。距離飛機起飛，還有兩個多小時，還好提早出發，不到火燒眉毛時刻。

「我想到一個問題，一直想問你。」

他扶著方向盤，點頭同意。

「我們發現案件和核能有關時，你為什麼沒懷疑能源公司、或是核能機構有人涉案？」

海人奇異的看她一眼，沒有回答，她以為沒聽清楚，又說了一遍。

他本來沒有表情，漸漸嘴角彎起，有點想笑又忍住了；她不高興的嘟起嘴，有點受辱的感覺。

「當然，當然有可能！真兇落網之前，沒人能擺脫嫌疑。但是，以我的判斷，他們的可能性很低。」

「為什麼？他們也有動機啊？他們的動機最強了。」

「哈哈哈哈！」海人只是笑。很少看他這樣大笑。

他自顧自笑了一陣，然後擦擦眼角，「妳不知道，不知道有人只想打混，根本不想解決問題。他們的制度就像一灘死水，缺乏有力的監督競爭，所以只想遵循建制，享受豐厚的薪水和福利。反正按照現有計畫推動，假使有問題，也不一定馬上出事，只要任內不出災禍，就是後面的人倒楣，又不用自己擦屁股。」他想了想，又加強補充，「我不能一杆子打翻一船人，不是每個人都敷衍塞責，也有人謹守本分、認真負責；但是制度引人墮落，許多人過去有貢獻，後來卻驕傲怠惰，只想維護自己利益。妳說，他們會冒著失去工作和退休金的危險，跑去謀殺反對者嗎？——機會很低很低，這就是制度之惡，每個人都蓋個章，都認為沒有問題，都分散了自己的責任，最後犧牲的是倒楣者，還有後來的人與土地。」

若芙啞口無言，仍不放棄，「若是這樣，未來你怎麼看？」

「我？」海人熟練的掌握方向盤，畫出完美弧度，一邊思考斟酌。

「人總是愛走捷徑，短期沒有危險，就直接抄過去，因為更輕鬆、又不花腦筋。」

他咳了一聲，繼續說：「妳讀過《啟示錄》罷？」

若芙點點頭。

「《啟示錄》充滿了隱喻、暗示、不解之謎——天使的號角吹響了系列災禍：戰爭、魔鬼、瘟疫、饑荒、罪惡、死亡……人類陷入水深火熱，就快撐不住了，這時天使出手解救，將魔鬼禁錮在『無底坑』。但是等到禁錮滿一千年，撒旦又會被開釋，再度行騙四方，為什麼撒旦會被開釋？永遠關住不是很好嗎？世界不是很和平嗎？——這就是『聖』與『魔』的永劫回歸，只要人還活著，就會不斷發生。」

「你講得好嚴重。」

「就是這麼嚴重。」海人繼續說：「科技是中立的，物質也是中立的，問題是在人，人類需要提升。如果人類的意識不進化，中立的也會變歪斜。許多人都怕地獄，怕死後下地獄，卡爾維諾說：如果真有地獄，那不是通往未來，而是我們每天生活形成的地獄。有兩種辦法可以逃離：第一種就是接受、變成地獄的一部分；第二種就是時時戒慎恐懼、學著辨認地獄，然後給它們空間、讓它們存在。……若是妳，選擇哪一種？」

「我，我不知道。」若芙怯怯的說。

「妳自己想，不必回答我；妳的意念，就是妳的未來。」

「那你呢？」

「我想的，就是我自己，所以不能只想地獄，那麼不會是別的——就是地獄。」

若芙陷入沉思。

談話間，車子前進了點，海人看著儀表板，口中說著：「離機場還有一公里，妳們約在哪裡？」

「約在門口。」若芙拿出手機，開始發簡訊。車子繼續前進，入口指標在望，她又瞥一眼車陣，他突然問：「如果兇手順利投案，妳第一件事想做什麼？」

「我想告訴爸、媽和妹妹。」她靜靜的說。

「他們的墓，在美國？」

「台灣。」

「我以為在美國。」

「本來是。後來我想想，媽媽會想留在這裡，她的故鄉、她最愛的地方；爸爸會想跟媽媽一起；妹妹會跟著他們，所以他們都在這裡。」

「在哪裡？」
「台南。」
「然後呢？」
「然後，我就要回美國。一年沒回去了。」
「回去多久？」
她坦然望著他，「看你。」
他避開她的眼神，她的心有種撕裂。
他看著後視鏡，車速減慢，「待會讓妳下車，我回老家圍爐，就要去爬山了。」
「為什麼？」
「我總是這樣。」
「多久？」
「看妳。」
她瞪著他，說不出話來。
他的聲音很溫柔。
「妳趕快回來，我就趕快下山。」
「好。」
「好。」
他笑了，打著靠邊的方向燈，車舟緩緩泊向岸邊。

雨小了一點，但是仍需要撐傘，她轉身拿起後座行李，透過車窗，看見翠華淋著冷雨、縮著身體，茫然不覺的凝望來回車輛，好像找不到墳墓的鬼魂。

「到這裡就好。車子不好停，你就別下車了。」

翠華看見他們，舉起手揮舞，擠出一個比哭更難看的笑。

若芙眼眶一陣熱，待會不知道說什麼，她們都很難；或許，她比自己更難。

寒雨依然在落，車輛見縫插針，前後左右都打結了，後方司機猛按喇叭，人行道的旅客忙成一團，豆大的雨滴四處噴濺，打溼了衣裳行李，人人臉上盡是狼狽，行走濺上了泥濘，期待團聚或旅行，又詛咒煩人的雨天。

海人在駕駛座上，伸長手推開車門，若芙抱住行李，邁步下車，突然聽到一句：「我會等妳。」

她轉過頭去，他的嘴閉上了，一抹神祕的笑。

她酡紅了臉，呢噥一聲再見，向迎候的翠華走去。

冥核

作者：葉淳之
主編：曾淑正
封面設計：雅堂設計工作室
企劃：叢昌瑜

發行人：王榮文
出版發行：遠流出版事業股份有限公司
地址：台北市南昌路二段八十一號六樓
郵撥：0189456-1
電話：（02）23926899
傳真：（02）23926658

著作權顧問：蕭雄淋律師
法律顧問：董安丹律師

二〇一四年六月二日 初版一刷
行政院新聞局局版臺業字第 1295 號
售價：新台幣三八〇元

ISBN 978-957-32-7417-9（平裝）
遠流博識網 http://www.ylib.com
E-mail: ylib@ylib.com

國家圖書館出版品預行編目資料

冥核 / 葉淳之著 -- 初版 -- 臺北市：
遠流，2014.06
面； 公分
ISBN 978-957-32-7417-9（平裝）

857.7　　103008461